à mes enfants

« Dans le monde où je m'achemine, je me crée interminablement.
Je ne suis pas l'esclave de l'esclavage qui déshumanise mes pères.
Je ne suis pas prisonnier de l'histoire.
Je ne dois pas y chercher le sens de ma destinée. »

Frantz Fanon

Ma mère est morte hier. Je n'ai pas pleuré. Dans la chaleur caniculaire d'août, je suis rentrée à Paris le jour même.

À la morgue de Saint-Cloud, une odeur âpre envahissait la pièce. Son masque mortuaire aux traits figés était semblable à ceux cireux des aliénés. Je touchai le visage glacé, les lèvres minces qui laissaient couler un liquide jaunâtre.

La toilette mortuaire devait commencer. De jeunes bénévoles musulmanes nous ont présenté le rituel à suivre. Filles pauvres et voilées, la compassion pour mission. La douceur qui émanait de ces ombres fantômes me bouleversa. À l'aube de leur vie, ces jeunes filles avaient pour mission la toilette des morts, souvent sans famille et sans moyens.

Charlotte, novice en la matière, suivait le protocole indiqué par son aînée, Noura, musulmane de souche. Elle s'appliquait à la tâche, scrutant chacun des gestes de l'autre. Pas un seul de ses cheveux, que je devinais roux, ne dépassait de son voile. Je songeai à ce qui l'avait poussée à épouser la religion mahométane.

Nous avons répété ma sœur et moi ses gestes effectués avec calme et dextérité un nombre impair de fois. Je touchais ce corps froid comme pour la première fois.

Ma sœur aînée, Myriam, lavait le côté droit, moi le gauche. Le masque sanitaire couvrait les émanations de savon de jujubier et de mort.

La toilette terminée, les ombres rangèrent soigneusement leur matériel et nous saluèrent le regard baissé.

Je les regardai s'éloigner, abayas flottantes et contrefaçons en bandoulière.

Je sortis rapidement à l'air libre.

Dans cette enclave du parc de Saint-Cloud, un soleil éclatant brillait. J'inspirai à grandes bouffées ma vie nouvelle d'orpheline.

Soudain, une silhouette nord-africaine surgit dans la chaleur d'août. Sa façon singulière de marcher me rappela ma mère, les jambes légèrement arquées par la malnutrition et le scorbut qui avaient ravagé cette génération algérienne. La tête dodelinant de droite et de gauche, le poids de l'humanité sur ses hanches lourdes et fragiles à la fois. Lasse, elle avançait dans ma direction.

La dame alluma une cigarette, ce geste jurait avec ses origines. Une femme à la mise élégante, un voile de soie posé sur ses cheveux, l'accompagnait. Elle l'aida à s'installer sous la tonnelle ombragée, vue panoramique sur le parc. La posture du *Penseur* de Rodin, la cigarette au bord des lèvres.

C'était Aïcha, la plus jeune sœur de ma mère. Un peu simple d'esprit, elle passait son temps allongée dans son lit à regarder sa vie défiler sous d'épaisses lunettes. Elle me parut âgée et fatiguée.

Aïcha, unique survivante de la fratrie, pleurait la dernière sœur qui lui restait.

J'étais surprise par son accent si français d'après-guerre. Comme me surprend encore aujourd'hui l'intonation arabe de ces gosses de banlieue nés ici. L'accent moqué de leurs grands-parents devient celui revendiqué d'une nouvelle France.

J'avais longtemps redouté cet instant. Celui où je verrais mon passé resurgir. Mais rien de ce que j'avais imaginé ne se produisit.

J'eus seulement de la compassion pour cette femme, dont le mari, Hassan, avait hanté les nuits noires de mon enfance.

La *Fatiha*, prière funéraire en islam, fut prononcée par un imam recommandé par la maison de pompes funèbres.

Les conseils et menaces qu'il prodigua nous laissèrent tous pantois. Si nous ne priions pas cinq fois par jour, l'enfer nous ouvrirait grand ses portes.

L'enfer, nous l'avions connu.

La cérémonie eut lieu rapidement dans un cimetière

sans carré musulman. Tous liés au même Dieu, pas de ségrégation chez les morts.

En moins de vingt-quatre heures, ma mère fut morte et enterrée.

Au lendemain des obsèques, mon deuil commença.

Je ne savais pas ce qu'il fallait faire quand on perd sa mère. Il m'était impossible d'en parler, je redoutais la compassion autant que la pitié. Pleurer, je ne pouvais pas. J'étais remuée, pas vraiment triste ; curieux état, comme absente de mon propre corps.

La lecture de romans me sortait épisodiquement de cette torpeur.

La présence de mes enfants me sauva, encore une fois. Si beaux, si doux, ils m'offraient l'existence.

C'est ainsi que démarra la rédaction de ce récit si longtemps tu.

Mes parents sont arrivés en France au milieu des années cinquante, fuyant une terre sismique, Orléansville, El Asnam pour les musulmans, une ville située entre Alger et Oran.

Après le tremblement de terre de 1954 où quatre-vingt-dix pour cent de la ville furent détruits, mon grand-père décida que son fils cadet devait quitter la région. Il imposa à son aîné déjà installé en France de loger Abdelkader, mon père, et sa famille.

C'est ainsi que mes parents arrivèrent à Lyon avec leurs trois enfants. C'était un matin d'hiver glacial. Ma mère enceinte, un enfant dans les bras, les deux autres se tenant la main, âgés de trois et quatre ans. Mon père marchant loin devant comme le veut la coutume, chaussé de cuir pour la première fois de son existence.

Les chaussures, en cuir noir, étaient habituellement réservées aux colons, c'est de là que vient leur nom, les pieds-noirs.

L'inconfort de la peau neuve le faisait boiter. Il a

toujours porté ses souliers délacés. Nous avions pour tâche, nous les filles, de lui laver les pieds dans une bassine d'eau chaude et salée. Honneur et soumission au père.

Ma mère à vingt et un ans avait déjà eu cinq enfants, dont deux aînées avaient péri en bas âge. Leur mort n'avait suscité aucun émoi apparent. Elles ne figurent pas sur le livret de famille, deux âmes envolées dont nulle trace ne reste.

Nous ne saurons rien d'elles, sinon leurs prénoms : Alia et Fatma-Zohra. Alia portait le nom de la mère de mon père, mauvais augure.

Nourrissons fantômes, elles n'eurent pas de sépulture. La cause de leur mort, nous ne la connaîtrons pas. *Mektoub*, c'est écrit.

Mon oncle Abdelatif habitait Mâcon en Saône-et-Loire. Ayant volé l'héritage de mon père analphabète, il avait pu s'acheter un joli pavillon. C'est là qu'il logea un temps son cadet.

Il avait épousé la sœur de ma mère. Nous avions le même nom, le même ADN, la même tête, presque frères de ceux que nous n'appellerions plus que Ceux-de-Mâcon.

La haine que se vouaient les deux frères n'avait d'égale que celle que se vouaient les deux sœurs.

Ma mère voulait être la plus sacrifiée, la plus martyre de la fratrie, elle jouissait de cette douleur pour laquelle elle implorait Rabi Sidi. Alors qu'elle s'apprêtait à accoucher, elle fut mise dehors par son aînée, qui ne supportait plus ces gueux, témoins de la spoliation dont ils avaient été victimes.

Dans la nuit noire de Mâcon, Khedija, ma mère, marchait seule, à peine couverte. Les contractions avaient commencé. Un campement tsigane non loin de la route illumina son chemin, une gitane s'approcha d'elle, puis courut réveiller ses fils, et les hommes du campement l'emmenèrent à l'hôpital.

C'est ainsi que naquit Mazoré, la grande beauté. Un froid polaire sévissait encore dans ces années cinquante, où peu d'endroits étaient chauffés.

Mon oncle, après s'être débarrassé de cette famille encombrante, leur trouva une loge de concierge boulevard des Belges, dans le quartier le plus huppé de Lyon, près du parc de la Tête-d'Or bordé d'hôtels particuliers Art nouveau et Napoléon III. Les grandes familles lyonnaises issues de l'industrie pharmaceutique et de soyeux y résidaient.

C'est dans une pièce unique sans eau ni électricité que vinrent au monde deux autres enfants.

L'alcoolisme de mon père s'accentua avec la pression de leur nouvelle vie et les difficultés financières.

Abdelka, c'était son surnom, avait commencé à boire dès l'enfance. L'Algérie française offrait de nombreux cépages et le vin algérien était fameux. Mon père prit cette habitude quand sa mère les abandonna, son frère et lui, à l'âge de huit ans.

Mon grand-père était si violent que le cadi, juge religieux, accorda le divorce à ma grand-mère en 1930. En fuyant un mari agressif, elle quittait aussi sa vie de mère, laissant ses fils à Saïd, son mari. C'était le prix à payer si elle voulait rester en vie.

Alia était une femme forte et libre. Elle voulait exister, tant pis pour les enfants. Et puis c'étaient des garçons, l'avenir serait plus clément pour eux. Saïd, beau et brutal, avait été élevé à la dure par son père et ne pensait pas changer la tradition, la vie rude des campagnes. Né dans une wilaya proche d'El Asnam, il connut une vie de labeur où chaque jour comptait son lot de malheurs. Des bêtes mouraient dans les champs ou, pire, étaient volées par des voisins envieux, quand elles n'étaient pas réquisitionnées par les nouveaux arrivants du continent, les *gaouris*. Il n'avait pas le temps pour une femme dont le rôle était de l'aider à l'élevage et de marcher droit. Il avait la main leste comme beaucoup d'hommes, c'était ainsi, il fallait l'accepter.

Alia n'en pouvait plus des coups, c'était insupportable pour cette petite fille qu'il avait épousée à peine sortie de l'enfance. Il avait certes fière allure sur son cheval, vêtu de son burnous, sabre à la taille, galopant dans les champs de son domaine. Il l'avait prise sur sa monture comme le veut la coutume. Une peur mêlée d'excitation l'avait envahie quand elle avait senti sa main ferme sur son corps d'enfant. Son père, âgé, la faim au ventre, avait fait une affaire en l'échangeant contre quelques bêtes. Sa fille serait enfin protégée auprès de cet homme.

Elle fut effectivement à l'abri de la faim, de temps à autre, quand son mari ne lui reprochait pas son appétit pourtant frêle. Elle comprit que rien de bon ne l'attendait dans la wilaya de Dar el Hassan. Après avoir mis bas deux garçons, elle gagna un peu de respect, rapidement effacé par les tracas de la vie paysanne.

Le divorce accordé, elle le quitta sans regret.

Elle se remaria avec son cousin, avec qui elle eut deux filles, et ils vécurent heureux.

Ça, c'est pour la légende. L'autre version, sans doute plus proche de la réalité, c'est que, privée de tous ses droits, elle fut réduite à la mendicité. C'est ainsi qu'on traitait les femmes qui osaient défier les hommes.

Quand Abdelkader, son fils, la croisa, il lui cracha à la figure.

Débuta alors sa vie de mécréant.

Mon père avait pour habitude de nous sommer de lui cracher à la figure si un jour il venait à mendier. Il garda une rancune tenace envers les femmes.

Il haïssait tout autant ses enfants, les animaux, les plantes, les hommes aussi. La haine de tout, sauf des voitures et de l'alcool.

Si le boulevard des Belges était une belle adresse, nous vivions néanmoins dans un local trop exigu pour un couple et ses quatre enfants.

Mes parents trouvèrent un logement de transit dans une tannerie désaffectée, à Oullins. L'odeur du cuir flottait parfois dans cet îlot conçu comme un village dédié au tannage des peaux.

C'est ainsi que nous nous installâmes dans un grand appartement où cinq autres frères et sœurs naquirent, et moi-même bien sûr.

La fratrie s'agrandit donc, avec dans l'ordre Kamel, Mahmoud, Dalila, moi, et enfin mon frère Nordine, de deux ans mon cadet.

Myriam, ma sœur aînée, faisait office de mère, elle aidait à la cuisine, au ménage et plus encore. C'est elle que nous allions trouver quand ma mère hospitalisée ou alitée ne pouvait s'occuper de nous.

Mon frère aîné M'hamed, le cadet d'un an de Myriam, avait onze ans à notre arrivée aux tanneries. Il était le souffre-douleur de mon père. Cet homme inculte et pervers avait pris ses deux aînés en détestation. Leur place dans la fratrie fut cher payée. Quant à ma sœur Houria, dix ans alors, belle et joyeuse, elle était comme une offense à notre mère en délabrement mental. Surnommée « Grat l'esquive », elle se grattait souvent et réussit à esquiver les coups de mon père toute son enfance. Elle chantait constamment les tubes yéyés à la fenêtre, au grand dam de ma mère qui n'y voyait que honte et exhibition. Grat emplissait la maison de joie.

Mazoré, la quatrième, avait neuf ans à cette époque. Percutée par une voiture à l'âge de trois ans, elle s'en était sortie miraculeusement. On avait coutume de dire que la gitane qui avait aidé ma mère à accoucher la protégeait. Les gitans avaient ce pouvoir. Mazoré survécut à sa naissance et à son accident. Cependant, les séquelles du choc de la traction avant Citroën qui l'avait fait rebondir sur le trottoir à plusieurs reprises se firent ressentir tout au long de son enfance. Terrorisée par son père, elle ne pouvait retenir la douleur qui ruisselait le long de sa jambe et la peur que lui imposait cet homme brutal.

Comme Grat, Kamel apportait de la joie, mais aussi de la nourriture. Il travailla sur les marchés dès l'âge de sept ans avec son meilleur ami nommé Kamel lui aussi. Il désirait tellement faire rire cette mère étrangère à ses enfants. Mais comme les personnes qui ont peu, elle voulait tout et plus encore sans jamais vraiment le formuler. Ce n'était jamais assez. Kamel passa toute sa vie à essayer de lui faire plaisir sans jamais y parvenir. Plus tard, il l'appela chaque jour de sa vie.

Ma mère fit quelques fausses couches, ce qui lui laissa un répit avant la naissance de Mahmoud, de deux ans plus jeune que Kamel.

À cinq ans, Mahmoud était un enfant spécial. Toujours souriant, les yeux pétillants de malice, gaucher comme son père qu'il haïssait. Le père ne comprenait pas ce fils qui n'était jamais terrifié par les coups et adorait le sucre malgré une maigreur de coureur de fond somalien. Il en mettait cinq morceaux dans sa bouche, puis fermait les yeux, persuadé que sa brute de père n'y verrait que du feu. Mais Abdelkader, effrayé par son étrangeté, le frappait de plus belle pour éloigner le mauvais sort.

Dalila est mon aînée d'un an. Le drame de sa vie fut ma naissance, qu'elle vécut comme un traumatisme de guerre. Une sorte d'amour-haine nous liait. Nous nous sommes battues toute notre enfance. Grâce à elle, je développai une défense imparable. Survivre n'est pas une mince affaire pour les plus jeunes.

Moi, l'avant-dernière, j'observais, j'écoutais et je m'évadais devant le miroir avec mon chat. Ma mère me surnommait *Türkiya*, la Turque en arabe, l'Empire ottoman ayant laissé une forte empreinte en Algérie.

Türkiya, « d'une féroce méchanceté ».

J'ai très tôt douté du roman maternel, elle ne me le pardonna pas.

Nordine, mon petit frère, était le préféré de mes parents.

Il semblerait que sa naissance les ait réconciliés avec la parentalité. Ils prirent enfin conscience de ce qu'être parent signifie.

Ma mère avait pour habitude de dire que toutes nos naissances étaient le fruit d'un viol.

Je compris plus tard qu'elle construisait sa légende de femme martyre.

L'appartement des tanneries disposait d'un unique lavabo trônant près des toilettes et d'un petit local qui servait à stocker le charbon. Un grand poêle sur lequel frémissaient de lourdes casseroles d'eau crachait sa fumée noire. Une vaste bassine en fonte siégeait dans la cuisine, près de la chambre des parents.

Nous dormions au-dessus, sur une mezzanine où les vapeurs de charbon venaient se loger au plafond, dessinant des formes effrayantes qui me plongeaient dans des terreurs nocturnes. La Roula, une femme fantôme, hantait mes nuits d'enfant. Je la voyais apparaître dans la suie dégoulinante.

Le chauffage ayant du mal à accéder à l'étage, le froid et l'humidité me provoquaient des angines blanches qui m'empêchaient de déglutir. La terreur de mon enfance.

L'entrée majestueuse dissimulait des logements insalubres, et voilait la folie paternelle.

Mon père passa de six bouteilles par jour à douze

bouteilles. L'angoisse qu'imposait cette vie nouvelle le forçait à boire toujours plus.

Le jour de paie arrivé, il entrait dans tous les bars des environs, l'argent tombait de ses poches. Le salaire versé en liquide lui brûlait les doigts. Il s'obstinait à le dépenser entièrement en tournées offertes aux consommateurs déjà fortement avinés.

Il rentrait chez lui pour violenter femme et enfants qui attendaient tremblants le retour du bourreau. La peur qu'il lisait dans leur regard aiguisait sa violence. S'il croisait l'un d'eux sur son chemin caillouteux, il était l'élu. Souvent M'hamed avait la malchance de se trouver au mauvais endroit.

Alors, une incarnation du djinn déferlait. Seuls les hurlements de mon frère lui faisaient écho. Puis Abdelkader sortait débraillé de la chambre et, enfin repu, s'affalait sur son lit.

C'est ainsi que se déroula mon enfance.

Un père déficient et violent, une mère à la santé mentale fragile.

Une enfance française.

Le 5 juillet 1962, la fête fut à son apogée dans le quartier. L'Algérie venait de déclarer son indépendance. Les youyous et autres *Tahia el Djazaïr* résonnèrent dans toutes les tanneries. Ma mère et beaucoup d'autres femmes portaient des calots aux couleurs du drapeau algérien ; de nombreuses photos témoignent de ces coiffes improvisées, sûrement fournies par le siège du FLN.

Rares sont les photos où l'on voit ces femmes sourire. Pensaient-elles retourner là-bas ?

Ma mère allait manifester avec des voisines contre les assassinats d'Algériens jetés dans la Seine. Mon père lui demandait de porter des tracts dans mon berceau. C'est ainsi qu'enceinte de mon frère, arrêtée par la police, elle passa une nuit au poste. C'est souvent aux femmes qu'incombaient ces fonctions. Ce sont elles qui commirent en 1956 l'attentat au Milk Bar à Alger, déclenchement de ce qui s'appelait encore « les événements » et qu'on nommerait plus tard la guerre d'Algérie.

Mon père se cachait aussi du FLN qui interdisait aux

hommes de boire et de fumer, tout cet argent perdu en vice pouvait alimenter les caisses du parti. Chaque famille, quels que soient ses revenus, versait sa dîme au Front de libération.

En ce jour d'indépendance chèrement payée, les familles algériennes étaient à la fête et chantaient *Kassaman*, l'hymne algérien, dont les paroles résonnent encore dans ma tête.

Avec d'autres familles, nous louions pour l'été à Sainte-Foy-l'Argentière une maisonnette au bord d'une gare désaffectée. Un voisin paysan surnommé monsieur Oui-Oui vint célébrer la victoire avec nous. Il avait fini par s'accommoder de notre présence envahissante et bruyante. L'Algérie était une lointaine contrée pour cet agriculteur ardéchois dont mon père se sentait proche. Il lui faisait moins peur que les Français méprisants et autoritaires. Monsieur Oui-Oui était un gentil, certes raciste, mais qui ne l'était pas en ces années ? Nous avions de drôles de coutumes comme celle d'égorger les bêtes avant de les cuire au méchoui. Mais lui n'était en rien choqué. Il se plaisait en compagnie de ces femmes à la peau cuivrée qui riaient en se cachant le visage. Il découvrait un monde qui allait s'ancrer définitivement en terre française, un monde qui se nommerait pour toujours immigration.

La vitalité de l'enfance nous rendait plus forts. La joie qui éclatait dans nos rires n'avait d'écho nulle part ailleurs.

J'aimais la vie et la vie m'aimait, je l'apprendrai bien plus tard.

À l'hiver 1967, avant le fameux mois de mai, la famille s'installa aux Minguettes à Vénissieux.

Ma mère avait appris que des logements sociaux allaient être attribués aux familles de nécessiteux. Avec neuf enfants, nous étions les premiers sur la liste. Elle qui savait lire et écrire avait bien pris soin de réunir les papiers nécessaires à notre transfert.

Là, mes yeux d'enfant allaient découvrir le luxe. Nous fûmes les premiers arrivants de la tour 106 dans le quartier de Monmousseau, qui serait plus tard le terrain de violentes émeutes, suivies de sanglantes répressions policières. ? ref. svp

Nous sommes arrivés un jour de tempête de neige comme il y en avait encore dans la région Rhône-Alpes. La cité entièrement recouverte d'un blanc immaculé me semblait féerique. La cime des gratte-ciel se perdait sous les flocons de neige. Immeubles turgescents entièrement vides où quelques lumières jaillissaient au loin. À l'horizon, la tour de Feyzin crachait sa fumée noire.

Je tournoyais sur moi-même tel un derviche jusqu'à perdre l'équilibre et tomber dans la neige glacée. Je courais dans cette immense étendue vide où le béton armé régnait en maître.

Je montai jusqu'au quinzième étage et penchai la tête dans le vide en hurlant de joie. J'étais émerveillée par ces tours.

La 106, hissée sur la colline de Monmousseau, était la plus haute.

Luxe suprême, nous avions non seulement une salle de bains mais aussi une cuisine.

On nous avait attribué un F5 : trois chambres, un séjour, une cuisine, une avant-cuisine, une salle de bains, et surtout le chauffage par le sol. Je m'allongeais par terre pour sentir cette chaleur alors inédite dans l'histoire de l'humanité.

Ma tour serait la première détruite dans les années quatre-vingt à la suite des émeutes.

Sa chute me désorienta, mon enfance explosa en direct à la télévision.

À mes sept ans, une étrange sensation se logea dans mon ventre.

L'âge de raison éveilla en moi les premières angoisses de mort. Prise de contorsions, j'avais le visage dégoulinant de sueur malgré un froid glacial.

Ce mal-être n'allait plus me quitter.

C'est étrangement ce qui m'empêcha de sombrer définitivement. Cet inconfort constant m'obligeait à changer de place, de classe.

Je compris alors à mon corps défendant que quelque chose n'allait pas.

Depuis la petite enfance, ces humeurs m'étaient familières.

La première fois eut lieu chez l'oncle de Dreux. Mes parents nous laissaient désormais l'été chez notre oncle, près de la base militaire américaine. Ils nous déposaient en gage pour pouvoir profiter de leurs propres vacances.

Je suppliais en vain ma mère de ne pas nous y emmener.

Et leur départ déclenchait en moi des crises d'angoisse qui allaient durer toute une vie.

Il me fallut du temps pour comprendre que ma mère était une femme sous influence. Elle revêtait chaque jour sa camisole chimique, avançait ainsi, le regard brumeux et austère. Et mon père était violent, incestueux, illettré et raciste, anéanti par la vie.

J'étais une émigrée, je le suis restée, le déplacé se doit de résister, c'est là sa force et sa faiblesse.

Cet oncle apprécié du voisinage, toujours prompt à aider dans un français si policé qu'il pouvait passer pour un autochtone, masquait un redoutable dévoreur d'enfants.

La nuit tombée, il hantait les matelas surpeuplés et choisissait à sa guise, ces nuits d'énurésie où se confondaient caresses et chuchotements menaçants.

C'est ainsi que se construisait une petite fille.

Totems et tabous algériens.

C'est la nausée au bord des lèvres que me vient ce souvenir si précis aujourd'hui, teinté des couleurs de l'enfance, celles qui vous déconstruisent.

Le dimanche, il nous arrivait d'aller à la campagne chez un autre dévoreur d'enfants, comme nous l'apprendrions plus tard.

Cet homme qui semblait vivre seul, travailleur émigré arrivé peu avant mes parents, était le compagnon de beuverie de mon père. Ils aimaient se déchirer la tête ensemble, les dégustations de vinasse se terminaient inlassablement par une course-poursuite avec ma sœur.

Jeune Lolita callipyge, Dalila rendait cet homme fou. Les barrières de l'alcool faisant sauter le peu de dignité qu'il lui restait, l'homme sans femme depuis des années n'allait pas lâcher sa proie.

J'ai longtemps pensé que les hommes n'aimaient que les petites filles, qu'ils faisaient semblant d'aimer les femmes, les regards qu'ils nous lançaient le prouvaient. Quoi de plus docile qu'un enfant toujours prompt à satisfaire le désir d'un adulte sans jugement ni comparaison ?

Là, nous profitions de la liberté de gambader à travers champs, de croiser vaches et moutons. Ces derniers finissaient invariablement au-dessus de la baignoire. Leur peau délicatement découpée par la lame méticuleusement affûtée de mon père.

À ce moment-là, l'aiguiseur brandissait le signe irréfutable de sa masculinité bafouée par la colonisation. Le couteau en main, il prenait enfin sa place d'homme. Il était celui qui égorgeait les bêtes. Lorsque les hommes de la ZUP lui demandaient cette grâce, il s'y pliait obligeamment. La violence lui rendait son statut d'homme, il pouvait imposer sa toute-puissance.

Les tabous brisés, il pouvait se livrer à toutes ses pulsions.

Ma mère terrorisée n'avait pas la force de défendre ses enfants. Jeune mariée, l'arrivée et la mort subite de ses premiers enfants l'avaient projetée dans une dépression sans fin. Sa confusion mentale était telle qu'elle prenait ses enfants pour sa fratrie et nous reprochait de ne pas la protéger. En regardant son mari faire, elle abandonna tout instinct maternel.

C'est ainsi qu'elle glissa lentement de victime à bourreau.

Dotée d'une puissante force de vie, je survivais à la nuit.

Le matin annonçait un jour meilleur. L'école, le bonheur de retrouver ces camarades si blancs, si propres.

Les cris de joie dans la cour de récré me faisaient rêver un monde nouveau.

C'est ainsi que je grandissais. Mais les troubles compulsifs s'installaient sournoisement en moi.

J'entrai en CM2, toujours à l'école primaire de Vénissieux.

Je laissai libre cours à ma violence, à la folie, à la liberté qui sommeillaient en moi. J'avais onze ans, les hormones commençaient à me travailler, je trouvai la bagarre comme exutoire.

Le rituel de la baston s'installa. Me battre soulageait mon angoisse grandissante.

Chaque soir à la sortie de l'école, je me battais. Se faire respecter était primordial si l'on voulait survivre dans la cité.

La sentence tombait avec la régularité d'un métronome : « Je t'attends à cinq heures. »

Impossible d'y déroger, l'ostracisation et la honte menaçaient si l'on ne s'y pliait pas.

Un jour de rixe particulièrement violente, la jupe relevée de Fatiha dévoila son panty ensanglanté. Terrifiée, je crus l'avoir blessée mortellement. Je n'avais jamais été confrontée directement au sang des règles.

Cette image me hanta longtemps.

Elle me revint avec *Cris et chuchotements*, que je vis à la télévision. Alors je compris ce que c'est qu'être une femme, et j'associai le cycle à la violence.

Mon enfance fut marquée par cette violence archaïque venue du djebel algérien.

Un jour, le visage ensanglanté de mon père m'apparut. Des striures de sang lui lacéraient la face. Telles les pleureuses aux enterrements, il s'était mutilé de rage et de désespoir.

Ils étaient allés avec ma mère et mon frère consulter un spécialiste à Grange-Blanche, aujourd'hui hôpital Édouard-Herriot. Le rendez-vous avec un psychiatre avait confirmé ce que mes parents craignaient. Ils apprirent ce jour-là que mon frère Mahmoud souffrait de troubles mentaux suffisamment sérieux pour qu'on le place dans un centre spécialisé. Ils refusèrent.

De cela, je leur suis encore aujourd'hui reconnaissante.

Grandir près de mon frère bien-aimé m'a protégée du pire, alors que la folie de mon père s'accentuait à une vitesse vertigineuse, exacerbée par le Sheitan. Comme ce jour où il rampa nu sur le sol, hurlant à la mort sous le regard froid de son épouse, ma mère.

Ils ne pouvaient rien y faire. Ils étaient les damnés de la terre.

Les sévices infligés à ses enfants s'intensifiaient au rythme de l'angoisse de mon père, un rythme effréné.

Seule la mort de l'un d'entre nous aurait pu l'arrêter. Mais nous avions la peau dure, aucun ne céda sous les coups du vieux, sauf peut-être ces deux petites filles qui avaient eu la malchance de naître en terre algérienne dans la grande misère de l'après-guerre.

Algérie luxuriante et affamée où la révolte s'ourdissait.

Les Arabes y mangeaient des racines.

Les juifs dépossédés de leur francité.

Les pieds-noirs bientôt délestés de leur terre algérienne.

« Dans le monde où je m'achemine, je me crée interminablement. »

Nous étions tous des émigrés à la ZUP. Espagnols, Portugais, Italiens, Algériens, Tunisiens, Marocains, Subsahariens, même Corses.

C'est ce qui nous liait contre le monde extérieur, nous faisions corps, ensemble, face à l'hostilité du monde des villes et des campagnes.

Avec mes trois amis, Fathi, Vizza et Félix, nous sommes partis ensemble dans un lycée professionnel à Lyon.

Fathi, Tunisien d'origine, était le fils d'un boucher halal, son père tenait un commerce place Dupont. Le lieu où tous les Arabes de Lyon se retrouvaient. Des échanges en tout genre s'y tramaient, troc de vêtements, d'or et d'autres choses.

Vizza était le fils d'un CRS corse, qui lui vouait une haine farouche, partagée.

Félix, qui arrivait d'Afrique subsaharienne, semblait ignorer le froid. Été comme hiver, il portait sa chemise ouverte jusqu'à mi-poitrine, le sourire aux lèvres. En ce temps-là, les hivers lyonnais étaient rudes. Son père, éboueur, partait dès l'aube avec son attaché-case, dans lequel était glissée sa gamelle.

Chaque matin, nous prenions le bus, steak à la main, que nous nous repassions discrètement. Un mégot de cigarette, en argot vénissian. Je ne connais pas l'origine de cette expression.

Le steak, un plat de riches ; le mégot, un mets de pauvres.

Des amitiés sont nées de ces incursions dans la ville.

On se reconnaissait entre transfuges, souvent issus d'autres banlieues, Bron ou Villeurbanne.

Nous restions soudés.

Ma mère avait développé une haine farouche envers ses enfants, ses filles en particulier.

À l'approche de la mort, elle me confia que sa mère était aimante. J'étais stupéfaite, elle avait donc été aimée. Ou bien s'agissait-il de l'un de ces pieux mensonges dont les vieux ont le secret ?

L'amour de ma grand-mère m'a échappé, pas sa haine envers nous, les enfants de sa fille.

Elle admirait mon père, comme tous les hommes en général, tout ce qui ne lui rappelait pas sa condition de femme.

Elle aimait aussi son gendre pervers polymorphe, mari de sa petite dernière. Elle habitait chez lui, à Dreux, s'occupait de ses enfants.

Ma grand-mère à la peau très blanche était tatouée sur le front et les joues. Ces encres sur peau étaient à mes yeux d'enfant les signes d'esclavage.

Elle était l'épouse de Kaddour, homme beau et racé, engagé involontaire dans la Première Guerre mondiale.

Un jour, alors qu'il travaillait dans une buvette d'El Asnam, un conscrit l'enrôla dans le 9e régiment de tirailleurs.

Il partit le soir même sans embrasser ses parents.

Il avait dix-sept ans.

Blessé salement dans la Somme, il fut soigné et renvoyé sur le champ de bataille.

La seconde fois, ses poumons altérés par le gaz moutarde l'affaiblirent pour toujours.

Il put enfin rentrer chez lui.

Ma mère m'avoua qu'il n'avait jamais un seul jour de sa vie évoqué la sale guerre, le silence en héritage.

Il eut pourtant la médaille militaire, en 1924.

Plus tard, ma grand-mère put jouir de sa pension minorée de veuve de guerre, raison pour laquelle elle s'installa en France.

Mon père est censé être né en 1921. Les naissances indigènes étaient rarement déclarées. Il avait sans doute vingt-cinq ans quand il épousa ma mère, qui en avait seize. Il buvait déjà depuis l'âge de huit ans et vivait une vie de vagabond.

Kaddour, le père cabossé de la Grande Guerre, souhaitait marier ses filles avant que ce fichu gaz moutarde n'ait raison de ses poumons déjà grandement affectés. Il fallait que tout soit réglé avant, car il n'était pas très sûr de son épouse. Zohra avait la main leste et ne souhaitait rien de bon pour ses filles. Élevée dans les montagnes, la mémé n'était pas une tendre, elle avait eu treize enfants, dont quatre sont décédés en bas âge du typhus ou autre. Rarement inscrits dans le livret de famille, les morts indigènes échappaient à la loi du nombre et restaient des ombres impénétrables.

Kaddour proposa ma mère au père de mon père, ou l'inverse, et l'affaire fut ficelée.

Mécanicien hors pair, Abdelkader réparait tout ce qui avait un moteur. Outils en main sur le bord des routes, il offrait son aide aux véhicules, moyennant quelques pièces.

Ma mère fuyait chaque nuit ce mari violent qu'elle avait été contrainte d'épouser, implorant ses parents de la reprendre.

Ils la renvoyaient inlassablement vers ce mari sale et puant.

C'est ainsi que commença sa longue série de grossesses, abouties ou non.

À trente-deux ans elle avait déjà eu onze enfants, sans compter les fausses couches.

Cette vie de violence la marqua à jamais, elle regardait son mari faire, le provoquait en lui disant des mots humiliants.

Le moteur de haine relancé, il la traînait par les cheveux, un coup, puis un autre, les cris, les pleurs, tout reprenait pour leur plus grande jouissance.

Nous étions terrifiés par ces scènes de brutalité entre

adultes. Envers nous, c'était normal, dans l'ordre des choses. Nous étions des gosses, des êtres en voie de développement.

Je n'entendais plus les hurlements, les insultes.

Je caressais mon chat tout en me regardant dans le miroir. Ce bruit sourd et lointain ne parvenait pas à brouiller le dialogue avec mon chat. Je l'embrassais, le caressais, je l'aimais tendrement passionnément exclusivement. Un angora prénommé Sissène.

Il ressemblait à la Bête de Jean Cocteau. À chaque diffusion de mon film d'enfance, *La Belle et la Bête*, je me cachais pour pleurer sa mort.

Quand d'un bond elle prenait l'apparence de Jean Marais en collants et collerette, il m'était impossible de contrôler mes pleurs.

Mes tantes étaient l'incarnation de la liberté, elles travaillaient, s'assumaient, divorçaient, prenaient leur vie en main. Elles avaient l'ascendant sur leur mari, pas question de se faire maltraiter.

La tata Zohra était une joueuse invétérée, qui jurait comme un charretier.

Plusieurs fois par semaine, des parties de cartes avaient lieu chez elle. Et bien sûr, elle jouait au tiercé tous les dimanches.

Son mari filait doux, impensable de fâcher Zohra. Souvent elle le soulevait par le col, elle était le bonhomme de la famille.

Zohra avait les lèvres et les ongles peints d'un rouge vermillon, des joncs d'or aux poignets, les *septas*. J'aimais entendre le cliquetis des bracelets quand elle pétrissait la pâte, voir ses triceps bouger au rythme du palper-rouler, sa cigarette pendue aux lèvres se consumant.

Elle faisait des ménages dans les pavillons aisés de la banlieue de Dreux.

J'adorais la suivre dans ses pérégrinations. Je découvrais le monde merveilleux des villas décorées, des photos de femmes encadrées d'argent qui ressemblaient à Stéphane Audran. Des canapés, fauteuils et télévisions couleur, des banlieues si calmes qu'elles semblaient inhabitées.

J'imaginais leur vie, la douceur d'une cigarette fine mentholée disposée dans une boîte argentée sur la table basse, près de laquelle de gros briquets lourds servaient aussi d'ornements.

Ma tante adorait prendre des bains chez ses employeurs, les volutes de sa cigarette se mélangeant à la vapeur d'eau. Fumer dans son bain, une volupté hollywoodienne.

C'est ça la vraie vie, me disais-je en la regardant.

Elle aimait aussi boire un verre de temps à autre, surtout pour son tiercé du dimanche.

Mon père avait également cette fâcheuse habitude qui le prenait les jours de paie, où il jouait l'argent durement gagné. Il perdait souvent. Nous redoutions tout autant qu'il gagne car les soûleries qui s'ensuivaient étaient mémorables. Dans tous les cas nous étions perdants. Comment finir le mois avec un tiers seulement des allocations familiales ?

Khedija, ma mère, était l'opposé de tata Zohra. Pas une once de maquillage, le même imperméable toute sa vie. L'austérité faite femme. En revanche, elle avait l'habitude de jongler avec les sous. Sujet inépuisable à la maison, suivi du sempiternel « On n'a pas d'argent ».

Lorsque mon père aviné et menaçant essayait de lui extorquer le peu d'argent qu'il restait, elle pleurait de rage. Comment faire ? Les crédits ne lui étaient plus accordés. Elle envoyait Kamel chercher le pain, la boulangère lui rappelait à la cantonade de régler ses dettes. La honte qui habite un enfant à cet instant est incommensurable. La honte d'être né pauvre.

La tata Leïla, que j'aimais beaucoup, était une belle grande femme, le cheveu crépu subsaharien, la peau plus foncée que ses sœurs. Elle travaillait chez Metro. Elle en rapportait de grands sacs de nourriture qui nous semblaient l'opulence.

Elle était toujours très élégante, parlait un français parfait sans la moindre pointe d'accent, contrairement à Zohra. Et surtout elle habitait Paris, en banlieue parisienne certes, mais c'était Paris pour moi, le graal. Nogent-sur-Marne était une cité proprette, avec de petits immeubles où les populations se mélangeaient encore.

Leïla était très appréciée du voisinage. Son mari était fou amoureux d'elle. Il la regardait avec des yeux débordant de désir. C'était presque gênant, ces yeux si rares dans nos contrées. Il était si fier de sortir avec cette belle grande femme africaine, même s'il ne supportait pas l'idée qu'elle eût appartenu à un autre homme, son premier mari. Il avait lui aussi un penchant pour le vin. Leïla lui pardonnait, elle trempait de temps à autre ses lèvres dans les flacons.

Puis un jour il disparut totalement. On apprit plus tard qu'il avait succombé à la tentation de l'enfant. Sara, ma cousine, beauté racée et portrait de sa mère, en fit les frais. Leïla ne lui pardonna jamais. Elle le mit dehors et refusa de le revoir à tout jamais. Il implora le pardon jusqu'à la nuit des temps, il ne lui fut jamais accordé.

Désaxée par la violence, ma mère oubliait qu'elle était mère. Elle avait pourtant à ce titre reçu une médaille de famille nombreuse. Je me souviens du certificat attestant qu'elle était bien méritante, avec ses nombreux enfants.

Elle crut au roman familial, à la *mater dolorosa*. Une idée de Français, une assistante sociale ou une bonne sœur lui avait mis ça dans la tête.

La première fois que je vis une religieuse à la maison, elle me fit une forte impression. Portant la coiffe, sœur Claudine ne parlait pas mais chuchotait. Elle sentait le savon de Marseille et s'était prise d'amitié pour ma mère, qui le lui rendait bien. J'étais fascinée par son voile, la blancheur de ses mains et ses chuchotements, Bergman encore. Ma mère trouva enfin sa place dans la vie : elle serait une femme sacrifiée. Le sacrifice faisait écho aux deux religions, l'islam et le christianisme.

Ce fut son mantra, toute sa vie elle nous répéta : « Je me suis sacrifiée pour mes enfants. »

C'était le résultat de la brutalité de mon père ivre, qui augmentait avec ses dérives.

Ma sœur Houria, troisième de la fratrie, était chargée d'aller chercher mon père dans les bars du quartier. Mon frère M'hamed, fragilisé par les abus qui lui étaient infligés, en était incapable. Ma sœur aînée, Myriam, subissait déjà l'inavouable et risquait à chaque instant le parricide. Il ne restait donc que Houria. Elle seule y allait, la peur au ventre, en chantant dans la nuit noire des rues d'Oullins.

Mi-Cosette mi-Gavroche, elle entrait dans le bar, tirait son père ivre mort vers l'extérieur. Il en fallait du courage à une petite fille de dix ans pour sortir son père soûl d'un rade dont tous les occupants étaient déjà sérieusement avinés.

Sans que l'on sache encore pourquoi, ma sœur était la fille honnie de sa mère. Il faut dire qu'elle était d'une beauté renversante, un sourire orné de fossettes, un nez droit, des yeux de biche, des cheveux blond doré, des longues jambes fuselées. La proie rêvée.

Elle portait quasiment son père sur ses frêles épaules jusqu'à la maison. Là, il s'écroulait dans un fracas de ronflements, pour recommencer allègrement le lendemain.

C'est aux Minguettes que j'ai reçu à sept ans ma première insulte raciste de la part d'un instituteur. Il me traita de sale Arabe. Curieusement, je ne savais pas ce que ça voulait dire.

J'étais entourée d'Arabes, personne ne prononçait cette phrase.

Je suis rentrée à la maison, j'ai dit ma mésaventure.

Je savais que ce n'était pas bien, mais je ne comprenais pas. Le racisme est toujours surprenant pour un enfant, jusqu'à ce que l'on repère ces petites choses du quotidien, une attitude insidieuse.

Dire que ça ne m'est plus arrivé serait mentir. De mes blessures, j'ai fait une force.

Vénissieux était une mairie communiste. Nous allions être scolarisés dans une école digne de ce nom, avec des instituteurs moins dignes. Nous avions même une MJC, une maison des jeunes et de la culture.

J'aimais l'école, là je pouvais m'exprimer, m'amuser, rire, oublier, délirer. Je suis toujours surprise par ceux qui, à un âge adulte avancé, continuent à se plaindre de l'école. À dire à quel point ils ont souffert de l'incompréhension des profs à leur égard, de leurs difficultés à s'adapter à la discipline.

Je ne pouvais pas m'empêcher de rêver au foyer idéal dans lequel ils vivaient.

Moi, même s'il n'y avait pas cours, je prétendais aller à l'école. Je préférais traîner dans la cour, dans les caves ou chez mes copines, n'importe où, tout sauf chez moi.

À l'école, l'amitié passait au-dessus de tout. Je prenais ça très au sérieux, à la vie à la mort.

J'ai les mêmes amis depuis de longues années.

Ils m'ont sauvée de beaucoup de dérives sans même le savoir.

L'enceinte même de la maison était une poudrière, où tout pouvait exploser à chaque instant. Cette atmosphère mortifère était nerveusement épuisante.

Mes frères tremblaient de peur, quand mon père nous mettait en rang pour savoir qui était coupable. Question à laquelle nous refusions de répondre.

Ça m'est resté, je ne balance pas.

Je me souviens de m'être fait arrêter quelques années plus tard par la police en flagrant délit d'achat de produits prohibés avec une fille nommée Albane. Issue de la grande bourgeoisie parisienne, elle ne connaissait pas les codes de la rue. Elle avait commencé à prendre de la cocaïne à New York où elle avait démarré une carrière de mannequin à dix-sept ans. De retour à Paris, l'héroïne l'avait happée.

Sa mère était une riche héritière communiste qui avait épousé un très bel écrivain d'extrême droite, partisan du colonialisme. Livrée à elle-même dans les beaux quartiers, elle avait rapidement commencé à se défoncer, c'est ainsi que nous nous sommes rencontrées chez un marchand de rêves. Elle était aussi comédienne à ses heures. Très désaxée, elle cachait sa folie sous une grande beauté hitchcockienne. J'habitais chez elle, boulevard Picpus, où elle louait un appartement dont, une nuit de défonce, elle détruisit les murs à coups de marteau pour le transformer en loft new-yorkais.

Un soir de manque, nous sommes allées rue Volta, haut lieu de la revente illicite. À peine avions-nous acheté la poudre que la rue se vida. Ils avaient tous repéré les flics en civil vêtus de perfectos et keffiehs. C'est ainsi qu'ils nous arrêtèrent avec Salah, le revendeur. Je pris très vite une ligne sous ma cascade de cheveux avant d'être menottée et embarquée. La nuit s'annonçait longue.

À ma grande stupeur, à peine arrivée au commissariat, mon amie confirma qu'il s'agissait bien du dealer. C'est là que je pris conscience de la différence de classe entre nous, elle ne pouvait pas savoir. La police comprit mon zèle quand je leur dis qu'il ne ressemblait nullement au revendeur, plus typé que ce garçon qui avait les yeux clairs.

Je savais l'exil et la peur, les terribles conséquences d'une dénonciation. Beaucoup d'amis de mes frères furent expulsés, ils en revinrent brisés, quand ils en revenaient.

Ils nous relâchèrent avant l'aube. C'est ainsi que nous retournâmes rue Volta, assurées qu'il n'y aurait pas une seconde descente la même nuit.

L'ambiance empirait à la maison. Ma mère, excédée, décida d'aller en Algérie à l'été 1970. Elle partit avec Mazoré et le petit dernier, Nordine. Elle nous laissa Mahmoud, Dalila et moi seuls avec le vieux.

Elle nous pensait suffisamment armés pour passer l'été avec lui. Nous avions respectivement douze, onze et dix ans.

Mon père ne dessoûla pas pendant trois mois, l'été s'annonçait caniculaire. Trois mois durant lesquels je découvris l'âme humaine dans toute sa noirceur, mais aussi dans toute sa beauté, la beauté du laid.

Mon père roulait dans la ZUP avec sa 404 Peugeot diesel bleu ciel, dont il était très fier. Quand ça ne tournait pas rond dans sa tête, il nous emmenait avec lui. Légèrement éméché, il prenait l'autoroute à contresens, me sommant de lire les panneaux, ce dont j'étais incapable. Ça allait trop vite pour moi et cela le rendait fou. Il ne comprenait pas que l'on ne puisse pas lire aussi rapidement que l'éclair.

Les voitures en face klaxonnaient en nous insultant, lui continuait à zigzaguer en nous demandant : « Vous préférez votre père ou votre mère ? »

« Toi, toi papa, c'est toi qu'on préfère », répondions-nous en chœur.

On aurait vendu père et mère pour qu'il reprenne ses esprits et se gare sur la bande d'arrêt d'urgence.

Puis il en avait assez, il s'arrêtait, on respirait.

Le rodéo terminé, on rentrait à la maison.

Il ouvrait la boîte de Ron-Ron du chat, en tartinait sa tranche de pain, l'avalait goulûment, curieusement c'est ce qui me peinait le plus. Je pleurais à l'idée que mon chat n'ait plus rien à manger. Le lendemain, j'allais à la boucherie demander du mou, dont Sissène raffolait.

L'alcool s'évaporant, il s'assoupissait. Nous pouvions enfin respirer. Rire surtout. L'extrême tension que nous vivions provoquait chez nous des crises de fous rires incontrôlables qui me sont revenues le jour de sa mort.

Le matin était le moment que je redoutais le plus. Les lendemains de cuite sont rarement joyeux. Nous l'évitions le plus possible, mais dans un F5 difficile de ne pas se croiser.

Malheureusement, le facteur finissait toujours par passer. Une fois suffisait pour déclencher l'ire paternelle.

Ce que je redoutais le plus arrivait avec la régularité d'un métronome : les lettres d'Algérie. Le frère chez qui ma mère s'était réfugiée s'évertuait à envoyer des lettres d'insultes à mon père. À moi revenait l'honneur de les déchiffrer.

Pas facile à dix ans de comprendre l'écriture d'un adulte. Encore plus difficile d'anticiper les invectives qui fusaient à l'allure d'une mitraillette :

> Cher Abdelka,
> Je constate que tu n'es pas un homme, ni un mari.
> Un homme qui bat sa femme n'en est pas un.
> J'ai honte pour toi et tes enfants…
> Tu ne fais que boire.

Et ainsi de suite. À chaque injure, je prenais un coup.

Je ne pouvais m'empêcher de haïr cet oncle inconnu qui se permettait de nous insulter missive après missive.

Que savait-il de notre vie ? Lui qui n'avait jamais bougé du bled pérorait en nous donnant des leçons.

Un océan séparait ces aïeux prétentieux de la souffrance de l'exilé vivant sur une terre hostile, dont il ne lit ni n'écrit la langue.

Nous ne savions jamais à quelle sauce nous allions être mangés.

Ces grandes vacances commençaient à s'éterniser, trois mois que ma mère était partie. Nous pensions être abandonnés.

Chaque jour apportait son lot de drames, de coups, de violences. Nous étions des loques, à peine nourris, sales comme des peignes.

Mais nous étions ensemble.

Ma sœur Dalila, qui était d'une violence inouïe, me cherchait constamment.

J'aurais dû me douter que quelque chose ne tournait pas rond dans sa tête, quand elle poussait des cris de hyène puis éclatait de rire.

Nous nous battions régulièrement, elle m'arrachait les cheveux, que j'avais déjà très longs. Elle me cassa un doigt qui pendit pendant plusieurs jours, jusqu'à ce que mon père me mette une attelle en carton entourée de ficelle.

J'ai gardé une malformation au majeur gauche, doigt d'honneur au passé.

Je rêvais d'aller en foyer. C'était le rêve de toutes les jeunes filles de la ZUP. Un droit de passage à la vie d'adulte.

Toutes les filles qui y étaient placées en revenaient chics propres maquillées apprêtées, enfin femmes.

On disait que Nicoletta venait d'un foyer de Saint-Étienne avant de sortir son 45-tours *Mamy Blue*. Je voulais être comme Nicoletta, belle, fardée, et chanter à la télé.

Finalement, madame mère rentra du pays.

Nous la reconnaissions à peine, les enfants oublient vite.

Mon frère et ma sœur aussi avaient changé, à dix ans, trois mois c'est long.

Ils nous semblaient des étrangers, de vagues cousins venus du pays, bronzés et replets, ils rentraient de vacances quand nous sortions de l'enfer.

Nous devions renouer avec cette famille venue d'Algérie.

Tout était si confus, si fou, qu'il était difficile de discerner les actes sensés.

Je ne savais pas si moi-même je n'étais pas folle.

Je me suis longtemps posé la question.

Je n'ai pas trouvé la réponse.

Je continuais de passer mes journées devant le miroir à coiffer mes longs cheveux, mon chat sur les genoux. J'arrivais ainsi à oublier le vacarme autour de moi. J'étais seule au monde avec Sissène.

Je me souviens de notre voisine, madame Essènepé.

Son arrivée en France avait été un tel choc qu'elle avait cessé de parler. Pas un son n'était sorti de sa bouche depuis quinze ans.

Le front tatoué, les cheveux teints au henné enserrés dans un foulard coloré typique des tribus berbères, un sourire affable accroché constamment à ses lèvres, comme gênée par sa propre présence, elle s'excusait d'être en vie et passait ses journées derrière la fenêtre à vivre par procuration.

Son mari, incapable de faire face, fuyait ce foyer mortifère.

Madame Essènepé, j'adorais ce nom qui sonnait comme une épée. Je l'imaginais dans une autre vie, sabre à la main, chevauchant l'Atlas telle la Kahina combattant les Omeyyades.

J'appris il y a peu de temps la signification de son nom, SNP, Sans Nom Patronymique.

Madame SNP avait une confiance aveugle en sa fille, Fadela, qui en profitait pour s'octroyer la moitié des allocs. Il fallait bien qu'elle se rémunère pour tout le travail fourni.

À quinze ans à peine, elle fumait deux paquets de Gauloises par jour et descendait cinq à six Valstar cachée dans les caves.

Je me souviens de Fadela, du rictus qui plissait ses lèvres, de sa gestuelle obscène de voyou sans vergogne.

Je comprends seulement aujourd'hui le poids qui pesait sur ses frêles épaules, et pourquoi quelquefois de rage elle brutalisait sa mère si fragile dont les larmes coulaient en silence. Elles pleuraient dans les bras l'une de l'autre, ne sachant pas comment chasser cette fatalité. Même si elle l'avait voulu, madame Essènepé n'aurait pas pu parler, elle était restée trop longtemps muette. Ce silence hurlant lui avait coupé les ailes. Une sorte de langue des signes s'était installée entre elles, Fadela lui parlait un arabe tribal venu des montagnes du Djurdjura.

À chaque grossesse, madame Essènepé partait seule accoucher à Grange-Blanche, pour rentrer un jour seulement après la délivrance.

Lorsque l'on s'adressait à elle, un sourire gêné se formait sur ses lèvres pour finir par un regard paniqué, cherchant de l'aide auprès de sa fille.

Fadela s'occupait de tout, des papiers, de ses frères et sœurs, des inscriptions scolaires, des allocations familiales, tout passait par ses mains. Elle était l'aînée de la fratrie, le bonhomme de la famille.

J'appris plus tard qu'elle avait fini tragiquement à tout juste trente ans, tuée à l'arme blanche au pays de ses ancêtres, le bled. Personne ne sut pourquoi.

Un jour, dans le métro parisien, alors que je bataillais dur contre mes multiples addictions, je vis un jeune garçon assis accompagné de son père.

Le père gesticulait, tenait des propos incohérents, qui m'étaient adressés. Il m'en voulait, me prenait pour une autre, une vendue, une sang-mêlé. Il n'était pas soûl, juste un peu fou. Mais alors qu'il m'invectivait de plus en plus violemment, gênée, le regard plein de compassion, je fixais l'enfant.

Je lui souris gentiment, d'un air entendu. Je me reprocherai longtemps cette attitude de femme blanche, pourquoi avais-je fait ça ?

Il me jeta un regard au travers duquel je compris le gouffre qui me séparait de ce petit Africain du métro parisien. Je ne faisais plus partie des opprimés, je m'étais gentrifiée.

Habitée d'une peine dont je souffre encore aujourd'hui, le déclassement, je sortis de la rame.

Je me précipitai rue Saint-Maur, chez Camarfesse, le dealer du Tout-Paris.

Je montai les trois étages, un goût âpre dans la gorge. D'ici quelques minutes, ce ne serait que du passé, mon corps serait empli de volupté. C'est tout ce que je désirais, être anesthésiée de la vie.

Camarfesse m'ouvrit en slip kangourou en se grattant l'entrejambe. Comme beaucoup de gens de sa profession, ivres de leur pouvoir, un fond de sadisme l'habitait. Il adorait faire attendre chez lui les jolies filles qui riaient à ses blagues pourries. À l'image de nombreux revendeurs, il n'avait pas inventé la poudre.

À peine étais-je assise sur son matelas douteux à même le sol, qu'on tambourina violemment à la porte.

« Police ouvrez, police ouvrez ! »

Tout se passa très vite, ma vie de femme libre défila sous mes yeux à une vitesse folle. Je compris à cet instant que la fête était finie.

Le corps inerte, j'étais tétanisée.

Paniqué, Camarfesse courut dans les chiottes jeter la poudre.

Je savais qu'à partir de cet instant, mon identité de fausse Française libre était terminée. J'allais être expulsée en Algérie, le pays de mes aïeux. Comme tous les enfants d'immigrés, j'étais titulaire d'une carte de séjour. Mon passeport était vert, vert algérien, République démocratique algérienne.

Je savais que ma vie ne valait pas grand-chose aux yeux de la loi française et algérienne.

Je hurlai : « Ouvre cette putain de porte. »

Les keufs firent irruption dans l'appartement, nous menottèrent au radiateur.

Mon corps paralysé, ma tête s'emballa à tout-va.

Je me voyais *fi D'zaïr*, mariée avec « l'invité du dimanche », un vague cousin de ma mère, locataire du foyer Sonacotra de Lyon. Il nous rendait visite chaque dimanche à l'heure de l'émission du même nom, sourire carié et cheveux gras. Son haleine lourde se propageait dans la salle de séjour, à l'heure du goûter, et me donnait la nausée.

Nous attendions ses visites car il ne venait jamais les mains vides, mais les bras chargés de pâtisseries fines de la place Bellecour. Nous les redoutions aussi car nous savions qu'un jour le couperet du mariage tomberait, du moins je le pensais.

Il nous regardait, ma sœur et moi, d'un œil inquisiteur. Nous étions sa promesse du bonheur.

Les stups embarquèrent la drogue, l'argent, les bijoux, tout.

On se retrouva tous les deux seuls, n'osant pas ouvrir la bouche de peur qu'on nous écoute.

Une heure plus tard, Roberto, un client régulier, tapa à la porte.

« On peut pas t'ouvrir, on est attachés au radiateur, les keufs ont fait une descente. »

On l'entendit dévaler les escaliers aussi rapidement qu'il les avait montés.

Never trust a junkie.

Nous attendions gentiment le retour de la police.

Au bout de quatre heures, je m'étonnai qu'elle ne soit toujours pas revenue. Le téléphone ne cessait de sonner.

Les effets du manque commençaient à se faire sentir.

« Il ne te reste plus rien, vraiment ? dis-je.

– Il m'en reste un tout petit peu. »

Mes origines m'ont fait des poignets si fins qu'aucun bijou n'est à ma taille. Les menottes, elles, devaient s'adapter à tous.

Je crachai sur mes mains, me disloquai le pouce. Alors que je commençai à manquer de salive, mon codétenu réussit à faire sauter le verrou avec une épingle à cheveux.

Il m'indiqua où se trouvait la pince-monseigneur, je le délivrai à son tour.

Et pour la première fois, il me tira un trait aussi sec.

Je me sauvai aussitôt après, suivie par Camarfesse.

Je courus dans une cabine téléphonique avertir Véro, qui devait me rejoindre.

Fugueuse et mineure comme moi, elle risquait gros. Elle, ce sont les familles d'accueil qu'elle avait fuies. Des gens sadiques qui la martyrisaient et abusaient d'elle l'avaient laissée à jamais meurtrie.

Eurasienne d'une beauté ravageuse, elle ne se remettrait jamais de cette enfance si douloureuse qu'elle n'arrivait pas à en parler.

À mon grand étonnement, elle éclata de rire quand je lui racontai ma mésaventure.

Véro, fâchée avec ce dealer qui nous faisait marcher, avait décidé de lui donner une leçon et de monter cette opération coup de poing. C'est ainsi qu'elle avait envoyé deux amis spécialisés dans les braquages de pharmacies délester le revendeur de la rue Saint-Maur.

Nous ne parlions jamais de nos douleurs enfantines. Mais on savait, on se comprenait, on se reconnaissait.

Nous étions étrangères aussi toutes les deux, cela nous liait.

Elle attribuait sa résistance à ses multiples overdoses et à ses origines asiatiques.

Véro a fui toujours plus loin plus fort jusqu'au jour où elle a été emportée par un mauvais mélange d'héroïne et de strychnine à vingt-sept ans, comme Janis Joplin, qu'elle admirait tant.

La folie a été une proche compagne. Souvent nous étions placés dans des hôpitaux, des orphelinats, des endroits un peu flous, où des femmes aliénées côtoyaient des enfants déplacés.

Au Vinatier, l'hôpital psychiatrique de Lyon, il y avait une section enfants ; nous y séjournions souvent pour y être correctement nourris et soignés, tandis que ma mère y était internée.

Je me souviens d'une femme aux cheveux noirs, les ongles très longs, en chemise de nuit blanche, qui me fixait d'un regard inanimé. Cette image ancrée dans ma mémoire me rappelle chaque jour la frontière ténue entre l'enfermement intérieur et la liberté. Je compris dans le regard de cette femme folle que je pouvais moi-même basculer à tout moment.

Myriam nous rendait visite à Dalila et moi dans cet asile. Nous n'avions alors que quatre et cinq ans. Elle-même âgée de douze ans ne pouvait prendre en charge ses huit frères et sœurs.

J'ai gardé un souvenir précis de cette institution psychiatrique où je vivais avec des femmes folles.

Enfin dans cet hôpital je pouvais mettre un mot sur la maladie de ma mère.

Les séjours de ma mère en maison de repos s'accéléraient.

Quand elle rentrait, nous retournions à la maison, la vie reprenait, et les scènes entre les époux diaboliques repartaient de plus belle.

Ainsi je grandissais, vite, très vite, la peur au ventre.

J'étais consciente d'attirer le regard des garçons, mais j'évitais de les croiser. Un microscopique mouvement de tête, en guise de salutation, était le maximum que nous pouvions échanger avec eux. Surtout, ne jamais sourire.

Longtemps j'ai gardé cette habitude.

Des Françaises venaient d'arriver dans la tour, les Durand, elles suscitèrent mon attention.

La mère fraîchement divorcée travaillait dur, elle était infirmière à Grange-Blanche. Elle ne cachait pas son animosité envers nous, les Arabes.

Elle avait les jambes constellées de varices, je n'en avais jamais vu. J'étais fascinée par ces excroissances. Je finis par assimiler les varices à l'indépendance.

Geneviève et Carole, ses deux filles, étaient très belles, surtout Geneviève, très grande aussi. Je découvrais que l'on pouvait être grande et belle, j'étais stupéfaite.

Je devins vite amie avec elle.

C'est chez Geneviève que je goûtai à la liberté.

Le mange-disque tournoyait bruyamment. Les posters de Claude François et de Mike Brant ornaient les murs de sa chambre. Une ambiance de fête dans un vacarme joyeux.

L'arrivée de familles françaises éclaircissait mon horizon.

L'une d'elles avait emménagé du côté de la Démocratie, quartier huppé de la ZUP. Bâtiments à quatre étages, espaces verts, loyers un peu plus chers.

Transfuges de classe inversés, des bourgeois déclassés, le père notaire à Lyon avait dû vendre sa maison de Tassin-la-Demi-Lune, à la suite de quelques déconvenues avec la justice. Il n'avait pas l'air de prendre ça mal.

La faculté de tout cacher chez les bourgeois m'a toujours fascinée. Nous, les pauvres, affichions tout sur nos visages, nos corps disaient tout de notre existence.

Il est vrai que leur univers semblait léger, jamais de plaintes, de cris, de drames, une certaine joie de vivre, à la française. Une sorte de *Saintes Chéries* vénissianes.

J'avais douze ans, je compris qu'un autre monde s'ouvrait à moi.

Je ferais tout pour y accéder. Je voulais cette « insoutenable légèreté de l'être », que je savais enfouie en moi. J'ignorais encore comment, mais j'y arriverais.

Des hurlements mêlés à des bris de vaisselle s'élevèrent de la cuisine.

Je savais mon père à la maison, je courus avertir de sa présence.

Les hurlements de ma sœur continuaient de plus belle, elle cassait tout. Le lait déversé sur le sol, les pois chiches, les grains de couscous… Le frigo entier gisait sur le linoléum.

Des cris atroces, des onomatopées en plein envol, tout était comme irréel.

Myriam semblait possédée par le djinn.

Mon père rôdait bizarrement dans la maison, sans un mot. Je ne comprenais pas ce qui se passait, pourquoi mon père si prompt à la violence était ainsi silencieux.

Aucune expression n'émanait du visage de ma mère. Impossible de dire si elle était choquée, dévastée ou même peinée. Rien, de marbre, on sentait juste une légère amertume envers celle par qui le scandale était arrivé.

La vérité avait éclaté au grand jour, ma mère ne pouvait plus se voiler la face.

Sa cadette venait de briser l'omerta familiale, l'inavouable : Myriam faisait hum, hum, avec le papa.

Et voilà, c'était dit.

Son mari abusait chaque nuit de sa fille aînée, depuis sa plus tendre enfance.

Houria s'était vengée de Myriam, la fille préférée de la mère, en dénonçant l'inceste. Elle pensait la punir en déclenchant un séisme, ignorant qu'un secret de famille est toujours su.

C'est elle qui fut condamnée, ostracisée dans sa propre famille. Son chemin de croix commença quand Myriam fut envoyée chez les bonnes sœurs à Dijon.

Elle comprit qu'on ne lui pardonnerait pas ses révélations.

Jamais ils ne revinrent sur ce qui s'était passé ce jour-là, mais l'ombre fantôme rôda jusqu'à la nuit des temps.

Houria, si réfractaire à toute forme d'autorité, trouva un emploi chez Lenzbourg, l'usine de confiture, où elle pratiquait les trois-huit. Et elle fut obligée de reverser entièrement son salaire à ses parents. C'est ainsi que débuta sa longue descente dans l'enfer de l'alcool.

Elle changea à jamais le destin de la fratrie, des filles surtout, la fuite était possible.

Nous nous sauverions toutes, sans exception, même moi.

Un matin, je fus réveillée par une pluie d'étoiles multicolores, je rebondissais sur le sol entre éveil et sommeil, un trop-plein de couleurs provoquait des résonances dans mon cerveau.

J'entendis un râle familier qui accompagnait ces éclairs provoqués par les coups.

Des étincelles plein les yeux, je compris que la lettre du lycée rapportant mon absence depuis plusieurs mois avait été interceptée. Mon père analphabète n'avait pas pu la déchiffrer seul.

Nous n'étions plus que tous les trois, mon père, ma mère et moi, à la maison. Toutes les filles avaient fui, les garçons avaient été mis dehors. C'était donc elle, ma mère, qui lui avait lu la lettre.

Cette fois encore, je la voyais regarder son mari déchaîné, une lueur de jouissance dans les yeux.

Ce jour-là, je sus que je devais fuir comme tout le monde.

Dès ma plus tendre enfance, j'ai connu la violence, l'amour, la haine, la déception, toutes les émotions passaient par les coups. Mais plus que la douleur, c'est l'humiliation qui me dévastait, l'humiliation faite à mon corps de femme.

Mon père n'avait pas accès à la parole. La parole était obscène. Les mots, de la pornographie.

Après la violence, un silence lourd et apaisant s'installait, mon père repu s'affalait dans un long râle, épuisé.

Je devais partir au plus vite, vivre, vite.

J'écoutais derrière la porte les ronflements de mon père endormi. Je suivais le rythme régulier de son souffle en poussant très lentement la porte de sa chambre.

J'avançai les yeux rivés sur le miroir de l'armoire, où se reflétait son corps inerte sans que je puisse voir son visage.

Il fut soudainement pris de soubresauts.

Je restai pétrifiée. Quand son souffle reprit, je pus continuer, atteindre l'armoire dans un mouvement au ralenti.

Je respirais à peine.

J'ouvris la porte très lentement, elle grinça. Je me figeai sur place, les yeux fermés, ruisselante, je continuai, glissai ma main sous la pile de draps.

Là, je sentis le papier cartonné de la voie vers la liberté, ma carte de séjour, le graal des émigrés. Une joie inouïe m'envahit.

À partir de ce jour, cette carte ne me quitta plus, nichée dans la poche arrière de mon jean.

Sur le pas de la porte, je caressai Sissène, je l'embrassai, le rassurai. Ses miaulements déchirants m'inquiétaient.

« Je reviens dans cinq minutes, je vais chercher du pain », lui chuchotai-je à l'oreille.

Il pleurait de plus belle.

Je reconnaissais ses pleurs, ils m'accompagnaient souvent, les nuits de désespoir. Nous avions la même âme, le même sang. Un jour qu'il s'était blessé à la patte, j'avais pris une lame de rasoir, m'étais coupé au poignet et je m'étais frottée contre sa patte pour partager sa douleur.

Nous étions désormais frères de sang, comme les Indiens d'Amérique.

Sur le chemin de la boulangerie, en descendant vers chez Gros, le magasin de petite distribution situé au bas de la colline, je rencontre Geneviève, nous parlons longuement des garçons en nous esclaffant.

Je remarque quelques rideaux qui s'entrouvrent et tempère mes rires, mauvais genre à la ZUP.

En remontant vers les tours, j'aperçois Rayan pour qui j'ai un petit béguin, lui aussi je crois. J'ose à peine croiser son regard. Une grande douceur se lit sur son visage lorsqu'il me voit. Je suis toute chamboulée, les sentiments s'arrêtent au regard à Monmousseau.

Je suis si bien dehors. Cette petite brise qui me souffle dans le cou un vent de liberté.

Je regarde l'heure sur la montre Lip de mon amie, il est 19 heures, je vacille.

J'anticipe l'humiliation faite à mon corps de femme. La peur me dévore le ventre.

Je finis par jeter un œil en direction de la 106. Le rideau du troisième étage s'écarte à peine et se referme aussitôt. Je distingue l'ombre de ma mère.

Une sueur froide ruisselle sur ma peau, mes mains tremblent.

Je dois rentrer. Geneviève perçoit mon malaise et propose de m'accompagner.

Je décline gentiment, mes amies françaises ne venaient pas chez moi.

Je me dirige vers ma tour, les oreilles à l'affût, le sentiment que tous les rideaux s'entrouvrent, que l'on chuchote sur mon passage, alors que je suis seule à cette heure-là. Les Vénissians s'apprêtent à dîner, on mange tôt dans les banlieues ouvrières. La vie aussi s'éteint tôt.

En arrivant à l'entrée de l'immeuble, prise d'un élan soudain, je rebrousse chemin.

Je cours à une vitesse folle pour attraper le dernier bus, le 12 de 19 h 12.

Il démarre, je cogne de toutes mes forces sur la vitre du chauffeur. Je le supplie de me laisser monter. Il finit par céder, les portes s'ouvrent enfin.

Je m'assieds au fond du bus, ma flûte de pain à la main.

Les douleurs au ventre ont disparu. Une légèreté insoupçonnable m'envahit.

Arrivée à Lyon, place Bellecour, j'appelle Brigitte d'une cabine téléphonique avec ce qui me reste de monnaie.

Elle répond, je suis sauvée.

Brigitte est le portrait de Bardot. La peau de son visage grêlé ajoute à sa beauté presque sauvage. Tous les garçons sont amoureux d'elle, les filles aussi. Mais ça n'a pas l'air de l'atteindre. Brigitte est une fille libre, elle n'a besoin de personne. Elle fume des Gauloises et rit souvent de sa belle bouche boudeuse.

Elle comprend.

Je prends le 24, direction Bron-Terraillon.

Elle m'attend à l'arrêt de bus.

Sans un mot nous nous dirigeons vers son immeuble de quatre étages.

J'entre chez elle silencieusement.

Elle vit seule avec sa mère, une femme affranchie qui a viré son mari un peu trop entreprenant avec sa fille. Elle travaille chez Berliet à Montplaisir, se lève tous les matins à quatre heures.

Un sourire las accroché à ses lèvres, elle m'accueille gentiment sans faire de bruit.

Dans la chambre de Brigitte, nous passons la nuit à fumer, à parler de la vie qui s'ouvre devant nous.

Cette vie si mystérieuse, exaltante, effrayante.

Brigitte semble désabusée. C'est ce que j'aime, elle est comme nous, mais française. On peut être français et partager la mélancolie des peuples déplacés. Cette chose qui vous étreint, vous empêche, vous fait lentement glisser vers la mort.

La nuit passe.

Les volutes de fumée se dispersent lentement, tandis que le jour se lève. Mes yeux vides n'osent croiser les siens.

Je suis perdue et déterminée à la fois. Je veux vivre et mourir.

La gorge serrée, je la quitte au petit matin, ses cinq francs en poche, que je ne lui ai pas rendus.

Je ne l'ai jamais revue.

À l'heure qu'il était, tous les radars devaient être au rouge. Mes parents avaient sûrement donné l'alerte. Mes frères à ma recherche, la police au courant. J'étais encore mineure.

La peur au ventre, je me dirigeai vers la gare Perrache, la Part-Dieu n'existait pas encore.

Mon père travaillait au dépôt postal de Perrache, tour à tour agent d'entretien ou veilleur de nuit, je savais la gare dangereuse. Cette semaine-là il était de nuit. Je ne risquais pas de le croiser.

Aussi loin que je me souvienne, j'ai toujours eu cette peur avec moi.

Aujourd'hui encore, c'est la première chose que je vérifie au réveil.

C'est bien là, c'est bon, je suis toujours en vie.

Quand mon père me frappait, il disait : « Baisse les yeux, baisse les yeux », mais moi je tenais, je résistais, ne pas plier, baisser les yeux c'était mourir.

Je ne voulais pas mourir.

Ça le rendait fou. Je savais que j'avais gagné. Petite victoire.

Le trajet dans le train s'effectuera dans les chiottes. L'odeur écœurante que j'ai respirée cinq heures durant n'a pas changé aujourd'hui. Elle me donne toujours la nausée.

Je laisse la porte déverrouillée, si quelqu'un veut entrer, je fais mine de sortir.

J'alterne entre les toilettes et le couloir en évitant de croiser les regards. Très grande à une époque où peu de gens l'étaient, j'avais une silhouette imposante, difficile de ne pas me faire remarquer. Longue chevelure ondulée, grande bouche aux lèvres ourlées, profil aquilin. J'étais tout en jambes, ça m'a sauvé la vie plus d'une fois.

J'arrive à l'aube à Paris-Gare de Lyon.

La brume s'étale sur les quais de la gare. Il fait encore frais ce matin d'avril, sentir le froid sur ma peau me transporte de bonheur.

J'ai envie de sauter, de courir le poing levé tel Rocky Balboa, *Eye of The Tiger* en fond sonore.

Je suis libre !

Je marche le long de la Seine, la beauté de Paris me saisit.

Paris m'émerveille toujours aujourd'hui.

Ces immeubles haussmanniens se dressant de chaque côté de la rive. Je n'ai jamais rien vu d'aussi beau. L'île

Saint-Louis, petite merveille architecturale située en plein cœur de Paris, jouxtant Notre-Dame majestueuse. Les églises m'effraient encore, pas les cathédrales.

Tout est beau, je veux tout, tout dévorer, me repaître de ce Paris fantasmé. C'est à moi, ma ville, mon pays. J'avance dans la ville tel l'Homme Moïse.

Un papier froissé entre les mains, j'arrive dans le quartier des Halles, où s'ouvre un trou béant, les forts sifflent sur mon passage. Je les toise d'un regard méprisant.

Rien ne peut m'arriver.

J'atteins la rue Saint-Denis, me poste devant le numéro 35. Chez ma sœur Houria. Alors que je patiente, la faune de la rue me paraît curieuse.

Un étrange spectacle s'offre à mes yeux. Des femmes vêtues de latex et outrageusement maquillées au petit matin, en minijupes et cuissardes de vinyle, sortent de chez Ernest.

Je n'ai jamais vu de prostituées, des bruits couraient sur des filles de la ZUP qui avaient mal tourné, mais elles ne ressemblaient en rien à ces femmes-là.

Les filles commencent à me toiser. Je sens le vent tourner. Je n'ai aucun désir de me battre. Je suis fatiguée, je veux voir ma sœur. Les émotions traversées ces dernières vingt-quatre heures m'ont épuisée.

Je m'éloigne un peu pour signifier que je ne suis pas en quête d'un client.

Une journée à attendre, à me soulager dans les halls

d'immeuble, la peur au ventre, pendant que ces putes me font la guerre.

Tout ça n'était pas grand-chose, au regard de ce que j'avais vécu. Je n'étais plus une enfant depuis longtemps.

J'ai souvent été impressionnée par les enfants qui ont l'air d'en être, si blancs, si propres, si lisses. Je n'ai jamais eu l'air d'une petite fille. Je suis une vieille âme, les yeux cernés de noir comme les réfugiés ou les enfants blancs photographiés par William Klein.

À huit ans j'en faisais treize, à seize ans, vingt-cinq. Mon enfance volée, je n'ai jamais été une Lolita, mais toujours une femme.

Ma sœur finit par arriver en fin d'après-midi. Je cours à sa rencontre.

Aucune expression sur son visage, elle me dit : « Qu'est-ce que tu fous là ?

– Je me suis barrée.

– Qu'est-ce qui s'est passé ?

– Je ne sais pas, je suis partie comme ça, sans raison, je ne sais plus.

– Viens, on monte. »

Je suis si soulagée de la voir. Je veux me blottir dans ses bras, pleurer, lui dire ce que j'ai enduré. Mais tout est verrouillé à l'intérieur. Rien ne doit transpirer, l'ennemi veille.

Je monte quatre à quatre les étages qui mènent à sa

chambre. J'aime ces vieux escaliers en bois limé par le temps. Je découvre la beauté de l'ancien.

La rue Saint-Denis était la voie royale, au Moyen Âge. C'est par là que passaient les rois lorsqu'ils entraient dans Paris.

Arrivée au sixième, ma sœur ouvre la porte sur une pièce de six mètres carrés. Un matelas posé à même le sol, une couette sans draps, des toilettes à l'étage.

Nous n'échangeons que très peu de paroles, ma présence n'est pas souhaitée. Le passé est passé, ma sœur ne veut plus en entendre parler.

Alors que nous fumons une cigarette à la fenêtre, je regarde le ciel de Paris avec ses toits gris.

Je suis Antoine Doisnel. *Les 400 Coups* ont marqué mon enfance : « Qu'est-ce qu'elle a ta mère ? – Elle est morte ! »

Ma sœur me tend quelques pièces, m'indique un hôtel à proximité.

C'est à ce moment-là que ma vie a changé.

L'hôtel d'Angleterre était le moins cher de Paris, un franc la nuit. Situé cité Bergère, rue du Faubourg-Montmartre, à deux pas de l'endroit qui scella ma vie. Le Palace.

Ce vieil immeuble insalubre abritait la faune pauvre du Palace, quelques travailleurs immigrés et autres précaires. Mais aussi des artistes argentins exilés de la junte militaire. Quelques transsexuels qu'on appelait encore les travestis.

Toute la bande habitait là, cette bande qui allait me transformer, organiquement.

Arrivée à l'entrée de ce meublé, je croise une grande blonde platine aux cheveux courts coiffés en brosse, les lèvres peintes de rouge baiser, une épingle à nourrice à l'oreille, elle siffle comme un mec.

Je suis saisie par sa beauté, sa peau blanche presque translucide, son sourire éclatant de vie découvrant des dents du bonheur. Je lui souris.

Edwige était d'une beauté renversante.

Elle m'aborde, connaît mes sœurs.

Sans aucune crainte, je monte dans sa chambre.

Je ne lui dis pas que je suis en fuite. Je m'endors sur son lit tout habillée.

Le tour du cadran fait, j'ouvre un œil, puis deux.

Edwige dort près de moi en caleçon Fruit of the Loom, ses longues jambes tatouées recroquevillées sur les draps.

Il est midi. Je ne sais pas quoi faire.

J'allume une cigarette, mets le jean d'Edwige, son tee-shirt blanc et son rouge baiser. C'est ça la vie, un film de Godard.

L'air de Paris me caresse le visage, le vent de ma liberté.

Je marche comme une reine dans les rues de la capitale, Paris m'appartient.

Ma vie est ici, désormais je suis parisienne-algérienne.

Je découvre la vie parisienne, couchée tard, levée tard. Je vis au jour le jour.

Ce petit monde qui forme le Tout-Paris de l'époque se retrouvait au Royal-Mondétour. Un café situé dans le quartier des Halles, rue Mondétour, entre les rues bien nommées de la Grande et de la Petite-Truanderie, tenu par des Auvergnats, les Blain père et fils.

L'œuf dur mayo est à un franc ainsi que le poireaux-vinaigrette, les œufs durs au bar cinquante centimes avec un café. Le café que prenaient tous les drogués pour la petite cuillère avant d'aller se piquer dans les toilettes à la turque.

Madame Blain, qui n'était pas au fait des us et coutumes de cette nouvelle génération sans futur, pensait que nous allions nous accoupler dans les toilettes. Elle tambourinait à la porte en hurlant : « Pas de ça chez moi, y a des hôtels pour ça. »

Les Blain nous accueillaient avec gentillesse malgré la forte consommation de drogues. Ils travaillaient en famille avec leur fille, une grande dégingandée, sorte d'Arletty du pauvre.

Je passe mes nuits au Palace, où Edwige officie à la porte.

Cet ancien théâtre de music-hall des Années folles avait été racheté par Fabrice Emaer, à la fin des années soixante-dix. Fabrice était déjà propriétaire du Sept, célèbre boîte de nuit homosexuelle où les femmes étaient encore admises.

Ce Ch'timi nous adorait. Tavailleur acharné, il menait de front ses deux établissements, où le beau et le bas monde venaient s'encanailler.

Nous étions toujours les bienvenus. Fabrice savait que cette jeunesse sans le sou était l'une des attractions majeures de l'endroit. Sans jamais débourser un centime, nous hantions le bar, la piste de danse, et les toilettes.

Je ne tarde pas à faire comme tout le monde, à me droguer. La première fois que je prends un trait d'héroïne, c'est dans les toilettes du Palace.

Camarfesse, célèbre dealer du Tout-Paris, m'offre ma première ligne. Je sniffe d'une traite la poudre marronnasse qui m'arrache les sinus.

La douceur inconnue qui envahit mon corps et mon âme n'a rien d'égal. Je n'ai jamais rien ressenti de pareil, le corps libéré de toutes douleurs.

J'aime tout le monde, tout le monde m'aime.

Un monde enchanté s'offre à moi.

Je déclare mon amour à l'humanité.

On s'embrasse, se câline, sur les canapés rouges du Palace.

J'ai trouvé la potion magique de la vie.

Cette monomanie allait durer quinze ans.

Le Palace était peuplé de filles d'origine modeste autant que de filles riches, ça créait des frictions parfois. Les fortunées n'avaient pas beaucoup de sympathie pour moi, trop grande, trop violente, trop tout.

Je ne comprenais pas bien comment fonctionnait le monde.

Je savais quoi dire, mais je ne savais pas comment le dire. Je suis issue d'un monde de taiseux où la violence sous-jacente explose quand les mots se bousculent. Mes mots n'étaient pas en accord avec ma pensée, ni ma pensée avec mes actions. Il me fallait tout apprendre. Et la façon la plus rapide pour cela était l'héroïne. Les drogues ont le pouvoir de vous désinhiber, de vous rendre plus beau, plus intelligent.

C'est ce que je croyais, jusqu'à ce que je voie des photos de moi sous emprise.

Un soir où je danse à en perdre la tête, Fredo, très chic mannequin Chanel, à l'époque de Philippe Guibourgé avant Karl Lagerfeld, me repère.

Fredo était la petite amie d'Edwige. Elle travaillait avec

un jeune couturier dont le nom bruissait dans le Paris de la mode.

Elle me propose de défiler pour lui.

Je suis plutôt pulpeuse, pas vraiment la norme de l'époque. Je me rends quand même au rendez-vous, métro Trinité.

J'arrive dans un appartement jonché de vêtements multicolores, paillettes, cuir, crinolines et Doc Martens.

Fredo me présente Jean Paul Gaultier.

Ce jeune homme charmant, qui cachait sa timidité sous un flot de paroles, me propose d'essayer des vêtements.

Ainsi commença une amitié qui allait durer plus de quarante ans.

Je passe les vêtements avec aisance, prends la pose. Je marche comme on marche dans la rue, en mâchant mon chewing-gum.

Ma morgue est mon style. Mon arrogance, ma carapace. Personne ne soupçonnait ce qu'elle cachait.

Je suis bookée pour le défilé qui a lieu la semaine suivante. Je n'en reviens pas.

C'était si facile d'être mannequin.

Le grand jour arrive. Une petite ligne et l'affaire est dans le sac.

En ce temps-là les défilés, que l'on appelait les shows,

étaient de vraies performances. Chaque fille avait son style. Elle ne devait ressembler à personne.

Je ne ressemblais à personne.

Être la seule Rebeue de banlieue sur les podiums m'assura rapidement une petite notoriété qui n'allait pas tarder à passer les frontières.

Je ne suis pas programmée pour le travail.

Je n'ai aucune conscience de ma chance.

Bien sûr, je rêve de succès, comme beaucoup de filles du Palace. Mais je ne sais qu'en faire.

Je veux m'amuser jusqu'au bout de ma vie. Obéir m'est impossible. La discipline, je ne connais pas, je discute tout, constamment, par peur et ignorance.

Je suis dans la marge et méprise le succès. La chance, on la reconnaît quand elle s'en va.

Je n'ai pas de futur, je pense mourir jeune, très jeune.

Alors que les autres mannequins font attention à leur ligne, je mange comme un ogre, négligée, sans sous-vêtements, portant toujours le même 501 pendant des semaines. Je ne fais aucun effort lors des castings.

Je dors chaque soir dans un endroit différent, le jean plié à la tête du lit pour pouvoir fuir en cas de danger.

Je suis en sursis. Ils me retrouveront, j'en suis sûre.

Mon père avait une 404 Peugeot. Dès que j'entends le bruit caractéristique d'un moteur diesel, je cours me cacher sous une voiture. J'ai beau avoir quitté Vénissieux, la ZUP m'habite encore.

Les codes, la rue, les regards, raser les murs. Je suis comme ces anciens prisonniers qui marchent en rond au bas des tours.

Je n'ai jamais su marcher droit, j'allais apprendre.

L'héroïne prend une place grandissante dans ma vie. Je me lève et m'endors avec. C'est mon amour caché. Toujours sur moi, dans la petite poche gousset de mon jean, la paille dans la grande.

Des années plus tard, il m'arrivera de retrouver encore un petit paquet égaré dans un jean.

La dépendance s'installe dans mon corps, mon esprit, mon âme. Je suis bel et bien accro. Je ne peux plus fonctionner sans.

L'hépatite, avant le sida, faisait déjà rage chez les drogués et les homosexuels. En période de pénurie, je m'arrangeais pour me piquer la première, ou je rinçais la pompe avant usage. À la seringue, je préfère la paille, plus propre.

L'hépatite est passée par mon corps, mais ne m'a pas infectée. D'après le professeur Gaudin, éminent hépatologue, je fais partie des trente pour cent de personnes qui ont résisté au virus.

Je n'ai pas eu le sida non plus.

Edwige a composé une chanson, qu'elle chante un soir aux Bains Douches : « Farida, tu t'ennuies. »

Elle la chante ses yeux dans les miens. Son regard me transperce l'âme.

Edwige a raison, je m'ennuie profondément, viscéralement.

C'est par ennui que je me suis droguée, pour remplir ma vie.

Enfant, je passais des journées entières à ne rien faire, ne pas bouger, immersion immobile, respirer le moins possible jusqu'à me fondre dans le linoléum.

Ne plus exister.

Avec la drogue, je frôle la mort pour mieux exister.

Je maigris à vue d'œil. Mon appétit d'ogre se dilue dans les affres de l'angoisse.

J'ai toujours aimé manger, me priver de nourriture me semblait aberrant, et l'anorexie, une maladie de riches. Chez les pauvres, l'obésité est de rigueur.

Je me suis gentrifiée.

L'ombre fantôme me poursuit, ce spectre me consume.

Pour décrocher, je consomme des opiacés et des calmants comme des bonbons.

Je passe sous la barre des cinquante kilos. Je suis terrorisée, je ne dors plus que quelques heures, assommée par les médicaments.

À bout de forces, je tente l'analyse, à mes yeux faite

pour les bourgeoises désœuvrées. J'allais découvrir les trésors cachés de l'inconscient.

Marie, une amie, me conseilla quelqu'un. Madame E, installée dans un quartier paisible et populaire du XIIIe arrondissement. Ces HLM propres où toutes les communautés se côtoyaient me rappelaient la ZUP.

À mon grand étonnement, dès la première séance, je dis les grands traumas de ma vie. Mon enfance, mes addictions, tout ce que je n'avais jamais raconté à personne.

Ce face-à-face dura une demi-heure, pendant laquelle je pleurai toutes les larmes de mon corps. Cette séance enclencha une relation qui dura trente-trois ans.

Au commencement, après chaque séance, je me précipitais chez le revendeur. Tout se percutait, je balançais tout sans filtre, de l'inconscient au verbe. Puis je courais chez le fournisseur.

La parole libérée me terrifiait.

Il m'arrivait de me faire une ligne sur le balcon du huitième étage avant de m'allonger sur le divan. Mais les séances sous produit n'étaient pas les meilleures. Nonobstant, je continuais, quelque chose m'attirait vers ces tours. La bienveillance qui émanait de cette lacanienne issue de l'école freudienne, juive d'Algérie puis lyonnaise par la force de l'histoire, m'inspirait confiance. Nous avions des origines communes.

Pour la première fois de ma vie, j'avais confiance en quelqu'un.

La cadence régulière de mes visites près de la place Coluche commença à porter ses fruits. Mais pour arrêter l'héroïne, la psychanalyse ne suffisait pas. J'avais besoin d'une camisole chimique.

La médecin droguée qui nous fournissait des ordonnances de Rohypnol, Subutex, Di-Antalvic et autre Tranxène 50 avait disparu. Son père, alarmé par sa consommation intraveineuse, l'avait envoyée en Afrique soigner des gens qui en avaient vraiment besoin.

Hasard, sa remplaçante arrivait d'Afrique où elle était spécialiste des maladies tropicales. Elle hérita d'une patientèle d'héroïnomanes patentés. La salle d'attente, sorte de cour des Miracles de la place Léon-Blum, se composait de junkies en manque, de filles pauvres et désaxées, et de bourges en cachemire élimé et Weston usées. Elle réussit à en faire décrocher quelques-uns, dont moi.

Un an durant, je pris des analgésiques, psychotropes, benzodiazépines.

Sa technique : prescrire autant de médicaments que nécessaire. Ça marchait. Pas de méthadone, j'avais trop d'amis new-yorkais empêtrés dans cette addiction.

Ma psychanalyse prit un tour vertigineux. Le spectre de la rechute me força à me rendre quotidiennement chez Mme E.

Je faisais des cauchemars d'une violence inouïe, des nourrissons éclatés contre des murs ensanglantés, spectre des années coloniales.

« Traumatismes de guerre », me dit-elle.

Je n'ai pas vécu la guerre. Ce n'était pas ça le trauma, mais ma propre enfance.

Je voyais bien le piège de la victimisation, ma mère en avait fait son emblème. Je ne voulais pas être cette femme-là. Martyre était l'insulte suprême dans mon enfance.

Je continue de penser que j'ai une part de responsabilité dans ce qui m'est arrivé.

C'est probablement ce qui m'a sauvée. Si ce qui m'est arrivé est de mon fait, c'est que je peux changer le cours des choses. C'est ce que j'ai essayé de faire tout au long de ma vie.

La culpabilité m'a rongée toute ma vie. La culpabilité, et la honte que rejetaient sur leurs propres enfants les responsables.

Les pères violents et incestueux, dotés d'un complexe d'infériorité mêlé de surpuissance, ont souvent développé une haine d'eux-mêmes.

Ça définit assez bien le père que j'ai eu.

La violence est une puissante jouissance.

Cet homme terrorisé voulait anéantir ses enfants. Il nous réveillait au milieu de la nuit, nous alignait. Il enlevait la ceinture qui soutenait son pantalon en accordéon, la faisait claquer entre ses mains.

En voyant l'urine glisser lentement le long des cuisses de mon frère et de ma sœur, je comprenais ce que nous vivions. Cela m'impressionnait plus que les coups.

Dans ce jeu macabre, il en choisissait un, souvent mon frère aîné, le cognait de tout son soûl.

Le Sheitan avait pris possession de lui, son dentier

claquait au même rythme que le ceinturon. La boucle avait sa préférence, plus de douleur.

Exténué, il n'arrêtait qu'après épuisement, jusqu'à ce qu'il tombe, soulagé, dans un râle proche de l'orgasme.

Sans un bruit, sans un mot, dans un silence de mort, nous allions nous coucher à même le sol, sur des matelas constellés de cartes de France.

Les nuits d'énurésie commençaient.

Le matin, tout était oublié.

Vitalité de l'enfance.

Les plaies sur nos corps endoloris nous rappelaient les dérives nocturnes du vieux. Mais la vie était plus forte, la joie de retourner à l'école. De retrouver le monde des vivants et des livres. L'école, cet espace de liberté.

Où l'on vivait.

Le *s'hore* est un mauvais sort que l'on jetait essentiellement sur les Algériens. Ma mère, terrifiée à l'idée d'être ensorcelée, avait agrafé à son soutien-gorge une petite page du Coran mêlée à une mèche de cheveux et autres fragments de patte de poulet. Les femmes de la ZUP étaient très friandes de ces amulettes censées les protéger du mauvais œil. Elles justifiaient ainsi les scènes de possession, ces transes venues d'Afrique qui soulageaient leur inconscient encombré.

Il était difficile à mes yeux d'enfant de comprendre ce

qu'elles signifiaient. Si ce n'est un laconique : « *Meskina*, on lui a jeté un sort. »

De cet archaïque héritage, je n'ai gardé qu'un louis d'or de la place Dupont à Lyon. Aux gris-gris, je préfère les bijoux.

Paris m'a sortie de mon enfermement.

Il fallait se frayer un chemin, se coltiner l'autre, sortir de son moi verrouillé.

J'ai eu la chance d'aller vers des gens bienveillants. Les voyous et les tordus ne m'attiraient pas.

J'ai toujours eu beaucoup d'amis, hommes et femmes.

Un soir où j'officiais à la porte des Bains Douches, un lutin sautillant apparut, une casquette de base-ball vissée sur la tête, le sourire ravageur. Il se murmurait qu'il était le pygmalion de Grace Jones, la première Noire branchée depuis Joséphine Baker. Elle portait des costumes d'homme et une coupe de GI. C'était une sorte de Marlene Dietrich noire.

Sa musique, produite par Chris Blackwell, le producteur de Bob Marley, était résolument moderne. Réalisé par Sly Dunbar et Robbie Shakespeare, batteur et bassiste de génie, les meilleurs musiciens du moment, *Nightclubbing*, produit par Island Records, est l'un des meilleurs albums des années quatre-vingt. Il signe la fin du disco, l'entrée dans la new wave.

Jean-Paul Goude, s'identifiant à Josef von Sternberg, transforma la reine du disco en icône de la branchitude. Ses spectacles bouleversaient les codes de l'époque.

L'icône noire allait séduire Paris, mais sceller par là même la fin de leur histoire. Jean-Paul n'était pas un oiseau de nuit, même si par amour il venait chaque soir aux Bains Douches, où je travaillais en tant que physionomiste.

Après quelques verres, il arrivait enfin à me parler

Je n'avais jamais rencontré un homme pareil. Il parlait de tout sans filtre, de son travail comme de sa vie intime. Je commençais à le trouver attirant.

Il avait le double de mon âge, j'avais l'impression d'avoir vingt ans de plus. J'étais une vieille âme, lui un jeune homme.

Un soir, je finis par l'embrasser.

Il partit des étoiles plein les yeux.

Jusqu'alors nomade, j'aimais faire escale chez l'habitant. Je découvrais Paris au gré de mes séjours. Je vaquais des Halles à la Bastille en passant par la Porte Dorée.

Le couple était une nouveauté pour moi, l'évitement difficile, mais ma grande habileté en la matière m'y faisait parvenir.

Jean-Paul et moi ne tardâmes pas à nous installer ensemble. Dans un appartement haussmannien, quai de Valmy, je découvris la vie à deux.

Je devais abandonner ma vie d'avant, la nuit et la drogue.

Vivre en couple je ne savais pas, je devais apprendre l'intimité.

Jean-Paul disait que je me cachais dans le gynécée. En réalité, je ne pouvais sortir de la chambre tant qu'il y avait du monde dans l'appartement, mais les visites étaient fréquentes, et l'angoisse d'affronter, sobre, l'inconnu me pétrifiait.

Jean-Paul, nouvellement parisien, avait gardé de sa vie new-yorkaise l'habitude des visiteurs de passage. Les artistes, les producteurs, tout le monde voulait profiter du retour de l'enfant prodige. C'était la Factory du quai de Valmy.

Je l'appelais en chuchotant, paniquée à l'idée de rencontrer quelqu'un.

Je voyais bien que ça l'amusait. Il ne comprenait pas, mais qui pouvait comprendre ? Moi-même, je ne savais pas pourquoi je me cachais, mais il le fallait.

Ma mère ne sortait jamais de l'appartement, si ce n'est une fois par semaine, le samedi jour de marché, où mes sœurs et moi étions exhibées en vue d'une quelconque alliance. Nous étions bien mises pour acheter des vêtements criards en acrylique à quelques francs. L'œil des voisines jeté sur nos corps en détresse, la nausée aux lèvres, nous avancions vers la condamnation.

La mort n'était jamais loin lors de ces sorties du samedi.

Jean-Paul me fit remarquer que je n'avais pas ouvert la bouche depuis quinze jours.

Je ne comprenais pas la nécessité d'échanger. Je ne savais pas parler. À deux il le faut. Mais je pouvais passer des semaines sans desserrer les dents.

Parler, le danger.

Je n'avais jamais vu mes parents bavarder entre eux. Pire, je trouvais cela presque obscène. Les conversations, je les faisais dans ma tête et ça m'allait très bien.

Il est vrai qu'en matière de monologues, Jean-Paul régnait en maître. J'aimais beaucoup l'écouter parler de lui, de son travail, de moi aussi. À travers ses mots, je comprenais qui j'étais. Ce qu'il aimait en moi. Je découvrais que j'étais aimable.

Sa vanité lui pourrissait la vie, l'orgueil pourrissait la mienne. L'arrêt de la drogue provoquait une panique d'avaler, je ne mangeais plus, ne dormais plus.

Ma peau ne supportait plus rien, ni vêtements ni eau, le dégoût de la vie était en moi.

Jean-Paul, dont les compagnes étaient des trophées, voulait m'afficher, alors que sous une tempête de poudre blanche, je voulais m'enterrer.

Je vivais recluse, essayant tant bien que mal de m'accrocher à la vie.

Je maigrissais à vue d'œil. La drogue m'avait régulée, je mangeais, dormais, vivais grâce à elle. Arrêter me désorienta.

Les premières crises sévères de panique arrivèrent à New York. Je marchais sur Union Square à l'angle de Max's Kansas City. Des sueurs intempestives coulaient sur mon front. Je tremblais des pieds à la tête. Mon corps, tel un Giacometti, se pliait sous la force de l'angoisse. La peur de mon ombre se profilait.

J'allais apprendre à vivre avec, pendant plus de trente ans.

Aujourd'hui encore, elles surviennent par moments.

Jean-Paul était bien décidé à faire de moi la première icône arabe de la mode. C'est ainsi qu'un beau jour il m'emmena rue de Bellechasse, chez Azzedine Alaïa.

Installé dans un petit appartement qui lui servait d'atelier, de lieu de vie et de défilés, lunettes sur le bout du nez, compas à la main, ce Geppetto de la mode allait devenir le géant des années quatre-vingt.

Je ne savais pas alors que notre amitié durerait tout le reste de sa vie. Quelque chose me touchait chez cet homme si petit en taille et au talent si grand.

Il avait une connaissance du corps des femmes quasi chirurgicale. Les essayages duraient des nuits entières, bercés par les mélopées d'Oum Kalthoum.

Les filles déambulaient nues devant les brodeurs et tanneurs médusés par ce spectacle incroyable. Une atmosphère de tension et de fête régnait dans sa maison. Nous nous sentions protégées par le maître des lieux.

Reines nues, nous dormions très souvent à même le sol.

Puis les journées d'essayages reprenaient, entrecoupées par les visites chez les dealers des quartiers éloignés.

Azzedine n'était pas dupe, il ne disait rien.

J'aimais sa pudeur arabe, son absence de jugement, cette grâce à jamais disparue, ne pas dire, ne pas nommer, là où tout est formulé disséqué commenté expliqué.

Quand je me sentais partir, je courais me réfugier chez lui. Il répondait toujours à mes appels, de nuit comme de jour. C'était un ami.

Nos origines communes nous liaient, lui la douce Tunisie, moi l'âpre Algérie. Nos physiques étaient à l'image de nos pays d'origine. L'Algérie, le plus grand pays d'Afrique. La Tunisie, toute petite avec ses 163 610 km^2 de superficie, aujourd'hui lieu de villégiature des Algériens.

Plus tard, Azzedine acheta un hôtel particulier rue du Parc-Royal, tout près de la rue de Thorigny. Le musée Picasso n'existait pas encore, Malraux avait sauvé le Marais, Azzedine le fit renaître.

Monsieur Alaïa pouvait être aussi tyrannique qu'inconséquent. Ses colères folles résonnaient dans le calme Marais de l'époque. Il pouvait s'emporter pour un point de couture mal ficelé, un biais pas net, défaire le travail de plusieurs semaines, laissant la première d'atelier en larmes.

Quand plus tard je travaillais avec lui au studio, je sortais faire un tour dans ces moments-là. Il n'a jamais perdu le contrôle avec moi. Nous savions que si cela arrivait, ce serait irréversible. Notre amitié comptait plus que ses coups de sang tyranniques.

Désertique à l'époque, le Marais offrait de petits jardins qui calmaient mon âme désaxée. Je rentrais au studio pour retrouver Azzedine apaisé, soulagé de mon retour. Il pensait que je ne resterais pas ; je suis restée huit ans, durant lesquels j'ai beaucoup appris. J'aimais travailler près de lui. J'étais maintenant mère de famille, ma vie avait changé. La seule chose qui m'effrayait était d'être femme au foyer : j'étais prête à accepter beaucoup pour avoir le privilège de travailler.

Je savais les dérives d'une vie oisive. Ma mère, malgré ses onze enfants, en avait été victime.

Le labeur a été le cadeau d'Azzedine, je l'ai vu chaque jour se mettre à sa table, couper ses patrons, tailler ciseler perfectionner jusqu'à la folie, passer des années sur la même robe.

Nous savions qu'il fallait mériter le travail. Au commencement, il nous vient naturellement, mais ensuite, il faut gagner chaque parcelle de ce succès inattendu.

J'étais impressionnée par les jeunes gens de mon âge qui étaient employés au studio. Moi, j'étais mannequin, ce n'était pas un métier. Éric, Sylvie et Sophie travaillaient vraiment, ne comptaient pas leurs heures pour élaborer une collection hors du commun. Comment avaient-ils su si jeunes ce que je compris si tard ?

Ma mère ne nous appelait jamais par nos prénoms, je n'ai jamais su si c'était par tradition, par mépris ou par pudeur. Peut-être ne méritions-nous pas d'être nommés. En Algérie comme en Afrique, nous sommes le fils de, *bint* ou *ben*, une extension de nos parents, rarement une personne à part entière.

La frontière entre soi et ses parents n'existe pas, de même que notre corps ne nous appartient pas, il est le bien commun.

Nous étions affublés de surnoms, souvent liés à nos défauts physiques. L'une avait beaucoup de poitrine et était désignée par un mot grossier qui y faisait référence, l'autre à ses grosses lèvres ou à son surpoids.

Cela développa en moi une grande défiance envers mon apparence, et une phobie corporelle bien cachée.

Les mots vulgaires, dans un arabe rudimentaire, me collaient à la peau. C'est ainsi que lors d'une rencontre avec une personnalité importante du monde arabe, je lui demandai des nouvelles de ses « bâtards », persuadée que c'est ainsi qu'on nommait les enfants en arabe.

Je ne pus contenir ma honte quand elle me précisa gentiment la signification exacte du mot que je venais d'employer. Ainsi ma mère nous appelait les bâtards. Elle est effectivement la seule à connaître nos origines.

L'arrogance des indigents cache quelquefois la peur de l'occupant et l'insécurité. Mes parents ont vécu toute leur vie dans la terreur, la faisant régner en retour.

Enfant, je devais avoir sept ans, aux Saintes-Maries-de-la-Mer où nous sommes allés camper deux années de suite, je me mis à courir, terrifiée par un énorme crabe accroché à mon dos en me frappant.

Je courais à en perdre haleine.

À bout de souffle, je m'effondrai face contre terre. Sur le sable brûlant, je m'abandonnai à une mort certaine, dévorée par les crabes de *Soudain l'été dernier*.

Les coups cessèrent soudainement. Je n'osais pas regarder l'objet de ma terreur.

L'énorme natte que j'avais tressée cognait sur mon dos à un rythme régulier.

Les battements de la tresse étaient la cause de cette peur, héritage de mes nuits d'enfant où la mort rôdait.

Cet état d'anxiété démesuré dura de longues années.

Puis un jour le soleil point au bout de mes rêves. Je réussis à me lever, manger, me laver. Le printemps new-yorkais rayonne à la cime des arbres de Central Park. Les Chicanos à vélo m'apostrophent en espagnol, sifflent mon regard dédaigneux.

J'ai recommencé le sport, mon corps se déploie sous le poids des haltères. Mais à mesure que la vie reprend, les douleurs si longtemps anesthésiées arrivent en cascade. Exsangue mais résistante, comme ces chewing-gums collés au macadam qu'enfant je ramassais discrètement pour les mâcher goulûment.

Je continue de faire le mannequin. Je regarde ces filles magnifiques au regard mélancolique.

Du XVIIIe au IIIe arrondissement, Paris est toujours une fête. Je sais que ma place n'est pas là. Mais ai-je seulement une place ?

Petite fille transparente, femme arrogante, je regarde ma vie passer sans pouvoir y accéder, de l'inconvénient d'être née.

Ma mère avait une chevelure dense de Subsaharienne, ses cheveux crépus formant une sculpture de coiffe africaine. Elle était grande, près d'un mètre quatre-vingts, avait les attaches fines et de très belles mains. On lui proposa à son arrivée en France d'être mannequin pour une boutique de confection lyonnaise. Tout cela était bien trop loin d'elle, mais elle en gardait le souvenir à la fin de sa vie.

Nos moments d'intimité étaient le lavage et le démêlage des cheveux, je redoutais ces instants douloureux. Ma tête posée sur ses genoux, elle passait un peigne fin dans mon abondante chevelure rincée au vinaigre et à la Marie-Rose.

Ces séances hebdomadaires étaient souvent suivies d'un épouillage. Nous étions une grande famille, les poux et la gale étaient de fréquents soucis. Quand à l'école une affiche annonçait l'arrivée de la gale, nous vérifiions entre nos orteils la peau squameuse. Le grattage intempestif en était le premier signe, suivi d'un eczéma cutané, ça se soignait rapidement avec une lotion spéciale.

La gale se localise aussi dans les cheveux. Lorsque l'on

voyait des enfants le crâne rasé avec des plaques, on se tenait écarté d'eux.

La honte de ces maladies ne nous épargnait pas et se mesurait lorsque d'autres familles affichaient une peau douteuse. Ma mère affrontait cela avec désinvolture, elle avait connu le typhus en Algérie et bien d'autres endémies.

Elle restait néanmoins un mystère à mes yeux : elle ne sortait pas, avait très peu d'amies, vivait enfermée, prisonnière de son mari. Nous semblions étrangers à ses yeux, elle nous parlait souvent de son enfance, de son père si doux. Nous étions les intrus qui avaient bousculé sa paisible vie algérienne.

Je m'imaginais une enfance bucolique dans un pays qui fleurait bon le jasmin, où les pères aimaient leurs filles. Elle qui en était issue nous ouvrait une porte vers le merveilleux. Les mères douces et attentionnées sentaient la fleur d'oranger, s'occupaient patiemment de leurs enfants.

Un pays que nous ne méritions pas, nous les gueux pouilleux et galeux.

Nous écoutions ses débuts si enviables, pourquoi étions-nous nés ?

Une famille d'Espagnols fuyant le franquisme, dont le père décédé avait laissé neuf petits orphelins, venait d'arriver aux tanneries.

Malheur aux familles encore plus pauvres, nous étions impitoyables. Elles étaient moquées, humiliées, enfin nous pouvions nous venger de la misère. Je les regardais, fascinée, ne pouvant imaginer une famille blanche plus indigente que nous. Je pensais la pauvreté inhérente aux Arabes, je constatais qu'il n'en était rien, la précarité s'immisce dans tous les mondes, blanc, noir, asiatique.

Ça ne me rassurait pas, je comprenais que le fléau était vaste et inextinguible. Contrairement à ma mère, je rêvais d'un ailleurs, mais peut-être en avait-elle rêvé aussi. La misère et la pauvreté sont dures à imaginer quand on ne les a pas vécues.

Il m'est difficile de me souvenir de ce que je ressentais alors, si ce n'est la honte d'être née pauvre et arabe dans un pays blanc et riche.

Nous avons toujours fêté le 1er-Mai, cette tradition ouvrière et pétainiste, travail-famille-patrie.

Nous offrions du muguet à ma mère qui aimait beaucoup cette fleur adoptée par Christian Dior. La fête du Travail, chômée, était célébrée avec joie à Vénissieux, le printemps éclairait les grands immeubles et la tour de Feyzin.

Les pâquerettes se hissaient entre les fissures du béton armé, le sol était goudron à mes yeux d'enfant. Je croyais que la terre était posée négligemment sur l'asphalte. Je grattais à m'en faire saigner les doigts pour retrouver le sol dur et noir qui me rassurait. Survivre à l'hiver était toujours une victoire, j'étais en vie.

Ma sœur et moi allions voler les ornements des pierres

tombales pour les offrir à notre mère, nous devions la vénérer, c'était une obligation. Mais plus je grandissais, plus je m'éloignais de cette femme en comprenant confusément que quelque chose m'échappait dans le roman familial.

Est-ce que Dieu voyait mon père fumer pendant le ramadan ?

Je demandais pardon à Dieu en chuchotant lorsque je jurais sur le Coran en mentant effrontément.

Est-ce que mon père demandait pardon lorsqu'il brisait le jeûne et ses enfants ? Le mensonge, le vol et la violence régnèrent sur mon enfance.

Je me mis à voler chaque jour au supermarché du lait Nestlé sucré que je tétais jusqu'à l'écœurement. J'écrivais sur le sol avec le reste du tube que je ne pouvais terminer. Je ne sais plus ce que j'écrivais, le nom d'un garçon peut-être.

Puis c'étaient les jeans que je dérobais dans les boutiques de confection à Lyon. Je sortais du magasin tel un bibendum et partais en courant, riant aux éclats avec Rose ou Michèle, mes amies d'enfance. J'aimais l'état d'excitation que cela procurait, cette peur nouvelle fraîche et légère me faisait oublier celle qui me rongeait.

Un jour bien sûr, je me fis attraper avec Dalila, ma sœur, nous pleurions tout notre soûl, terrorisées à l'idée que le vieux l'apprenne. Devant tant de désarroi, le vigile nous laissa partir après nous avoir fait promettre que nous ne recommencerions plus, promis juré craché, jusqu'au prochain larcin.

Pourquoi était-ce si difficile de tenir les promesses, de s'imposer une ligne de vie insoutenable ?

Comment vivent les autres ? Lorsqu'il m'arrivait de prendre le métro, je suivais discrètement du regard ces gens qui allaient jusqu'au terminus, prenaient un autre train puis un bus pour finalement arriver dans ces banlieues malgré tout rassurantes. J'enviais leur vie faite de simples soucis matériels, j'oubliais que la mort rôdait aussi chez ces âmes esseulées.

La nostalgie et l'éloignement effacèrent un instant le terrassement de la pauvreté. Gentrifiée, je ne comprenais plus que les larmes du regret et du passé. J'oubliais la joie, l'énergie, la force vitale de la jeunesse, ce qui me faisait croire qu'un jour ça irait. Les rires qui avaient bercé mon enfance, des éclats comme des cris de douleur délicieux. Les situations ubuesques du vieux lorsqu'il venait réprimander, dans un français colonial, un instituteur un peu trop raciste.

À ces souvenirs, des larmes ruissellent, la joie va de pair avec le malheur. Le bonheur n'existe pas s'il n'est pas précédé d'un grand désespoir, c'est le glissement de l'un à l'autre qui crée la mélancolie.

Une femme sut insuffler en moi ce vent de liberté qui n'allait jamais me quitter. Madame Bokhalof, dite madame Mort-dans-l'œuf, fraîchement installée à la 106 et qui, malgré un physique ingrat, avait la réputation d'être une dévoreuse d'hommes.

Elle arrivait d'Algérie. Souvent les Algériens nous contaient un pays rêvé. Je ne comprenais pas pourquoi ils quittaient la terre promise pour venir vivre ici.

Madame Mort-dans-l'œuf traînait en claquettes et gandoura en claquant son chewing-gum entre ses dents or et argent. Elle avait épousé un homme violent, que l'on voyait rarement. Les seules fois où je l'ai croisé dans l'ascenseur, toujours seul, une tension se répandait dans l'espace clos, si dense qu'elle me forçait à en sortir plus tôt que prévu.

Il faut dire que l'ascenseur, lorsqu'il fonctionnait, était une source de stress extrême. La promiscuité n'était pas tolérée chez nous. Les rixes étaient fréquentes pour un soupir, un regard, un bâillement mal interprétés. Les filles se traînaient par les cheveux, les garçons se donnaient des coups de tête. Ils prenaient rarement l'ascenseur, particulièrement quand les filles s'y trouvaient, par respect disait-on. La proximité immédiate avec les femmes n'était pas souhaitée, si l'ascenseur s'arrêtait à un étage, l'homme passait son tour, pour ne pas encombrer de sa présence.

Madame MDLC, comme nous l'avions rapidement surnommée, prenait l'ascenseur quoi qu'il arrive, en roulant des hanches et du chewing-gum. Une femme affranchie qui n'avait peur ni du qu'en-dira-t-on, ni des conséquences de ses actes. J'admirais son courage et son mépris des convenances de la ZUP. Les hommes en sa présence ne savaient quelle attitude adopter.

Son arrivée dans la tour alimentait tous les fantasmes, elle n'en avait cure. Elle aurait été une femme de mauvaise vie, aurait été obligée de fuir l'Algérie, une auréole de chimères l'entourait. De plus, elle n'avait pas d'enfants, situation hautement suspicieuse pour une femme du bled.

Son mari, tout aussi mystérieux, ne se séparait jamais de son couvre-chef, sorte de Stetson à l'algérienne qui lui cachait constamment les yeux.

Une nuit, des hurlements parvinrent du quatrième. À la ZUP, on ne se mêlait pas des affaires des autres. Mais les cris étaient tels que les fenêtres s'éclairèrent dans une farandole de lumières.

Nous comprîmes rapidement qu'il s'agissait de madame Bokhalof qui hurlait par le carreau, le visage ensanglanté.

Les secours tardèrent à arriver – on se méfiait des violences des cités –, puis elle fut transportée à Grange-

Blanche, tandis que son mari quittait la tour, menotté, désorienté, pour ne plus jamais y revenir.

Les commentaires allèrent bon train, elle était forcément coupable.

Quand elle revint de l'hôpital, madame MDLO était affublée d'une excroissance velue en guise de nez.

La légende dit que le mari l'ayant surprise avec son amant lui avait coupé le nez aussi sec. Il l'aurait découverte nue dans leur lit avec l'homme du huitième étage.

Le quartier persistait à plaindre le pauvre mari emprisonné, tandis qu'elle recommença à claquer du chewing-gum en roulant des hanches, avec sa protubérance poilue.

Le sang séché continua de couler des années durant le long de la fenêtre du quatrième comme une menace tangible, la terreur du nez coupé était lancée.

Madame MDLO toisait toujours son monde de toute sa morgue. Gueule cassée n'avait peur de rien, elle avait survécu à deux guerres. C'est bien cela qui la rendait si désirable et redoutable. Elle incarnait la femme victorieuse malgré la haine.

Les traces de son sang tatouées sur le béton armé du quatrième semèrent en moi les graines de la révolte.

Un jour, madame Bokhalof disparut à jamais de l'horizon feyzinois, mais son visage et le cliquetis de ses dents or et argent sont à jamais gravés dans ma mémoire.

Je serai comme madame Mort-dans-l'œuf, libre.

Tristesse et mélancolie me submergent aujourd'hui au souvenir de Naït. Premier Français d'origine de la tour, un peu simple d'esprit, il était victime de harcèlement de la part de morveux qui, *khnouna* au nez, lui faisaient la misère.

Naït ne savait pas se défendre. Il était habillé d'un slip kangourou beaucoup trop grand pour lui et traînait derrière lui un grand chien noir, ce qui faisait beaucoup rire *los Olvidados*, qui déguerpissaient en ma présence.

Naït nous fascinait, mon frère Mahmoud et moi, se pouvait-il qu'il y eût des Français plus délabrés que nous ?

Il avait la gale comme nous, mais chez lui les croûtes étaient plus voyantes sur ses tempes rasées, qui lui donnaient un air de tondue d'après-guerre.

Le gueux n'est pas tendre avec plus pauvre que lui, ce sentiment d'injustice me bouleversait.

On l'appelait « Naït le Chien noir » en scandant son nom sur l'air de *Le Bon, la Brute et le Truand*. Je me sentais proche de lui, j'étais comme lui, fille de clochards, qu'on surnommait les « Kafards ».

Le chandail de mon père révélait la composition de tous ses repas de la semaine, parfois même du mois.

Le pantalon en accordéon tenu par une ficelle sous son ventre proéminent, il déambulait dans la ZUP ou au volant de sa 404.

Il est vrai que mon père débraillé n'inspirait pas le respect, c'est pourtant lui qui était chargé de sacrifier les moutons durant la fête de l'Aïd el-Kébir, que nous appelions le Grand Aïd.

Les voisins se précipitaient chez nous à l'approche de la fête du Sacrifice. Les hommes partaient à la campagne en 404 acheter les bêtes aux maquignons.

Mon père prononçait la prière du sacrifice avant d'exécuter l'animal puis le ramenait à la maison. Doté d'une force herculéenne, il mettait l'animal sur ses larges épaules avant de le jeter dans le coffre de la voiture. Ensuite, les hommes le portaient à plusieurs dans la salle de bains, plaçaient la bête au-dessus de la baignoire.

Abdelkader aiguisait alors son couteau avec de grands gestes méthodiques, le bruit de la lame sur l'aiguiseur résonne encore aujourd'hui à mes oreilles. Après, il découpait délicatement la peau qui glissait aisément telle une étoffe de grand couturier.

Une autre fois, il égorgea une poule sur le balcon et la recouvrit d'une bassine, je devais mettre le pied dessus pour l'empêcher de s'envoler. Quand je la sentis remuer, terrorisée, je retirai mon pied en hurlant, la poule s'envola par-dessus le balcon.

Mon père, furieux, me somma d'aller chercher la volaille en bas de la tour.

Une honte teintée de terreur m'envahit, aller toucher puis porter un animal mort et ensanglanté me semblait insurmontable. J'y allai pourtant. Des larmes de fureur et de peur m'accompagnèrent dans cette marche funèbre.

Je souhaitais ardemment la mort de mon père pour ne pas subir cette humiliation. Mais mon père était bien vivant et il me fallait remonter avec ce cadavre que je tenais par les ailes du bout des doigts.

Le sang qui tacha les escaliers, traçant mon chemin de croix jusqu'au troisième étage, ne fut jamais nettoyé, me rappelant ainsi chaque jour l'humiliation subie, jusqu'à ce qu'il se dissolve dans la pierre, laissant une couleur rouille qu'on eût dite artistique.

Mon père était la risée du quartier lorsque, ivre, il vociférait sa haine du monde entier, mais surtout des harkis, son obsession. Il pouvait repérer de loin ces « traîtres de collabos ».

Les familles harkies étaient marquées d'une pierre rouge. Abandonnées par la France, rejetées par les Arabes. Leurs enfants en payaient le prix. Souvent affublés de prénoms catholiques, ils étaient la risée de la ZUP.

Les filles, généralement douées pour les études, allaient

dans des écoles privées catholiques, le rêve pour qui voulait étudier. Sauvées par le savoir, elles s'en iraient rapidement vers un ailleurs plus studieux, tandis que des garçons prendraient le noir chemin afghan pour laver l'honneur entaché des pères.

Être issus de militants chers à Fanon était la seule victoire dont nous pouvions nous vanter. Cette fierté arabe si prisée par nos pères n'avait d'égale que la misère à laquelle nous devions chaque jour faire face.

Dans l'Algérie archaïque, ton corps ne t'appartient pas, il appartient à la communauté.

Une cousine ravissante, élève studieuse, le comprit tardivement. Nassera vivait une idylle à Lyon avec un jeune étudiant français de son âge. Ils s'étaient rencontrés sur les bancs du collège. Loin d'être une passade, leur amour se renforçait au fil des ans.

Cette année-là, ils avaient tous les deux dix-huit ans.

Mon oncle et ma tante, furieux de la tournure que prenaient les choses, décidèrent d'envoyer leur fille en Algérie. Un été pour calmer ses ardeurs amoureuses et, pourquoi pas, la promettre à un cousin éloigné, quelqu'un de ses origines. Elle était belle, certes un peu trop érudite, une prison dorée lui ferait rapidement oublier les livres.

Quand elle comprit le funeste destin que lui réservaient ses parents, elle fit une tentative de suicide, un appel à la clémence familiale. Elle ne voulait pas en finir, seulement les effrayer. Trois jours durant, par peur du scandale, ses parents la laissèrent agoniser. Elle finit par mourir. L'honneur était lavé. Et l'opprobre jeté à jamais sur les parents diaboliques.

Je pense souvent à cette jeune fille, qui n'a pas cru à la folie ancestrale, qui n'a pas su fuir.

Moi je fuirais, sûr.

La honte encore, la honte d'être née femme.

Je rencontrai le père de mes enfants et l'amour de ma vie lors d'un déjeuner organisé par un ami commun, Christian Louboutin, chez Goldenberg, un restaurant juif polonais situé rue des Rosiers, dans le Marais.

Ce dimanche-là, j'arrivai en Vespa avec Christian, persuadée que j'allais m'ennuyer à mourir. Christian avait beaucoup d'amis de la haute société française, il s'en amourachait régulièrement. L'enfant du XIIe arrondissement avait faim de revanche, elle serait magistrale.

Henri Seydoux faisait partie, je l'appris plus tard, de la HSP, la haute société protestante. Pourtant, il n'avait rien d'un gars de la haute. Rien ne trahissait ses origines. Il avait été journaliste à *Actuel*, le magazine de référence des années quatre-vingt, avant de créer la première start-up française à produire des images de synthèse, une industrie toute nouvelle. Aujourd'hui encore, c'est une entreprise de référence dans l'industrie cinématographique régie par son ancien associé, Pierre Buffin.

Christian était mon meilleur ami, et Henri, le meilleur

ami de Christian. Ils s'étaient rencontrés au Palace. De cette amitié allait naître Christian Louboutin, la célèbre marque à la semelle rouge.

Maladivement timide, Henri n'osait croiser mon regard. Je sentis instantanément quelque chose d'indéfinissable. La timidité me bouleverse autant que la suffisance m'afflige.

Nous avions commandé de la Zubrowka, de la vodka à l'herbe de bison, et alternions avec de la bière polonaise. Nous parlions de tout et de rien, riions beaucoup. Lorsque je croisai enfin son regard, il devint écarlate.

J'étais conquise.

Jean-Paul Goude, accaparé par la production titanesque du défilé du bicentenaire de la Révolution française, me laissa seule pendant des mois. Alors qu'il était en Chine, témoin impuissant des heurts de la place Tiananmen, je noyais à Paris ma solitude dans les livres et la poudre.

Henri foudroya ma vie en un instant, mes préceptes de fidélité volèrent en éclats. Je m'autorisai à vivre une aventure qui allait changer ma vie.

Je quittai Jean-Paul pour m'installer avec Henri boulevard Beaumarchais, tout près de la Bastille.

La promesse fut faite : si le bicentenaire se révélait un fiasco, je resterais avec Jean-Paul.

Le succès du défilé fut tel qu'il résonna dans le monde entier.

Les danseuses géantes de l'*Opéra Farida*, portant dans leurs bras des petits hommes avec des drapeaux du monde entier, étaient l'allégorie du couple que nous formions, Jean-Paul et moi.

Une tribune historique faisait face à ce défilé d'anthologie. Les moutons défilant sous la pluie avec les orchestres de cornemuses ainsi que les Marching Bands firent la joie de George Bush père, Margaret Thatcher, Helmut Kohl et François Mitterrand.

Je partis le cœur lourd. Un grand pan de ma courte vie s'en allait.

Un article de *Libération* qui racontait la magie du défilé se terminait par une phrase de Jean-Paul : « Où est Farida ? »

Cette phrase me brisa le cœur.

Jean-Paul m'avait fait découvrir la beauté de la vie, avec Henri j'allais y goûter.

Henri aussi abandonna beaucoup.

C'était lourd et risqué. La culpabilité de détruire une famille et de quitter un homme qui m'aimait. Mais l'amour l'emporta.

Il me fallait à nouveau changer de place. J'ai passé ma vie dans l'inconfort d'une place jamais acquise. Chaque fois, je m'adaptais.

Je n'avais jamais vécu avec des enfants, j'allais apprendre.

Henri avait deux petites filles espiègles, très différentes de ce que j'avais connu. Je découvrais l'éducation protestante, où l'on appelle ses parents par leur prénom. La liberté de ton, le sport, la nature, apprendre à nager très tôt, à skier, à s'exprimer. La culture, les musées. La liberté.

Ce n'était pas si mal d'avoir des enfants, me disais-je, alors que jusqu'ici je m'étais juré de ne jamais enfanter.

Devenir belle-mère me confronta à une réalité que je n'avais pas soupçonnée. Je compris rapidement qu'il fallait laisser de la place aux filles. Elles avaient besoin de leur père. Et Henri avait besoin d'elles.

Henri désirait un enfant, je n'étais pas prête.

Je n'osais pas lui dire que je ne voulais pas être mère.

Nous avions empoisonné la vie de ma mère.

Il me fallut du temps pour pouvoir envisager la maternité.

Lorsque j'eus douze ans, l'Amicale des Algériens en Europe nous invita, nous les enfants d'émigrés, à visiter le pays de nos parents. Une grande excitation s'empara de nous, l'Algérie était comme le graal inatteignable.

Je voyageai en car jusqu'à Marseille, où je découvris la première ville d'Afrique dans toute sa beauté, sa lumière me brûlait les yeux que je fermais pour mieux me laisser pénétrer par sa douce chaleur.

À ma grande stupéfaction, je rencontrai des Arabes comme moi à l'accent fleuri du Midi. Je ne savais pas que moi-même, je traînais l'accent âpre des monts du Lyonnais. Je pensais que tous les Arabes parlaient de la même façon, le langage des ZUP.

L'accent du Midi me plut instantanément, je lui trouvais une poésie nouvelle, différente de celle de Pagnol qui avait bercé la télévision de mon enfance, l'intonation plus douce.

La traversée me fut pénible. Je fus malade tout le long, ce qui n'empêcha pas Mohamed de tomber amoureux de moi. Petit Marseillais grassouillet, je le trouvais terriblement attirant, il était très drôle et semblait si épris que la réciproque fut instantanée. Je découvrais que je pouvais être aimable et désirable. Il était mon deuxième amour, après Victor qui m'avait embrassée pour la première fois. Un baiser salé d'adulte, nous étions en CP. C'est aussi avec Victor que j'avais fumé ma première cigarette, j'avais huit ans.

L'arrivée dans la baie d'Alger fut magique, la corne de brume de notre embarcation résonna dans tout le port. La découverte d'El-Djazaïr illumina mon cœur d'adolescente.

La lumière de la ville blanche m'aveugla en un instant, j'étais bouleversée par sa beauté. C'était donc ça, l'Algérie ? Je compris soudain le désarroi de mes parents, comment avaient-ils pu la quitter ?

Nous fûmes accueillis par des jeunes femmes en minijupes, leurs yeux verts soulignés de khôl, parlant un français impeccable avec une petite pointe d'accent indéfinissable.

Surprise, je découvrais les différents types algériens, ils étaient phéniciens, romains, ottomans ou subsahariens. J'étais issue d'une multitude d'ethnies, ça me réchauffa le cœur de savoir toutes ces cultures en moi, j'étais riche de tous ces héritages.

Nous prîmes le bus jusqu'à Tipaza, une ville antique située près d'Alger, qui malgré sa destruction par les Vandales conserve de magnifiques ruines gréco-romaines. Le bassin méditerranéen, ce tumulte incessant, en est l'origine.

Une grande bâtisse de style colonial s'élevait au bout du chemin caillouteux emprunté par notre bus. Enfin, je descendis, la nausée au bord des lèvres, pour découvrir une demeure magnifique surplombant le bleu de la Méditerranée. Mes émotions se bousculaient, se mêlant au mal de cœur.

Ce n'était pas la première fois que je voyais la mer. L'année de mes huit ans déjà, je l'avais découverte aux Saintes-Maries-de-la-Mer. Mais celle-ci n'avait rien à voir avec celle, marécageuse, de la Camargue. Elle était bleu azur, fraîche et agitée, avait provoqué la colère des dieux, la violence et la rage depuis l'Antiquité. On ne lutte pas contre les marées, on se laisse porter.

La bâtisse de notre camp de vacances était gardée par des soldats algériens russophones. L'empreinte soviétique était importante, l'intitulé de notre passeport en témoignait, les Russes avaient œuvré pour la décolonisation en Afrique et ailleurs, la révolution socialiste en marche dans les pays occupés.

Les soldats gardiens de la révolution étaient bienveillants avec nous. Ils nous contaient les atrocités commises par la France durant l'occupation, nous les écoutions, fascinés par leurs récits.

Le matin, nous nous réveillions au son du *Kassaman,* le drapeau hissé haut par l'un d'entre nous. Une colonie boy-scout, algérienne, nous révélait l'histoire cachée de notre pays, une bataille d'Alger en accéléré.

Nous étions de jeunes immigrés venus de toute la France et d'Europe, la première génération à être née hors d'Algérie, et pour beaucoup nous découvrions le pays de nos ancêtres.

Ce beau pays ne nous appartenait pas, c'était celui de nos parents. Nous étions arc-boutés entre deux rives, ce serait notre croix. Un mélange de reproche et d'envie se lisait sur le visage de nos hôtes, nous n'étions pas des leurs, seuls nos papiers prouvaient notre appartenance. Je ne m'exprimais pas comme eux, j'étais différente de ces filles ultra-maquillées habillées à l'européenne qui écoutaient les Beatles. Elles me parlaient comme si j'avais leur âge ; c'est vrai qu'à douze ans, je mesurais un mètre soixante-douze. J'allais pendant quelques années entretenir une correspondance avec une monitrice, pour laquelle j'étais la promesse du bonheur.

J'ai retrouvé ses lettres écrites dans un style colonial, où l'espoir vain de vivre en France transparaît à chaque ligne. Raison pour laquelle elle s'était liée d'amitié avec moi, son seul contact avec la métropole.

La liberté acquise, les colons partis, une certaine mélancolie s'était emparée du peuple algérien. Surjouant l'attachement au drapeau, n'être plus qu'entre eux les rendait tristes, l'absence d'étrangers avait enlevé un peu de son mystère à la casbah d'Alger. L'allochtone manquait à la beauté du pays, c'est ce que me disait, entre les lignes, mon homonyme algérienne. Camus mort depuis longtemps avait préféré sa mère au pays qui n'était déjà plus le sien.

La beauté suave de la côte algéroise emplissait mes rêves d'une douceur inconnue, la brise avait un goût âpre et sucré à la fois. Les femmes vêtues d'un haïk immaculé déambulaient dans les rues, où Pépé le Moko avait péri sous les balles du traître, allégorie algérienne.

Je compris avec ce voyage que je n'étais ni algérienne, ni française, mais simplement une immigrée arabe, une race à part.

De retour en France, quelque chose avait changé en moi. Mon père, curieux de cette Algérie qu'il vénérait autant qu'il la redoutait, rôdait étrangement dans l'appartement. Il n'osait pas poser de questions sur son pays qu'il avait défendu au risque de sa vie, mais qu'il craignait de retrouver comme un amour perdu, inaccessible. Je comprenais son désarroi, sa maladie alcoolique, sa violence, sa haine.

Maintenant je connaissais l'Algérie, pas la sienne, mais une Algérie nouvelle pleine d'espoirs et de désillusions. Celle qui allait devoir apprendre à vivre seule, un destin qui durerait longtemps.

De retour à la ZUP, les dalles de béton armé me rassuraient, ici j'étais chez moi. Dans l'enceinte de la cité, pas d'étrangers, car nous étions tous étrangers et pauvres. La misère en engendre une plus grande encore, celle de l'isolement, l'enfermement.

Quelques années plus tard, ma mère et moi débarquions sur le port d'Alger, où son frère nous attendait. Elle avait décidé de passer l'été en Algérie dans sa famille. Mes sœurs étant toutes parties, je fus désignée pour l'accompagner.

En route pour El Asnam, nous traversions les wilayas et je regardais les paysages défiler sous mes yeux ébahis, quand une envie violente de vomir me saisit que je ne pus contrôler. Mon oncle furieux exigea que je nettoie sa voiture, le séjour ne s'annonçait pas sous les meilleurs auspices.

Enfin arrivée à El Asnam, je commençai par faire le ménage, comme toutes les filles qui respectent leurs hôtes. Vêtue d'une gandoura, un foulard coloré noué sur mes cheveux dont quelques mèches teintes au henné dépassaient, je nettoyai le patio à grande eau.

Une dame assez âgée fit irruption dans la maison et, après quelques youyous et embrassades, elle s'installa dans le salon. Comme le veut la coutume, je lui servis le thé et quelques gâteaux faits maison.

Je n'aimais pas sa manière de me regarder. Quand elle me palpa le bras, je reculai si violemment qu'elle vacilla, je ne supportais pas que l'on me touche, je ne comprenais pas ce qu'elle voulait.

Ma mère me jeta un regard noir, et je retournai dans la cuisine, là où était ma place. Je préférais faire le ménage que m'asseoir sur le beau tapis d'Orient, reluquée par cette vieille dame.

J'allai au hammam, seule sortie autorisée pour les femmes, il faisait une chaleur aveuglante. Le soleil à son zénith me semblait aussi haut que dans *Soudain l'été dernier*, le film de Mankiewicz qui marqua mon enfance.

Je sortis de cette étuve pour en trouver une autre tout aussi étouffante dans les rues d'El Asnam. Midi sonnait, pas une âme dans ces impasses blanchies à la chaux, quand soudain je m'écroulai de tout mon long sur le pavé de la place du village.

J'avais passé la matinée au bain turc, le corps gommé par la *tayabatte* à la *helfa*, cinq heures à transpirer. Sans une goutte d'eau, déshydratée, je m'effondrai.

La honte que suscita cette perte de contrôle m'habita longtemps. Il est toujours suspect pour une jeune fille de mon âge de perdre connaissance. Toutes sortes de soupçons allaient naître dans ces esprits archaïques et torturés, on me regarderait désormais d'un autre œil.

Je passai mes vacances à faire le ménage et à servir le thé, je n'avais rien à partager avec mes cousines, qui ne ressentaient que défiance à mon égard.

Je n'étais chez moi nulle part, pas même chez mes parents, toujours en transit, tels les réfugiés ballottés de port en port.

Le séjour commençait à me sembler long, plus de deux mois à faire le ménage, servir le thé et manger des gâteaux.

Quand une énième invitée pointa son nez, je compris enfin ce que ces visites signifiaient, ces femmes cherchaient une épouse pour leurs fils incapables. À force d'amour maternel dévorant, elles avaient castré ces pauvres garçons niais et violents.

Quand soudainement tout fut clair, je demandai à mon oncle, qui travaillait à la mairie, si je pouvais téléphoner à mon père. La permission me fut accordée.

En attendant la semaine où mon père serait du matin, je continuai de servir le thé – avec beaucoup moins d'enthousiasme. Mon exaspération s'exprimait par des soupirs sonores, des regards pleins de haine jetés à ces femmes sans vergogne. Je voulais leur faire rapidement passer l'envie de me voir devenir leur bru.

Ma mère, qui comprenait ce qui se passait, m'autorisa à appeler mon père, ce que je fis aussitôt. Je lui expliquai que les cours allaient reprendre et que, si je ratais la rentrée, je serais pénalisée. Tandis que je lui parlais, au bord des larmes, je savais qu'il saisissait l'importance des études, lui l'analphabète de la famille.

La décision tomba comme un couperet : terminées les vacances, tout le monde rentre. J'accueillis la nouvelle en sautant de joie. Ma mère prit enfin les billets de retour.

Libérée, je rentrai en France, décidée à fuir à jamais cette famille mortifère. À peine rentrée, j'allais échafauder mon plan d'évasion.

Les choses ne se passèrent pas exactement comme prévu. Alors que d'ordinaire j'étais si prompte aux études, une lassitude m'envahissait dès que j'ouvrais un livre. Je pouvais littéralement tomber de sommeil sur mon bureau, ce qui me valut quelques exclusions de cours. Je n'y arrivais plus. La malédiction paternelle m'avait-elle atteinte ? Fille d'analphabète, illettrée tu resteras.

Plus rien ne m'intéressait. J'allais en cours pour exprimer ma violence, faire grève, manifester, déconner, tout sauf étudier, jusqu'au jour où je décidai de ne plus y aller du tout. Je ne savais pas encore qu'il ne me restait plus que quelques mois à vivre avec mes géniteurs.

Je partais donc tous les matins cartable à la main pour prendre le bus. Arrivée à Lyon, j'appelais Brigitte pour savoir si la voie était libre et je me rendais chez elle. Quelquefois, je devais attendre une heure ou deux que sa mère sorte. Je traînais alors en ville, ce qui était dangereux car je croisais souvent quelqu'un, un copain de mes frères ou de mon père. Dans ce cas, la nouvelle fuitait à la vitesse de l'éclair, et il n'était pas rare que j'arrive chez Brigitte avec un œil au beurre noir, caché par ma cascade de cheveux. Je ne comprenais pas comment j'en étais arrivée là, je voulais bien faire mais je sabotais tout, je n'avais plus le contrôle de mon corps, tout m'échappait. Mes crises d'angoisse quotidiennes devenaient insurmontables, la terreur continue m'éreintait, j'étais à bout.

La violence paternelle décuplée par l'arrêt de l'alcool révéla la schizophrénie. Je n'ai jamais su si cette folie était due à l'atavisme familial ou à la colonisation qui a déshumanisé nos pères.

J'avais peur de commettre l'irréparable, j'avais déjà fait deux tentatives de suicide entre douze et quatorze ans, l'avenir était sombre.

À quinze ans, ma vie était finie, mes sœurs parties. Seule avec mes parents, je vécus les pires années de mon existence. Pas un bruit, pas un son ne sortait de ma bouche, mes besoins les plus naturels étaient restreints, je n'allais plus aux toilettes de crainte que mon père tambourine à la porte et me découvre pantalon sur les pieds, j'attendais qu'il sorte de la maison pour m'y rendre. La prison, c'est être privé d'intimité ; dans le cerveau archaïque de mon père, l'intimité était *khamja*, sale en arabe. Si je m'enfermais aux toilettes, c'était pour y faire des choses sales.

Un jour où nous étions dans la chambre des filles avec mes sœurs à rire bruyamment, mon père entra si violemment que la porte céda et il nous trouva en soutien-gorge. Il se sentit si gêné qu'il ressortit aussitôt.

La violence, c'est aussi le contrôle. Les femmes entre elles le rendaient fou, quelque chose lui échappait, lui qui avait si peu connu sa mère.

Je me souviens de son embarras, car il était rare, sauf quand il faisait quasiment la révérence devant les autorités françaises, son béret basque à la main, une gêne immense me terrassait alors.

Colonisé tu resteras.

Mon père a toujours porté un couvre-chef, la casquette remplaça le béret basque qu'il porta de longues années, probablement pour cacher sa calvitie. Il fumait beaucoup, laissait les filtres de ses cigarettes se consumer dans le cendrier, infestant le F5 de l'odeur de tabac froid, et les cendriers étaient rarement vidés en prévision des soirs de pénurie. Je me souviens des Disque Bleu filtre, la Gauloises du pauvre, un casque de Gaulois dessiné joliment sur le paquet, qu'il m'envoyait chercher. Le buraliste conciliant ne posait pas de questions lorsqu'une petite fille venait acheter des cigarettes dans un café enfumé et au sol jonché des tickets de tiercé.

Bel homme en dépit de sa petite taille, nez busqué, lèvres ourlées, il avait du succès auprès des femmes malgré sa mise, on lui prêta même une aventure avec une Française.

Odette Paquet était aussi rousse qu'il était brun, les lèvres écarlates peintes, on la voyait souvent dans les cafés avec lui. Femme exubérante, elle était l'exact opposé de ma mère.

Cette aventure chagrina fortement ma mère qui, dans ma fantasmagorie enfantine, le laissa commettre l'irréparable plutôt que de le voir séduit par une maîtresse *gaouria* sur laquelle elle n'avait pas prise. L'inceste est aussi une histoire de contrôle, tout ce qui se passe à la maison reste à la maison.

Pendant toute mon enfance, je n'ai jamais connu l'intimité, être seule, une chambre à moi.

L'enfermement de la cité, où chaque bruit, chaque mouvement, est enregistré, m'a traumatisée. Les lumières s'allument au cinquième étage, monsieur Bensaoud part travailler à quatre heures quarante-cinq ; à six heures, les Traoré sortent ; les rideaux s'entrouvrent, un étranger surgit dans la cité : tout est repéré, signalé.

La vie des autres a toujours été un mystère. Celle de Dolorès en est un.

Dolorès, comme son nom l'indique, était la douleur du quartier, brune, belle, racée, Blanche-Neige ibérique. De jolies lèvres ourlées roses à croquer, elle en faisait rêver plus d'un dans le quartier. Elle semblait hors du temps, entretenait un rapport différent à son corps de ballerine malmené.

Une attirance irrépressible la guidait inexorablement

vers ces maudites caves où chaque jour les garçons la forçaient outrageusement.

Toutes les filles savaient qu'il ne fallait pas y aller, mais quelque chose attirait Lolita vers ces endroits glauques et insalubres où de pauvres gars incapables d'affronter une jeune fille à la lueur du soleil s'en emparaient à plusieurs dans des odeurs de pisse et d'ordures.

Elle en sortait hirsute et déboussolée, il ne fallait pas être vue avec elle sous peine d'être labellisée *cahba*.

Elle savait ce qui l'attendait, mais aimantée à ses sous-sols morbides, elle ne pouvait résister.

Elle me disait que non, elle n'avait pas vraiment pratiqué une fellation, expliquait comment le sexe d'Abdallah et celui de Victor avaient frôlé son visage.

Je n'ai pas compris cette peur mêlée d'excitation qui la forçait à subir ça.

Elle me touchait, je la trouvais libre de toute attache, d'aller où son corps la guidait, les autres filles la méprisaient.

J'étais fascinée. Empêtrée dans une éducation violente et rigide, j'essayais de percer le mystère de la femme libre.

Je remarquais que les femmes libres payaient le prix fort, et pas seulement à la ZUP.

« Dans le monde où je m'achemine, je me crée interminablement. » Cette phrase de Frantz Fanon est l'écho même de ma vie.

J'avais rencontré lors d'un séjour chez des amis un homme qui m'avait laissé un souvenir de vanité folle. Grand séducteur et journaliste de premier plan, intime de Sartre et de Beauvoir, résistant et communiste, il était en réalité un écrivain. À la lecture du *Lièvre de Patagonie*, je découvris la multitude de vies qu'avait vécues Claude Lanzmann.

Ce roman autobiographique retrace une partie du XXe siècle, la Seconde Guerre mondiale et la décolonisation, moins souvent évoquée dans la littérature. Au fil des pages, j'allais rencontrer un héros qui jusqu'alors m'était inconnu : Frantz Fanon, engagé volontaire dans les Forces françaises libres en 1943, qui plus tard a rejoint l'armée de libération algérienne. Fanon, toujours du côté juste de l'histoire, s'est rarement trompé. Alors qu'il exerçait comme psychiatre à l'hôpital de Blida, il comprit que l'aliénation des Algériens était aussi due à la colonisation.

Je posai alors un regard nouveau sur mon père et ma mère.

Fanon s'allia rapidement à la résistance algérienne, convaincu que le combat à mener était celui de l'autonomie des peuples. Lui et moi avions un point commun : avant d'être muté en Algérie, il avait étudié à Lyon. Je remerciai Lanzmann de m'avoir fait découvrir cet humaniste hors norme venu de Martinique. La description de Fanon mourant, foudroyé par une leucémie à l'âge de trente-six ans, lui arrachait encore des larmes cinquante ans plus tard. Je me liai aussitôt d'amitié avec Claude.

La lecture des écrits de Fanon me transforma. Je découvrais que l'on pouvait parler juste en étant issu de minorités. Jusque-là, les textes écrits par ces hommes me semblaient sonner faux, comme s'ils voulaient coller au roman national. Ce manque de sincérité me gênait, ils désiraient plaire aux Blancs en cachant la vraie vie des peuples déplacés. Fanon, lui, n'avait pas honte, il allait au plus proche de la vérité et des démons coloniaux, alors que d'autres se contentaient d'effleurer le sujet en se posant en victimes éternelles des méchants colons.

Fanon fit preuve d'une redoutable intelligence, le psychiatre de Blida comprit l'aliénation qu'induit la colonisation chez l'homme colonisé. Un travail qui résonne encore, alors que la guerre d'Algérie a laissé un trou béant d'ignorance entre les deux peuples qui continuent de se déchirer.

Lanzmann n'était pas le fat qu'il semblait être, la finesse avec laquelle il décrit Fanon et ses compagnons de libération ne pouvait émaner que d'un artiste.

Avant d'être l'historien d'une partie importante de l'histoire juive, Lanzmann fut d'abord un résistant. Parce qu'il avait résisté à l'infamie nazie, il a pu réaliser *Shoah*.

Grâce à lui, je retrouverais mes racines en plongeant dans ce que fut le soulèvement algérien. Je le suivrais en voiture, entouré de Bouteflika, le futur président, à cent à l'heure sur les routes incertaines reliant Tunis à Alger, les révolutionnaires testant ainsi la résistance de ce pied-rouge. Ils allaient à la rencontre d'un autre héros algérien, Houari Boumédiène.

La lecture de Fanon m'ouvrit un monde inconsciemment connu : l'hystérie de l'homme colonisé, l'homme déshumanisé par la colonisation, lire *Peau noire, masques blancs* m'aida à comprendre la folie de mon père. Lorsqu'il raconte que sa mère lui interdisait de jouer avec les nègres, cela me rappela la misère de notre éducation, où le plus noir reste l'ostracisé au sein même de la famille.

L'esprit brillant de ce Martiniquais qui épousa la révolution algérienne simplement par sens de la justice me bouleversa. Fanon comprit le sens profond de la domination raciale, il éclaira aussi le monde blanc, Sartre ne s'est pas trompé en préfaçant *Les Damnés de la Terre*.

Mais nous n'en sommes plus à chasser le colon par les armes et la rage, c'est de notre corps qu'il faut l'expulser. C'est le long chemin des peuples dominés.

Une amitié indestructible me lia à Claude. Lors de nos dîners, nos divergences nous guidaient jusqu'au bout de la nuit. Je découvrais la révolution algérienne de l'intérieur grâce à un sioniste convaincu.

Il passa les dernières vacances de sa longue vie chez moi au Portugal. J'ai encore une photo de lui en blouson de cuir sur un quad, il avait quatre-vingt-dix ans.

Les émigrés avaient la maladie de la mélancolie, monsieur Azizi buvait chez lui, chose rare pour un musulman, puis une grande vague de tristesse l'envahissait, lorsqu'il écoutait du chaâbi.

Le pastis qui trônait sur la toile cirée du salon jurait avec les calligraphies arabes peintes sur les murs, tags faits de sourates coraniques.

J'étais émerveillée par ces ornements, j'y voyais une partie de ma culture, ça me réchauffait le cœur de découvrir de si beaux textes, même si je n'en comprenais pas la signification, je n'en voyais que la beauté.

Monsieur Azizi avait le pastis triste, quand l'alcool embrumait son âme, les larmes glissaient de ses yeux.

Azizi était un artiste contrarié. C'est lui qui nous donnait le dimanche des cours d'arabe. L'école se situait en bas des tanneries, nous y apprenions l'alphabet. Ma connaissance de l'arabe s'arrête à *alif, ba, ta, tha*, et ainsi de suite. J'appris à écrire mon prénom, ce qui me permet encore aujourd'hui d'en reconnaître les lettres.

Malgré sa forte consommation d'alcool, monsieur Azizi, qui était lettré et éduqué, ne frappait ni ses enfants ni sa femme, qui portait une trace de brûlure sur le cou, héritage d'un ex-mari. Elle avait un fils aîné très beau, Farouk, qui n'était pas celui d'Azizi. Cela restait un mystère : il était rare qu'un musulman épouse une femme déjà mère, peut-être était-elle veuve. Une grande partie des filles de la ZUP étaient amoureuses de Farouk. Elles rêvaient toutes de l'épouser, mais impossible de lui passer la bague au doigt, maman veillait au grain. Je réalisais que l'on pouvait avoir beaucoup d'enfants et les aimer.

Elle avait un autre fils qui lui, disait-on, ressemblait à Johnny Hallyday. Pour accentuer la ressemblance, elle lui versait de l'eau oxygénée sur les cheveux.

Les jeunes Arabes de l'époque aimaient Johnny, qui incarnait la révolte et les blousons noirs. Mes frères aimaient James Brown, Barry White et bien sûr Otis Redding. J'écoutais en bouche *Security*, la voix d'Otis tel un cuivre me bouleversait alors que je n'en comprenais pas les paroles. J'aimais aussi Sylvie Vartan, Claude François ou Mike Brant. Les chanteurs populaires de l'époque étaient plutôt de droite, voire d'extrême droite, même si elle n'existait pas encore officiellement. Il y avait certes quelques engagés comme Ferrat, Brassens ou Moustaki, mais ce n'est que dans les années quatre-vingt que les artistes sont devenus de gauche. L'arrivée au pouvoir de

Mitterrand, grand bourgeois catholique, fit changer de bord une partie de la bourgeoisie jusqu'alors giscardienne.

Pierre Bergé lui-même avait décrété que la maison Saint Laurent devait voter à droite, alors que Fabrice Emaer, le charismatique patron du Palace, avec sa voix coctalienne, avait exhorté les noctambules à voter à gauche. Il perdit ce soir-là toute sa clientèle de la haute, les seuls qui payaient leurs consommations, mais Fabrice était un homme intègre, il avait compris que la France devait évoluer.

Il allait être emporté deux ans plus tard par ce que l'on n'appelait pas encore le sida, quasi ruiné, alors que monsieur Bergé investirait tous azimuts les décennies suivantes. C'est ainsi que naquit la gauche caviar, l'ancêtre du bourgeois-bohème, le cœur à gauche, le portefeuille à droite.

Je commençais à comprendre la marche du monde, mais moi-même je ne marchais pas encore, s'éloigner de ses racines ressemble à une castration, la culpabilité mêlée au sentiment d'imposture est très puissante. Je voulais une autre vie, même si je ne savais pas si je la méritais, quelque chose de différent, de grand. De plus, les stupéfiants ingurgités chaque jour n'éclaircissaient pas l'horizon. J'étais comme tous les drogués qui refont le monde avec des théories bancales, sûrs de leur brillante intelligence. La vérité, c'est que je n'arrivais à rien, mon destin me glissait entre les doigts, le gâchis s'installait sournoisement. J'étais comme cette multitude de filles qui se sont brûlé les ailes dans la capitale, leurs vies pleines de promesses explosées en plein vol par la fatalité, Rastignac de banlieue dévorés tout crus. J'avais honte, tellement honte.

Je savais que je n'avais pas la capacité d'encaisser tout ça, je ne saisissais rien de ce qui m'arrivait, l'arrogance, la gloire cachée de l'ignorance. Je n'avais pas les ressources nécessaires pour me sortir de ce marasme, je me laissais doucement glisser dans le ruisseau, là où était mon destin.

Ma sœur Mazoré, celle qu'une voiture avait percutée à l'âge de trois ans, disparut un jour de printemps 1978. Après une violente querelle avec notre sœur aînée, elle décida de couper les ponts avec cette famille décidément trop désaxée.

Mazoré était d'une beauté époustouflante et portait une coupe afro à la Angela Davis. Elle avait un sourire orné de fossettes et elle était très grande à une époque où peu de femmes l'étaient. C'est peu dire qu'elle suscitait des hululements dans la cour des loups qu'était l'enclave vénissiane. Mais elle ne semblait pas consciente de son physique si avantageux.

Un voyou issu du grand banditisme avait jeté son dévolu sur ma sœur, à l'époque où les Lyonnais tenaient la dragée haute aux Corses et aux Marseillais. Toro avait une voiture décapotable rouge qui ne passait pas inaperçue à la ZUP. Il avait le crâne rasé, un physique de boxeur, et convoitait la plus belle fille de la cité. On racontait qu'il avait fait la peau à plusieurs personnes encombrantes. Criminel et proxénète, il avait fini criblé de balles dans sa belle décapotable à sa sortie de prison.

Après quelques mois passés à Paris, Mazoré partit aussi discrètement qu'elle était arrivée. Elle n'était pas armée pour la capitale, elle rêvait d'une vie paisible.

Ma mère, qui la méprisait, comme toutes ses filles, s'enquit soudain d'elle, vingt ans après sa disparition.

Mon frère Kamel et moi, désireux d'accéder à l'amour maternel, décidâmes de pousser la porte de l'agence Duluc pour retrouver cette sœur tant aimée. Malgré une enfance déchiquetée, nous les enfants étions restés en contact, à l'exception de Mazoré et Mahmoud.

C'est le cœur battant que nous franchîmes le seuil de l'agence chère à François Truffaut, rue du Louvre. J'avais la sensation d'accomplir un acte follement romanesque en entrant dans ce cabinet de détective privé.

Nous avions seulement la date de naissance de Mazoré. C'était peu pour la retrouver, mais pas impossible aux yeux de cet ancien policier. Corse d'origine, il avait été dans sa jeunesse légionnaire, ce qui allait se révéler utile. Il ne nous cacha pas que ce serait difficile. Les chances étaient minces, mais il fallait tenter. Nous décidâmes de nous revoir le mois suivant.

Comme convenu, nous retournâmes rue du Louvre voir monsieur Ceccaldi.

Les nouvelles n'étaient pas très bonnes, il nous annonça que ma sœur avait épousé, un an après sa disparition, un légionnaire.

Nous nous regardâmes, mon frère et moi, stupéfaits.

Elle avait été localisée en Afrique équatoriale au début des années quatre-vingt. Depuis, plus rien, notre détective ne cachait pas son désarroi. L'enquête s'avérait plus compliquée qu'il ne le pensait. Mais nous avions un avantage majeur : monsieur Ceccaldi avait gardé quelques contacts dans la Légion.

Par ailleurs, dans la France giscardienne de la fin des années soixante-dix, le fantasme de la traite des Blanches était encore fortement ancré. Certes, ma sœur n'était pas complètement blanche – malgré sa peau laiteuse, ses traits trahissaient une ascendance africaine –, mais cela restait une piste. L'Afrique, la Légion étrangère.

C'était mystérieux et effrayant à la fois. Dépités, nous nous séparâmes dans le froid hivernal.

Nous n'avions plus de nouvelles de la rue du Louvre depuis plusieurs mois, quand monsieur Duluc nous contacta. Remplis d'espoir, nous nous précipitâmes chez le détective le plus célèbre de France.

Ma sœur avait été localisée, mais monsieur Ceccaldi ne pouvait nous divulguer son adresse, les légionnaires ont droit à l'oubli, elle voulait exercer ce droit.

C'est ainsi que l'enquête prit fin. Je fis mon deuil de cette sœur tant aimée. J'acceptai qu'elle n'ait plus envie de revoir cette famille de malheur.

Nous en avisâmes notre mère. Pleine de rancœur et de haine envers cette fille ingrate, elle nous raccrocha au nez.

Cette enquête avait un prix, nous partageâmes mon

frère et moi les frais. Comme toujours, dès qu'un problème juridique ou financier survenait dans la famille, nous étions là pour le régler. C'est ainsi dans les familles immigrées. On se doit d'aider les autres.

Je continuais de me débattre avec la vie, quand un jour mon téléphone fixe sonna. Une voix à l'accent chantant se fit entendre. C'était elle.

Elle éclata en sanglots et je pleurai tout mon soûl, puis, au bout de longues minutes, je parvins enfin à lui parler.

Nous décidâmes de nous rencontrer.

Je pris l'avion pour le Sud. Un aller-retour dans la journée, je savais qu'il ne fallait pas s'éterniser, notre histoire était trop douloureuse.

Une fois à l'aéroport de Marignane, je scrutai les visages pour tenter de reconnaître le sien. Comment était-elle ? Avait-elle changé ? Sa grande beauté avait-elle terni ?

J'attendis un long moment en faisant les cent pas. Je devais me rendre à l'évidence : elle ne viendrait pas.

Le cœur lourd, je me dirigeais vers le guichet d'Air France, quand un regard attira mon attention, je ne voyais que deux yeux joyeux et pétillants. Le reste était caché par les bandes blanches sur la vitre, mais ce ne pouvait être qu'elle. Son visage apparut soudain, ce sourire, ces fossettes si reconnaissables, c'était bien elle. Elle était venue, je tremblais à l'idée de la serrer dans mes bras, de lui parler, de lui poser des tas de questions. Elle était accompagnée d'une ravissante jeune fille.

Tous les scénarios envisagés étaient faux, pas de traite des Blanches ni de proxénétisme aggravé. Mais une vie simple d'épouse et de mère ayant construit des bases solides loin de ses racines. Elle était mariée au même homme, un légionnaire, depuis plus de vingt ans, elle avait une fille magnifique et vivait loin des minorités.

Quand elle avait appris que son prénom de naissance était celui d'une des sœurs aînées mortes en bas âge, elle s'en était choisi un nouveau dans les contes des *Mille et Une Nuits*.

Elle avait réussi à disparaître, chose impossible aujourd'hui. Elle avait fondé une nouvelle famille, trop de douleurs la liaient à la nôtre.

Je comprenais, se couper de ses racines est un acte courageux.

Elle n'était pas enchantée à l'idée de revoir sa mère. Elle le fit pourtant, et comme prévu cela se passa mal. Ma mère n'avait pas changé, ma sœur, elle, avait bougé. Elle retourna dans sa vraie famille.

J'ai toujours respecté ce choix de s'inventer une autre vie, d'être une femme sans passé. Moi-même je me suis inventé une vie mais je n'ai pas coupé avec les miens.

Je n'en ai pas eu le courage. J'avais un devoir envers eux.

Je me souviens d'une visite de Myriam cinq ans après le drame, ou plutôt la délivrance, provoqué par la dénonciation du père.

Myriam, l'aînée de la fratrie, était une seconde mère pour nous, comme souvent dans les grandes familles. La plupart du temps alitée et malade, ou simplement déprimée, notre mère avait beaucoup de mal à faire face à sa progéniture, Myriam en avait la charge. Pour la remercier, elle lui disait : « Tu es ma sœur. » Ça créait une confusion chez Myriam, déjà victime d'inceste, elle portait lourd sur ses frêles épaules d'enfant, mais elle était la préférée de la mère. Elle était aussi celle qui servait à dîner à mon père. Celui-ci ne mangeait pas souvent avec nous, mais de préférence avant nous, il engloutissait des quantités gargantuesques de nourriture qu'il calait dans ses joues gonflées. Puis nous nous mettions à table pour avaler les restes.

Ma sœur était venue avec la troupe de Patrice Chéreau, qui jouait *Lear* au TNP de Villeurbanne. J'ai vu cette pièce à quinze ans, sans en avoir aucun autre souvenir que celui du visage de hibou de François Simon.

Pourquoi retourner sur le lieu du crime ? C'est indéfinissable, mais je comprenais. Myriam revenait triomphante, criant à son père : « Tu vois, tu ne m'as pas détruite, je suis là, victorieuse, malgré la pourriture que tu m'as fait endurer. » Elle portait des couleurs vives et un rouge à lèvres écarlate.

Elle avait investi la salle de bains, se maquillant la porte ouverte. Nous-mêmes étions tenus à un bain par semaine, à cause du prix de l'eau chaude. Des effluves de patchouli embaumaient la maison. Tout ça me paraissait extravagant.

Je ne sais pas où était mon père, mais elle, elle était bien là, sans peur, voulant nous prouver que la vie était possible après ça.

Du plus loin que je me souvienne, Bal, surnom de mon frère Kamel, a toujours travaillé. Il a quatre ans de plus que moi et une place particulière dans la fratrie.

Kamel a toujours été celui sur lequel on peut compter, depuis les marchés dans sa petite enfance jusqu'à l'âge adulte où il continue d'aider sa famille.

Lorsque notre père passait devant lui, *Tfou ahlik* étaient ses mots, qui veulent dire « je te crache dessus ».

À l'âge de sept ans, Bal attachait un fil à son gros orteil, qu'il laissait pendre le long de la fenêtre. Et tous les samedis à quatre heures du matin, son ami, qu'il surnommait le Gros, tirait dessus. Mon frère réveillait ainsi l'autre Kamel, puis ils partaient tous les trois au marché de la place Kellermann à Oullins pour décharger les camions et vendre des légumes. Ils rentraient en fin de matinée avec des cageots de tomates, de pommes de terre ou de pêches que nous dévorions goulûment, et ils reversaient l'argent gagné à leurs mères.

Kamel récupérait aussi des bons de réduction dans les boîtes aux lettres et il les échangeait contre des produits de première nécessité, huile, sucre, café...

Mon frère comprit très tôt qu'en achetant un kilo de tomates un franc, on pouvait le revendre un franc cinquante, parfois deux. Il avait la bosse des affaires dans un monde sans loi où l'on fait fi de toutes les règles.

Il avait rapidement intégré le monde du travail. Mais vers l'âge de douze ans, son destin bascula.

Ses menus larcins se transformèrent en gros larcins. L'interdiction de voler n'avait jamais été clairement énoncée, contrairement à l'injonction de ne pas ramener la police à la maison.

Bal ne la respecta pas, on ne le lui pardonna pas. Un jour qu'il avait pris l'autoroute à vélo avec ses deux amis nommés Kamel comme lui, les trois K se firent arrêter par les motards, qui les ramenèrent chez eux. Mon père furieux ne put contenir sa colère et le frappa si violemment que les flics s'interposèrent. Une fois la police partie, le déchaînement de violence s'enclencha, mon frère finit plaqué au sol, tuméfié.

Dès le lendemain, ma mère l'emmena chez le juge pour enfants et accepta de l'envoyer en maison de correction, où il serait nourri, logé et dressé.

Mon père n'y voyait que des avantages. La bouche de moins à nourrir le décida à confier ce fils turbulent à des dresseurs professionnels.

Dans cette prison pour enfants, Bal eut pour compagnon de cellule un garçon de quinze ans à peine qui avait tué père et mère. Ce fils de paysans affable avait décidé une nuit d'abattre ses parents à coups de hache. C'est là que commencèrent les insomnies de mon frère. La violence de cet endroit lui reste encore en mémoire aujourd'hui. Alors qu'un garçon plus âgé le cherchait, un jour, il lui planta profondément un compas dans les fesses. Il fit ses quinze jours de mitard. Lorsqu'il sortit de la cellule disciplinaire, tous les jeunes prisonniers s'écartèrent sur son passage. Il avait gagné leur respect. Il resta en captivité jusqu'à l'âge de dix-sept ans.

Quand le moment de rentrer à la maison arriva, il découvrit son père rampant nu sur le sol, incohérent et désorienté, si soûl qu'il délirait comme sous acide.

Le regard de ma mère devant ce spectacle affligeant lui fit comprendre que les damnés de la terre avaient gagné.

Mon père le mit à la porte dès le lendemain, lui indiquant que le nom inscrit dessus était le sien.

Bal se retrouva à errer de cave en cave jusqu'à ce qu'il trouve une issue.

De ses années à Cayenne, comme il les appelle, il développa un sens aigu de la survie.

Après avoir ouvert un bar à Lyon, près de la Part-Dieu, il quitta Lugdunum pour la capitale, où il a fait une belle carrière de producteur dans la publicité.

Gaucher très habile de ses mains, Mahmoud, dont j'étais très proche, avait deux ans de plus que moi. Peu doué pour les études, probablement à cause de sa maladie mentale, il tripla son CP, alors que ma sœur Dalila, qui a un an de plus que moi, le redoublait. Et moi j'entrai à l'école primaire. Nous étions donc trois Khelfa dans la même classe.

Mahmoud était très doué et dessinait comme Walt Disney. Il croquait Mickey, Donald, Minnie, avec une dextérité déconcertante. J'adorais le regarder esquisser ses personnages avec sa main gauche recroquevillée sur son cahier. J'attendais avec impatience qu'il me donne son dessin, que je gardais précieusement dans mon cartable. Je pensais alors que son talent venait du fait de sa sinistralité.

Mahmoud sortait rarement de la maison, il était toujours avec nous les filles, Dalila et moi, il nous protégeait.

Il vouait une haine farouche à son père qui avait une attitude étrange avec lui. Quelque chose chez ce fils si spécial l'effrayait, ça ne l'empêcha pas de l'inscrire à la boxe.

À douze ans, je vis à Grenoble mon premier combat de boxe, où Mahmoud combattit dans la catégorie poids coqs. Malgré la victoire qu'il remporta haut la main, le souvenir du bruit des coups et du sang qui giclait sur moi au premier rang me marqua au fer rouge. Mahmoud gagna par K.O. au second round. Sa hargne avait payé. Sur le chemin du retour, son visage tuméfié faisait la fierté de son père incapable de monter sur un ring. Mahmoud était très sportif, ses séances d'abdominaux étaient si longues que la sueur inondait son unique tee-shirt. Ses exercices étaient suivis de pompes que je comptais avec lui.

La boxe tenait une grande place à la maison, c'est ainsi qu'une nuit de l'automne 1974, nous regardâmes à la télévision le combat du siècle, *the Rumble in the Jungle*, qui opposa Ali à Foreman à Kinshasa au Zaïre. Toute la ZUP suivit le match à la télévision en noir et blanc. Des voisins étaient venus le voir à la maison, allongés par terre, et nous aussi, les enfants, nous regardions notre héros mettre une raclée à celui qui a longtemps été considéré comme un nègre blanc, George Foreman. Il faut dire qu'il était accompagné à sa descente d'avion, foulant le sol africain, par un berger allemand, le chien des colons belges.

Chaque fois qu'Ali plaquait Foreman au sol, des cris résonnaient dans toute la ZUP.

Nous étions remplis de fierté quand au huitième round il mit Foreman au tapis, l'Afrique entière venait de

ALi

remporter la victoire. Nous scandions tous « *Ali boumayé* », c'est plus tard que je comprendrais la signification de ce slogan, « Ali tue-le ! ». Sous le stade Tata Raphaël, on découvrit une montagne de gris-gris déposés avant le match, les Subsahariens aussi croyaient au *s'hore.*

Ali était notre héros, sa beauté et ses reparties faisaient notre fierté. Il avait changé son nom d'esclave, Cassius Clay, contre un nom musulman, Mohamed Ali, comme les nôtres. Poids lourd, il dansait sur le ring. Il révolutionna la boxe, et l'engagement politique. Il refusa d'aller combattre au Vietnam des gens qui, disait-il, ne lui avaient rien fait. C'est aujourd'hui que je mesure le courage de la communauté noire aux États-Unis, Ali en était l'image, après l'assassinat de Martin Luther King et de Malcolm X, et il paya cher son engagement : il fut destitué de son titre de champion du monde. Mais il resta à jamais le héros invaincu, champion du monde noir et du monde blanc.

Cette nuit-là, personne ne dormit, la liesse populaire nous permit de descendre en bas des tours comme pour une finale de Coupe du monde. À l'instar du foot aujourd'hui, de Zidane à Mbappé, la victoire fut à nous, les oubliés.

Nous, *los Olvidados*, pauvres hères sans pétrole et sans idées, nous étions champions du monde poids lourds !

Mahmoud avait développé un langage particulier, il donnait des noms aux objets.

Nous parlions par code pour être sûrs de ne pas être

compris de Pedrolifer. C'est lui qui avait trouvé ce surnom donné à mon père.

La crise du pétrole avait exacerbé le sentiment anti-arabe. « Pétrolifère » fit son apparition dans le langage courant. Nous le récupérâmes aussi sec, c'est ainsi que naquit Pedrolifer, le seigneur des enfers.

Mahmoud était d'une propreté obsessionnelle. Il lavait son unique tee-shirt deux fois par jour, qu'il appelait « sans rep », sans répit.

Il était aussi très protecteur avec nous ses sœurs.

Je n'avais rien vu de sa différence, pas même le jour où mon père s'était scarifié le visage en s'arrachant les joues. Le sang ruisselait sur sa chemise. Le vieux avait révélé ainsi sa propre folie. Il avait appris ce jour-là la maladie mentale qui rongeait mon frère. L'aliéné ne supportait pas d'avoir un fils fou. Il était convaincu qu'on lui avait jeté un sort à travers son fils.

Je découvris plus tard que Mahmoud aussi avait subi l'innommable à l'âge de quatre ans et demi. Ma mère le confirma. Comme Myriam, fille offerte à la toute-puissante jouissance des damnés de la terre.

Plus Mahmoud grandissait, plus il lui était difficile de se confronter au réel. Les fortes doses de médicaments qu'on lui prescrivait n'apaisaient pas ses tourments de plus en plus violents. Et l'alcool qu'il commençait à consommer à outrance ne faisait qu'accroître sa démence.

La folie n'est que souffrance. Il ressemblait de plus en plus à ce père honni, alcoolique et violent.

Il mourut seul à cinquante ans dans une HLM où il vivait avec son chien et son épouse, alors absente.

Il fut retrouvé assis sur son canapé, mort depuis plusieurs jours. Ainsi s'acheva la vie d'un artiste empêché, né au mauvais endroit au mauvais moment.

Le premier garçon chez les musulmans s'appelle toujours Mohamed ou Hamed. M'hamed, mon frère aîné, était délicat, d'une beauté renversante, un Marlon Brando oriental, enfant fin et racé.

Une grande douceur émanait de son corps frêle. Mais cette fragilité n'était qu'agression pour ce père primaire. M'hamed était son souffre-douleur. Alors que les autres restaient un quart d'heure dans la chambre des tortures, M'hamed n'en sortait qu'au bout de plusieurs heures, complètement détruit.

Des larmes de rage et de désespoir ruissellent le long de mon visage à ce douloureux souvenir.

Mes frères sont tous atteints de tremblements, ma mère également. Syndrome familial ne touchant pas les filles.

M'hamed était aussi le bouc émissaire du quartier. Ses harceleurs étaient souvent intellectuellement déficients. Le mal, s'il existe, est fréquemment représenté par une intelligence machiavélique, c'est rarement le cas. Ce sont plutôt l'ignorance et la bêtise qui guident la violence et la malveillance. Les hommes violents n'ont pas l'usage des mots, seulement la jouissance dans la violence.

Quand le père sortait débraillé de la chambre des tortures, aux hurlements de douleur succédait un silence de mort. Le respect qu'imposait ce petit garçon au visage et au corps tuméfiés. Nous devions le laisser seul panser ses plaies.

De ce corps endolori il allait faire un allié. Paris allait le célébrer pour sa beauté et sa douceur. Il sortirait malgré tout vainqueur de cette enfance dévastée.

Houria, née juste après M'hamed, troisième de la fratrie, était celle par qui le scandale avait éclaté. Notre mère ne lui avait jamais pardonné de lui avoir révélé ce qu'elle savait déjà : son mari, chaque nuit, hantait le matelas de sa fille aînée, qui en avait seize quand la nouvelle avait été étalée sur le sol de la cuisine.

Houria ne s'est jamais remise de cette haine.

Nous nous ressemblions beaucoup. Physiquement plus svelte et plus racée, elle s'est acharnée à se détruire toute sa vie durant.

Le ressentiment et la haine de soi l'avaient beaucoup abîmée, la mort la libéra de ses tourments. La dernière fois que je l'ai vue, elle venait de succomber dans les bras de la médecin urgentiste encore bouleversée. Son visage au teint cuivré enfin apaisé avait retrouvé toute sa beauté.

Elle était malade depuis un an déjà. Le cancer s'était propagé des poumons au cerveau pour achever sa route dans tout le reste de son corps.

Houria vécut une vie de colère et de rancœur.

Elle s'est éteinte doucement chez elle. Son corps exsangue survécut quatre mois à peine à la mort de cette Médée, notre mère. L'objet de sa haine disparu, elle n'avait plus de raison de vivre.

Dalila est mon aînée d'un an. À l'entendre, aujourd'hui encore, je suis la cause de tous ses tourments. Pourtant, enfants, nous étions inséparables, quoique nous nous battions fréquemment.

Je veillais sur elle cependant, je devais sentir sa vulnérabilité.

Sur une photo de groupe, on me voit lui tenir la main d'une façon très protectrice. L'avantage d'être la dernière fille est d'éviter les erreurs des aînées.

Des erreurs, elle en fit quelques-unes.

À quatorze ans, elle fugua pour la première fois. Les frères, en bons gardiens du temple, la retrouvèrent quelques mois plus tard. Règle numéro 1 : ne jamais se faire prendre, la base.

Il lui fallut échafauder d'autres escapades, la troisième fut la bonne. En attendant cette fuite, elle accumula les déboires sentimentaux.

Dans une ZUP où la vie d'une adolescente est scrutée

par toutes les lucarnes des tours, elle affichait sa liberté dans un corps d'ébène sculptée. Après une de ses fugues, ma mère décida de passer aux choses sérieuses. Aidée de mon frère qui lui tenait les mains liées dans le dos, elle entreprit de lui couper le nez.

La vision de ma mère, couteau à la main, possédée par le djinn, me fit pousser un cri guttural inconnu venu du djebel algérien. Un cri que la ZUP entière entendit, ce qui stoppa net ma mère.

Folle de rage, elle se mit à me poursuivre, le couteau à la main, dans toutes les Minguettes. Oubliés, ma sœur, la honte et les voisins, le désir de mort était plus puissant.

L'aliénation de ma famille me rattrapa de plein fouet. Je compris qu'il me fallait fuir avant qu'elle ne m'atteigne.

La folie est contagieuse. Je ne sais toujours pas distinguer la folie de la réalité. Le réel me semble flou, la folie bien réelle.

Paris accorda à Dalila un sursis de quelques années. Elle allait rayonner sur les pistes du Palace où son style inimitable faisait vibrer les néons strassés du dance floor, et elle devint directrice artistique d'un magazine branché où elle officiait aussi en tant qu'unique mannequin.

Elle posa aux côtés de Jack Nicholson en James Bond girl démoniaque, fit des incursions dans la musique. Gainsbourg voulait travailler avec elle, elle avait Paris à ses pieds.

Mais le passé rôdait, on ne quitte pas si aisément sa culture ancestrale.

Elle s'immergea dans les drogues et l'alcool. L'atavisme familial la rattrapa. Fragilisée, elle perdit pied et s'isola.

L'inceste est souvent connu de tous, la fratrie est au courant, par je ne sais quel processus, sans que ce soit dit ou vu.

La complicité de la mère est rarement évoquée, pourtant elle existe bien quand les nuits d'errance le mari disparaît du lit conjugal avec une régularité pulsionnelle.

En interdisant le lit à mon père, ma mère lui montrait le chemin de l'inceste.

Elle avoua à ma sœur Myriam avoir surpris son mari glisser la main dans sa culotte de petite fille, elle avait quatre ans.

Le choc fut tel qu'elle l'effaça instantanément de sa mémoire. Issue d'une société patriarcale, elle s'en accommoda.

Mon père a bu jusqu'au dernier enfant parti. Puis, avant de prendre le chemin du hadj, il arrêta l'alcool, demanda pardon.

Ses excès ont laissé des traces indélébiles sur nos corps

et nos âmes, des cicatrices ravagées par la douleur. Quelques-uns ont été détruits, d'autres ont bu, se sont drogués ou se sont gavés de nourriture.

Malgré la force de vie, la folie n'est jamais très loin, je peux perdre pied en un instant. Nous avons chacun eu notre chemin de croix.

Des années plus tard, je me réveille un matin, soulagée, presque émerveillée. Quelque chose s'est passé en moi durant la nuit.

J'avais fait un rêve presque hallucinatoire, une sorte de songe qui vous emmène au pays des merveilles. Un bébé abandonné au pied d'une église tombait en dévalant les marches. Vêtu d'un smoking, le nouveau-né tournait sur lui-même, je courais lui porter secours. Je n'étais étrangement pas effrayée par la scène.

Je prenais l'enfant dans mes bras : ce bébé s'appelait monsieur Renard. En notant ce rêve, me vient en écho la chanson de Renaud, *Docteur Renaud, Mister Renard*. Cette chanson révèle les deux faces du chanteur, celle de l'artiste qui boit de l'eau et celle du docteur Renard qui carbure au Ricard. Les deux personnalités qui sommeillent en lui, l'alcoolique et le chanteur.

Depuis mon arrivée à Paris, je fumais du cannabis. Comparé à l'héroïne, ça me paraissait un bien moindre mal. Je fumais chaque soir avant de m'endormir, un psychotrope naturel. J'avais fait mes réserves pour le mois, j'étais donc en possession d'un gros morceau de shit. Au saut du lit, je décidai de le jeter.

Je ne le jetai pas dans la poubelle chez moi, mais dans le local en bas de mon immeuble. J'étais soulagée, presque euphorique, quelque chose d'important venait de se passer. Je ne compris pas tout de suite les raisons de ce délestage, mais il était impérieux.

Ma séance psychanalytique m'éclaira. J'étais cet enfant abandonné portant un smoking – il ne vous aura pas échappé que *smoking* en anglais veut dire fumer. Je n'avais plus besoin de smoking, car cet enfant que je portais dans mes bras, après l'avoir bafoué, nié, renié, je le protégeais, je faisais corps avec lui, plus besoin d'écran de fumée. J'avais repris possession de mon corps enfumé.

J'étais stupéfaite, la puissance de l'inconscient m'explosait magistralement à la figure.

L'euphorie m'habitait tandis que je racontais mon rêve à mes amis, furieux d'apprendre que j'avais jeté le teuch.

Je ne pouvais pas le donner, je n'y ai même pas pensé, l'offrir signifiait garder un lien avec cette addiction. J'ai tout jeté sans réfléchir, je ne l'ai jamais regretté. La puissance des rêves.

J'avançais dans Paris sans but précis, me laissant guider par la vie. J'ai toujours été fascinée par la vie des autres, ces personnes que l'on croise dans le métro, le regard lointain. À New York, lorsque l'on arrive à Manhattan, il y a ces tours en briques rouges qui me ramènent à mon enfance. Une mélancolie profonde m'étreint toujours à cet instant.

Quelle aurait été ma vie si je n'avais pas été transportée dans cet ailleurs ? Cet autre monde dans lequel je m'achemine chaque jour et où je me crée interminablement. J'ai essayé une autre vie que celle de mes parents dévastés par la misère et l'ennui.

Aujourd'hui, la misère est loin, mais le doute me traverse parfois. Je ne suis jamais sûre d'avoir fait le bon choix, malgré la vie que je mène.

Les liens qui nous unissent à notre enfance sont si profonds, il est si difficile de s'en défaire, qu'il faut parfois risquer sa vie à se couper des siens.

Edwige est morte en vagabonde à l'hôtel du même nom sous le soleil éclatant de Miami. Elle a vécu la vie qu'elle désirait. Fuir toujours plus loin. Très tôt elle était partie pour Tokyo, alors que peu de gens à cette époque s'installaient au pays du Soleil levant, puis ce fut New York, Houston Texas, et finalement Miami, pour y mourir.

Elle quitta Paris après une énième décroche ratée, l'héroïne avait pris possession de son corps, ses bras étaient ponctués d'abcès, séquelles d'injections.

D'une santé à toute épreuve, elle pouvait passer la nuit à se piquer, boire une bouteille de rhum-coca, puis se réveiller fraîche comme une rose et se souvenir parfaitement de ses nuits. Elle était hypermnésique.

Elle était tatouée, ce qui était peu fréquent alors, surtout chez les femmes, les tatouages étaient l'apanage des prisonniers et des marins.

Mon frère M'hamed en avait un sur la paume de la main entre l'index et le pouce, ce morceau de peau qui nous rappelle nos origines palmipèdes. Cinq points, quatre formant un carré et un au milieu signifiant seul entre quatre murs.

Une longue flèche courait sur la cuisse d'Edwige, elle aimait se scarifier, pour se prouver qu'elle existait.

Souvent elle me réveillait la nuit pour me demander si elle était morte. Ne sachant pas moi-même si j'étais vivante, le doute soudain m'habitait. Cette matière visqueuse dans laquelle j'imaginais le cerveau glissait entre mes doigts déformés par les hallucinations, je savais que je partais. Mais comment retenir un cerveau qui se délitait sous mes yeux ? Nous étions mortes toutes les deux.

J'ai souvent frôlé la mort, malgré la terreur qu'elle m'inspirait.

Edwige aimait la vie, mais la vie n'était pas adaptée à elle.

Petite enfant, elle avait été placée chez des paysans qui l'initièrent très tôt à l'alcool en faisant chabrot régulièrement – la tradition de verser du vin dans sa soupe et de la boire à même l'assiette, une coutume paysanne très répandue au XXe siècle.

Cette manie qui débuta à l'âge de trois ans allait l'accompagner tout au long de sa vie. L'alcool, qu'elle partagea un temps avec l'héroïne, resterait son amour caché. Elle portait souvent une flasque de whisky ou de rhum dans la poche intérieure de son perfecto.

C'est Jean-Louis George, l'homme qu'elle avait épousé pour qu'il puisse rester en France, qui lui avait fait découvrir le rhum. Le Cuba libre, mélange de rhum et de Coca-Cola, était très à la mode durant les années disco.

Dominicain d'origine, Jean-Louis faisait partie de cette vague d'exilés venus d'Amérique latine pour fuir les régimes dictatoriaux en place. Homosexuel issu d'une grande famille de Saint-Domingue, il était venu à Paris pour réaliser des films underground et vivre sans entraves.

Comme beaucoup d'artistes, il rencontra la perfide héroïne et l'épousa avant son mariage blanc avec Edwige.

Plus tard, il retourna à Saint-Domingue pour se sevrer, il fut assassiné par un amant de passage, une fin pasolinienne – pour lui, qui vénérait Pasolini.

Le sentiment de ne pas être désirée, de ne pas être à ma place, m'habite toujours, même quand je suis conviée, fêtée, célébrée. L'héritage des déplacés pèse lourd.

Je me souviens de madame Rodriguez, cette belle femme du cinquième étage, dont l'accent jurait avec son élégance. J'appris plus tard qu'elle était pied-noir. Elle était toujours bien mise, bien coiffée, et sa haine à notre endroit était viscérale.

Elle nous traitait régulièrement de cafards, nous accusant de proliférer comme nos congénères. Je n'avais jamais vu autant de haine sur un si beau visage. Madame Rodriguez avait le cœur lourd. En quittant l'Algérie, elle avait dû abandonner une terre fertile, et surtout un statut social qu'elle ne retrouverait jamais plus. Pire, ces Arabes occupaient dorénavant son espace vital à elle, ces tours de malheur. Je ne comprenais pas ce rejet, palpable dans l'ascenseur surtout, où ses regards noirs me faisaient douter de tout. Elle avait peut-être raison, nous poussions comme de mauvaises herbes partout, continuellement.

Les ratonnades, littéralement tuer les ratons – les Arabes étaient ainsi nommés durant les Trente Glorieuses –, étaient une pratique courante dans la France des années soixante-dix.

Je comprenais que nous n'étions pas les bienvenus, même si ma génération n'est jamais venue. Je suis née ici, mais le sentiment d'être étrangère dans mon propre pays m'a longtemps accompagnée. Je pense souvent que si les bruits de bottes se rapprochaient, je partirais. Je suis de culture nomade, toujours prête à quitter les lieux, le jean plié à la tête du lit.

Il faut deux générations pour prendre sa place, la mienne a servi de transition, la première s'accrochait à l'espoir vain du retour.

Il me fallut de nombreuses années pour me dire française, l'Algérie coule dans mes veines, comme dans celles de mes parents. Je vois aujourd'hui des Français algériens, tunisiens ou marocains retourner dans leur pays d'origine. Je comprends leur douleur. Déplacés eux aussi, ils sont victimes de l'histoire.

Les révolutions, même si elles sont inéluctables, font beaucoup de dégâts. Un peuple ne reste pas inféodé à une puissance étrangère. Plus longue est l'occupation, plus sanglante est la revanche.

Aucun pays ne m'appartient, je suis d'ici aujourd'hui, d'ailleurs demain.

J'aime Paris, ma vie ici, mais tout peut changer en un instant, je suis prête.

J'aime aussi Lyon, qui n'est plus la même ville qu'autrefois. C'est maintenant une ville propre, culturellement active, même les Lyonnais qui m'effrayaient autrefois me paraissent plus courtois aujourd'hui.

Souvent, quand je parle avec mon frère, je reconnais avec plaisir ce phrasé propre aux Lyonnais, proche de celui des Suisses.

Ses banlieues également me semblent différentes, à moins que ce ne soit moi qui aie changé.

J'emmenais régulièrement mes enfants petits à la ZUP. Je voulais qu'ils voient un autre milieu que celui, feutré, de la bourgeoisie parisienne. Une fois par mois, mes fils goûtaient avec délice au couscous dominical de ma mère. Je voyais dans ses yeux qu'elle en était fière, et cela s'exprima un jour par les mots d'une voisine : Toi, tu es l'intelligente, tu as fait des garçons. La triste réalité des sociétés patriarcales. Je voulais aussi par mes visites montrer à mes fils mon indicible enfance, les tours, l'insalubrité, les garçons désœuvrés, les filles voilées. Un autre monde qu'ils ne soupçonnaient pas.

J'ai baigné dans la politique. Le FLN, dont mes parents étaient d'ardents adhérents, tenait une grande place à la maison. Les discours vociférants de mon père, son sens aigu de l'injustice, sont peut-être les seules choses tangibles qu'il m'ait transmises.

Les révolutions africaines faisaient écho à la nôtre, l'anticolonialisme virulent de mon père accroissait encore sa rancœur. Il voyait l'iniquité partout, sauf chez lui, il cachait sa violente perversion derrière son insoumission à la loi.

Mes parents vivaient un enfermement que beaucoup de familles émigrées ont connu, celui qui vous enferre dans votre communauté.

Là où les mots n'ont plus de place, un regard suffit pour que tout explose. Il m'est difficile de décrire cette réclusion, les non-dits lourds de sens, mais incompris des enfants. À force de sous-entendus, je n'entendais plus rien, j'interprétais tout de manière erronée. J'étais perdue, je ne savais plus qui j'étais, mais surtout qui étaient ces gens que j'avais pour parents.

Je savais que ce que nous nommions le malhonnête, le sexe, était dangereux, haram, péché.

Comme les mots ne venaient pas, les interprétations les plus saugrenues traversaient ma tête d'enfant et la leur.

Mes parents ne s'exprimaient plus que dans des actes insensés, pour nous rendre responsables de leur folie.

Quand la foi entra dans les tours durant les années quatre-vingt, mon père se mit à la prière pour préparer son pèlerinage.

Durant mon enfance, seul le ramadan nous rapprochait de Dieu. Durant le mois saint, tout le monde jeûnait. Un jour, je surpris mon père dans sa chambre, la cigarette à la bouche. Terrorisée, je refermai la porte aussitôt. Je savais que j'avais fait une bêtise en ouvrant cette porte.

Sa colère, décuplée par la faim et les privations, fut homérique. Je voyais mon corps soulevé du sol, en apesanteur.

Une autre fois, c'est moi qu'il surprit en train de me restaurer discrètement dans la cuisine. Je n'étais pas pure, donc indigne de jeûner, mais je ne pouvais pas le lui expliquer, on ne dit pas à son père qu'on a ses règles. Il jeta mon assiette contre le mur, celle-ci frôla mon visage, je faillis être défigurée. L'absence de mots devenait de plus en plus douloureuse, des gens meurent de ça, les femmes surtout.

Ma mère tenta de lui expliquer par onomatopées mon

état, il leur était difficile de faire des phrases. Trop tard, la foudre était enclenchée.

Mais bientôt l'Aïd arrivait, et sa joie mêlée à la fierté d'avoir réussi à résister à toute tentation nous faisait oublier les tensions du mois saint.

Nous portions nos plus beaux vêtements et des bijoux en or. Je me souviens du jour où mon père me perça les oreilles, passage obligé pour une petite fille – circoncision pour les garçons, piercing pour les filles. Il brûla une aiguille à coudre pour la stériliser, puis il l'enfonça dans mon lobe. Je pleurai tout doucement pour cacher ma douleur et montrer ma bravoure.

Ma tête posée sur ses genoux dans un moment de rare intimité avec lui, il passa ensuite un fil de coton noir dans le lobe pour l'empêcher de se refermer. Je restai plusieurs jours avec ce fil aux oreilles, preuve qu'un jour prochain je pourrais porter de petits anneaux d'or.

Nous allions ainsi parés chez chaque voisin porter des gâteaux arabes, makrouts, zlabia, en disant « *Aidek mabrouk* ».

C'était la fête dans toute la ZUP, la joie des enfants et celle des parents, la musique résonnait dans les tours, le chaâbi, Cheikha Rimitti, Abde Halim Hafez. La derbouka suivie de youyous était aussi très prisée durant les trois jours de célébrations.

Je dansais facilement dans les réunions festives de l'Aïd, un foulard noué sur les hanches, gandoura flottante, sur les rythmes endiablés des tambourins à cymbalettes d'or. Les femmes tapaient dans leurs mains pour m'encourager, je le faisais de bonne grâce, j'adorais ça.

La danse orientale, une technique ancestrale exercée différemment suivant les pays. L'égyptienne tenait son rang, Samia Gamal en était la reine, suivie de près par la danse libanaise plus libérée, avec une pointe de vulgarité nécessaire à qui sait rouler les hanches, puis loin derrière la nord-africaine, plus tribale.

J'aimais les fêtes arabes, rares moments de joie non feinte, où il nous fallait refuser les gâteaux offerts sous peine d'avoir l'air de crève-la-faim. Ma mère nous faisait les gros yeux lorsqu'une voisine nous proposait des friandises. La mort dans l'âme, nous refusions ces mets délicieux qu'elle avait mis une semaine à préparer. Il valait mieux les laisser moisir et les jeter que les accepter.

Certes, nous n'avons jamais eu faim, c'était la grande fierté de nos parents, un toit sur la tête et de quoi manger, alors, de quoi nous plaignions-nous ?

Ma mère sortait peu. Confinée dans le gynécée, psychotropes en bandoulière, elle semblait flotter dans une brume chimique. Elle se déplaçait avec son sac à pharmacie d'une pièce à l'autre, traînant son angoisse et son ennui.

Elle se levait tôt, faisait sa prière. Ma mère a toujours été croyante, contrairement à ses sœurs, ma grand-mère priait aussi. Je l'entendais chuchoter, un chapelet à la main, agenouillée sur son tapis de prière : « *Starfoullah ya rabi…* » On n'en faisait pas grand cas à l'époque, chacun vivait sa foi, ou son athéisme, à l'abri des F5, ce n'était pas un sujet. Les femmes étaient plus croyantes, j'ai vu peu d'hommes prier durant mon enfance.

Après les ablutions et la prière, Khedija préparait le petit déjeuner, tartines de pain, margarine et chicorée. La distance installée par les quantités astronomiques de drogues qu'elle ingurgitait lui donnait un regard torve et cela lui provoquerait plus tard une cirrhose médicamenteuse.

Je n'ai jamais su ce qu'elle pensait quand elle nous regardait, mais nous n'étions pas une source de joie. Peut-être songeait-elle à ce qu'aurait été sa vie si elle avait fui son bourreau. Si elle avait accepté d'être mannequin, un tout autre avenir se serait dessiné pour elle.

Elle vaquait ensuite dans la cuisine avant de retourner s'allonger. Elle passa une grande partie de sa vie dans sa chambre, à rêver d'un autre monde.

Le ménage était le domaine des filles, le dimanche nous briquions la maison du sol au plafond. Nous n'avions pas de lave-linge, le lave-vaisselle n'était pas une option. Deux bacs en guise d'évier, l'un avec du Paic Citron, l'autre avec de l'eau claire pour le rinçage.

Nous mettions les draps dans la baignoire, l'odeur de Javel envahissait l'appartement, mes frères ne supportaient pas ces effluves chlorés.

Nous marchions Dalila et moi sur les draps javellisés, qui nous brûlaient les pieds, seul moyen efficace pour effacer toute trace d'énurésie.

Nous nous battions systématiquement après, tout était prétexte à la violence, les souvenirs de ces nuits nous étaient impossibles.

Sur le balcon, nous tordions les draps chacune dans un sens opposé, les essorer n'était pas une mince affaire.

Mon père fulminait contre le gâchis d'eau chaude et la salle de bains inondée.

Je compris très tôt, à l'âge de raison, sept ans, que ma mère ne me protégerait pas, le jour où, l'implorant de m'emmener avec elle, elle me laissa chez l'ogre de Dreux, son beau-frère.

Ce matin-là, si marquant dans ma courte existence, me sauva d'une vie de misère. En m'abandonnant, ma mère me fit comprendre que je devrais faire seule mon chemin, comme elle-même l'avait fait et sa mère avant elle.

Destins de femmes au XXe siècle.

À la ZUP, l'homme est roi, les filles s'écartent sur son passage et baissent les yeux, geishas nord-africaines sous emprise. Mais, sorti de l'enceinte, le Zupéen n'est plus qu'un ennemi, un danger, une cible qui hurle « Attica » pour se faire respecter.

Les filles dans la cité ne sont pas grand-chose, mais hors des murs nous nous créons, nous nous inventons pour exister.

L'empêchement m'a révélée. Avoir été méprisée, niée, il a forgé ma force de vie. Partir, c'est briser les chaînes.

C'est plus difficile pour les garçons, rois nus sortis de leur royaume, ils y sont condamnés.

Je me souviens de José, le meilleur ami d'Houria. Il habitait au quinzième et il était courtois, doux, toujours prêt à aider autrui. Les femmes surtout, ouvrant la porte de l'ascenseur, portant les courses des unes, accompagnant les autres, il ne semblait pas être une menace. Espagnol d'origine, il était accepté par toutes les communautés. Les jeunes gens souriants et serviables étaient rares à la ZUP, où les hommes étaient plutôt de nature ombrageuse. Ils faisaient fréquemment des séjours hors de l'enceinte pour une autre enclave, carcérale celle-là.

Les mères dont les fils étaient en prison étaient légion au quartier, on les voyait partir tôt le samedi matin, le dos courbé *meskina*, prendre le premier bus direction Saint-Paul ou Saint-Joseph, les bras chargés de sacs Carrefour ou Casino. Elles étaient leur seul lien avec l'extérieur. Mères surpuissantes, elles avaient gagné, aucune femme ne prendrait leur place.

L'opprobre n'était pas vraiment jeté sur elles, mais nous reconnaissions la bêtise du fils de s'être fait prendre. Il était rare pourtant d'avouer que les voyous étaient souvent peu futés, que la plupart étaient restés à l'école seulement jusqu'à quatorze ans, âge limite de la scolarité obligatoire. Sans même décrocher le certificat d'études.

On aurait pu s'inquiéter avant. Souvent ils martyrisaient les chats ou les plus jeunes, on voyait bien que ça ne tournait pas très rond dans leur tête, mais impossible pour les mères d'admettre les déficiences de leurs fils. C'était forcément le djinn qui avait frappé leurs beaux garçons. Alors, couvertes de gris-gris, elles s'acheminaient vers le parloir comme vers la sentence et pleuraient leurs fils déchus.

Les filles étaient certainement la cause de leur emprisonnement : en voulant leur acheter de beaux cadeaux, ils avaient fait des bêtises, braquer une banque, tuer un gars d'une banlieue adverse. En réalité, ils couvraient rarement les élues de leur cœur de présents, c'était plutôt l'inverse, les filles ne tardaient pas à travailler pour eux. Il est vrai que le grand banditisme faisait rêver les belles demoiselles. Des vrais gars courageux issus du gang des Lyonnais qu'elles s'apprêtaient à pleurer toute leur vie, des Mesrine de banlieue.

Ce n'était jamais la faute des pauvres garçons, mais celle du *s'hore* qu'on avait jeté sur eux par pure jalousie. La fragilité mentale ou la perversion n'étaient jamais mises en cause. Ils avaient pourtant du mal à s'exprimer autrement que par des œillades, des hochements de tête. Et la confusion régnait lorsqu'un regard mal interprété faisait dire au petit frère autre chose que la réponse attendue, quand la police investiguait.

La faute au cadet qui devrait vivre avec la culpabilité d'avoir envoyé son aîné en prison, il ne serait jamais pardonné.

Le grand avait déjà fait quelques bêtises pas très graves, lorsqu'il avait corrigé une fille qui lui avait mal parlé, la laissant bien amochée sur le trottoir de l'avenue de la République, une correction méritée selon la mère. Il était en prison par la faute des autres, jamais par la sienne, comme si l'on pouvait vivre impunément toute sa vie.

Quand il finissait par sortir, il ne lui fallait pas plus de quinze jours pour recommencer et retourner en prison où il retrouvait ses camarades qui, eux, savaient qu'il n'y avait pas de place pour eux dehors. Ils étaient bien là-bas, enfermés, ils se créaient une cellule dans l'enceinte du placard, à l'abri des tentations. L'avenir du garçon de la ZUP adulé par maman était scellé, prison à vie ou expulsion.

Le quartier cachait aussi quelques garçons lumineux qui, après un séjour carcéral, avaient compris que leur vie valait mieux que ça. Pour eux, le chemin serait pavé d'embûches, on ne sort pas si facilement du groupe, la tentation est forte, les menaces aussi sont puissantes. Rien de plus désagréable pour un voyou que d'en voir un autre changer de route, tout sera fait pour qu'il revienne sur le tortueux chemin de la délinquance.

Le parcours de la rédemption est long mais salvateur. Un temps ostracisés, les courageux qui l'ont choisi se sont rarement plaints du chemin du repentir. Leur vie, moins vibrante que celle de leurs frères, leur a permis de rester debout en s'éloignant du clan.

Les repentis, même s'ils n'ont jamais trahi, sont rarement appréciés, ils sont considérés comme des traîtres à la communauté. Ils sont l'image d'un ailleurs possible, c'est impardonnable. Plus tard, une fois qu'ils ont aidé, expié, on leur reconnaît du bout des lèvres quelques qualités. Un fossé infranchissable sépare le voyou flamboyant du besogneux mal-aimé.

Les mères perdues du djebel n'ont pas pu sauver leurs fils avec leur amour dévorant. Pour nous les filles, c'est différent, rien ne nous est donné, il faut tout arracher, déchiqueter les liens ténus qui nous unissent, mais s'affranchir a un prix. Fadela Essènepé ou madame Bokhalof l'ont payé de leur sang. Elles ont joué des coudes avec les garçons, ils ont joué d'elles, elles se sont brûlé les ailes. Elles ont cru au paradis des hommes, la revanche fut sanglante. Elles ont cru au roman américain à la française. Mais la France n'est pas l'Amérique, et l'Algérie est une terre âpre et dominée, la revanche des esclaves est sanglante.

Madame Mort-dans-l'œuf, la fille SNP et bien d'autres sont mortes libres, elles n'ont pas abandonné.

Elles ont semé en moi le goût de la liberté.

Les journées sans école passaient lentement, le temps durait longtemps. Je faisais le ménage, il y avait tant à faire.

Ma mère, elle, ne touchait pas une assiette, son domaine était la cuisine. Elle passait des heures à cuisiner des quantités astronomiques de nourriture. Il faut dire que nous avions un gros appétit, il n'était pas rare que nous nous resservions trois ou quatre fois.

Le couscous du dimanche que nous attendions avec impatience faisait notre délice : les légumes fondant dans la bouche, le mouton si tendre, la semoule si fine préparée au beurre et non pas, sacrilège, à l'huile d'olive, les merguez cuites à point, légèrement grillées aux extrémités et tendres à l'intérieur, leur jus teinté d'harissa du Cap Bon.

Les samedis, jour de marché, ma mère achetait des sardines qui étaient alors le poisson le moins cher. J'adorais les sardines, malgré leurs minuscules arêtes, elle les cuisinait avec de la farine, façon meunière.

Les repas se déroulaient dans un silence de plomb lorsque par malchance mon père y participait. Il ne tolérait pas les bruits de bouche. Il n'était pas rare qu'il envoie valser une assiette quand la mastication se faisait trop sonore. Il nous fallait alors la ramasser et quitter la table sans manger, pour aller pleurer en silence dans un coin.

Les petits déjeuners étaient les plus sensibles, Pedrolifer avait le réveil douloureux, voir toutes ces bouches à nourrir lui donnait le bourdon, alors qu'il ne rêvait que du chant des cigales et du coq au petit matin. Il pouvait renverser la table, la chicorée s'étalant sur le lino de l'avant-cuisine. J'avais la tâche de lui préparer le café, puis de lui servir malgré mon jeune âge. Je m'appliquais à ne rien faire tomber.

Quand par bonheur il était absent, c'était la fête, les cris de tous les côtés, les rires, les pleurs aussi. Nous avions développé un sens de l'humour redoutable, gare à celui qui commettait la moindre faute, il serait la risée de la fratrie des semaines durant, nous étions solidaires mais moqueurs.

Les repas terminés, nous nous appliquions à nettoyer de haut en bas la cuisine à grand renfort d'eau de Javel, dont l'odeur envahissait la maison.

C'est à ce moment-là que les garçons fuyaient, nous abandonnant à notre triste sort de captives. Nous passions les samedis après-midi à regarder les autres vivre. Cachée derrière le rideau de la cuisine, je voyais mes amies partir à la patinoire, je rêvais d'y aller, mais toutes sorties nous étaient interdites. C'est ainsi que mon imaginaire se développa de façon vertigineuse, pas toujours pour le meilleur.

Je m'ennuyais ferme et je rêvais aux loisirs de mes copines, quelques Algériennes avaient droit à un peu de liberté, elles nous racontaient, à Dal et moi, ce qu'elles faisaient.

Je serais libre quand je serais grande, c'était la seule chose dont j'étais sûre.

La navette entre le réfrigérateur et le téléviseur pouvait commencer, je mangeais comme un ogre, heureusement en pleine adolescence je grandissais à vue d'œil. Manger apaisait mon angoisse et ma frustration, la nourriture était un signe d'abondance. Je ne voulais pas être grosse, mais je ne pouvais m'empêcher d'avaler une quantité gargantuesque de nourriture, ça remplissait le vide abyssal qui me tenaillait.

Manger, lire et dormir furent mes activités d'adolescente, à l'heure où mes amies vivaient leur premier chagrin d'amour, je vivais en captive.

Abdelka s'est essayé à plusieurs métiers, dont éboueur, mais c'était un trop dur labeur pour qui aspire à une vie de jouissance.

Sa présence comme agent d'entretien ou comme veilleur de nuit n'était nécessaire que quelques heures le matin. Il partait à quatre heures pour rentrer à onze heures à la maison, où il passait le reste de la journée.

Il lui arrivait de faire quelques incursions dans la ZUP au volant de sa 404 diesel, mais jamais très longtemps. Le prix de l'essence était déjà un sujet, la crise pétrolière avait frappé après la guerre du Kippour.

Son désordre mental l'empêchait de rester en place, sauf lorsqu'il s'adonnait à sa sieste quotidienne ponctuée de ronflements qui faisaient trembler toute la maison. Nous vivions au rythme de ces bourdonnements qui nous glaçaient le sang, et il fallait éviter d'être sur son chemin à son réveil.

En réalité, il rêvait d'une vie oisive où l'argent ne serait pas un sujet, toute mon enfance a été marquée par les problèmes d'argent.

Les allocations familiales sur lesquelles nous comptions pour vivre arrivaient avec la régularité d'un métronome. Tous les premiers du mois, l'argent était donné en liquide à la mère, on savait les pères soûlards, l'État évitait de les ravitailler.

Nous savions quand exactement le facteur passait. Je ne ratais jamais ses visites. Il était si rare qu'un Français franchisse les portes de l'appartement.

Ma mère avait caché dans ce que nous nommions le bahut du salon une bouteille de porto, gagnée grâce aux bons subtilisés dans les boîtes aux lettres. Elle servait le facteur qui, son verre vidé, continuait sa tournée, après que ma mère lui avait donné quelques pièces. Je ne comprenais pas bien pourquoi, alors que nous avions si peu d'argent, mais c'était la coutume. Impossible d'y déroger. Je voyais dans ses yeux la reconnaissance pour cette maigre obole. Les rôles inversés emplissaient ma mère d'une satisfaction imperceptible, ce Français recevant l'aumône lui procurait un bref et rare sentiment de supériorité.

L'argent était instantanément mis en sûreté dans son soutien-gorge, seul lieu auquel les hommes n'avaient pas accès.

Je mesure aujourd'hui chaque jour la chance de ne pas avoir à compter tout simplement.

Une famille nouvellement arrivée de Kabylie vint s'installer au sixième étage. La famille Barzouka, que nous n'allions pas tarder à appeler la famille Zanini, tant le père, un petit homme sec, ressemblait à un chanteur de l'époque, Marcel Zanini.

Composée de filles seulement, cette famille semblait bien plus européenne que nous. Les filles étaient plus émancipées, diplômées, parfaitement mises, tandis que leur mère éduquée tenait les rênes de la maison. L'aînée, qui travaillait déjà dans un cabinet d'avocats à Lyon, portait des blouses Saint Laurent laissant deviner une poitrine à damner un saint. Ce genre de toilette était inédit à la ZUP. J'étais stupéfaite et fascinée par la liberté affichée de cette famille venue des hauteurs du Djurdjura. Ainsi, on pouvait descendre des plaines de Kabylie et être plus libre que nous qui étions nées en France.

C'est là qu'est la cassure, la France a sidéré mes parents, et cette sidération les a menés à un enfermement dont ils ne pouvaient sortir. Ce n'était pas le cas de la famille Barzouka, gouvernée par le matriarcat. Le père n'y avait que peu de place.

Je n'imaginais pas un père algérien si conciliant avec ses filles, si prévenant avec son épouse. Nous nous moquions de lui qui ne savait pas faire démarrer sa mobylette nouvellement achetée. J'étais étonnée qu'un homme puisse afficher ses faiblesses en demandant à mon frère de l'aider.

Il y avait donc plusieurs sortes d'hommes, je commençais à comprendre que le monde ne tournait pas partout comme chez les Khelfa. Il y avait d'autres possibles, des hommes doux et respectueux envers les femmes.

Si les Kabyles sont l'intelligentsia algérienne, nous les Arabes algériens sommes considérés comme des cousins rustres sans éducation.

La rébellion algérienne a commencé dans les plaines de Kabylie pour s'étendre plus tard dans le maquis.

Nous, nous descendions des Arabes. Cette fierté dont nous nous enorgueillissions allait être mise à mal par la présence tamazight dans la tour.

Madame Bergala, la meilleure amie de ma mère, venait des côtes méditerranéennes de Tizi Ouzou, son accent indéfinissable ressemblait à une langue nordique, elle parlait très peu arabe et cuisinait tout à l'huile d'olive. Nous, nous avions de la margarine, plus haut de gamme ; l'huile d'olive, aujourd'hui produit de luxe, était considérée à l'époque comme très bas de gamme, un franc les cinq litres. Nous faisions des bains d'huile d'olive avant un shampoing pour bien hydrater notre chevelure rebelle. Madame Bergala cuisinait le couscous à l'huile d'olive ; le couscous se cuisine au beurre pour les riches, à la margarine pour les autres, mais jamais à l'huile.

La famille Bergala était arrivée dans les années soixante-dix à Vénissieux. Cette nouvelle vague d'arrivants répondait à la forte demande de main-d'œuvre des entreprises françaises pour faire face à l'industrialisation galopante des Trente Glorieuses.

Le père Bergala était un homme bourru dont je n'ai jamais entendu la voix, son épouse passait ses après-midi à l'étage inférieur chez ma mère. Elle laissait reposer le couscous sous le lit, ma mère, elle, faisait de la faisselle, que l'on appelait *elben*, *rayeb* ou lait caillé, dans une grande marmite recouverte d'une gaze très fine placée sous le lit aussi.

L'appartement de madame Bergala était quasiment vide, avec deux chaises et une table, ils se restauraient à tour de rôle.

Elle avait une fille brillante à l'école qui sautait régulièrement une classe et paraissait flotter au-dessus de cette famille austère semblable aux Mormons. Je comprenais que sa mère vienne chez nous trouver un peu de repos et de distraction lorsque son mari était à l'usine.

Celui-ci était si pingre qu'il refusait d'acheter une télévision, ce qui obligea les enfants à étudier, les Kabyles étaient plus enclins aux études que nous.

Les hommes en général s'effaçaient devant les femmes

lorsqu'elles venaient visiter une voisine, une récréation qui les changeait de leur intérieur. Peu habitués à une présence féminine étrangère, ils sortaient alors après un infime hochement de tête. Face à une femme étrangère, ils redevenaient des enfants devant leur mère surpuissante, curieuse attitude venant d'hommes souvent violents. Ils n'avaient pas appris à se comporter avec les femmes, ils les regardaient comme des gamins pris en faute, alors qu'en privé ils les bafouaient, ils les maltraitaient.

Monsieur Zanini était différent : très à l'aise avec les femmes, il n'avait pas peur d'elles et ne les effrayait pas en retour.

Il n'y avait pas de danger avec lui, il avait la testostérone en sourdine. L'homosexualité n'existait pas à la ZUP, mais un soupçon flottait à son sujet. Un homme respectueux envers les femmes, qui portait leurs sacs et leur ouvrait la porte de l'ascenseur, n'en était pas vraiment un.

L'homme immigré devait marcher droit devant sa femme, qui s'épuisait à porter les courses, même enceinte, c'était son devoir. Lui, l'homme, fier comme Artaban, la devançait le menton relevé, comme dans une comédie à l'italienne.

Je n'arrivais pas à savoir ce que je voulais, mais ça, je savais que je n'en voulais pas. Ma grand-mère nous avait inculqué de ne jamais nous marier. Issue de générations de mariages arrangés, elle en savait les conséquences.

Mon grand-père taiseux, comme souvent les rescapés, n'a jamais parlé de la sale guerre. Cet homme que je n'ai pas connu me semble bien mystérieux aujourd'hui. Il a pourtant donné une éducation à ses filles à une époque où rares étaient celles qui y avaient accès, y compris en métropole, mais il a aussi marié ma mère à un homme brutal et primaire. Que cachait ce mariage pour qu'il ne puisse pas ouvrir sa porte à sa fille abusée et violentée ?

Les nuits où ma mère revenait chez lui, en pleurs, le visage tuméfié et ensanglanté, le suppliant de la reprendre, le poids des conventions le rendait sourd aux supplications de sa fille. La séparation étant inenvisageable, elle devait retourner chez son mari sale et puant, où une accalmie de quelques jours lui laissait un peu de répit, avant que l'infernal cycle de violences ne reprenne.

Monsieur Zanini, lui, n'était pas de cette trempe-là, il aimait sa femme, la respectait, méprisait les conventions. Il existait donc des hommes bien, des vrais, algériens de surcroît, ma mère n'était pas tombée sur le bon. La différence entre les Berbères et les Arabes algériens n'était pas si grande. Mon grand-père arabe de souche avait laissé ses filles étudier.

La terreur de l'éducation européenne avait fossilisé mes parents dans une culture archaïque. La France des années soixante-dix était alors à la libération sexuelle, au droit à l'avortement, aux minijupes, aux films pornos dont les affiches fleurissaient dans les grandes villes. C'était déconcertant pour des hommes issus de wilayas algériennes, ils avaient beau afficher une certaine modernité, cela ne pouvait aller jusque-là.

Ils se retranchèrent donc derrière leurs racines ancestrales, c'est ainsi qu'ils retombèrent du XXe au XIXe siècle en quelques années seulement.

Jeune fille de la cité, mon avenir était scellé, le monde cellulaire de la ZUP ne m'offrait pas grand-chose, mais des désirs encore flous commençaient à se forger un chemin en moi. Mes parents, à qui l'on avait imposé la dure route de l'exil, nous avaient offert, malgré eux, la liberté et l'aventure.

Les changements brutaux de mon corps provoquaient chez moi une angoisse qui se développait aussi rapidement que mon anatomie. Ma peur grandissante n'avait plus d'objet, elle était juste là, présente de nuit comme de jour, à toutes les heures de la journée.

L'école m'offrait un répit où je pouvais laisser cours à ma fantaisie, rire, crier, me battre aussi, prouver ma virilité qu'aucun homme ne pourrait m'enlever.

J'adorais l'école, et elle me le rendait bien. J'étais bonne élève jusqu'à quatorze ans environ, le bruit de la craie sur le tableau, les mots des professeurs, leurs vêtements, la joie de retrouver mes camarades, la cour de récréation, tout me plaisait.

J'aimais les livres, le dictionnaire et la poésie. Je recherchais tout ce qui pouvait m'extraire de l'univers dans lequel je vivais : aller chez mes amies, découvrir la vraie vie des gens. Je voyais en allant chez elles que ce que nous vivions n'était pas la norme, alors je m'inventais une enfance, une famille, pour ne pas dévoiler la mienne. L'art de la dissimulation des familles de déplacés, je savais qu'il fallait cacher, mentir, pour se tenir en société. La peur du rejet m'habitait, il me fallait être acceptée, changer pour partir, je m'adaptais pour survivre. Malgré cela, les périodes d'accalmie de mon âme tourmentée se faisaient de plus en plus rares.

La puberté venue, je n'avais plus le droit de sortir. Je vivais cachée derrière la fenêtre de la salle de séjour pour épier la vie des autres. Si quelqu'un levait la tête, me surprenait, ma culpabilité redoublait, mortifiée par mon voyeurisme découvert.

J'avais pris dix centimètres en dix-huit mois, j'étais terrifiée à l'idée de devenir une géante. Mon voyage en Algérie m'avait fait découvrir une cousine d'un mètre quatre-vingt-douze, la terreur de lui ressembler m'envahissait, chaque jour je pliais un peu plus les genoux pour être à hauteur de mes camarades.

Mon corps me révulsait, je ne me suis regardée entièrement nue dans un miroir qu'à un âge adulte très avancé.

Les révolutionnaires rêvaient d'égalité et d'un monde meilleur. Moi, je rêvais de liberté, l'égalité serait pour plus tard.

Les grèves et les manifestations se répétaient avec régularité, j'étais la première sur les barricades, l'injustice faite à ma communauté éveillait mon âme de pasionaria.

La loi Debré de 1973 faisait rager les étudiants, je me souviens du slogan percutant, « Debré, salaud, le peuple aura ta peau », chanté en chœur avec une émulation qui me touchait.

J'étais toujours partante pour faire grève, pas seulement contre l'injustice, mais aussi pour ne pas aller en cours. Comme un jour de fête, la jeunesse des banlieues s'alliait à celle des beaux quartiers, le temps d'un mouvement de foule nous étions égaux. Une fois l'euphorie de la contestation passée, chacun reprenait sa place en toute inégalité. Le temps de l'effervescence écoulé, l'amer retour à la réalité nous rappelait qui nous étions.

Dupont Lajoie, le film d'Yves Boisset sorti en 1975,

racontait l'accusation à tort d'un Arabe pour le meurtre d'une jeune fille.

Le film connut un succès retentissant, il levait le voile sur les injustices faites à la communauté maghrébine, toute la ZUP en parlait sans même l'avoir vu. Il était rare de prendre fait et cause pour les Algériens, les blessures laissées par la guerre d'Algérie étaient toujours à vif.

Mon adolescence se passait dans une rébellion souterraine, impossible à afficher, contre ma culture et mon éducation. Je voulais vivre comme les Françaises, libre, mais le poids de la communauté me l'interdisait.

Cette dualité allait durer – comment s'affranchir sans trahir ? Se révolter contre le pouvoir dominant est cohérent, contre une minorité exploitée, c'est plus compliqué.

Je continuais d'échafauder des plans d'évasion quand la dernière de mes sœurs fugua. Dalila avait quatorze ans lorsqu'elle rencontra un beau motard qui lui promit une vie rêvée loin des cités. Elle décida de le suivre.

Ma sœur fit l'erreur de rester dans l'agglomération lyonnaise et de demander à une voisine de lui apporter des vêtements. Le rendez-vous fut pris au parking du Carrefour, mais la voisine la dénonça, ma sœur arriva à moto. L'expédition punitive fut organisée par mon père avec l'aide de mes deux frères, qui traînèrent Dalila sur plusieurs mètres alors que la voiture redémarrait en trombe. Elle réussit néanmoins à s'échapper pour se faire rattraper plus tard par la police, et le bel homme à la moto disparut. Ma sœur ne resta que quelques mois avant de reprendre la fuite, cette fois ce fut la bonne, elle ne reviendrait pas.

Privilège des cadets, j'appris, grâce à mes sœurs, les erreurs à ne pas commettre.

La violence et le désespoir redoublèrent. Tiraillée entre mes racines et ma soif de liberté, je décidai de rester avec mes parents, au contraire de mes sœurs qui jetèrent l'opprobre sur toute la famille. Je marcherais dans les clous vénissians, l'honneur guiderait mon bras vengeur.

Il se passait quelque chose, mon corps m'échappait, plus je m'efforçais de suivre les règles, plus je me détachais de moi-même, j'étais une entité différente, squameuse. Vêtue d'une gandoura colorée, foulard noué dans mes cheveux si longs que l'étoffe glissait régulièrement, je voyais une silhouette semblable à la mienne nettoyer le sol à la serpillière, à grands jets d'eau laver le balcon, frotter, briquer les meubles, les vitres, tous les recoins de la maison. Rien ne m'échappait, sauf mon corps.

Je n'osais regarder ces traits effrayants, ces cheveux sales et gras, ce visage boursouflé qui me révulsait. Je glissais vers quelque chose d'indéfinissable qui s'emparait lentement de moi.

Plus un bruit ne venait perturber le silence assourdissant qui régnait dans l'appartement, le moindre souffle provoquait des regards suspicieux, mornes et abattus. Je n'allais plus à l'école depuis six mois, je partais néanmoins chaque matin traîner dans des endroits improbables où je ne risquais pas d'être découverte.

J'allais avoir quinze ans, j'avais tout raté, ma vie était terminée.

Je tentai un appel au secours à l'occidentale, je me tailladai les veines à l'aide des lames de rasoir Gillette de mon père, évitant d'aller trop profondément dans la chair.

La blessure me fit quand même perdre connaissance. Quand j'ouvris les yeux, le visage de ma mère dévorait le mien. Je n'entendais pas ses mots lointains, mais je compris que mes parents n'avaient pas pris ça très bien quand je reçus un coup puissant sur le flanc gauche.

L'archaïsme de mon père surgit si violemment que je faillis à nouveau perdre connaissance, mais l'effet cathartique des coups de pied me remit pleinement dans le présent. Je gisais sur le sol ensanglanté de la salle de bains.

Mes géniteurs m'avaient donné la vie à nouveau. J'allais vivre pleinement, intensément, quitter cet endroit de malheur et de souffrance, je ne serais pas la fille sacrifiée.

Je n'étais pas enceinte, je n'étais pas déflorée, le gynécologue pouvait en témoigner. Mortifiée, je serrais les jambes, jamais personne n'avait regardé mon corps de jeune fille si scrupuleusement. J'allais partir. Quand ? Comment ? Je ne le savais pas encore, mais je partirais.

La vie changea soudain de couleur, la mélancolie s'éloigna pour faire place à un plan d'attaque, je devais m'organiser et fuir à jamais ce couple mortifère.

Plus tard je perdis mon hymen, un peu par la force, avec un noctambule vaniteux, grand ami de ma sœur. Je me retrouvai clouée au sol par ce quadragénaire à l'hygiène douteuse. Tout me sembla normal, jusqu'à ce qu'il me demande pardon. Je compris à cet instant qu'à nouveau je venais de me faire avoir. Ma virginité envolée me soulagea malgré la brièveté de l'acte, mais je n'avais pas saigné.

Une peur vertigineuse s'empara de moi. Si j'avais été mariée selon la tradition, je serais probablement morte. J'imaginais ma mère et ma belle-mère derrière la porte nuptiale dans l'attente impatiente de la preuve de mon innocence. La déception suivie de hurlements, la colère du mari devant cette épouse dégénérée. Le glaive au-dessus de ma tête, le scandale de ma mort annoncée, tout ça pour ça. Fautive des nuits chez l'ogre de Dreux, coupable d'avoir été une petite fille.

Enfin débarrassée de cette membrane par cet homme négligé et âgé, tout se bousculait dans ma tête, je ne savais pas où aller ni que faire de cette liberté chèrement acquise.

Je croisais fréquemment des membres du FHAR. Le Front homosexuel d'action révolutionnaire était un groupe de gens influents, la gauche et les gays commençaient à prendre le pouvoir.

Je découvrais cette communauté qui allait occuper une place importante dans ma vie. Je me sentais en sécurité avec eux, pas de crainte d'égarement, nous dormions dans les bras les uns des autres sans l'ombre d'une ambiguïté. Quel soulagement de voir des hommes dignes de ce nom. C'était pour moi un monde insoupçonné où j'allais m'épanouir, dans une communauté libérée de tout diktat.

Mes amis étaient des artistes avec peu de moyens, avides de fêtes et de sexe. Le sida se développait sournoisement, mais il n'était pas encore déclaré. Le réveil serait difficile.

Nous n'étions qu'au début de ce que *Libération* appelait encore le « cancer gay ». L'instant était toujours à la fête, jusqu'au bout de la nuit, de la vie.

J'adorais être avec ces garçons un peu fous, parmi

lesquels je pouvais exprimer ma propre folie. Ils me faisaient découvrir un monde insoupçonné, fait d'amusements, de déguisements et de drogues. Krootch en faisait partie. Enfant unique d'une femme de ménage qui travaillait au Trianon Palace à Versailles, il n'avait pas connu son père béninois et semblait évoluer tel un félin dans ce groupe de gens qui l'avaient adopté depuis son plus jeune âge.

Krootch parlait peu, il était très mystérieux. Sûr de son pouvoir sur les hommes, il semblait survoler la vie, ne pas y prendre part. Je ne comprenais pas toujours son humour mais je me sentais bien avec lui, en sécurité, et c'est elle que je recherchais avant tout. J'avais vécu jusque-là en danger, l'instabilité m'épuisait, je n'avais toujours pas d'endroit à moi, ma vie de nomade m'éreintait. Je n'arrivais pas à me fixer, la peur de la sédentarité me poussait à partir, à changer souvent de toit.

Krootch avait enregistré un disque et m'avait demandé de l'accompagner en tournée.

Nous étions allés en province tourner une émission de télévision, j'étais pétrifiée à l'idée de chanter et danser en direct à la télévision. Je le fis les cheveux recouvrant mon visage de peur d'être reconnue.

J'étais poursuivie dans le train qui nous menait dans les villes où nous devions nous produire par un chanteur de variété qui avait connu son heure de gloire en épousant une grande vedette de la chanson. Tout ça me semblait irréel, je faisais les choses sans être vraiment présente.

Rien ne m'intéressait vraiment, comme si j'avais déjà tout vécu. J'aimais m'amuser mais je ne trouvais rien d'amusant. Krootch flottait aussi, semblait se divertir, je n'arrivais pas à savoir si c'était vrai, le savait-il lui-même ? Pour beaucoup de mes amis homosexuels, l'important était d'être beau ou belle à leurs yeux, ils m'encourageaient à en profiter, ils croyaient en moi.

Je faisais semblant d'y croire, mais au fond je me savais hideuse, personne n'aurait pu me faire admettre le contraire.

Krootch faisait marcher les hommes, mais aussi les femmes. Il savait son pouvoir sexuel très puissant au regard de ces yeux bleus qu'il attirait dans son lit, même s'il s'en lassait très vite.

Il avait des rapports passionnels avec les femmes, elles étaient souvent très amoureuses, se faisaient aimer comme des garçons, le poursuivaient de leurs assiduités. Mais il semblait rechercher une sœur plus que de l'amour, l'amour était dédié aux hommes. Moi j'étais son amie, son pouvoir sexuel n'avait pas d'effet sur moi, j'étais arabe, pas blanche, ça ne pouvait pas fonctionner, et je me méfiais du sexe et du pouvoir qu'il avait sur les gens. Je ne comprenais pas qu'on y accorde tant d'importance, les gens portés sur le sexe m'ennuyaient profondément, je pensais rater quelque chose, mais je ne voulais pas être réduite à ça. Les femmes sous l'emprise d'un homme me semblaient aliénées, dégradées, comme ma mère, elles me fascinaient aussi, je ne comprenais pas. Aujourd'hui encore, je suis surprise de voir des femmes apparemment libérées tomber en amour de machos phallocrates.

Je préférais les drogues. La drogue. L'héroïne avec laquelle je pensais tout contrôler. La dépendance était liée aux drogues, on ne parlait pas encore d'addiction au sexe. L'héroïne me donnait paradoxalement l'impression d'être libre de toute attache.

Je ne serais jamais victime, plutôt mourir ; mes certitudes en bandoulière, j'avançais aveugle aux réalités de la vie, pétrie de mes convictions. Ainsi je résistais aux hommes, je les tenais à distance, je savais de quoi ils étaient capables.

Mais j'appris rapidement que l'on ne contrôle pas grand-chose à vingt ans, certainement pas l'amour qui vous foudroie au moment le plus inattendu. C'est ainsi que je rencontrai Louis, un garçon issu des beaux quartiers, aspirant acteur au regard dévastateur. Je tombai immédiatement sous le charme, sa belle élocution résonnait comme une promesse de bonheur, son éducation, son appartement. Il vivait encore chez sa mère, dans l'île Saint-Louis. Je découvris les us et coutumes de la bourgeoisie parisienne où tout me semblait plus léger, une vie sans pathos, sans drame. Où l'on pouvait sans ambages traiter sa mère de conne, ce qui me révoltait. Notre révolte à nous les déplacés était beaucoup plus violente, elle ne passait pas par les mots mais par des actes irréversibles, c'était un autre monde.

Je représentais à ses yeux la punkitude, la liberté, le Palace, l'opposé de la bourgeoisie, l'émigrée d'un autre monde plein de mystère. On pourrait découvrir l'imposture, mais c'est ainsi que je m'imaginais, en transfuge de classe fière de ses origines, et je me racontais le moins possible.

Je vivais dans l'illégalité. La vie de sans-papiers est une vie d'errance, avec la peur d'être découverte, dénoncée, pour finalement être renvoyée dans le désert saharien sans eau ni nourriture, abandonnée aux fennecs, à Tamanrasset que j'avais découverte lors de ce voyage de l'Amicale des Algériens.

Tamanrasset aux confins du désert, au pied du massif montagneux du Hoggar. La beauté des Touaregs, ces hommes grands et fins, si noirs qu'ils avaient des reflets bleus. La douceur des gestes lents avec lesquels ils nous servaient le thé, leurs mains si longues, d'une grande élégance. Des silhouettes comme un mirage auréolé d'un nuage de vapeur d'eau. La grâce des chameaux qui pliaient leurs pattes pour mieux les laisser descendre.

J'aimais dormir sous les tentes dans le froid glacial du Sahara.

La séparation avec Louis, mon premier amour parisien, fut difficile, je me retrouvai seule et sans lieu où dormir.

Ma vie de nomade recommença, j'aimais ne pas avoir une chambre à moi, vagabonder au gré des rencontres, ça me maintenait dans cette anxiété nécessaire à ceux qui ne savent pas s'ils sont en vie. J'étais de ceux-là.

Je reçus une lettre qui m'arrivait de Lyon, je reconnus l'écriture enfantine de Nordine. De deux ans mon cadet, mon petit frère était le seul à être resté là-bas, nous avions tous rejoint la capitale. Le plus choyé, toutes proportions gardées, il n'avait pas pu quitter le quartier, abandonner ses parents.

J'appris, sans grande stupeur, son incarcération à Saint-Paul, alors lié à Saint-Joseph, deux bâtiments vétustes datant du XIXe siècle ; hasard géographique, ces prisons étaient situées au sud de la gare de Perrache, lieu de travail de mon père.

J'imaginais ma mère, le dos courbé, allant rendre visite au seul enfant qui lui restait. Dans cette lettre, il m'expliquait l'injustice à laquelle il faisait face. Je compris promptement qu'il lui fallait un avocat, les commis d'office étaient rarement des *acquitators*. J'avais un ami ténor du barreau parisien dont j'étais très proche. J'allai voir Benoît dans son cabinet de la rue de Marignan, lui expliquant l'objet de ma tourmente. Il accepta bien sûr de défendre mon frère.

Nous descendîmes à Saint-Étienne, puisque c'était là que le larcin avait été commis et que le procès devait y avoir lieu.

Je revis mes parents pour la première fois depuis cinq ans. Le regard noir qu'ils me jetèrent me fit comprendre que le moment n'était pas aux réconciliations, je les embrassai comme on embrasse son bourreau. Je leur présentai Benoît, qui venait défendre leur fils, ils n'eurent pas plus d'égards pour lui. La Marche pour l'égalité et contre le racisme, que l'on appelait alors la Marche des Beurs, venait d'avoir lieu, l'un des marcheurs, ami de mon frère, était impliqué dans ce vol de voiture qui avait mis en danger la vie d'un policier. La sentence serait exemplaire.

Mais les juges stéphanois étaient quelque peu impressionnés par un baveux parisien venu tout exprès de la capitale. Les effets de manches de mon ami les convainquirent. Mon frère fut acquitté, il avait déjà fait dix-huit mois de prison pour un vol de voiture, il avait purgé sa peine.

Il fut libéré le soir même.

Mais le regard noir que me jetèrent à nouveau mes parents après la sentence gomma dans mon souvenir l'acquittement. Pendant plus de trente ans, je crus avoir renvoyé mon frère en prison. Je ne me rappelais que le mépris de mes parents traduisant une lourde condamnation.

Ce n'est que très récemment, pour ce récit, que mon frère me raconta la joie qu'il avait ressentie à sa libération. Une joie telle qu'il avait embrassé l'avocat, qui s'était empressé de lui dire que c'est à sa sœur qu'il devait sa libération.

La puissance de la culpabilité induite par les parents avait fait naître en moi un faux souvenir.

En réalité, c'est la trahison de ma fuite qui ne me serait jamais pardonnée, traîtresse à la cause j'étais une vendue.

La liberté avait un prix : j'étais devenue une paria.

Lorsque Djilali Benali acheva sa vie au pied de la 108 après une chute de dix étages, à vingt ans à peine, j'ai saisi la complexité de mon héritage algérien.

Monsieur Benali, son père, enrôlé très jeune dans l'armée française, n'avait pas tout de suite compris ce qu'on attendait de lui. Le jour où son rôle se clarifia, il était déjà trop tard pour ce jeune homme à peine sorti de l'adolescence. Malgré cela, il continua de travailler pour l'occupant, diffusant çà et là quelques informations sur les résistants de l'ALN et du FLN. Beaucoup sont morts torturés dans les sous-sols de maisons comme celle du père d'un musicien célèbre, qui fit plus tard carrière en métropole. Ces cadavres découverts après le retrait des troupes seraient vengés.

Monsieur Benali pensait que les autorités françaises s'occuperaient de lui et de sa famille en métropole.

Il n'en fut rien.

Benali ne rechignait pas au travail afin d'offrir une vie décente à sa famille, mais rien n'y faisait, et son fils entra sur le chemin belliqueux de la délinquance. Il avait beau lui dire de chercher du travail, ça ne rentrait pas dans sa tête. Parfois, des crises de convulsions semblables à celles des épileptiques le prenaient et il fallait le plaquer au sol pour qu'il se calme.

Djilali voulait réparer les errances paternelles en traînant au bas des tours avec les mauvais garçons. Il voulait faire partie de la bande des fiers descendants du FLN, on ne lui accorda pas cet honneur et cela précipita son corps vengeur au pied de cette tour maudite.

Monsieur Benali ne se remettrait pas de cette mort par suicide, il la refusa puissamment, éternellement. Il ne pouvait plus travailler. Le fantôme de son fils si beau le hantait de nuit comme de jour, seul il gesticulait dans les rues de la ZUP, proférant des mots incompréhensibles, mêlant arabe et français dans un dialecte inventé.

L'argent commença à manquer. Menacé d'expulsion, monsieur Benali mit un terme à sa vie sur les rails d'une gare sous le wagon d'un TER. Ainsi s'acheva la douleur d'un père déchiré entre deux rives et victime de l'histoire.

Mon père, qui méprisait les harkis comme un résistant abhorre les collabos, se radoucit sur le saint chemin du hadj et se lia d'amitié avec un autre traître à la cause algérienne. Monsieur Bakri marchait toujours tête baissée, il connaissait l'histoire et voulait le moins possible se faire remarquer. Il inspirait curieusement un respect mêlé de compassion, toute sa famille avait été tuée par les vaillants gardiens de la révolution, les Algériens ont la rancune tenace.

Il habitait seul avec ses cinq filles, toutes très belles, qui ressemblaient à des héroïnes de Satyajit Ray, magnifiques Indiennes aux cheveux noir de jais. Étudiantes brillantes, l'avenir serait plus clément avec elles. Les filles Bakri vivaient en recluses, on pouvait croiser subrepticement leur beauté sur le chemin de l'école, mais elles n'étaient pas du genre à traîner.

Le père comprit tardivement ses erreurs, il était si jeune quand il avait été recruté par les forces occupantes qui lui demandaient insidieusement des renseignements sur ses voisins, les fils Khalifa, qui vivaient cachés dans la casbah, haut lieu de la résistance algérienne. Le jour où ceux-ci s'aventurèrent à l'extérieur de la médina d'Alger, leur sort fut scellé. Tous morts sous la torture. Ses quatre fils tués, leur mère en perdit la raison.

Hamid Bakri ne savait pas qu'il commettait un délit de haute trahison, il ne se remit jamais de ses crimes. À dix-sept ans à peine, il nourrissait sa famille, cousins inclus, grâce aux largesses des forces occupantes, mais la mort rôdait.

Un par un tous les membres de sa famille furent tués, chaque jour un nouveau cadavre mutilé était exposé au vu et au su de tous sur le pas de sa porte, sa félonie ne lui serait jamais pardonnée.

Il vivait cloîtré avec sa jeune épouse qui lui avait déjà

donné cinq enfants, des filles seulement, le sort s'acharnait sur lui.

Il migra en France après les accords d'Evian. Durant la traversée, sa femme contracta le typhus, sa mort le laissa seul avec ses cinq filles. La France ne semblait pas une terre d'accueil pour celui qui s'était battu pour elle. Après un long séjour dans un bidonville de l'agglomération lyonnaise, il trouva un logement avec eau et gaz à tous les étages, aux Minguettes.

Ses voisins comprirent rapidement que le veuf récemment arrivé avait un passé de félon, ainsi débuta l'ostracisation.

Nous ne savions pas comment les choses étaient sues, mais comme dans une famille rien ne restait secret à la ZUP.

Il avait la délicatesse de ne pas fêter l'Aïd avec les anciens gendarmes d'Algérie, il restait discrètement chez lui avec ses filles bien-aimées, on ne lui offrait pas de gâteaux.

Des années plus tard, un jour d'ennui et de sagesse, mon père engagea la conversation avec cet homme qu'il avait dédaigné pendant plus de vingt ans. Ils se remémorèrent leur Algérie, les villages, les dattiers, les oliviers… Et ils se découvrirent beaucoup de choses en commun, eux si éloignés durant tant d'années. Passionnés de mécanique, ils échangeaient leurs outils. Puis comme une évidence ils décidèrent avec deux autres chibanis de la ZUP de faire la route du hadj ensemble.

Ils partirent en 4L. Le passeport de mon père l'atteste, il parcourut une partie de l'Europe, je comprenais que, comme Kerouac dont il était contemporain, c'était cette vie qu'il voulait, rouler et voir du pays. *Road trip* à l'algérienne, *Les Clochards célestes* ou *Le Vagabond solitaire*, ces titres de roman allaient si bien à cet empêché de la Beat Generation.

Ils traversèrent l'Italie, la Yougoslavie, la Bulgarie, pour rejoindre la Turquie, la Syrie, la Jordanie et enfin Médine en Terre sainte.

Quel périple pour quatre hommes émigrés ne sachant ni lire ni écrire, ils avaient le goût de l'aventure, il est long le chemin du pèlerin.

Je les imagine en Turquie, se restaurant sur les marchés, aidés par d'autres musulmans qui connaissaient le but de leur voyage. Celui-ci dura une semaine, durant laquelle ils découvrirent la solidarité des plus démunis.

Avant son pèlerinage du hadj, conscient de ses crimes, mon père était venu à Paris demander pardon à ses enfants. Il avait séjourné chez ma sœur, qui s'était bien gardée de m'avertir de sa présence.

Je ne devais plus le revoir que sur son lit de mort, à Lyon.

J'aime la mode pour sa liberté, sa légèreté, sa fausseté, son ambiguïté, mais surtout pour sa joie. Cet art mineur dont le monde entier possède une œuvre m'a accompagnée depuis mon plus jeune âge.

Les jours de marché, le samedi matin, ce sont des toilettes que je cherchais parmi les amoncellements de vêtements que Guy le séducteur vendait un franc le lot. Ces acryliques attrapaient mon regard jusqu'à ce que ma mère finisse par lâcher le franc symbolique pour que je puisse être bien habillée, cacher la misère derrière les couleurs criardes des seventies.

C'est donc avec joie que plus tard je pénétrai dans ce monde plein de promesses. J'aimais la mode et la mode m'aimait, ce monde qui traduit nos angoisses, nos peines, nos révolutions, nos mouvements de société… Un certain pedigree était requis pour y accéder. Je faisais office d'électron libre à mon arrivée dans cette industrie encore fermée aux filles de mes origines, c'était le règne de la particule.

Avec Jean Paul Gaultier, nous avons bousculé les codes, rejoints plus tard par Azzedine Alaïa. Celui-ci officiait déjà en sous-main chez Thierry Mugler, qui l'encouragea à créer sa propre marque.

C'était un monde en mutation, je faisais partie de cette métamorphose, la révolution de 68 avait imprimé sa marque. Nous réclamions de faire partie intégrante de la société de consommation. Le snobisme et la haute société qui dominaient ne laissaient que peu de place aux autres. Le bouleversement punk allait nous projeter dans un monde nouveau, celui sans futur des années quatre-vingt.

La mode, la culture et la publicité, qui jusqu'alors n'était que de la réclame, explosaient. Jean-Paul Goude, après sa brève mais inoubliable incursion dans la musique avec la féroce Grace Jones, avait laissé son empreinte multiraciale, qui jusque-là n'existait pas dans la publicité.

L'époque était aux bouleversements. Enfermée dans mon nuage ouaté, je ne voyais rien de ce que vivaient mes semblables. J'étais l'image de cette France métissée, mais tout cela m'échappait, me glissait entre les doigts. Les mouvements antiracistes fleurissaient, pourtant Malik Oussekine mourut sous les coups des policiers.

Je devais me reconstruire, sans savoir comment faire. Sans aucune base solide, il me fallait tout apprendre, alors je lisais, je crois avoir passé dix ans à lire avant de décider de changer de vie à nouveau.

J'aurais pu vivre une vie de muse, être femme d'artiste, mais ça m'était impossible, je devais trouver ma voie.

La mode était joyeuse deux fois par an, au moment de ce que l'on appelait encore les collections. Ma vie virevoltait, je retrouvais mes amies perdues de vue pendant quelques mois. Tout reprenait comme si nous ne nous étions jamais quittées, les essayages, les commérages, les fins tragiques des unes, les mariages heureux des autres. Ces moments légers me libéraient pour un temps de mes tourments.

La mode changeait, les filles aussi, à l'aube des années quatre-vingt-dix le grunge fit son apparition, enterrant les années du pouvoir et de l'argent pour laisser place à l'Arte povera porté par Nirvana et Kate Moss. Gianni Versace reprit la cabine Alaïa avant de se faire assassiner par un amant de passage. Une fin tragique pour celui qui révolutionna la mode italienne.

La mode bougeait, je m'en éloignais. Après avoir passé huit ans à la direction du studio Alaïa, je compris, à la suite du rachat de la maison par un groupe italien, qu'il était temps de changer d'univers.

C'est alors que Jean Paul Gaultier me proposa la direction de sa couture, décidément je ne pouvais quitter cet univers si généreux avec moi.

Avec Jean Paul, je participais à l'élaboration des collections, j'assistais aux essayages, je travaillais avec les ateliers. Je m'occupais aussi des clientes importantes, c'est ainsi que je découvris un monde arabe bien différent de celui décrit par l'Occident, où les femmes ne sont pas toutes victimes de leur culture, mais au contraire la portent haut et fort. Mes voyages au Moyen-Orient m'ont révélé un monde en mouvement, où les femmes ont une manière différente des Occidentales d'occuper une place. Metropolis au milieu du désert, le golfe Persique était en pleine mutation, une sorte de New York du XXIe siècle. L'argent généré par le gaz et le pétrole a ouvert la porte aux plus grands architectes, et leur imagination libre a donné naissance à des bijoux architecturaux.

Zaha Hadid, Ieoh Ming Pei, Frank Gehry, Norman Foster et Jean Nouvel ont tous laissé leur empreinte visionnaire dans les sables mouvants de l'Orient.

Les femmes aussi ont changé le cours des choses, après avoir étudié à Harvard, Stanford ou Sciences Po. Une nouvelle génération est née, bien décidée à participer à la construction de ce monde nouveau, que j'ai découvert grâce à la mode. Diriger la couture dans de grandes maison parisiennes m'a ouvert des horizons inconnus.

Je suis devenue moins sectaire, j'ai vu les nuances qu'essayait de m'inculquer Azzedine, sa connaissance des femmes m'a rendue plus tolérante envers celles qui semblaient bénies des dieux.

J'ai fait quelques films en tant qu'actrice, mais je n'avais pas la fibre, j'ai compris cela au travers d'une interview d'un grand réalisateur mexicain qui donnait sa définition de l'acteur. Il racontait qu'il avait choisi un célèbre acteur, quand il avait vu dans ses yeux son degré de soumission.

J'ai rarement lu une définition aussi juste : un grand acteur doit être soumis à son directeur, lui plaire, le séduire.

Mon degré de soumission étant assez faible, je me dirigeais vers la réalisation de documentaires, quand un sujet sur Gaultier se présenta à moi. Je connais Jean Paul depuis de nombreuses années, mais il a toujours gardé une part de mystère, que je comptais dévoiler à travers mon film.

Je démarrai mon premier jour de tournage dans un immeuble de la rue Saint-Martin, où l'on peut lire sur les moulures au plafond « À l'avenir du prolétariat ». Cette formule me seyait à merveille, j'étais l'avenir du prolétariat, un avenir en devenir qu'il me fallait écrire chaque jour.

Pedro Almodovar était dans les murs ce jour-là, j'y ai vu un bon présage.

C'est ainsi que je commençai une série de documentaires sur la mode, la politique et le monde arabe, des sujets qui me tenaient à cœur.

En janvier 2011, un mouvement sans précédent se produisit en Tunisie, lorsque Mohamed Bouazizi, un jeune marchand ambulant, s'immola par le feu après la confiscation de son outil de travail, une charrette contenant des fruits et légumes. Ce suicide déclencha une vague de protestation telle qu'elle provoqua la chute et la fuite du président Ben Ali.

Je faisais alors un reportage sur les défilés couture, ce n'est que quelques jours après la fuite du président Ben

Ali que je rencontrai dans les coulisses du défilé de Chanel un jeune mannequin tunisien, Hanaa, que je décidai de suivre dans son pays.

C'est ainsi que j'allais découvrir une autre face de la Tunisie, celle de la révolte de la jeunesse diplômée du Maghreb. J'arrivai à Tunis, alors que le couvre-feu était de rigueur. En suivant Hanaa, je rencontrai la « jeunesse tunisienne », qui donnera son titre à mon film. Une jeunesse étudiante artiste, activiste et hyper connectée. Ce sont les cyber-activistes qui ont lancé ce que l'on allait appeler le « Printemps arabe ».

J'interviewai des stylistes de mode, des architectes, des étudiants en médecine, des ingénieurs, tout un univers que je ne soupçonnais pas en Afrique du Nord.

Je réussis à monter ce documentaire, mais je compris rapidement que je devais produire mes films si je voulais m'attaquer à des sujets qui me tiennent à cœur. C'est ainsi que je démarrai le tournage d'un documentaire sur Christian Louboutin. Christian que j'avais connu au Palace, l'antre du disco, né de parents modestes dans le XIIe arrondissement et élevé par un homme taiseux, un cheminot qui avait accepté cet enfant tel qu'il était.

Christian m'a logée de longs mois et sa mère Irène me traitait comme sa fille. Je me sentais bien là, rue de Fécamp, dans ces HLM en briques rouges face au musée des Colonies qui ne s'appelait pas encore le musée de l'Immigration.

À la mort d'Irène, Christian avait décidé de lancer sa propre marque de souliers, aidé par Bruno Chambelland et Henri Seydoux, mon futur mari. Il allait imprimer d'une tache rouge le pavé parisien, puis rapidement le bitume du monde entier, de Bombay à New York en passant par Shanghai.

Je trouvais qu'il y avait là un vrai conte de fées, ce qui est rare dans un pays comme la France où l'entre-soi est de rigueur. Christian a réussi une entreprise phénoménale. Et je lui dois beaucoup, il ne m'a pas jugée, il m'a seulement aidée.

Ma vie personnelle prenait un nouveau tournant, je décidai de me marier avec Henri après vingt ans d'hésitations, terrorisée à l'idée de vivre la vie de ma mère. Ses enfants nous avaient définitivement liés, je savais que si je ne le faisais pas, nous nous séparerions.

Nous avons organisé un grand mariage à l'ancienne. Un déjeuner dans les jardins du musée Nissim-de-Camondo, puis une grande fête au Palace que nous avions reconstitué pour l'occasion. Aujourd'hui encore je rencontre des personnes qui me disent avoir été à mon mariage.

Malgré le tourbillon de la fête, mon anxiété avait atteint son paroxysme, je dormais peu, mangeais peu, mes séances psychanalytiques avaient de nouveau pris un tour vertigineux.

Je craignais de finir ma vie comme ces vieilles gens qui gesticulent en proférant des paroles incompréhensibles.

Mes enfants m'ont considérablement aidée, leur naissance m'a sauvée d'une existence malmenée ; en leur donnant la vie, j'ai sauvé la mienne. Cette vie si fragile que je n'aurais pas dû connaître. Ma mère me disait souvent en riant qu'enceinte elle effectuait des tâches très difficiles en espérant me perdre dans une énième fausse couche. Je me suis accrochée, j'avais vraiment le désir de vivre.

Petite, je ne saisissais pas pourquoi elle répétait inlassablement cette histoire, qui aurait probablement fait souffrir un autre enfant.

Je comprends aujourd'hui que c'était un âpre compliment, ma mère n'avait pas l'usage des mots tendres, sûrement pas d'amour à offrir ; à travers les moqueries et les insultes, il fallait peut-être déceler de l'amour.

J'ai malgré tout une dette envers mes parents. Je leur dois la vie.

Mais pas le pardon.

Pardonner m'est impossible.

Le long chemin de l'immigration est un lourd héritage, j'ai dû m'inventer contre eux, contre tous ceux présents sur ma photo de famille.

Dans notre salle de séjour, comme dans beaucoup d'appartements occupés par des Maghrébins, une tapisserie représentait la Kaaba, la pierre noire de La Mecque.

En dessous, une photo de famille, retouchée. Un léger rouge à lèvres rehausse la bouche de ma mère, qui ne s'est jamais maquillée de sa vie. Celles de mon père et de mon grand-père sont à peine colorées, les traits durs de ma grand-mère adoucis par ce rose si prisé des retoucheurs sépia. Six de mes frères et sœurs apparaissent en ordre décroissant, les aînés sous les parents, et le grand-père, l'air sévère mais juste, et dont le visage émacié rappelle la famine d'après-guerre, domine l'échiquier familial.

Le visage tatoué de ma grand-mère évoquait l'asservissement mais aussi les guerriers sioux, il me plaisait d'être d'ascendance indienne. Je me voyais armée d'un arc et de flèches empoisonnées pour sillonner les rues de la ZUP, la peau brunie, vêtue d'un pagne, mes longs cheveux coiffés de tresses, poussant des cris de Sioux, défendant la veuve et l'orphelin contre les méchants.

J'aimais me plonger dans cette photo parce que je n'y figurais pas. Je m'imaginais le monde merveilleux d'autrefois, avant ma naissance, dans lequel parents et grands-parents tenaient leur place et où les enfants propres et bien habillés travaillaient sérieusement à l'école. La douceur perdue des années cinquante, celles où le père œuvrait à l'usine, tandis que la maman préparait de bons gâteaux pour le goûter des enfants, si heureux de regagner après les cours ce havre de paix, la vie rêvée des anges.

Puis la joie de retrouver mes frères en vrai me ramenait à la réalité, la bagarre et les rires.

La vie de famille nous préparait à la vie sociale, il fallait défendre notre territoire, notre gamelle. À table, quand je devais m'absenter cinq minutes, je crachais dans mon assiette pour que personne n'y touche, mais bien sûr on prenait mon plat en faisant bien attention de ne pas toucher à mon crachat. J'étais la plus jeune des filles, l'avant-dernière de la fratrie, je pleurais tout en me révoltant, montrer ses faiblesses en famille est rédhibitoire.

J'apprenais à cacher mes émotions, en réalité ça ne me préparait à rien du tout, j'étais effrayée par le monde extérieur parce que je n'en connaissais pas le fonctionnement. Le monde des autres, celui des Français, je n'en avais vu que des prémices grâce à mes copines chez qui je passais de temps en temps lorsque j'étais libérée de quelques cours, et bien sûr grâce à l'école, mais il restait mystérieux à mes yeux.

À la maison, nous étions vêtues de gandouras, les cheveux noués bas sur la nuque et quelquefois recouverts d'un foulard, quand nous faisions des *mexicaines*. Cette tradition importée d'Algérie, comme son nom ne l'indique pas, consistait à enrouler les cheveux autour d'un gros bigoudi placé au sommet du crâne. La *mexicaine* avait beaucoup de succès car nous n'avions pas encore accès au sèche-cheveux pour raidir nos mèches rebelles.

Je ne me souviens pas d'avoir été pieds nus devant mon père, les pieds devaient demeurer cachés, je compris en lisant les livres de Pearl Buck leur importance dans beaucoup de civilisations. Les bras aussi devaient être recouverts. Mes copines en bikini devant leur père me prouvaient qu'un fossé nous séparait, un non-dit culturel.

Je rêvais d'un monde meilleur et merveilleux plein de paillettes.

Nous dansions, ma sœur et moi, comme des folles devant la glace en imitant les Claudettes que nous écoutions à la radio. La télévision et les strass me faisaient rêver, les chanteuses si belles, si bien habillées et maquillées. J'avais envie de gloss sur mes lèvres que je trouvais trop grosses, je voulais celles de Sylvie Vartan avec ses dents du bonheur, les miennes étaient celles du malheur.

Je voulais rire, chanter, danser, exulter et tout casser, ces débordements me faisaient honte, jamais je n'aurais osé les exprimer devant qui que ce soit. Tous mes désirs provoquaient une gêne.

Dans une grande famille, les moindres battements de cils sont épiés, vos émotions, vos sentiments aussi. Si une scène de film déclenchait des larmes, toute la fratrie se moquait.

Souvent je me cachais sous la table de la salle de séjour pour regarder un film, priant pour que les acteurs ne s'embrassent pas, car alors nous devions aller nous coucher. Mon père n'avait pas besoin de nous le demander, nous nous levions en soufflant pour regagner nos chambres en attendant de nous faufiler à nouveau sous la table une fois les étreintes terminées.

Les scènes d'amour me désespèrent aujourd'hui encore ; souvent mal filmées, elles provoquent en moi une gêne indéfinissable.

Nous avions peu de jouets et pourtant nous fêtions Noël, grâce aux cadeaux offerts par la mairie. Nous étions si nombreux que nous rentrions les bras chargés de présents.

Nous avions aussi droit à des papillotes, confiseries enrobées de chocolat et enveloppées dans du papier d'argent, délices à nos papilles.

La distribution des cadeaux était suivie de scènes de liesse et de pleurs, trop de joie provoquait souvent de grandes peines, je m'en méfierai tout au long de ma vie.

Les anniversaires en revanche n'étaient pas fêtés, considérés comme un rituel païen. Aujourd'hui encore il m'est difficile de fêter le mien, cela me plonge toujours dans un grand trouble.

Nous étions simplement différents, rares étaient les amis qui avaient accès à notre intérieur, nous recevions peu, ce qui se passait à la maison devait rester à la maison. Tout était bien cloisonné, jamais d'incartades, aucun mot ne trahissait ce que nous vivions. L'habitude de ne pas dire m'est restée ; mes tourments, mes peines surtout, je les garde secrets pour mieux les surmonter, seule.

À la maison, les toilettes étaient dotées de ce que nous appelions un *kot*, une boîte de conserve vide qui servait pour les ablutions. Mes parents, comme beaucoup de musulmans, avaient pour habitude de se laver les parties intimes aux toilettes. Plus tard la boîte de conserve serait remplacée par une bouteille de Cristalline.

Les seules bouteilles d'eau que nous achetions alors étaient la Vichy Saint-Yorre, que ma mère buvait pour soulager ses calculs rénaux. Ironie de l'histoire, j'en ferais plus tard la réclame dans une publicité réalisée par Frédéric Mitterrand.

L'eau était comptée à la maison, elle coûtait cher, très

cher, surtout l'eau chaude. Mon père, qui n'était pas très porté sur l'hygiène, ne supportait pas de l'entendre couler, nous n'en utilisions qu'un filet pour ne pas faire de bruit. C'est ainsi que j'appris à me laver au minimum et surtout à ne pas occuper la salle de bains plus de cinq minutes, le temps était compté. Cette habitude m'est restée, je prends des douches rapides et froides malgré le plaisir d'avoir une belle salle de bains.

Nous étions meublés de Formica acheté à crédit chez Conforama, les encoignures de tables, souvent décollées, me râpaient la peau régulièrement sous ma gandoura.

Les seuls livres que nous avions étaient les miens, ceux que j'avais empruntés à la bibliothèque. Pearl Buck et Steinbeck, *Les Raisins de la colère*, m'ont marquée. J'avais aussi quelques Rougon-Macquart, Zola était au panthéon de la littérature des pauvres, lui qui décrivait si bien la misère que nous nous serions crus français.

Le dictionnaire tenait une place importante dans notre maigre bibliothèque, souvent la nuit je le feuilletais sous les draps avec une lampe de poche, vestige de la Seconde Guerre mondiale. Les mots que j'y découvrais m'ouvraient un monde qui me faisait rêver.

C'est un professeur de français qui en sixième m'initia à la lecture, je sentais dans son regard malicieux et complice une bienveillance jamais plus rencontrée au cours de ma scolarité. Une rédaction pour laquelle j'avais eu dix-sept sur vingt, la meilleure note de la classe, m'encouragea dans cette voie.

Ce communiste averti croyait en moi, j'étais stupéfaite qu'un adulte de sa classe puisse s'intéresser à moi, alors je m'acharnais à exceller en français. Il avait pour petite amie une surveillante qui, les cheveux teints au henné, les lèvres pourpres, était pour moi l'incarnation de la liberté.

Vent debout contre l'ordre établi, j'étais avec eux à cent pour cent, la gauche ferait rêver toute ma génération. Le couple qu'ils formaient en union libre était rare à Lyon. Qu'ils exercent leur métier dans ce que l'on n'appelait pas encore la banlieue était un signe, ils voulaient changer le monde. La justice sociale et tout ce qui s'ensuit étaient à l'ordre du jour. Mais, au-delà de tout, ils croyaient en moi, et ils étaient les seuls, ils semèrent en moi la graine de la littérature.

Mon analphabète de père commençait à voir mes lectures d'un mauvais œil. Il faut dire que ça coïncidait avec ma rébellion, les bouleversements hormonaux que mon corps subissait me rendaient taciturne et violente.

J'avais beaucoup grandi et, pour me frapper, il devait lever la tête. Tout ça était très humiliant pour lui, et moi, je refusais de baisser les yeux, je ne pleurais plus quand les coups pleuvaient. Je le faisais plus tard, en cachette sous les draps, blottie contre Sissène mon chat adoré, mais jamais plus devant lui.

Je voyais bien que ça le rendait fou, il perdait son ascendance, si bien qu'il décréta la lecture interdite. Je lui fis comprendre que s'il voulait que je continue l'école, il me fallait lire, tant pis je devrais me débrouiller. Bien entendu, je continuais à dévorer les livres, toujours sous les draps, avec une lampe de poche.

Terminé le temps où j'apprenais à lire à mon père, lors de ma première année d'école primaire. Au fur et à mesure que je découvrais les mots, je l'aidais à déchiffrer les lettres. Il s'était alors révélé curieux, rapide et d'une intelligence redoutable, une face insoupçonnée.

Il commençait à déchiffrer quelques syllabes quand ma mère nous surprit, elle se moqua si violemment de lui que plus jamais il ne me demanda de lui enseigner la lecture ou l'écriture.

Ma mère nous alerta mon frère et moi de l'état de santé préoccupant de notre père. Ma sœur aînée Myriam, Kamel et moi décidâmes alors de descendre dans la cité aux deux fleuves. À peine arrivés, nous allâmes faire des courses chez Carrefour, signe irréfutable de réussite.

Le Caddie bien rempli, nous retournâmes à Vénissieux, mais trop tard pour rendre visite au père mourant. Ma mère décréta que la visite pouvait attendre le lendemain.

Je dormais sur un matelas à même le sol quand ma mère me réveilla d'un brusque : « Ton père est mort. » Je lui touchai le bras, puis reculai brusquement. Je ressentis un rejet si violent que cela me rappela que je ne l'avais pas frôlée depuis ma plus tendre enfance.

Khedija nous avait une dernière fois écartés de lui, alors qu'elle savait qu'on risquait de ne plus le voir vivant.

Nous nous sommes rendus dans l'établissement de soins palliatifs situé dans la périphérie lyonnaise, l'hôpital d'Hauteville.

Je découvris un tout petit homme au visage de cire, minuscule être qui avait semé la terreur pendant toute mon enfance. Je voyais un mort pour la première fois de ma vie, je touchai son visage glacé et retirai ma main immédiatement.

Ma sœur aînée resta un long moment seule avec ce père maudit qui avait détruit son corps. Elle sortit les yeux rougis de ce long tête-à-tête avec le cadavre de son bourreau.

Ensuite, tout alla très vite, comme toujours chez les musulmans : la mort doit être traitée dans l'urgence, en quarante-huit heures. Le lavage du corps doit être effectué par des hommes, mais mon frère trop sensible ne put respecter la tradition.

Nous organisâmes des funérailles à la maison avec toutes les voisines qui vinrent nous rendre visite. C'est là où, confinées dans la chambre des filles, nous fûmes prises de fous rires incontrôlables. Des rires gutturaux venus des lointaines plaines algériennes, impossibles à réfréner, qui s'apparentaient à des pleurs.

Ma mère nous rappela à l'ordre, mais comme nous étions libérées de cette ombre fantôme si lourde à porter, il nous était difficile de contrer ces spasmes. Impossible de déplorer la mort de Pedrolifer, maître de notre enfer.

Les pleureuses elles-mêmes, mandatées à toutes les obsèques musulmanes de la ZUP, furent contrariées. Lorsqu'une femme tatouée, un foulard sur les cheveux, arrivait en s'arrachant les joues, je l'arrêtais net, pas de pleurs chez nous. Je constatais avec surprise qu'elles s'interrompaient brusquement, comme si l'on avait coupé une scène de cinéma.

Elles étaient des actrices souvent bien plus justes que les professionnelles, elles mimaient si bien la douleur qu'elles en étaient bouleversantes. C'était leur métier de venir pleurer dans une sorte de transe à l'enterrement de personnes qu'elles n'avaient pas connues. Une profession qu'il m'aurait été impossible d'exercer tant mes yeux s'étaient asséchés.

Je ne savais pas ce que je ressentais, une sensation nouvelle, un chagrin libérateur.

Ce petit corps, autrefois terrifiant, semblait si peu de chose.

Les obsèques auxquelles nous n'étions pas conviés eurent lieu en Algérie, mon père n'y retourna donc qu'une fois mort. Son dernier voyage fut organisé par Kamel, à qui la mission du rapatriement du corps avait été confiée. Il n'était pas l'aîné, mais lui seul en semblait capable, M'Hamed ayant eu son lot avec ce père qui n'en avait pas été un. Mohammed, l'unique frère de mon père, pris de remords, délégua son fils, notre cousin, pour assister aux funérailles. Mon frère, seul dépositaire des derniers souhaits de notre père, lui opposa un refus magistral. Cela nous valut à nouveau le bannissement éternel de cette lointaine et si proche famille.

Kamel visitait son pays d'origine pour la première fois, la traversée des wilayas avec le cercueil paternel lui laissa un amer souvenir.

Les années quatre-vingt-dix furent les années noires, l'Algérie vivait à nouveau une période sanglante, comme si elle était vouée au sang et aux larmes.

C'est donc dans un contexte de guerre civile qu'eurent

lieu les obsèques, le conflit qui opposa l'armée aux différents groupes rebelles fit des dizaines de milliers de morts et autant de déplacés.

À peine arrivés à Chlef, anciennement El Asnam, les hommes se dirigèrent vers le cimetière, pas une seconde ne devait être perdue, le temps était compté. Ils se placèrent devant un trou béant entouré d'un amoncellement de terre et ils y posèrent le corps extrait de son cercueil. Après la *Fatiha*, la prière funéraire, ils jetèrent tous une poignée de terre algérienne.

Les femmes qui attendaient à l'extérieur du cimetière purent enfin entrer quand les hommes quittèrent le lieu. Les pleureuses s'en donnèrent à cœur joie, se précipitant dans les bras de ma mère insensible, puis, la dernière poignée de terre jetée, elles s'éloignèrent.

Il est difficile de savoir quels étaient les sentiments de ma mère, ses yeux étaient secs depuis si longtemps. Elle venait de perdre son mari, son tyran, le père de ses enfants, l'homme qui avait abusé d'elle toute sa vie, son bourreau auquel un lien indestructible l'unissait.

Ce retour qui n'eut pas lieu du vivant de mon père m'a souvent questionnée : pourquoi n'était-il jamais retourné en Algérie ?

Fervents soutiens du FLN, ma mère et lui étaient partisans d'une Algérie algérienne. Une photo de ma mère prise à la campagne la montrait enceinte de moi, un fusil dans les bras.

Ils ont toute leur vie refusé la nationalité française pour leurs enfants. La fierté du passeport algérien était tout ce qu'il leur restait du beau pays qui était aussi le mien.

Malgré la fierté de nos origines, nous, nous étions nés ici en France, notre vie se passait désormais sur l'autre rive de la Méditerranée. Mais nous restions des immigrés dans notre pays de naissance.

Que s'était-il passé, quel destin rêvaient-ils pour nous, nous n'en saurons jamais rien, la transmission orale n'est pas de mise au nord du Sahara, pas de griots pour nous dire l'histoire.

Le silence en héritage.

La mort de mon père déclencha chez moi un désir de maternité jusque-là refoulé. Comme nombre de mes frères et sœurs, je ne désirais pas d'enfants. Je voulais vivre libre, sans attaches ni responsabilités.

L'année qui suivit le décès de mon père, je devins mère.

La mort de ma propre mère initia ce récit. La force de vie reprit le dessus. Leurs empreintes sur mon corps innocent avaient laissé des traces indélébiles, mais j'allais les surmonter. Enfanter, c'était sortir glorieuse de ce passé encombrant.

Écrire mon histoire, avoir l'usage des mots.

Construire un pont sur la Méditerranée entre la France et l'Algérie.

L'obsession de la liberté n'allait plus me quitter.

Tant pis si la liberté avait un prix, je le paierais, je voulais fuir cette violente décadence.

Incapable de m'émanciper je regardais les autres faire, j'étudiais, j'échafaudais, la peur au ventre.

La peur est encore et toujours mon moteur aujourd'hui, j'avance avec elle, sans elle je ne bougerais pas, tétanisée par mes origines comme ma mère, je glisserais lentement vers la mort.

Un jour, à sept ans, alors que je me lavais les dents avec de la mousse à raser, le goût de ce savon à barbe coulant dans ma gorge réveilla à nouveau mes angoisses de mort. Je n'osais plus avaler. La matière visqueuse qui me glissait dans la gorge me ramenait à ma petite enfance, aux vacances à Dreux et m'empêchait de respirer.

Kamel était là, je lui demandai si j'allais mourir, il me confirma mon pressentiment.

Je le suppliai de rester avec moi, de ne pas me laisser

mourir seule, il accepta à la condition que je lui fisse don de mon dessert, j'acceptai avec soulagement.

Allongée sur le matelas, les bras en croix, j'attendais la mort. Les larmes de honte ruisselaient sur mes joues en même temps que ce liquide jaunâtre dans ma gorge d'enfant.

Ma première expérience avec la mort venait de s'achever. Dieu m'avait épargnée à condition de ne plus recommencer.

Nous ne retournerions plus à Dreux, j'étais libérée, j'allais vivre vite.

REMERCIEMENTS

Merci à Henri,
Mustapha,
Choula Emerich,
et à mes frères et sœurs.

Composition IGS-CP
Impression CPI Bussière en janvier 2024
Éditions Albin Michel
22, rue Huyghens, 75014 Paris
www.albin-michel.fr
ISBN : 978-2-226-49032-2
N° d'édition : 25765/02 – N° d'impression : 2076254
Dépôt légal : janvier 2024
Imprimé en France

W0385684

Aus Freude am Lesen

btb

Buch

Anne Morrow Lindbergh war mit ihrem Mut und ihrem Selbstbewusstsein den Frauen ihrer Zeit weit voraus. Sie war die erste Segelfliegerin Amerikas und unternahm mit ihrem Mann, dem legendären Atlantiküberquerer Charles Lindbergh, abenteuerliche Rekordflüge. Ihr lebenskluger Bestseller »Muscheln in meiner Hand« faszinierte mehr als sieben Millionen Leser in aller Welt.
Als Anne Morrow Lindbergh die neunzig überschreitet, zieht sie zu ihrer Tochter Reeve auf deren Farm in Vermont. Zunehmende Verwirrung und Schwäche bestimmen ihre Tage. Die ungewohnte Nähe und das Gefühl, nicht mehr viel Zeit zu haben, sind für die Tochter der Anlass, das außergewöhnliche Leben ihrer Mutter noch eimal Revue passieren zu lassen und sich mit ihren Tagebüchern und Gedichten auseinander zu setzen. Dabei gelingt es ihr, die Persönlichkeit der Mutter auch in dieser Phase der Sprachlosigkeit und des Verfalls zu vermitteln und ihre Würde zu bewahren.

Ein kluges, ehrliches Buch, das die Leser und Leserinnen von Anne Morrow Lindbergh erfreuen wird, das aber auch Trost und Mut für den Umgang mit alten Menschen spendet und dazu beiträgt, die Zeit des Abschieds von den Eltern nicht nur als Verlust, sondern auch als Chance für eine letzte intensive Begegnung zu sehen.

Autorin

Reeve Lindbergh wurde 1945 als fünftes Kind der Lindberghs in Connecticut, USA, geboren. Die Entführung des ersten Kindes Charles Lindbergh jr. im Jahr 1932, die tödlich endete, überschattete ihre eigene Kindheit. Reeve Lindbergh arbeitete als Lehrerin und hat neben zahlreichen Kinderbüchern auch eine viel beachtete Biografie ihrer Familie geschrieben. Sie hat drei Kinder und lebt mit ihrem Mann, dem Schriftsteller Nathaniel Tripp, auf einer Farm in Vermont.

Reeve Lindbergh

Wie Worte im Wind

Aus dem Amerikanischen von Leon Mengden

btb

Die Originalausgabe erschien
2000 unter dem Titel »No More Words«
bei Simon & Schuster, New York

Umwelthinweis:
Alle bedruckten Materialien dieses Taschenbuches
sind chlorfrei und umweltschonend.

btb Taschenbücher erscheinen im Goldmann Verlag,
einem Unternehmen der Verlagsgruppe Random House GmbH.

1. Auflage November 2002

[illegible]laggestaltung: Design Team München
[illegible]foto: Imagine
[illegible]ssopust, Aalen
[illegible]ugustin Wiesbeck

FÜR MEINE MUTTER – IN LIEBE,
DIE KEINE WORTE BRAUCHT

Nun sind die Worte verstummt,
Du aber weißt, wenn ich singe
Für andre, dass ich bringe
Nur dir allein
Ein Blatt, eine Blume und einen Stein

ANNE MORROW LINDBERGH,
»Ein Blatt, eine Blume, ein Stein«,

aus: *Trage mich über die Flut und andere Gedichte*

Vorwort

Die vorliegenden Seiten stellen eine Art Tagebuch dar; einige Kapitel enthalten meine eigenen Aufzeichnungen, die in unregelmäßigen Abständen zwischen Mai 1999, dem Monat, in dem meine Mutter endgültig zu uns nach Vermont zog, und dem 7. Februar 2001, dem Tage ihres Todes, entstanden sind. Diese Aufzeichnungen waren ursprünglich nur für mich selber gedacht, und ich hoffte damit, ein wenig Sinn in meine durch die Nähe zu meiner Mutter und ihre Pflegebedürftigkeit aufgewühlten Gedanken, Gefühle und Stimmungen zu bringen. Mein eigenes Innenleben schien ebenso bruchstückhaft und vergänglich wie das ihre in unseren letzten gemeinsamen Monaten. Und wie schon meine Mutter vor mir wusste ich, dass die einzige Lösung für mich in solch einer schweren Zeit im Schreiben bestand. Es handelt sich hier jedoch nicht um eine exakte Abschrift meines Tagebuches. Während des Schreibens wurde mir bewusst, dass ich eigentlich dabei war, ein Buch zu verfassen, und dass ich es in der Hoffnung tat, mit meinen so offen und ehrlich wie möglich preisgegebenen eigenen Erfahrungen anderen Menschen in einer ähnlichen familiären Situation eine Hilfe zu sein. Ich habe meine ursprünglichen Aufzeichnungen bei der Abschrift in den Computer unwillkürlich erweitert, einen neuen Gedanken hier und eine frühe Erinnerung dort hinzugefügt, so, wie diese Gedanken und Erinnerungen mir eben in den Sinn kamen.

Ich habe mich außerdem entschlossen, Auszüge aus den Werken meiner Mutter als Kapitelüberschriften zu verwenden und in den Text einzubringen. Es war mir sehr daran gelegen, dass auch ihre Stimme, die durch ihre Bücher zu uns spricht, in diesem Bericht über Ereignisse, die so unmittelbar mit ihr zu tun haben, zu Wort kommt.

Sie war nicht mehr in der Lage, den letzten Teil ihres Lebens aufzuschreiben, so wie sie es mehr als sechzig Jahre lang tat, nämlich offenherzig, wortgewandt und auf den Punkt gebracht. Und sie wird nie lesen, was hier über sie geschrieben worden ist. Doch Tatsache ist, dass dies nicht mein, sondern unser Buch ist.

Sommer 1999

Meine Mutter ist jetzt dreiundneunzig Jahre alt, ein Alter, das sie zu erreichen weder erwartet noch gewünscht hat. Sie hat ihren Ehemann überlebt, ihre beiden Schwestern, ihren Bruder, einen ihrer Söhne, eine ihrer Töchter und zwei ihrer Enkelkinder. Vor zehn Jahren erlitt sie eine Reihe von Schlaganfällen, in deren Folge sie körperlich gebrechlich, geistig verwirrt und damit zum Pflegefall wurde. Doch mithilfe der Pfleger, die sich rund um die Uhr um sie kümmerten, konnte sie weiterhin in ihrem Haus in Connecticut leben. Wenn sie mich und meine Familie in Vermont besuchen wollte, fuhr ein Pfleger oder ein Familienmitglied sie zu uns in den Norden. Sie hat auf unserer Farm ein eigenes Häuschen und kam jedes Jahr mehrfach für eine Woche zu Besuch; außerdem verbrachte sie alle Feiertage bei uns.

Am Wochenende des *Memorial Day* im Mai 1999 wurde während eines ihrer Besuche in Vermont bei meiner Mutter eine Lungenentzündung festgestellt; seitdem ist sie nicht mehr nach Connecticut zurückgekehrt. Noch vor diesem Ereignis waren meine Brüder und ich zu der Überzeugung gekommen, dass unsere Mutter in ihrem Haus zu isoliert lebte. Ihr alter Freundeskreis reduzierte sich zusehends, und ihre Nachbarn, die stets für sie da waren und sie regelmäßig besuchten, begannen sich ebenfalls Sorgen um sie zu machen. Für uns, ihre vier Kinder, war es sehr schwierig geworden, von unseren über den ganzen Erdball verstreuten Wohnorten aus über ihr Wohlergehen zu wachen. Und so kamen wir überein, dass es für unsere Mutter das Beste wäre, vorerst bei mir in Vermont zu bleiben.

Mutter wohnt nicht bei uns im Haus, sondern in einem rund hundert Meter entfernten eigenen kleinen Cottage an dem Weg, der von der Straße zu unserer Farm führt. Nat Tripp, mein Mann, hat es für sie entworfen und gebaut. Ich gehe jeden Abend hinüber, um sie zu besuchen, aber ansonsten hat sie Tag und Nacht ihr Pflegepersonal um sich. Sie helfen ihr sich anzuziehen, helfen ihr beim Essen, baden sie und kümmern sich um ihre Körperpflege. Die meisten von ihnen sind Buddhisten und gehören dem Buddhistischen Meditationszentrum in Barnet an, das in demselben Jahr ins Leben gerufen wurde, in dem ich nach Vermont zog. Die Leiterin des Pflegeteams heißt Ann Cason. Sie ist seit über dreißig Jahren Buddhistin und ist ebenso lange im Gesundheitswesen als Koordinatorin für Altenpflege tätig. Sie hat in dieser Eigenschaft im ganzen Land gearbeitet. Ich habe Ann kennen gelernt, als sie in den letzten Lebensjahren meines Onkels John Wilkie in New York die häusliche Pflege organisierte. Seine Witwe, meine Tante Margot, die schon ihr ganzes Leben lang Buddhistin ist, ist seit siebzig Jahren eine der engsten Freundinnen meiner Mutter. Meine Mutter, die nicht buddhistischen Glaubens ist, pflegte sich selber als »verirrte Presbyterianerin« zu bezeichnen, aber Tante Margot empfahl uns trotzdem Ann Cason.

Ich weiß, wie glücklich meine Mutter sich schätzen darf, dass sie sich eine solche Rundumpflege leisten kann, und dass auch ich allen Grund habe, von Glück zu reden, weil ich sie in meiner Nähe – aber nicht bei mir im Haus – habe. Dennoch bereitet mir ihre Gegenwart Probleme. Es liegt an dem Schweigen, das zwischen uns herrscht. Es ist nicht so, dass ich nicht mit ihr reden kann; ich kann sehr wohl mit ihr reden, aber sie antwortet nicht, obwohl ich glaube, dass sie jedes meiner Worte versteht, auch wenn sie mir an gewissen Tagen weniger Aufmerksamkeit schenkt als an anderen. Sie gibt selten eine Antwort, ja, sie spricht überhaupt sehr wenig, und sie schreibt nicht. Das begreife ich nicht. Solange ich sie kenne, sind Worte ein zentraler Bestandteil ihres Lebens gewesen, und doch scheint sie jetzt sehr gut ohne sie auszukommen. Ihr fehlt die Sprache scheinbar überhaupt nicht, während ich für mein Teil ohne sie wie verloren bin. Ich weiß mir keinen Rat, bin verwirrt und absolut hilflos angesichts des Schweigens meiner Mutter.

1 *September 1999*

Ich habe die Welt durch Worte verstehen gelernt, aber diese Worte waren nicht meine eigenen. Solange ich mich erinnern kann, wurde mir alles in ihrer Sprache, die mir viel vertrauter war als meine eigene, nahe gebracht. Ihre leise Stimme, ihre gepflegte wohlgesetzte Artikulation, ihre wunderbare Beredsamkeit haben mich begleitet, mich des Nachts ruhig schlafen lassen und jeder Stunde des Tages Gewicht und Bedeutung verliehen, und das vom Augenblick meiner Geburt an.

Sie hat mich gut gekannt, und sooft mich etwas bedrückte, sprach sie die Worte, die ich gerade brauchte. Bisweilen waren diese Worte abstrakt, mir nicht sofort verständlich, aber das, was sie zum Ausdruck brachten, war auf geradezu unheimliche Weise immer genau das Richtige für den jeweiligen Augenblick. Wenn ich mir als Kind – ich war das Jüngste unter ihren fünf Sprösslingen – wehgetan hatte oder traurig war, sagte sie immer: »Alle Welt liebt dich, Reeve!«, und das reichte, um den Schutzwall der Liebe um mich zu ziehen und all meinen Kummer verschwinden zu lassen – ob er nun von einem aufgeschürften Knie oder einem gebrochenen Herzen herrührte.

Als ich später erwachsen und selbst Mutter einer Tochter war und die innige Verbundenheit zwischen mir und dem Baby an meiner Brust aus ganzem Herzen genoss, sah meine Mutter uns zu und merkte an, dass dies wohl die einzige wirklich funktionierende Beziehung zwischen zwei Menschen sei. Das brachte mich zum Lachen, aber ich hatte keinerlei Zweifel an dem Wahrheitsgehalt ihrer Worte. Und den habe ich auch heute nicht.

Einige Zeit darauf, als ich meinen ersten Sohn kurz vor seinem zweiten Geburtstag verlor, kamen meiner Mutter, die selber den Tod ihres erstgeborenen Sohnes hatte beklagen müssen, sogleich die richtigen Worte in den Sinn und sie war einer der wenigen Menschen, denen ich gewillt war zuzuhören. Denn sie sagte die Wahrheit. Nachdem ich an jenem Morgen im Januar mein Baby tot aufgefunden hatte und sein kleiner Leichnam gerade aus dem Haus gebracht worden war, sagte meine Mutter, noch bevor sich die Familie in Schock und Entsetzen versammelt hatte, um einander Trost zu spenden: »Dieser furchtbare Schrecken wird sich geben, das kann ich dir versprechen. Der Schrecken gibt sich. Doch mit der Trauer ist es anders. Die Trauer bleibt…«

Und auch das stimmte. Der Schrecken hat sich gegeben. Ich habe ihn mit diesem furchtbaren Winter hinter mir gelassen, aber die Trauer ist geblieben. Mit den Jahren ist sie nach und nach ein Teil unserer Familie geworden, wie unser alter Hund, der immer in irgendeiner Ecke liegt und schläft. Ich habe mich an meine Trauer gewöhnt, habe sogar eine Art Zuneigung zu ihr entwickelt. An wolkenverhangenen Tagen unterhalte ich mich heute noch mit ihr. Komm her, Trauer, sage ich dann, komm, setz dich zu mir und leiste mir Gesellschaft. Wir beide kennen einander schon seit langem, und wir haben nichts voneinander zu befürchten. Meine Mutter hatte wieder einmal Recht behalten. Die Trauer bleibt.

Als ich in der Zeit nach dem Tod meines Sohnes meine Mutter fragte, was nun aus mir als der Mutter dieses Kindes werden sollte, wie dieser Teil von mir überhaupt würde weiterleben können, sagte sie: »Gar nicht. Du stirbst auch. Dieser Teil von dir ist mit ihm gestorben. Und dann wirst du auf wundersame Weise wieder geboren.«

Zu jener Zeit fiel es mir schwer, an eine solche Wiedergeburt zu glauben, obwohl ich das mit dem Sterben schon verstand. Genau dieses Gefühl empfand ich nämlich. Ich konnte mir nicht vorstellen, mich jemals wieder anders zu fühlen. Aber sie hatte ein weiteres Mal Recht behalten. Ich war mit meinem ersten

Sohn gestorben, und später, ohne dass ich daran hätte glauben können, wurde ich mit meinem zweiten Sohn zu einem ganz anderen Leben wieder geboren.

Manchmal höre ich aus der Ferne die Stimme meiner Mutter, die mir sagt, alles wäre gut, dass die Logik des Lebens noch funktioniere – nicht ohne Schmerz sei, aber doch noch funktioniere, und, auf ihre ganz eigene Weise, auch schön sei – und dass auch sie noch bei mir wäre.

Ja, sie ist tatsächlich da. Und bei seltenen Gelegenheiten spricht sie mit mir, allerdings nicht mit der klaren, ruhigen Stimme, die ich von früher so gut kenne und die mir immer etwas mitzuteilen hatte, von dem ich glaubte, dass es einzig und allein für mich bestimmt war. Eine der größten Gaben meiner Mutter im Umgang mit der Sprache bestand darin, dass sie jedem, der ihr zuhörte, wie auch jedem, der eines ihrer Bücher las, den Glauben vermittelte, sie spräche einzig und allein zu ihr oder ihm.

Ihr hohes Alter und die Krankheit haben sie verstummen lassen, und sie lebt so sehr in einer Welt des Schweigens, dass ihre Stimme, wenn sie sie denn einmal benutzt, ihr fremd vorkommt, heiser und belegt klingt, wie Rohre und Gelenke, die einrosten, wenn sie zu lange nicht mehr in Gebrauch waren. Sie spricht nur, wenn sie etwas auf dem Herzen hat, sagt etwa, dass ihr kalt sei, oder um eine eher belanglose Frage zu stellen wie: »Ist jemand in der Küche?« oder: »Was liest du da gerade?«

Lesen. Das ist es. Im Lesen. Dort ist es, wo ich in jüngster Zeit nach ihr zu suchen gelernt habe. Dort ist es, wo sie sich befindet. Darin *lebt* sie jetzt. Im Lesen. Ich beginne gerade erst, das zu verstehen, und diese Erkenntnis löst in mir dieselbe Begeisterung aus, die ein Forscher empfinden muss, wenn er über zerklüftete Felsspalten hinweg zur Spitze eines als karg und unerklimmbar geltenden Berges vorgedrungen ist, von der er sich keinerlei Ausblick erwartet hatte, aber dann von dieser Spitze aus wie aus heiterem Himmel ein ganz neues Land sich zu seinen Füßen erstrecken sieht… ein Land mit Feldern, einem Wald und einem Fluss, das noch auf keiner Karte verzeichnet ist.

Früher hat sie ständig gesprochen und nur dann geschwiegen, wenn sie dem Gesagten besonderen Nachdruck verleihen wollte. Schweigen war für sie wie eine Pause in einem Musikstück: eine bewusste Pause. Sie unterbrach sich in ihrer Rede, seufzte, sah mir dann fest in die Augen oder ließ den Blick rätselhaft in die Ferne schweifen. Und dann sagte sie etwas, das mich entweder zum Lachen brachte oder das ich mir aufschreiben würde, um es für immer zu bewahren.

»Großmütter sind entweder müde … oder einsam!« »Die Wunden der Einsamkeit heilt nur das Alleinsein.« (Jetzt begreife ich nach und nach, was sie damit gemeint hat.)

Später dann, nachdem mein Vater – wie die meisten Männer seiner Generation – von uns gegangen war, sagte sie einmal zu mir: »Enkelkinder sind die Liebesaffären des Alters.« Als wir einen Freund baten, eine Spielzeugkiste für die Besuche ihrer Enkelkinder zu basteln und zu bemalen, haben wir diesen Aphorismus darauf verewigen lassen.

Nun also liest sie, statt sich zu unterhalten. Sie liest beinahe ohne Unterlass, unterbricht ihre Lektüre nur, um zu schlafen oder etwas zu essen oder sich abends im Fernseher ein Video anzuschauen. Oft liest sie ohne Unterbrechung. Selbst wenn noch jemand anderes im Zimmer ist, blickt sie manchmal stundenlang nicht von ihrem Buch auf.

Sie liest, wenn sie im Wohnzimmer im Sessel sitzt, nimmt sich wahllos ein Buch von dem ordentlich ausgerichteten Stapel, der auf dem Tisch vor ihr neben der Vase mit frischen Blumen, ihrer Sammlung glatt polierter Steine, ein paar Muscheln und dem Rotkehlchen aus Plüsch liegt. Das Rotkehlchen hat ihr einer ihrer Enkel im Juli bei seiner eigenen Geburtstagsfeier geschenkt.

»Ich mag es sehr«, sagt sie, wenn ich das Stofftier nehme und einen Augenblick lang in der Hand halte, um seine aufgeplusterte rote Brust und die hell glänzenden gelb-schwarzen Plastikperlen zu bewundern, die seine Augen sind. Erinnert sie sich noch an die Feier? Erinnert sie sich noch an ihren Enkel? (Beim letzten Anruf meines Bruders Land saß ich gerade mit ihr zusammen, und sie erzählte ihm, ihre Schwester wäre zu Besuch, wobei sie mir einen wohlwollenden Blick zuwarf.)

Ich weiß nicht, an was sie sich erinnern kann, und ich habe es mir inzwischen abgewöhnt, sie danach zu fragen. Es wäre ohnehin unhöflich, sie zu unterbrechen. Sie liest.

Wenn ich für mehrere Stunden bei ihr bin und sie das Zimmer verlässt, um ein Nickerchen zu machen oder auf die Toilette zu gehen, sehe ich den Stapel durch, um zu schauen, welche Bücher sie sich für die Woche ausgesucht hat. Als ich das zum ersten Mal tat, hätte ich beinahe laut aufgelacht – nicht über ihren Lesestoff, sondern über die Verwunderung, die er in mir auslöste.

Es waren dieselben Bücher oder zumindest dieselben Autoren, die ich schon in den letzten fünfundvierzig Jahren auf ihren Tischen und ihren Regalen gesehen habe. Es waren sogar einige Titel dabei, die ich mir als Kind eingeprägt hatte, ohne damals zu wissen, was sie bedeuteten. Früh am Morgen lag ich oft im Zimmer meiner Eltern, wenn ich während der Nacht zu ihnen ins Bett gekrochen war, weil mich ein schlechter Traum oder ein unerklärliches Geräusch draußen erschreckt hatte – oder weil ich mich nicht aus einer jener unsäglich tiefen Gletscherspalten der Angst und der Einsamkeit befreien konnte, in welchen sich manche Kinder wiederfinden, wenn Dunkelheit sie umgibt.

Da waren alle wieder versammelt: Pierre Teilhard de Chardins *Das göttliche Milieu*, T. S. Eliots *Vier Quartette*, Rainer Maria Rilkes *Duineser Elegien*. An diese Bücher konnte ich mich noch gut erinnern. Und als ich den Duineser Elegien blätterte, fiel mir auch wieder ein, wie viele Jahre es gedauert hatte, bis ich Rilke zu schätzen lernte, obwohl ich schon beinahe bevor ich lesen konnte in seine auf den Bücherregalen meiner Mutter aufgereihten Werke eingeführt worden war. Die Luft in der geistigen und poetischen Atmosphäre, in der dieser Mann gelebt und gedacht hatte, musste so dünn gewesen sein, dass man in ihr an Atemnot hätte sterben müssen, fand ich. Seine literarische und dichterische Gegenwart kam mir so ätherisch, so romantisch verklärt vor, dass ich mir gar nicht vorstellen konnte, wie dieser Mann wohl ausgesehen haben musste, ja, ich konnte mir nicht einmal vorstellen, dass ein solcher Mensch überhaupt in Fleisch und Blut existiert hatte.

Als ich ein junges Mädchen war, hat meine Mutter, die Rilke über alles verehrte, mich einmal auf eine Reise zu der Dorfkirche im schweizerischen Rhonetal mitgenommen, auf deren Friedhof er begraben liegt. Dort erfuhr ich, dass der Dichter an einer Infektion gestorben war, die er sich, wie meine Mutter mir mit vor Ehrfurcht und Gram gedämpfter Stimme anvertraute, »durch den Dorn einer Rose zugezogen hatte …«. Zu jener Zeit konnte ich nicht mehr tun, als mich durch ein respektvolles Kopfnicken zu äußern, doch innerlich dachte ich: *Lass mich doch bloß damit in Frieden!*

Aber ich habe trotz seiner hochtrabenden Ästhetik den Weg zu Rilke gefunden, und es hätte mich nicht überraschen sollen, ihn unter der täglichen Lektüre meiner Mutter so gut vertreten zu sehen. Warum war ich dann so verwundert? Lag es daran, dass sie beim Lesen ein weit höheres intellektuelles Niveau pflegte als in ihren Gesprächen? Aber trifft das nicht auf uns alle zu? Die meisten Menschen vermögen Texte weit tiefsinnigeren Inhalts zu lesen, als sie je selbst schriftlich, mündlich oder auch nur gedanklich zu formulieren im Stande wären. Mir erscheint das als eine der größten Ungerechtigkeiten gegenüber allen, die lesen und schreiben können. Wenn ich Shakespeare lesen kann, wieso kann ich dann nicht wie Shakespeare schreiben? Es ist einfach nicht fair.

Nein, eigentlich überrascht es mich wohl nur, dass meiner Mutter die Fähigkeit zu lesen und zu denken erhalten geblieben ist, während die Fertigkeit, das Gelesene in Worte umzusetzen, ihr abhanden gekommen ist. Oder etwa doch nicht?

In meiner Liebe zu diesem so alten und so stillen Menschen gehe ich von vielerlei Vermutungen aus. In meinem verzweifelten Wunsch, mit ihr zu kommunizieren, hinter die Lösung des Rätsels zu gelangen, vor das mich ihr Alterungsprozess stellt, klammere ich mich an jedes der wenigen Worte, die meine Mutter von sich gibt. In manchen Augenblicken rede ich mir ein, dass meine alternde Mutter schon immer eine Prophetin war. Zu anderen Zeiten, wenn ich niedergedrückter Stimmung bin und mich der Mut verlässt, habe ich das Gefühl, dass aus ihr eine geistesschwache Greisin geworden ist.

Ich habe zufällig den Abdruck einer Rede gefunden, die sie 1981 in New York City zum Thema Altern gehalten hat (sie war damals fünfundsiebzig). Ich fand ihren Text so bewegend, dass ich ihn vergangene Woche eines Abends zu ihr mitgenommen habe, um ihn ihr zu zeigen und ihn ihr laut vorzulesen. Sie hatte seinerzeit vor einer Gruppe von Damen aus dem Cosmopolitan Club über die Unausweichlichkeit der verschiedenen Lebensstufen gesprochen und darüber, wie wichtig es sei, auf jede neue Stufe mit der angemessenen Bereitschaft zuzugehen und gleichzeitig aus dem Alterungsprozess seine Lehren zu ziehen. Sie verglich diesen Prozess mit dem Kinderspiel »Reise nach Jerusalem« und zitierte aus den Werken von Simone Weil, T. S. Eliot, Bernard Baruch und anderen. Am Ende ihrer Rede las sie aus einem von Eliots *Vier Quartetten, »Die Dry Salvages«* (ein Gedicht über die gleichnamige Inselgruppe vor der Küste von Massachusetts), und schloss mit den Worten:

Augenblicke des Glücks – nicht das Gefühl des Wohlseins,
Des Erfolgs, der Erfüllung, der Geborgenheit oder der Zuneigung,
Oder gar ein vorzügliches Essen, sondern der Blitz der Erleuchtung –
Wir haben das Erlebnis gehabt, doch erfassten den Sinn nicht,
Wenn man den Sinn erkundet, kehrt das Erlebnis wieder
In veränderter Form, jenseits von jedwelchem Sinn,
Den man dem Glück zuschreiben könnte.

Den Pflegerinnen meiner Mutter gefiel die Rede ebenso sehr wie mir. »Danke, Mrs. Lindbergh«, sagte eine von ihnen in die Stille, nachdem ich geendet hatte. »Das waren wundervolle Worte.«

»Nicht wahr?«, pflichtete ich ihr bei. Zufrieden wandte ich mich meiner Mutter in ihrem Sessel zu. »Es ist eine so schöne Rede, so voller Einsicht und Humor. Eine Perle!«

Aber ich musste die Intensität, mit der meine Mutter mich ansah, missverstanden haben. Sie hatte mich während meines gesamten Vortrags so angesehen, und ich hatte geglaubt, sie höre aufmerksam zu. Doch in Wirklichkeit war sie in ihren Gedanken mit etwas ganz anderem beschäftigt gewesen, etwas, das mit solcher Macht auf sie eindrang, dass sie nicht mehr wahrnahm, was um sie herum vorging. »Bringt mich fort von hier!«, sagte sie plötzlich. »Ich will weg von hier! Hier werden Kinder geschlagen!«

Ich glaube nicht, dass auch nur eine kurze Pause der Verblüffung eintrat. Wir alle versuchten sofort, sie zu beruhigen. Niemand würde sie schlagen, niemand würde hier irgendwen schlagen.

»Ich dulde es nicht, dass auf meiner Farm geschlagen wird«, versicherte ich ihr mit einem Lächeln. Dann redeten wir alle nur noch vom Schlagen und Geschlagenwerden – bis auf meine Mutter, die wieder stumm dasaß. Ich erzählte den Anwesenden von der Angst, die meine Mutter als Kind vor einem bestimmten Kindermädchen gehabt hatte. War sie vor vielen, vielen Jahren verprügelt worden? Das musste schrecklich gewesen sein.

»Sie schlagen Kinder!«, wiederholte meine Mutter noch mehrere Male, als hätte sie von dem Gespräch im Raum nichts mitbekommen. Wir gaben uns weiterhin alle Mühe, sie zu beruhigen, bis sie, so, als wäre sie des Themas und meiner Begriffsstutzigkeit überdrüssig, schließlich zu mir sagte, ich möge doch bitte gehen. Und da es bereits spät war, ging ich.

In den tiefen Teich des Unverständlichen – der mir Angst macht – springt wie ein Team Lebensretter eine ganze Reihe von Erklärungen, die mich mit ihren einstudierten Phrasen vor dem

Ertrinken bewahren wollen: »Sie weiß nicht, was sie sagt... Das hat nichts zu bedeuten. Sie redet einfach nur dummes Zeug.« Oder umgekehrt: »Was versucht sie uns zu sagen? Es muss sich um etwas sehr Wichtiges handeln. Ich muss versuchen, es zu begreifen. Was ist nur los mit mir, dass ich sie nicht verstehe?«

Konversation war immer ein so wesentlicher Bestandteil des Verständnisses, das ich vom Leben und der Person meiner Mutter hatte, dass ich das Ausbleiben gemeinsamer Gespräche nicht akzeptieren kann. Ich ertappe mich dabei, wie ich ihr Worte in den Mund lege, wenn ich bei ihr bin, und mich dann noch lange danach mit diesen Worten beschäftige, die doch nur meiner eigenen Phantasie entsprungen sind. Die Wortgewandtheit meiner Mutter ist in meinem Kopf zu neuem Leben erwacht und schleicht sich auch in meine Träume.

Ich träumte, dass wir zusammen am Bahnsteig auf einer Bank saßen. Alle drei saßen wir da: zunächst ich an dem einen Ende, dann gleich neben mir meine Mutter, wie ich sie ihr ganzes Leben lang gekannt habe – lebhaft, gesprächig, elegant gekleidet. Und am anderen Ende der Bank diese kleine, schweigsame Person, die nur zur Hälfte zu erkennen ist. Ich will damit sagen, dass sie mir im Traum nicht als Mensch aus Fleisch und Blut erschien, sondern eher wie ein Gespenst, ein menschliches Wesen, das zum Teil bereits in den Äther entschwunden ist, grau und schemenhaft, wie ein Schatten in einer Nebelbank.

»Du musst einfach ein wenig auf sie achten«, sagte meine richtige Mutter zu mir. Sie war echt, das wusste ich. Ihre Stimme klang klar und duldete keinen Widerspruch, ihre Augen waren von jenem dunklen Blau, das ich so gut kannte. Sie war bekleidet mit einem adretten Kostüm und einem Hut (der einzige Missklang: meine Mutter hat nie Hüte getragen) mit einer unwahrscheinlich langen Feder daran. Die Feder war vielleicht zweieinhalb Zentimeter breit, aber mindestens dreißig Zentimeter lang. Sie sah aus wie eine Fasanenfeder. Das wiederum ergab Sinn, denn meine Mutter war immer sehr angetan von Fasanen und hatte einen besonderen Liebling, den sie in ihrem

Garten in Connecticut fütterte. Aber der Hut an sich war uncharakteristisch. Vielleicht hätte er mir eine Warnung sein sollen, aber ich begriff sie nicht. Ich war glücklich und zufrieden.

Es war so schön, ihre Stimme zu hören! Sie klang so vertraut. Ich hatte sie oder den besonderen Tonfall so lange nicht mehr vernommen. Es war ihre Lehrerinnenstimme, freundlich, aber auch resolut. Es konnte kein Zweifel daran bestehen, dass es damit, was sie sagte, seine Richtigkeit hatte. Sie erteilte mir eine Anweisung.

»Du musst einfach ein wenig auf sie achten, Reeve. Sonst nichts.«

Nur ein wenig auf sie achten. Sonst nichts. Damit konnte ich etwas anfangen. Das war es, was meine richtige Mutter mir in Bezug auf diese kümmerliche, ätherische *andere Mutter* zu sagen hatte, in deren Gegenwart uns beiden unwohl zu Mute war und von der wir uns auf der Wartebank bedrängt fühlten, denn es war eigentlich gar kein Platz für drei Personen. So warteten wir voller Ungeduld auf den Zug, von dem ich übrigens nie erfuhr, wer von uns mit ihm reisen sollte. Aber meine Mutter wusste die Antwort. Gib nur ein wenig auf sie Acht. Das war alles, was ich tun musste. Ich musste sie nicht verstehen oder mich mit ihr identifizieren. Ich brauchte sie nicht einmal zu lieben, so wie ich meine richtige Mutter seit über fünfzig Jahren liebe.

Wie einfach und doch wie wundervoll! Meine Mutter war zu mir zurückgekehrt, hatte meine Wunden geheilt und wieder einmal meine Probleme gelöst.

Als vor vielen Jahren mein kleiner Sohn Jonathan an Gehirnhautentzündung erkrankte, wurde er mir für eine Weile durch die äußeren Anzeichen seiner Krankheit ganz fremd. Er schien mir nicht mehr das fröhliche, aufgeweckte Baby zu sein, das ich kannte, er war quengelig, weinerlich, neigte zu krampfartigen Anfällen und anderen sonderbaren Bewegungen und Verhaltensweisen, die ich noch nie an ihm gesehen hatte, die ich mir nicht zu erklären wusste und gegen die ich auch nichts unternehmen konnte. Sein Zustand und auch meiner erschöpften mich. Das nächtelange Wachen an seinem Krankenbett raubte mir den Schlaf, und wenn ich einmal eingenickt war, träumte ich, mein kranker Sohn wäre ein Wechselbalg. Doch der Traum sagte mir auch, dass ich, wenn ich den Mut und die Kraft aufbrächte, diese Heimsuchung durchzustehen, an ihrem Ende meinen eigenen Jungen zurückerhalten würde. Dieser andere würde wieder in die unheimliche Dimension verschwinden, aus der er gekommen war, und mein eigenes, gesundes, geliebtes Kind würde zu mir zurückkehren.

Dasselbe habe ich in den letzten Jahren oft auch bei meiner Mutter empfunden, daher war es eine Freude, sie im Traum so, wie ich sie gekannt habe, wieder zu finden (bis auf den Hut). Und mit wenigen Worten hatte sie die Bürde von mir genommen und meinen Kummer gelindert.

Beim Erwachen am nächsten Morgen musste ich natürlich feststellen, dass ich nur geträumt hatte! In einer Situation wie der meinen gibt es die Erinnerung, gibt es die Enttäuschung, gibt es den Kummer, gibt es Schuldgefühle. Ja, die Schuldgefühle überwiegen sogar alles andere. Wie gut die Pflege auch sein mag, die wir den alten Menschen angedeihen lassen, wie viel Aufmerksamkeit wir ihnen auch entgegenbringen, wie groß die Ausgaben auch sein mögen, um ihre Bedürfnisse zu erfüllen, wie sehr wir uns auch um die beste ärztliche Behandlung kümmern, immer werden wir dieselben Schuldgefühle haben.

Wir haben Schuldgefühle, weil unsere Eltern zu Hause wohnen und alleine nicht gut zurechtkommen. Wir haben Schuldgefühle, weil wir dafür gesorgt haben, dass sie aus ihrer vertrauten Umgebung entfernt wurden und unglücklich darüber sind. Wir haben Schuldgefühle, weil wir zu weit von ihnen entfernt wohnen und sie uns nicht oft genug zu sehen bekommen. Wir haben Schuldgefühle, weil wir ganz in ihrer Nähe wohnen und sie uns trotzdem nicht oft genug zu sehen bekommen. Wir haben Schuldgefühle, weil sie bei uns wohnen und wir sie jeden Tag sehen, aber unsere Nähe ihnen nicht zu helfen scheint.

Ich glaube, wir haben, unabhängig von den Umständen, immer Schuldgefühle unseren alternden Eltern gegenüber, und zwar nicht, weil wir *nicht* unser Bestes für sie getan hätten, sondern vielmehr gerade, *weil* wir das getan haben. Unsere Bemühungen unterstreichen nur die Tatsachen, mit denen wir und sie jeden Tag leben müssen. Was immer wir auch für sie getan haben, was immer wir auch weiterhin tun, es ist niemals genug. Wir werden nichts an der Tatsache ändern, dass wir sie nicht unendlich am Leben werden erhalten können. Wir können ihnen nicht Gesundheit und Glück schenken, wir können sie nicht viel länger bei uns halten. Sie sind am Ende ihres Lebens angelangt. Und daran können wir nichts ändern.

Es erscheint mir als Ironie, dass meine Mutter, so gebrechlich, so verwirrt, so müde und so nahe sie dem Ende ihres Lebens auch sein mag, doch in Bewegung bleiben musste. Sie hat sich von ihrem früheren Leben entfernt – von ihren Freunden, ihrer Arbeit, ihren täglichen Gewohnheiten, und nun, da sie nicht mehr in ihrem Haus in Connecticut lebt, sondern in ihrem »Ferienhäuschen« hier bei mir in Vermont, selbst von ihrer gewohnten häuslichen Umgebung.

Sie ließ ihre Ehe hinter sich, als vor fünfundzwanzig Jahren ihr Ehemann starb. Nach mehr als vierzig Jahren ihres Lebens als die Hälfte einer Partnerschaft, und einer schwierigen Partnerschaft noch dazu, musste sie plötzlich eine ganz andere Stufe ihres Lebens erklimmen, eine Stufe, die sie in ihren Schriften als »aktives Witwendasein« bezeichnete. Fünfzehn Jahre nach dem Tod ihres Mannes verschlechterte sich plötzlich ihr eigener Gesundheitszustand in der Folge einiger leichter Schlaganfälle erheblich. In dieser Zeit veränderte sich ihr Leben noch tief greifender als nach dem Tod meines Vaters, denn dieser Tod war ein ziemlich schleichender Prozess gewesen. Es folgte eine aufwühlende, verstörende Zeit. Die Gewöhnung an die ununterbrochene Pflege in ihrem eigenen Haus und den damit einhergehenden Verlust ihrer Selbstständigkeit und Unabhängigkeit muss für sie außerordentlich anstrengend gewesen sein. Schon dieser Umgewöhnungsprozess mag etwas von der Verstörtheit ausgelöst haben, unter der sie so sehr litt und unter der wir zu dieser Zeit alle zu leiden hatten.

Ich habe das Gefühl, dass sie seitdem ihre innere Ruhe nicht mehr wieder gefunden hat. Auch ihr Lesen wirkt ruhelos, hat etwas von einer Suche an sich, einem Sehnen, von dem Wunsch, nicht stehen zu bleiben, sich weiterzubewegen. Irgendetwas in ihr muss jetzt ständig aktiv bleiben und verbraucht Energie für diese Aktivität, sei es eine Aktivität des Körpers, des Verstandes oder der Seele. Und doch scheint sie gleichzeitig todmüde und erschöpft zu sein.

Was für eine Unruhe all dieser Bewegungsdrang bedeuten muss! Welche Aufregung, welche Betriebsamkeit das Alter mit sich bringt! Möglicherweise ist meine Mutter einfach zu sehr mit den Reisen in ihrem Kopf beschäftigt, vom ständigen Unterwegssein abgelenkt, um sich langen Gesprächen hingeben zu können. Sie hat keine Zeit, außer für die essenziellen Verrichtungen des Alltags. Sie ist bereit zum Aufbruch, für die Reise gekleidet, die Fasanenfeder steckt an ihrem Hut, sie wartet auf den Zug.

Wenn sie sich – was selten genug vorkommt – mit mir unterhält, richtig mit mir redet, mehr als ein oder zwei Worte auf einmal sagt, geht es oft ums Reisen. In ihre Stimme schleicht sich dann eine gewisse Dringlichkeit, mit der sie mir und ihren Pflegern wiederholt erklärt, sie wolle nach Hause. Ich weiß nicht, was meine Mutter jetzt als Zuhause betrachtet. Anfangs habe ich geglaubt, es müsse bedeuten, dass sie zurück nach Connecticut wolle, zurück in das Haus, das mein Vater im Jahre 1963 selbst entwarf und baute, zurück auf das Grundstück, auf dem sie uns alle in einem größeren Haus aufzog, das meine Eltern an eine jüngere Familie verkauften, nachdem wir Kinder aus dem Haus waren.

Sechsunddreißig Jahre hat meine Mutter in diesem zweiten, kleineren Haus in Connecticut gewohnt, viel länger als in jedem der anderen Häuser, die meine Eltern seit ihrer Heirat 1929 miteinander teilten. Aber ihre Pfleger haben mir gesagt, dass sie diesen Wunsch, »nach Hause« zu gehen, schon in Connecticut geäußert habe, sogar häufiger noch, als sie ihn jetzt hier in Vermont ausspricht.

Das gibt mir ein Rätsel auf. Was meint sie damit? Denkt sie an das Haus in Englewood in New Jersey, wo sie ihre Kindheit verbracht hat? Oder an ein ganz spezielles unter den vielen anderen, in denen meine Eltern überall auf der Welt gewohnt haben? In England, in Frankreich, in der Schweiz, auf Hawaii? Handelt es sich überhaupt um ein im physischen Sinne existierendes Haus?

Ich habe darüber nachgedacht, ob dieses »nach Hause gehen« eine Metapher für den Wunsch meiner Mutter ist, aus ihrem Körper herauszutreten und mit der Weite des Universums vereinigt zu werden – dass meine Mutter, um es ganz simpel auszudrücken, darum bittet, sterben zu dürfen. Aber ich bin mir da nicht so sicher. Ist es *ihr* Wunsch, von der Bürde ihres vergreisenden Körpers und ihres schwindenden Geistes befreit zu werden, oder meiner? Diese Frage stellt sich immer, wenn man die Wünsche von jemandem zu interpretieren versucht, der nicht für sich selber sprechen kann. Das Schweigen eines anderen Menschen ist eine große Versuchung und lädt dazu ein, seine eigenen bewussten oder unbewussten Gedanken in diesen Wunsch hineinzuprojizieren.

Ich erinnere mich daran, wie ich einmal – gerade ein oder zwei Jahre dürfte das jetzt her sein – mit ihr über eine Landstraße in New Hampshire fuhr und sie mich erschreckte, indem sie plötzlich ihr langes Schweigen brach und mit lauter Stimme erklärte: »Ich habe Angst! Ich möchte noch nicht sterben!«

Ich war den Tränen nahe und versuchte, mir etwas Tröstendes als Erwiderung einfallen zu lassen. Selbstverständlich hatte sie Angst vor dem Sterben. Sie war gebrechlich, schwach und neunzig Jahre alt.

»Ja, das kann ich natürlich verstehen, Mutter«, begann ich und hoffte dabei, sie würde weitersprechen, dass das Sprechen ihre Angst lindern könnte. »Aber was genau ist es, wovor du dich fürchtest? Ist es der Gedanke ans Sterben an sich, Angst vor Schmerzen, vor dem Kampf der letzten Minuten, oder ist es der Gedanke, alte Freunde verlassen zu müssen, deine Familie, die Welt an sich…« Ich suchte verzweifelt nach weiteren Beispielen und bereitete mich innerlich darauf vor, diese Frage mit ihr zu diskutieren, aber sie sah mich nur zornig von der Seite an und sagte mit fester Stimme: »Es ist dein Fahrstil!«

Als sie neulich eines Abends wieder ihren unergründlichen Wunsch, nach Hause zu gehen, aussprach, bemühte ich mich, verständnisvoll darauf zu reagieren und ihr gleichzeitig zu zeigen, wie besorgt ich um sie war. »Bist du sicher, Mutter? Es ist schon sehr spät. Möchtest du dich wirklich ins Auto setzen und die vielen Stunden bis nach Connecticut fahren?«

Sie sah mich an, als grübelte sie über etwas nach. Wer war ich? Was sollte sie sagen? Dann erklärte sie nachdenklich: »Ach, ich hätte schon Lust, unterwegs ab und zu zum Shopping anzuhalten.«

Die Abende mit ihr sind nicht immer leicht, aber sie sind nie langweilig, sind immer erfüllt und gelegentlich auch gut für eine Überraschung. Es sind die Morgenstunden, in denen mir mein Leben oft wie ein Stein in meinem Innern vorkommt. Dann sitze ich ganz klein zusammengekauert um diesen Stein herum, dessen Gewicht mich auf den Grund des Teiches hinunterzieht, dessen Wasser jetzt getrübt ist von Fragen, die ich nicht beantworten, und von Verantwortung, die ich nicht tragen kann. Es gibt keine Möglichkeit, wieder an die Oberfläche zu gelangen, und es sind nirgendwo Lebensretter in Sicht. In solchen Stunden weiß ich dann wieder nicht, wessen Schwerkraft es ist, die mich so tief in das schwärzliche Wasser hinunterzieht – meine oder die meiner Mutter?

Wenn ich am Morgen in den Spiegel sehe, frage ich mich: *Was für ein Gesicht ist das, was ich da sehe? Wie bin ich von meiner Kindheit an diesen Punkt gelangt?* Eine Frau von vierundfünfzig Jahren mit Falten und einer Brille im Gesicht, die über ihre dreiundneunzigjährige, gewindelte Mutter nachsinnt. So habe ich mir das nicht vorgestellt! Das ist es nicht, wo ich eines Tages habe landen wollen!

Meine Mutter zumindest hat keine Probleme mit Zahlen, ist frei von den bedrängenden Gedanken über das Alter. Vor ein paar Tagen, als die Worte ihr leichter über die Zunge kamen als gewöhnlich, fragte eine Freundin ihrer Enkelin sie eines Nachmittags höflich, wie alt sie sei.

»Wie alt ich bin?«, wiederholte meine Mutter, als überraschte sie die Frage. Wieso interessierte sich irgendjemand dafür?

»Du hast gerade deinen dreiundneunzigsten Geburtstag gefeiert, weißt du noch?«, kam ihr sogleich jemand zu Hilfe. Aber sie blickte nur auf, lachte und schüttelte den Kopf. »Himmel, nicht doch! Ich bin ungefähr fünfundsechzig.« Und es klang sehr überzeugend. Ich kann mich noch an jenes Jahr erinnern. Sie arbeitete viel, verfasste Vorworte zu ihren Tagebüchern, die als Serie veröffentlicht werden sollten, und mein Vater lebte auch noch. Ich glaube, er war damals schon krank, aber diese Krankheit schien in ihrem Leben nur eine Nebenrolle zu spielen – ein kleines Missbehagen, noch nicht endgültig diagnostiziert.

Was mich betrifft, wollen meine Verunsicherung und das Gefühl, etwas verloren zu haben, jeden Morgen erst langsam in mir weichen, indem ich mir all die kleinen Dinge vor Augen führe, die an diesem Tage getan werden müssen. »Der Teufel steckt im Detail«, heißt es. Bei mir ist es genau umgekehrt. Jede kleine Verrichtung hilft mir, hochzukommen, emporzutauchen, und die Aufgaben, die an jedem Tag auf mich warten, helfen mir dabei. Vielleicht bin ich an diesem Morgen zum letzten Mal aufgestanden, werde am Ende des Tages meinem Schöpfer gegenübertreten. Ich weiß es nicht. Ich habe keine Vorstellung davon, wohin mein Lebensweg mich letztlich führen wird. Ich weiß nur, dass ich mich erhebe, irgendwann an die Oberfläche gelange und dass im Detail eben nicht nur der Teufel steckt.

Da ist zunächst das nasse Herbstlaub auf dem Rasen draußen vor dem Fenster. Dann sehe ich unseren alten Hund aus einer

Pfütze in der Zufahrt trinken. Und ich tauche noch ein bisschen weiter empor, als ich sehe, dass der Welpe eine Pfütze auf den Zeitungen in seinem Körbchen hinterlassen hat, denn ich kann mich nicht gleichzeitig mit Steinen in mir abplagen und hinter einem kleinen Hund herräumen.

Kaffee und Orangensaft haben immer eine aufbauende Wirkung, ebenso wie das Sonnenlicht. In der Küche ist es warm und hell. Bald werden mein Mann und mein Sohn die Treppe herunterkommen, der eine groß und grauhaarig, der andere klein und zerzaust, und beide reiben sich noch den Schlaf aus den Augen.

Nat sucht nach seiner Kaffeetasse, Ben nach seinen Socken. Er sagt dann nie: »Ich kann meine Socken nicht finden«, sondern fragt stattdessen höflich: »Weißt du zufällig, wo meine Socken geblieben sein können?«, als wären seine Socken ein von allen verwendeter Haushaltsgegenstand mit verschiedenen möglichen Aufbewahrungsorten, wie zum Beispiel Kugelschreiber.

»In deiner obersten Schublade dürften welche sein«, schlage ich vor, »oder auch im Wäschekorb. Möglicherweise hast du auch ein frisches Paar hier in der Küche, in der Tasche mit deinen Fußballsachen.« Ich begeistere mich selber an meinen Ideen, steige höher empor aus dem trüben Dunkel, dem Licht entgegen, und halte dann triumphierend ein Paar von Bens weißen Socken in die Höhe, die ich aus einem der vielen Verstecke gefischt habe.

Bald darauf sitzen wir im Auto und fahren zur Schule. Ben beginnt mich nach bestimmten Wörtern auszufragen.

»Wenn ich ›wenige‹ sage, Mom, wie viel bedeutet das dann für dich?«

»Wenige? Nun, das kommt darauf an. Wenn du vom Publikum bei einem Konzert sprichst, sind zwanzig Leute wenig. Aber wenn du im Stall Eier einsammelst…«

»Gut, sagen wir Eier.«

»Dann würde ich sagen, wenige Eier wären drei.«

»Und was sind ›ein Paar‹?«

»Zwei.«

»Was ist mit einer Gruppe?«

»Wie zum Beispiel eine Gruppe Menschen? Sagen wir fünf oder sechs. Auf jeden Fall mehr als drei, ab vier Personen könnte man gerade eben noch von einer Gruppe sprechen.«

»Und ein Rudel?«

»Meiner Meinung nach mindestens acht.« Wie viele Wölfe gehören zu einem Rudel? Wie viele Wölfe haben in meinem Leben schon nach meinen Fersen geschnappt? Der Wolf der Angst, der Wolf der Trauer, der Wolf des Todes, der listige Wolf der Liebe.

»Gut, jetzt ›eine Menge‹.« Ben geht systematisch vor, er will vorankommen, nicht sinnieren.

»Zwanzig. Wie kommst du auf diese Fragen, Ben?« Aus der Schule? Aus dem Fernsehen? Ist das ein Spiel, das ihm jemand beigebracht hat?

»Ist mir nur so eingefallen. Was ist ein Schwarm?« Das fragt er mich, als wir gerade den höchsten Hügel auf der Strecke hinauffahren. Für die Verhältnisse in Neuengland könnte man ihn fast als einen kleinen Berg bezeichnen.

»Wie bei Vögeln? Ein Schwarm Schwalben?«

»Klar. Wieso nicht?«

Wir erreichen den höchsten Punkt der Straße, und plötzlich bin ich hellwach. Meine Sonne ist aufgegangen. Über uns der Himmel, die wenigen verbliebenen Herbstblätter an den fast kahlen Ästen der Bäume, die die Ränder des Weidelandes um uns herum säumen. Unter uns erstrecken sich die goldbraunen Hänge. Ich schwebe über allem, fliege mit Bens Vogelschwarm.

Bilde ich es mir nur ein, oder sind es tatsächlich Schwalben, die dort am Himmel ihre Kreise ziehen, leicht wie der Schnee oder der Wind oder die Erinnerung an den Frühling, in freiem Flug, frei von allen Gedanken.

»Mindestens ein Dutzend«, sage ich, und schon sind wir über den Hügel hinweg und fahren wieder ins Tal hinunter.

»Das leuchtet mir ein«, erklärt mein Sohn zufrieden.

Wir folgen den Windungen der Talstraße, überqueren die Brücke und biegen in den kurzen asphaltierten Weg ein, der zum Schulgelände führt. Als er aus dem Wagen steigt und sich einen Riemen seines Ranzens über die Schulter schwingt, kommt mir Ben plötzlich älter vor. Er ist in diesem Herbst in die siebte Klasse gekommen. Er will jetzt fort von mir, seine Schulpersönlichkeit annehmen und in seine Klasse gehen, aber ich kann mich noch nicht von ihm trennen.

»Ben, ich muss dir noch eine Sache sagen. Kannst du dir denken, was es ist?«

Dass ich dich über alles liebe, dass du mir heute Morgen geholfen hast, mich über die trübe Fläche der schwarzen Finsternis zu erheben, und dann noch weiter hinauf, sodass ich mit den Schwalben in den endlosen, viel versprechenden Himmel aufsteigen konnte.

Er lächelt. Er weiß es.

»Mom, ich bin spät dran. Bis nachher.«

»Bis nachher.«

Wir winken einander zu, und er geht davon. Ich wende den Wagen und fahre schweigend nach Hause, dem beginnenden Tag entgegen.

2 *Oktober 1999*

Der wilde Wind, der Freiheit bringt
– siehst du die wehenden Blätter nicht? –
durch den der innere Baum zerspringt
in einen Strahl aus gleißend Licht.

ANNE MORROW LINDBERGH, »Der innere Baum«,
aus: *The Unicorn and Other Poems*

Was mir bleibt, ist der Tag.

Ich denke, es bleiben noch andere Dinge, so viele, dass sie sich in meinem Kopf drehen und in meinem Magen wälzen, mich vor lauter aufgesetzter Wichtigkeit schwindlig werden lassen. Ich habe den Eindruck, dass mir Myriaden von Aufgaben aufgebürdet werden, von denen jede Einzelne mich davon abhält, die anderen zu erfüllen, und die sich so rasch vermehren, dass sie um mich herum schwirren wie die sich vermehrenden Besenstiele im *Zauberlehrling.*

Ich denke daran, dass ich eine sehr alte und gebrechliche Mutter habe, die vielleicht bald sterben wird (aber verlassen kann man sich nicht darauf), und dass es meine Aufgabe ist, über ihr jetziges Leben zu wachen und mich um sie zu kümmern. Ich denke auch daran, dass ich so etwas wie einen »vollen Terminkalender« habe, Bücher schreiben und in Zusammenhang mit diesen Büchern Reisen unternehmen muss, die mich durchs ganze Land führen, wo ich dann vor Erwachsenen und Kindern sprechen soll. Ich denke daran, dass auch hier auf der Farm Arbeit auf mich wartet, ich für meine Familie und die Tiere zu sorgen habe: Hunde, Hühner, Schafe, das Pferd, das Kaninchen, nicht zu vergessen den Finken, den meine jüngste Tochter bei uns zurückgelassen hat, als sie nach Kalifornien gezogen ist, und dann noch Ichabod, die Eidechse, vor der ich wegen ihrer scheinbaren Unerschütterlichkeit den größten Respekt habe. Ichabod lebt hinter Glas, hockt still auf einem Baumstamm in seinem Terrarium nahe beim Wohnzimmerfenster und scheint beinahe unbeweglich in seiner Reptilienwelt. Er teilt sein Refugium mit einigen Grillen, die ihm gleichzeitig als Gesellschaft und als Futter dienen. Er kann die Grillen stundenlang beobachten, wobei sich nur seine Augen und sein Unterkiefer pulsierend bewegen. Irgendwann macht er plötzlich einen Sprung, den niemand nach einer so langen konzentrierten Unbewegtheit von ihm erwartet hätte, schnappt sich eine Grille und verspeist sie.

Weil es in meiner Natur liegt, mit der einer Mutter eigenen Unersättlichkeit alles an mich zu reißen, was mit meinen Kindern zu tun hat, kommt es mir vor, als hätte *ich* die Zahnarzttermine meines Sohnes und sein Fußballtraining, als müsste *ich* zu den Rockkonzerten gehen, die er besucht, als hätte ich sogar seine großen Füße geerbt. (Wie haben diese winzigen Füßchen, die ich zum ersten Mal vor zwölf Jahren im Kreißsaal gesehen habe, bloß so riesig werden können? Ich glaube, ich muss ihnen mal wieder ein Paar neue Schuhe kaufen gehen.) Bens Füße stecken in seinen Socken, genau den weißen Socken, die mich eines Morgens vor einem Monat in den Himmel hinaufgehoben haben, und Ben steckt in seiner übrigen Kleidung, die jeden Tag schmutzig wird. Ich glaube, ich muss die Wäsche waschen und das Geschirr spülen, und wenn ich das erledigt habe, dürfte sich auf meinem Schreibtisch die unerledigte Korrespondenz stapeln.

O ja, ich bin überhäuft mit Arbeit, versinke darin, reise mit Handgepäck weit über dem Gewichtslimit, schleppe meine Schatztruhe mit den alltäglichen Verpflichtungen mit mir herum. Ich bewache sie eifersüchtig – meins!, meins! – und nehme sie überallhin mit, klammere mich so fest an sie, dass ich mit den Zähnen knirsche und die Schultern einziehe, als ich an diesem Morgen über die Nebenstraßen im Norden Vermonts fahre und sich mir zu allen Seiten ein atemberaubender Blick nach dem anderen bietet wie ein stummer Gruß in einer Sprache, die ich nicht beherrsche, großzügige Geschenke aus allen Richtungen, die ich nicht wahrnehme.

Ich spüre die Verspannung in meinen Schultermuskeln und unternehme einen halbherzigen Versuch, sie zu lockern. Mir ist der Kampf bewusst, der in mir vonstatten geht, und ich möchte mich entspannen, mich von meinem Denken lösen, meine Schulterblätter wie Flügel ausklappen und in die Endlosigkeit der Atmosphäre entfliehen.

Dies ist der Tag. Zu diesem Tag gehören nicht nur Straßen und Hügel, Bäume und Licht, sondern auch der Himmel und das ganze Universum dahinter, und was für ein mikroskopisch winziger Teil ich doch von all dem bin, ich mit meiner geliebten Bürde und Verantwortung. Ich versuche, über das Universum nachzudenken, aber es ist eine zu abstrakte, zu wissenschaftliche Vorstellung, und sie führt zu einem Ansturm unterschiedlichster Assoziationen, von *Star Wars*, Stephen Hawking, Astronauten, zum Hubble-Space-Teleskop und zu Leonard Nimoy und Luke Skywalker. Meine Gedanken entschweben sogleich in den Raum, umgeben von Weltraummüll. Das bringt mich auch nicht weiter.

Ich fange noch einmal von vorne an, versuche über mich selber hinauszublicken, aber diesmal nicht ganz so weit: eine Meile vielleicht oder so. Ich blicke über das Tal hinweg zu einem Hügel, auf dem alle Bäume nun ihr Blattkleid abgeworfen haben. Zwischen den Ästen blinzelt die Sonne hindurch, was der ganzen Szene eine lichtdurchflutete Helligkeit verleiht und sie ganz weich gezeichnet erscheinen lässt, als wären die Baumspitzen aus Federn oder aus Fell und der Hügel selber ein gewaltiges, schlafendes Tier, das sich in der Morgensonne wärmt.

Mir fällt ein, wie ich 1972 mit meinem Vater in einem kleinen Flugzeug über diese Hügel geflogen bin. Wir waren von dem Flugplatz in der Nähe von Montpellier gestartet, wo er zu früher Morgenstunde die Maschine gechartert hatte. Und ich erinnere mich auch, wie ich im Jahre 1990 mit meiner Schwester Anne an ihrem fünfzigsten Geburtstag (der auch gleichzeitig mein fünfundvierzigster war, denn wir sind mit fünf Jahren Abstand an demselben Tag geboren, dem 2. Oktober) noch einmal in einem Heißluftballon über diese Landschaft geschwebt bin. Bei beiden Gelegenheiten schienen mir die Bäume unter mir so gutmütig und die Luft so wohlwollend, dass es möglich sein müsste, auszusteigen und durch dieses Element zu schwimmen, in dem wir uns so sicher und leicht bewegten wie im Wasser oder in einem Traum; ich bildete mir ein, hinunter zu den federgleichen Baumwipfeln schweben und unversehrt in ihren weichen Armen landen zu können.

Immer langsam, Reeve, du Tochter eines Pilotenpaars. Zieh deinen Sicherheitsgurt fester an und halte deine Phantasie im Zaum. Ich weiß, welche Gefahren lauern können, wenn man sich hoch droben in der Luft solchen Vorstellungen hingibt. Es ist wie der Tiefenrausch eines Tauchers, aber ich frage mich, ob sich darin nicht eine noch grundlegendere molekulare Wahrheit verbirgt. Wenn wir in die ungeheuerliche Weite eines uns umschließenden Elements – Luft, Wasser, das Weltall – eintauchen, warum sollte dann nicht ein Gefühl der Geborgenheit erwachen, ein Urinstinkt tief in uns? Auf einer gewissen Ebene ahnen wir vielleicht, dass dies das Element ist, dem wir entstammen und in das wir eines Tages wieder zurückkehren werden. Der Mensch ist schließlich nur für eine begrenzte Zeit von der Unendlichkeit getrennt. Das zu wissen spendet mir manchmal Trost. Zu anderen Zeiten sorgt es dafür, dass ich mir unbeschreiblich einsam vorkomme.

Ein Tag umfasst eine Unendlichkeit an Raum, und auf seine ihm eigene Weise auch eine Unendlichkeit an Zeit. Ein Tag hat seinen eigenen Rhythmus und sein eigenes gemessenes Tempo, von einer Minute zur anderen, von einer Stunde zur nächsten, gleich, was für einen verzweifelten Kontrapunkt ich ihm mit meinen Gedanken auch entgegenzustemmen versuche. Ein Tag ist bloß ein Tag, und ihm folgt eine Nacht und auf sie wieder ein weiterer Tag. Genauso ist das Leben von Anbeginn der Zeit an gewesen, jeder Tag hat eine Ebbe und eine Flut wie die Gezeiten oder wie mein eigenes Atmen, ein und aus, aus und ein, jede Minute, jede Sekunde, jetzt und hier, hier und jetzt.

Als meine Schwester vor sechs Jahren zum letzten Mal im Krankenhaus lag, haben wir uns auch über die tröstende Wirkung dieses »jetzt und hier, hier und jetzt« unterhalten, die atembare Qualität dieser Phrase – »jetzt und hier« (einatmen), »hier und jetzt« (ausatmen) – und darüber, wie sie die Unmittelbarkeit in greifbarer Nähe bleiben lässt und die Unendlichkeit in Schach hält. Anne interessierte sich nicht sonderlich für die Unendlichkeit, hatte mit Abstraktionen nicht viel im Sinn. Als Autorin von Kinderbüchern hat sie mir einmal gesagt, ihrer Meinung nach werde die Realität überbewertet. Entsprechend brachte sie während ihrer Krankheit auch wenig Verständnis für die Philosophierereien um das Thema Tod und Sterben auf, die damals en vogue waren. Und wenn eine unangenehme Realität dann doch unvermeidbar war, machte sie bisweilen ein Spiel daraus: Als vor einer Operation die eine Hälfte ihres Kopfes kahl geschoren werden musste, beließ sie das Haar auf der anderen Seite lang und schmückte das Ohr auf der kurz geschnittenen Seite mit einem großen, auffälligen Ring und das auf der langen Seite mit einem kleinen glänzenden Ohrstecker. Die Hygienehandschuhe aus dem Spender an der Wand ihres Zimmers verarbeitete sie zu Luftballons oder Gummipuppen; auf der Station für Chemotherapiepatienten scherzte sie kichernd mit den Schwestern, oder sie spielte Poker mit ihren Besuchern. Drei Tage vor ihrem Tod, als sie an Schläuchen angeschlossen und vollkommen abgemagert zu Hause in ihrem Bett lag – sie hatte seit Tagen keinen Bissen mehr zu sich genommen –, kam jemand in das Zimmer, in dem sich ihre Familie versammelt hatte und bot den Besuchern Tee an. »Bekomme ich keine Tasse?«, fragte meine Schwester ganz heiter. Und sie bekam sie.

Als Anne und ich im Krankenhaus unsere Atemübungen machten – jetzt und hier, hier und jetzt –, bedienten wir uns einer buddhistischen Meditationsübung, obwohl wir beide ohne zu überlegen von uns gesagt hätten, dass wir keine Anhänger des Buddhismus seien. Zu der Erziehung in unserem Elternhaus gehörte es, dass wir Kinder mit den wichtigsten Schriften und den Traditionen der verschiedenen Religionen vertraut gemacht wurden, aber es war uns allen stets peinlich, uns offiziell einer bestimmten Glaubensrichtung für zugehörig zu erklären, so, als wäre es eine Anmaßung, das zu tun. Möglicherweise lag es daran, dass meine beiden prominenten Eltern in unserer Jugend glaubten, mit dem Beitritt zu einer Kirche – oder auch zum örtlichen Country-Club – würden sie unerwünschte Aufmerksamkeit auf uns lenken. So wurde es also vorgezogen, die Religionserziehung der Lindbergh-Kinder in die eigenen vier Wände zu verlegen. Und doch weiß ich bis heute nicht, warum wir uns so unter Wert verkauften, was unsere spirituellen Praktiken betraf. (»Ja, ich meditiere schon mal, aber nur für mich allein, zu Hause. Natürlich kann man das nicht als richtige Meditation bezeichnen.«) Ob wir nun Buddhisten sind oder nicht – alle Frauen in unserer Familie haben bei der Geburt ihrer Kinder die Lamaze-Atemtechnik angewandt, und ein paar sogar beim Zahnarztbesuch. »Hyperventilieren Sie etwa?«, hat mich einmal ein besorgter Dentist gefragt, während er an einem hartnäckigen Stück Zahnstein herumkratzte. Also warum sollte man nicht auch auf dem Weg zur Unendlichkeit bewusster atmen?

Allerdings weiß ich nicht, ob Anne es je getan hat. Vielleicht bin ich es auch nur alleine gewesen. Ich versuche, meine Schwester von den Toten zurückzuholen und sie bei mir zu halten, indem ich in der ersten Person Plural an sie denke oder über sie schreibe: »Wir haben geglaubt…«, »Wir haben immer gesagt…«, »Wir haben uns gegenseitig versichert…« Aber ich frage mich, ob es eine wirkliche Einheit darstellt, dieses »wir«, oder ob ich es in nostalgischer Erinnerung im Nachhinein zu beschwören versuche. Hat Anne tatsächlich an den Atemübungen teilgenommen oder war sie, was wahrscheinlicher sein dürfte, einfach nur froh und glücklich, mich bei sich zu haben und meine Stimme zu hören? Wenn ich an diese Zeit zurückdenke, höre ich den Klang meiner eigenen Worte, doch nicht den der ihren – bis auf eine Ausnahme: Als sie in Portland, Maine, plötzlich zu einer Gehirnoperation ins Krankenhaus musste und ich davon erfuhr und so schnell wie möglich zu ihr eilte, begrüßte sie mich mit den schlaftrunkenen Worten: »Ich hab gewusst, dass du hier aufkreuzen würdest«, und lächelte mir dabei unter ihrem Turban aus Mullbinden zu.

An diesen Satz erinnere ich mich, und auch daran, *wie* sie ihn gesagt hat und wie froh ich gewesen bin, ihn zu hören. Ja, ich bin aufgekreuzt. Das tue ich immer. Das ist mein Job in unserer Familie. Ich kreuze auf, oft mit Blumen im Arm, aber stets bringe ich dabei auch mich selber mit und meine Worte. Worte liegen uns im Blut, wir sind es gewohnt, mit ihnen umzugehen, und Worte sind es auch, was ich anzubieten habe, ob sie nun den anderen interessieren oder nicht. Falls jemand mir nicht zuhören will, soll er oder sie sich meinetwegen schlafen legen. Mich stört das nicht. Ich mache nur meinen Job.

Aber Anne war immer schon ein Buch mit sieben Siegeln. Selbst wenn ich sie jetzt fragen könnte, ob ihr meine Worte gefallen hätten, ob sie damals mit allen Sinnen bei mir war, jetzt und hier, hier und jetzt, ob wir das Gleiche dachten, als wir zusammen unsere Atemübungen machten, würde sie mich wahrscheinlich nur wieder mit einem halb kameradschaftlichen, halb verschmitzten Ausdruck im Gesicht anlächeln und sagen: »Kann schon sein.«

Jetzt, in dem widerhallenden Schweigen ihrer Abwesenheit und in dem ganz anders gearteten Schweigen unserer gealterten

Mutter, suche ich erneut nach Worten, aber nicht für meine Schwester oder meine Mutter, sondern für mich selber. Ich bemühe mich um Worte wie um Reisekameraden für eine Fahrt, die ich nicht alleine zu unternehmen erwartet hatte, und dazu wende ich mich zunächst an das gesammelte Schriftgut unserer Familie.

Ich lese also Annes Gedichte, von denen die meisten zu ihren Lebzeiten unveröffentlicht geblieben sind, und stoße auf eines, das sie nach einem meiner Besuche verfasst hat. Beim Lesen bekomme ich eine Gänsehaut, so, als hätte sie genau beabsichtigt, dass ich es heute finde.

(Ein Besuch von Reeve)

Ein Spaziergang durch die Felder
Hat zu viele Fenster aufgestoßen.
Nur knapp bin ich entkommen.
Wende dem Wind deinen Rücken zu,
Eile heim, um Betttücher zusammenzulegen,
Brot mit Butter zu bestreichen.
Und wenn du mir zum Abschied winkst,
Lache – sag »auf bald« –
Meine Schwester, ich selbst.

Auch mein Vater hat mir Mitteilungen hinterlassen, und diese Mitteilungen schließen sich oft nahtlos an meine eigenen Gedanken an. Im letzten Absatz seiner 1978 postum veröffentlichten Erinnerungen, »Stationen eines Lebens«, entdecke ich wiederum einen Bezug zur Unendlichkeit, mit dem mein Vater seinen Platz im Universum zu beschreiben versucht und der vielleicht auch andeutet, dass er sein eigenes Ende nahen fühlte:

Ich werde mir der verschiedenen Gestalten – und meiner selbst – bewusst. Ich bin Gestalt und bin gestaltlos. Ich bin Leben und Materie, sterblich und unsterblich. Ich bin einer und bin viele; ich bin ich selbst und die Menschheit. Ich dehne mich auf viel-

fältigen Wegen in Erfahrung und Raum aus. Ich bin jetzt ich selbst, der ich auf dem Rücken im Dschungelgras liege und dabei an Satelliten und Sternen vorbei durch den Äther gleite. Mein alternder Körper gibt einen zeitlosen Lebensstrom weiter. Molekulare und atomare Erneuerungen verändern die Zusammensetzung des Lebens. Zahllose Moleküle haben teil an dessen Struktur und dessen Entwicklung. Nach meinem Tod werden die Moleküle meines Seins zur Erde und zum Himmel zurückkehren. Sie kamen von den Sternen. Ich stamme von den Sternen …

Ich muss innerlich lächeln, wenn ich mir diese Seite anschaue, und es ist die kindlich respektlose Amüsiertheit, die mir von den vielen Jahren des Zusammenlebens mit meinem Vater vertraut ist. In einem anderen Absatz finde ich ein charakteristisches Beispiel für seinen, nach meiner damals übertrieben kritischen Meinung, sonderbaren Gebrauch bestimmter Wörter: »Je weiter wir ins Unbekannte eindringen«, schreibt er, »umso überwältigender und herrlicher wird es.« Plötzlich fällt mir wieder ein, wie häufig mein Vater in seinen Schriften über Raketen und Kampfflugkörper das Wort »eindringen« benutzt hat, einen auf dem Gebiet der Luft- und Raumfahrt durchaus gebräuchlichen Begriff. Man »drang ins Unbekannte ein« oder »drang in den Sternenhimmel ein«, oder einem gelang irgendein anderes »Eindringen«. Wie oft mich dieses Lieblingswort von ihm hat hinter seinem Rücken kichern lassen, wenn er es in diesem Zusammenhang strapazierte! Ich sehe mich noch vor mir, wie ich in den ausgehenden Sechzigerjahren in Minirock und Netzstrümpfen in den Werken Sigmund Freuds lese Aber Vater! Was für Ausdrücke du in den Mund nimmst! Wie ein richtiger Macho redest du daher! Da muss das Unbewusste mit dir durchgegangen sein!

Schließlich stoße ich noch auf einen weiteren, aber ganz anders gearteten Textabschnitt, über den ich mir Gedanken mache. Er findet sich in den unveröffentlichten Aufzeichnungen meiner Mutter. Sie hat sie etwa ein Jahr nach dem Tod meines Vaters geschrieben, und in diesem Herbst lese ich darin, um sie eventuell doch noch für eine Veröffentlichung durchzusehen. Mein Bruder hat dieses Textmaterial ganz überraschend in einem Ordner in ihrem Haus in Connecticut entdeckt. Die Gedanken darin sind mir vollkommen neu, und ihre Worte schlagen einen frischen, ungewohnten Ton an. Während ich sie lese, bin ich fasziniert und tief bewegt zugleich. Vor mir habe ich ihre eigenen, unmittelbaren Eindrücke vom Altern und Alleinsein, Aufzeichnungen, die sie in der schweren Zeit gemacht hat, als sie zur Witwe geworden war, und die sie später zur Verwendung in einem Buch vorgesehen hatte, von dem sie manchmal als »Muscheln in meiner Hand für reifere Jahrgänge« gesprochen hat. Infolge ihrer eigenen gesundheitlichen Probleme im Alter war es ihr nicht mehr vergönnt, die Arbeit an diesem Buch abzuschließen, aber ich hoffe genügend Material zusammentragen zu können, um das für sie zu erledigen.

Die Seite, die ich gerade aufgeschlagen habe, stammt aus der Zeit kurz nach einem Besuch in der Abtei Regina Laudis im November 1975. Im nächsten Monat wird das vierundzwanzig Jahre her sein. Sie war dort schon bei früheren Gelegenheiten gewesen, und ein Erlebnis in jenem November hatte sie dazu inspiriert, über den Zusammenhang von Sternen und Tod zu schreiben – wie vor ihr auch schon mein Vater in seinen Erinnerungen. Aber es war sein Tod, nicht ihr eigener, der sie dabei beschäftigte, und die Sterne waren jene, an denen sie sich zu orientieren wusste, nachdem er sie vor vielen Jahren in die Kunst der Himmelsnavigation eingeführt hatte. Damals waren sie beide Mitte zwanzig gewesen und hatten gemeinsam Flugrouten über den ganzen Erdball kartografisch erfasst.

Ich begab mich zur Vesper und zum Abendessen ins Kloster und wohnte danach noch einem Passionsspiel bei, das die Schwestern aufführten. Zwischen dem Abendessen und der Aufführung ging ich noch einmal nach draußen, wo es bereits dunkel geworden war, und spazierte bei der Betrachtung des Himmels auf und ab. Die Sterne waren schon zu sehen, ihre Konstellation hier und dort von Dunstflecken verwischt. Es erschreckte und bedrückte mich, dass ich die mir bekannten Sterne nicht ausfindig machen konnte. Cassiopeia hatte ich bald entdeckt, und das dort musste der Polarstern sein. Aber wo war der Wagen? Und der Oriongürtel? Und die Sterne, nach denen ich navigiert hatte? Waren das die Zwillinge Castor und Pollux? Hatte ich das alles schon vergessen? Wenn C. da gewesen wäre, hätte er mir den Namen eines jeden einzelnen nennen können. »Denk immer daran«, hätte er gesagt, »dass dieses gleichschenklige Dreieck auf Capella zeigt. Jetzt folge meinem Finger: Capella, Castor, Pollux, der Kleine Hund…«

Doch als ich nach der Aufführung (»Der Traum vom Kreuze« zur Musik von Mahlers 1. Sinfonie – sehr ergreifend, in aller Heimlichkeit liefen mir Tränen über die Wangen) wieder nach draußen kam, um in meinen Wagen zu steigen und nach Hause zu fahren, blickte ich noch einmal nach oben, und da sah ich alle Sterne über mir am Firmament funkeln. Mit einem Male waren sie ganz klar zu erkennen, vertraut und unverkennbar strahlten sie mir ihre Bestätigung entgegen.

Da waren sie alle, so, wie sie immer da gewesen waren, unverwechselbar wie eine bekannte Stimme oder ein geliebtes Gesicht. Da sehe ich den Oriongürtel. Da kommt der Stier angestürmt (Aldebaran). Das gleichschenklige Dreieck, das auf Capella zeigt. Und dann der Kreis der Navigationssterne: Capella, Castor, Pollux, der Kleine und der Große Hund. Wie sie da alle am Himmelszelt ausgebreitet waren, erschienen sie mir so blendend, dass es mich wie ein Schlag traf, wie eine Vision, eine geheime Botschaft. Auf der Fahrt nach Hause sagte ich mir: Auch die Toten sind so, sie leuchten unsichtbar in uns.

Neulich abends, als ich nach einem Besuch bei meiner Mutter auf dem Heimweg war und die Sterne am Himmel betrachtete, fiel mir zu keinem einzigen sein Name ein. Wie oft war mir von meinen beiden Eltern erklärt worden, woran ich die zur Navigation wichtigen Sterne erkennen könnte, und wie hatte mir die Litanei ihrer Namen gefallen, die die Pioniere der Luftfahrt aufzusagen wussten (»Capella, Castor, Pollux, der Kleine und der Große Hund…«) und die schon vor ihnen unter anderen Bezeichnungen und in vielen anderen Sprachen ein Begriff gewesen waren, den frühen Seefahrern und Entdeckern zum Beispiel – Magellan, Kolumbus, Cortez und all den gehörnten und behaarten Wikingern in meinen Kinderbüchern: Leif der Glückliche, Erik der Rote. Ich vergesse dieses einmal erworbene Wissen immer wieder, wohl, weil es für mich nicht von solcher Bedeutung ist wie für meine Eltern oder die Wikinger. Und ich versuche, mir meine eigene Vergesslichkeit zu vergeben, denn wenn mir die Namen der Sterne auch nicht immer geläufig sind, bleibt es doch eine Tatsache, dass die Sterne ihre Namen selber ebenfalls nicht wissen.

Als ich also an jenem sternenklaren Oktoberabend vom Haus meiner Mutter zu meinem eigenen ging, war ich mit meinen Gedanken mehr bei dem Abend, den ich gerade mit ihr verbracht hatte, als beim Himmelszelt. Sie hatte wieder von mir verlangt, ich möge sie »nach Hause bringen«, und diesmal hatte ich ihr die Wahrheit gesagt: dass ich sie nicht verstünde. Wenn sie so redet, bemühe ich mich meistens, auf sie einzugehen (»Es ist zu spät, jetzt noch irgendwohin zu fahren« oder »Aber du *bist* doch zu Hause, Mutter«), doch dieses Mal wollte ich mit einer Frage versuchen, mit der Frage nämlich, die mir in solchen Augenblicken immer in den Sinn kommt: »Was meinst du damit?«

»Ich meine mein Zuhause!«, antwortete sie laut und mit Nachdruck. Was um Himmels willen sollte sie sonst meinen? Wie dumm war ich eigentlich?

Und doch beharrte ich auf einer klaren Antwort. »Aber Mutter, du bist doch an so vielen Orten zu Hause gewesen, und dieses Haus ist eines davon. Ich begreife nicht, was du mir sagen willst, obwohl ich mir alle Mühe gebe. Wenn du ›nach Hause‹ sagst, frage ich mich manchmal, ob das ein realer Ort oder eine Metapher ist. Weißt du es denn? Ist es ein bestimmtes Haus oder mehr ein Gefühl?«

Sie schwieg, überlegte und antwortete dann: »Es ist ein Gefühl.«

Endlich! Vielleicht kamen wir jetzt der Wahrheit näher. Wenn ich sie andererseits gefragt hätte, ob sie mit »nach Hause« Connecticut meinte, wäre ihre Antwort vermutlich »Es ist Connecticut« gewesen. Bisweilen formuliert sie eine beliebige Frage, die man ihr stellt, in eine Forderung um: »Möchtest du ins Bett?« »Ich möchte jetzt ins Bett.« »Hast du Hunger?« »Ich habe Hunger.« Also kann ich mir nicht sicher sein, ob ich jetzt klüger bin als zuvor.

»Kannst du mir nicht helfen?« Sie beugte sich zu mir herüber und legte ihre Hand – wie blutleer sie war! – auf meinen Arm.

»Ich weiß nicht, ob ich das kann… Ich glaube, ich verstehe das alles nicht so ganz.« Ich wollte ihrer Frage ausweichen, und das entging ihr nicht.

»Kannst du es nicht wenigstens *versuchen*?«

Ich lächelte, bemühte mich, mir etwas einfallen zu lassen, aber ich zögerte zu lange. Sie wurde ungeduldig.

»Du hilfst mir überhaupt nicht!«, schalt sie.

Ich musste lachen. Ich konnte einfach nicht anders, und dieses Lachen brachte uns auf andere Gedanken. Wir lasen eine Weile zusammen in *Der erleuchtete Rumi*, einem Buch, das mir mein ältester Stiefsohn, Eli Tripp, im vergangenen Jahr zu Weihnachten geschenkt hat. Ich mag Rumi, weil die Gedichte dieses Sufimeisters aus dem dreizehnten Jahrhundert gleichzeitig unsinnig und weise sein können, mal absoluten Sinn ergeben und andererseits überhaupt keinen Sinn enthalten. Er ist in dieser Zeit genau das Richtige für uns, für meine Mutter und mich. Wir lesen Gedichte über Wahnsinn und Heiligsein, Gedichte über Flügel und Gedichte über Wasser, über Trunkenheit, über Feuer. Auf der Mitte einer Seite war eine kleine Zeichnung von einem Scheiterhaufen, und meine Mutter zeigte darauf.

»So fühle ich mich«, sagte sie.

Es war Unsinn, aber ich konnte es ihr gleichzeitig nachempfinden. Also nickte ich.

»Ja, das kann ich mir vorstellen. Irgendetwas brennt in dir, eine Glut, die dich verzehrt«, sagte ich.

Sie behielt die Hand auf meinem Arm und streichelte ihn, während ich weiterlas, und nach einer Weile schien sie ganz langsam zu mir herüberzusinken. Ich glaubte, sie würde einschlafen, also blickte ich mich nach einem Kissen um, mit dem ich es ihr bequemer machen konnte oder nach einer Pflegerin, die mir half, meine Mutter ins Bett zu bringen. Aber sie war nicht eingenickt, denn im nächsten Augenblick spürte ich ihre Lippen auf den Haaren und auf der Haut meines Armes. Sie liebkoste meinen Arm, küsste ihn immer wieder und murmelte dabei: »Ich glaube, du kannst mir helfen…«

Was? Was sollte das bedeuten? Was geschah hier? Ich hörte zu lesen auf. Sie hob den Kopf, sie sah so weiß und so müde aus. Mir wollten nicht die rechten Worte einfallen, und ich wehrte mich gegen das, was mir in den Sinn kam: zu abhängig, zu anlehnungsbedürftig, zu überspannt, das war sie nicht, so kannte ich sie nicht. Ich blickte ihr ins Gesicht, vertiefte mich in jedes Detail, war erschrocken über das, was ich sah. Da war ein winziges orangefarbenes Fitzelchen in ihrem Mundwinkel, ein Stück Mohrrübe vielleicht oder auch Apfelsine, und gleich daneben ein Speichelbläschen. O Gott, dachte ich, bloß nicht. Das darf nicht sein. Was immer es sein mag, lass es bitte aufhören.

Ich berührte ihr Gesicht, strich ihr das Haar glatt, tätschelte zärtlich ihre Wange, küsste sie, sog den Geruch ihrer trockenen, glatten Stirn in meine Nase – das alles erkannte ich wieder. Diese Weichheit, dieser Geruch vertrauter Haut an meinem Gesicht, das ändert sich nie. Das bleibt, ohne dass ein Wort darüber verloren werden muss und sticht einem mitten ins Herz.

Auch die Lebenden leuchten in uns, Mutter, ob sichtbar oder unsichtbar, und du in mir.

3 *November 1999*

Die Biene, die geht
Zur Aster, versteht
Dezembernot;

Der Falter bunt
An Maßliebchens Mund,
Dass nahe der Tod.

Die Fliege, noch sonnentrunken,
Dass der Sommer versunken.

Reife Beere am Strauch
Kennt ihr Schicksal auch.

In Gold und Rot
Schreibt sich der Tod.

Auf das Ende lausche
Im Lebensrausche.

ANNE MORROW LINDBERGH, »Letzter Ruf«,
aus: *Trage mich über die Flut und andere Gedichte*

Der Hamster ist gestorben. Es war einer von zweien, die Ben im Oktober vor drei Jahren von einem Schulfest mitgebracht hatte. Er nannte sie Squirrel und Nutkin, nach der Figur Squirrel Nutkin aus Beatrix Potters Kinderbüchern. Ich glaube, es ist Nutkin, den es ereilt hat, weil Ben das behauptet, denn ich habe die beiden nie auseinander halten können und bezweifle auch, dass er es konnte. Die beiden haben nicht zusammengelebt, sondern jeder in seinem eigenen Käfig, obwohl die Käfige nebeneinander auf Bens Kommode standen. Zwar waren die beiden als Geschwister zu uns gekommen, zwei chinesische Zwerghamster zu einem zauberhaften kleinen Knäuel zusammengerollt, doch nach einigen Monaten hatten sie begonnen, blutige Kämpfe miteinander auszufechten und mussten getrennt werden. Nach ihrem letzten Zwist blieb es an mir hängen, Wundheiltropfen mit einem Zahnstocher auf ihre winzigen, angerissenen Öhrchen zu tupfen, und ich musste dabei denken, dass nicht nur der große Schmerz unseres Mitleides bedarf, sondern dass wir dieses Mitleid auch dem allerkleinsten Weh zollen müssen.

Ich habe den toten Hamster gefunden, als ich am Morgen in Bens Zimmer kam, um ihn zu wecken. Der Hamster sah gar nicht so schlimm aus. Er war ein kleiner, pelziger Leichnam, der sich ganz bescheiden neben seinem Wasserspender gegen das Gitter seines Käfigs gelehnt hatte. Natürlich war er schon steif, wie ich feststellte, als ich die Hand in den Käfig steckte, um festzustellen, ob er wirklich tot war. Aber es war nichts Abstoßendes, nichts Entsetzliches an seinem Tod: keine Körperflüssigkeiten, keine grotesk verrenkten Glieder.

Ich musste dabei sofort an Sydney denken, den Hund meiner Schwester, der ebenfalls vor ein paar Wochen gestorben war. Sydney war ein Terrier, der sein Frauchen immerhin um sechs Jahre überlebt und es inzwischen auf das stattliche Alter von beinahe zwanzig Jahren gebracht hatte: für einen Hund ein wahrer Methusalem. Trotzdem lebte er Jahr um Jahr hartnäckig weiter und erfreute sich bis zu diesem Herbst guter Gesundheit, als seine Hinterbeine nicht mehr so richtig mitmachen wollten. Zuerst zitterte er, wenn er sich bewegte, und dann auch, wenn er sich ganz still verhielt. Später konnte er nur noch hoppeln, als wären ihm die Hinterläufe zusammengewachsen, obwohl sein Terrierschwanz noch unermüdlich wedelte, wenn er sich dahinschleppte. Mit seiner ungebrochenen Lebensfreude gab er uns allen ein Rätsel auf.

Annes Tochter Connie und ich brachten ihn dann zum Tierarzt, um ihn einschläfern zu lassen. Als er, warm eingewickelt, in eine alte schwarz-rot karierte Decke, schon auf der blanken Metallplatte lag, haben wir ihn noch am Kopf gekrault und in den Arm genommen. Dann der erlösende Stich der Nadel, und Sydney begann dahinzudämmern. Über Connies Wange lief eine einsame Träne.

»Ich musste gerade daran denken, wie wir ihn als Welpe bekommen haben, Tante Reeve«, entschuldigte sie sich, als wäre es ihr peinlich, während wir den Hund weiter streichelten und ihm beruhigende Worte zuflüsterten. Sydney atmete unter unseren Händen noch ein paar Mal ganz gleichmäßig, und im Raum hing eine Stille, als würde es gleich zu schneien beginnen. Dann hörte er zum ersten Mal seit vielen Wochen zu zittern auf, und kurz darauf rührte er sich überhaupt nicht mehr. Aber er war immer noch derselbe Hund, steckte immer noch in derselben Decke, immer noch streichelten wir ihn, und er fühlte sich genauso an wie vorher, nur dass er zu atmen aufgehört hatte und sich an der Stelle, an der er lag, nichts mehr rührte.

Die unerwartete Stille, die auf den künstlich herbeigeführten Tod folgte, empfand ich als Erleichterung. Es war ein Gefühl, wie ich es immer dann empfinde, wenn der Schnee leise und doch unaufhörlich fällt und nach und nach den Boden bedeckt und keinen Zweifel mehr daran lässt, dass eine neue Jahreszeit angebrochen ist. Ja. Jetzt war man ganz sicher. Der Herbst war ein für alle Mal vorüber. Der Winter hatte begonnen.

Wenn ich mich wie auch jetzt wieder, als ich über den Hamsterkäfig gebeugt stand, bei solchen Gedanken ertappe, erschrecke ich über mich selber. Was versuche ich hier eigentlich zu tun? Mich mit dem Tod zu arrangieren? Mit dem Tod des Hamsters, mit dem Tod des Hundes, mit dem bevorstehenden Tod meiner Mutter? Bereite ich mich schon auf meinen eigenen Tod vor? Wie kann überhaupt jemand glauben, dass er sich auf irgendeinen Tod einstellen könnte?

Ich weiß, dass mein Vater das versucht hat; und er ist (nicht zuletzt dank der umfangreichen Unterstützung vieler anderer Menschen) auch so gestorben, wie er es sich vorgestellt hatte, nämlich auf seiner geliebten Insel Maui und nicht in einem New Yorker Krankenhaus. Er hat sein Bestes getan, um alles genaustens und bis ins kleinste Detail vorzubereiten, indem er sich schon Jahre zuvor seine gewünschte Grabstätte auf dem alten hawaiianischen Friedhof von Kipahulu kaufte, die er uns dann in den leuchtendsten Farben schilderte: »Es ist ein wirklich traumhafter Platz, nicht weit vom Ozean entfernt, und in einer Ecke des Friedhofs steht ein wunderschöner, uralter Baum…« Ich fand das damals sonderbar, es klang wie der Text aus einem Prospekt für Urlaubsreisen in die Ewigkeit.

In seinem letzten Sommer, als er schon mehrere Monate lang krank gewesen war und die Ärzte ihm bereits mitgeteilt hatten, dass sie nichts mehr für ihn würden tun können, entließ sich mein Vater selber aus der New Yorker Klinik und arrangierte einen Krankentransport nach Maui, auf dem er neben seiner Frau auch von seinen drei Söhnen begleitet werden wollte, die aus allen Ecken der Welt angeflogen kamen, um auf dieser Reise bei ihm zu sein. Anne und ich blieben mit unseren kleinen Kindern in Maine. Während der letzten zehn Tage, die er auf Maui noch zu leben hatte, verhandelte er mit dem Totengräber, legte fest, welche Lieder bei der Beerdigung gesungen und welche Gegenstände zu ihm in den Sarg gelegt werden sollten: ein hawaiianisches Tapatuch, eine Decke von der Hudson Bay. Wie im Leben wollte er auch im Tod mit leichtem Gepäck unterwegs und immer auf das lokale Klima vorbereitet sein.

Gemäß hawaiianischer Tradition wurde mein Vater in einem

quadratisch angelegten, acht mal acht Fuß großen und zwölf Fuß tiefen Grab beerdigt, wobei um ihn herum und über ihm mehrere Schichten Lavagestein aufgehäuft wurden. Der Farmerssohn aus Minnesota, der den Atlantischen Ozean überflogen hatte, fand seine letzte Ruhestätte auf einem Felsen über dem Pazifik; der Pilot, der das Land, über das er flog, so sehr geliebt hatte wie die Flügel, die ihn trugen, ruht nun in der Erde auf halbem Wege zwischen Himmel und Erde.

Meine Mutter hat auf ihre eigene Weise Vorbereitungen getroffen. In den Jahren zwischen dem Tod ihres Mannes und ihrem eigenen körperlichen und geistigen Verfall wurde sie immer nachdenklich, wenn wir an einem der kleinen Friedhöfe von Neuengland vorbeifuhren. In der für sie typischen Art und Weise galt ihre Sorge eher ästhetischen als praktischen Gesichtspunkten. Mit Mitte siebzig begann sie sich ganz bewusst und penibel nach einer Stelle umzuschauen, an der es *angenehm* wäre, beerdigt zu sein.

»Hier ist es hübsch, findest du nicht?«, sagte sie dann zu mir und zeigte auf einen von Ahornbäumen beschatteten, durch eine abbröckelnde, niedrige Steinmauer von der Straße getrennten Friedhof am Rande einer kleinen Ortschaft in Vermont oder New Hampshire, wo sich die moosbewachsenen Grabsteine auf dem grünen Rasen einander freundschaftlich zuneigten. Immer wieder ließ sie sich darüber aus, ob sie sich einäschern und ihre Asche in alle Winde verstreuen lassen sollte. Sollte sie etwas davon auch über das Grab ihres Mannes in Maui verteilen lassen? Nach fünfundvierzig gemeinsamen Jahren erschien es angebracht, dass auch sie an seiner letzten Ruhestätte vertreten wäre, doch auf keinen Fall wollte sie, dass all die schweren Lavabrocken wieder aus seinem Grab herausgeschaufelt würden, damit man sie in einem weiteren schweren Sarg mit in sein Grab senken konnte. Das könnte seinen Frieden stören.

Mir scheint es, als hätte meine Mutter immer ein zarteres, empfindsameres Gemüt gehabt als mein Vater obwohl es ihr an Widerstandsfähigkeit nie gemangelt hat. (Sie mochte vielleicht sogar mehr davon besessen haben als mein Vater.) Ich schätze, dass ihre Seele sich an der Oberfläche der Dinge wohler fühlen würde als die seine, um zu ihrem allerletzten Flug abzuheben. Trotz seiner langen Laufbahn als Flieger war mein Vater immer am glücklichsten, wenn er festen Boden unter den Füßen hatte. Meine Mutter ist da anders. Ich möchte mir nicht ausmalen müssen, dass ihre Seele unter dem Gewicht schwerer Steine um Erlösung kämpft.

Meine Mutter ist durch ihre Herkunft und Erziehung durch und durch Neuengländerin, und ich glaube, sie hat Hawaii stets als zu üppig für ihr puritanisches Blut empfunden – jene beinahe unanständig warme und fruchtbare Landschaft, die eine ungezähmte, prachtstrotzende Vegetation hervorbrachte. Die meisten der dort heimischen Pflanzen gediehen im Nordosten der Vereinigten Staaten – wenn überhaupt – nur als kümmerliche Abbilder ihrer selbst und auch nur während der Sommermonate, in einer Miniaturausgabe als Topfpflanze oder in klimatisierten Gewächshäusern, hinter deren eisbedeckter Scheibe die Gewächse mit exotischen Namen wie Blütenschweif, Bougainvillea oder Paradiesvogel dazu bestimmt waren, ungewärmt in ihrem bunten Blütenkleid zu zittern. Wenn man sie einäschern würde, könnte meine Mutter einen Kompromiss eingehen und sich hier und dort verteilen lassen: Etwas von ihr bliebe in Hawaii bei meinem Vater, ein wenig in der Schweiz, wo sie dreißig glückliche Sommer verbracht hatte; ein wenig vielleicht auch in dem vertrauten, erfrischenden und salzigen Wasser der Penobscot Bay in Maine oder in den sumpfigen Meeresarmen von Connecticut, den Brutstätten der Wasservögel, denen sie fünfzig Jahre lang Futter gebracht hatte. Sie konnte sich ganz und gar dem Meer darbringen, es sei denn, sie entschlösse sich, ihre Asche als Dünger im Herbst mit den Blumenzwiebeln einpflanzen zu lassen, um sie im Frühling noch schöner erblühen zu lassen.

Beim Tode meines Sohnes Jonny hatte es keinerlei Möglichkeit gegeben, Vorkehrungen zu treffen, wenn man davon absieht, dass der heftige Ausbruch seiner Gehirnhautentzündung im Alter von fünf Monaten so etwas wie ein Vorbote seines nahenden Todes war. Die Krankheit bedeutete das Ende seines Daseins als gesundes Baby, das er zu sein schien, und den Anfang einer schleppenden Krankheit, die seinen tatsächlichen Tod eineinhalb Jahre später vorwegnahm. »Er ist zweimal gestorben«, hat eine gute Freundin zu mir gesagt, und ich glaube, sie hatte Recht. Aber der erste Tod war keine Probe gewesen, und seine Wiederholung brachte uns keinerlei Trost.

Wie bei meinem Vater gab es bei meiner Schwester wenigstens einige warnende Vorzeichen. Anne kannte die Statistiken, es war ihr offen und ehrlich gesagt worden, wie ihre Chancen stünden. Sie war tapfer und sehr direkt. In dem Testament, das sie in den ersten Tagen der letzten Phase ihrer Krankheit unterzeichnete, schrieb sie ganz unverblümt, dass sie hoffte, ihre Familie würde »den Mumm haben«, die lebenserhaltenden Maßnahmen abbrechen zu lassen, falls und wenn ihre Stunde gekommen war.

Aber es ist nicht Mumm, den man nötig hat, wenn ein geliebter Mensch im Sterben liegt. Es ist Klarheit. Für den nicht unmittelbar Betroffenen ist es leicht, mutig zu sein. Es ist schwer, etwas in der richtigen Perspektive zu betrachten, und es wird zunehmend schwieriger. Klarheit ist es, was im kritischen Moment zuallermeist fehlt.

Und was *ist* dieser kritische Moment? Woran erkennt man, dass »die Stunde gekommen« ist? Wann ist dieser Zeitpunkt? Und wer entscheidet darüber? Und dann bleibt die Frage, was für ein Mitglied der Familie angemessen – oder auch zumutbar – ist, um die Wünsche eines Sterbenden zu erfüllen. Der vitale Patient, der bei klarem Verstand kurz nach der Diagnose, wenn die Aussicht auf den Tod verschwommen, ungreifbar und in weiter Ferne ist, sein Testament aufsetzt, ist nicht derselbe Patient, der um schmerzlindernde Mittel fleht, nach etwas Flüssigkeit japst, im Delirium schreit oder still daliegt, während sich nur sein ausgetrockneter Mund auf unerklärliche Weise immer und immer wieder öffnet und schließt. Was bedeutet an diesem Punkt »helfen«? Was hat noch Bedeutung?

»Hilf mir!«, flüstert mir meine Mutter an diesen Herbstabenden mit heiserer Stimme zu. Wie denn?, möchte ich sie fragen. Wie denn? Wie denn? Wie denn? Ich weiß doch gar nicht mehr, wer du bist. Und ich weiß auch nicht mehr, wer ich bin. Ich weiß nicht, was von einem Tag auf den anderen geschehen kann. Wie kann ich dir da helfen?

Und doch pilgere ich jeden Tag den Hügel hinauf und setze mich zu ihr, meistens am Abend, außer, ich bringe es nicht über mich, weil am Vortag etwas vorgefallen ist, das mich davon abhält. In solchen Fällen genehmige ich mir einen freien Tag, bleibe zu Hause und plage mich mit Schuldgefühlen, um mich dann am nächsten Tag wieder reuevoll auf den Weg zu machen. Aber an den meisten Tagen gehe ich den Hügel hinauf, und dann sitzen wir für eine Stunde oder zwei zusammen. Mir fällt nichts anderes ein, was ich für sie tun könnte – und auch nicht, was ich jetzt für mich selber tun könnte.

Am Tag, nach dem wir die Rumi-Gedichte gelesen hatten, schrieb ich zwei davon, die mir vom Vorabend noch im Gedächtnis waren und besonders gut gefallen hatten, mit der Hand ab. Ich wollte sie mit zu mir nach Hause nehmen und über sie nachdenken. Als ich ins Zimmer kam, las meine Mutter, aber sie hielt damit inne und drehte sich zu mir hin, um mir zuzusehen, wie ich die Gedichte Zeile für Zeile abschrieb. Ich wusste, dass sie mich beobachtete, also zeigte ich ihr das Blatt Papier mit den beiden Gedichten, nachdem ich mit der Abschrift fertig war. Sie nahm sich viel Zeit, um sie alle beide durchzulesen, nickte dann und legte den Zettel auf die Tischplatte vor sich, um wieder zu ihrer eigenen Lektüre zurückzukehren. Ich wollte wissen, um was es sich dabei handelte, und warf einen Blick auf das Buch.

An diesem Abend las sie in *Lebendiger Buddha, lebendiger Christus* von Thich Nhat Hanh. Sie schien sich sehr eingehend mit dem Buch zu beschäftigen, so, wie sie es mit Gebetsbüchern tut, in denen sie sich ein einzelnes Gebet heraussucht und es dann immer und immer wieder durchliest. Einen Augenblick später hielt sie mir das aufgeschlagene Buch hin und zeigte mit dem Finger auf einen Absatz auf der rechten Seite.

»Lies das«, sagte sie. Ich nahm das Buch, und sie musterte mich erwartungsvoll, während ich las. In dem Absatz ging es um Meditation. In der klaren, poetischen Sprache, für die der Autor bekannt ist, wurde darin die Bedeutung von Meditation im Alltag erläutert. Als ich die Textstelle gelesen hatte, gab ich das Buch meiner Mutter mit einem anerkennenden Kommentar zurück. (»Ja«, oder »Das ist wirklich hochinteressant«, oder »Danke, dass du mir das gezeigt hast.«)

Diesmal nahm sie die Lektüre nicht wieder auf. Unerwartet begann sie sich mit mir zu unterhalten.

»Glaubst du daran?«, wollte sie wissen.

»Ja, ich denke schon«, antwortete ich.

»Ich glaube daran«, sagte sie. »Aber ich praktiziere es nicht.«

»Ich weiß nicht so recht«, protestierte ich und dachte an etwas, das vielleicht sowohl in Hinblick auf meine Mutter als auch auf Meditation im Allgemeinen galt. »Ich glaube, das tust du doch, Mutter. Schweigen ist eine Form der Meditation… Lesen ist eine Form der Meditation…«

»Meditierst du denn?«

»Nein, ich glaube nicht… doch, ein wenig vielleicht, aber nicht bewusst.« Ein paar klägliche Gedanken. Ich wollte aufrichtig sein, aber in diesen Tagen bin ich vor allen Dingen eines: unsicher.

Wir beide saßen eine Weile schweigend da, dann sagte sie etwas, aber viel zu leise, um es zu verstehen.

»Wie bitte?«, sagte ich.

»Ich glaube, du lebst es«, sagte sie zu mir.

Ich war dankbar und fühlte mich gleichzeitig unwohl. Wie gut es mir tat, zu wissen, dass sie sich Gedanken über mich machte! Aber wie bei den Küssen auf meinen Arm neulich schien sie mir schmeicheln zu wollen, und Schmeicheleien bedeuten mir nichts. Ich glaube nicht an sie. Und vor allem will ich sie nicht von meiner Mutter hören, nicht an diesem Punkt unserer Beziehung jedenfalls, an dem ich mir jeden Tag aufs Neue klarmachen muss, ob sie weiß, wovon sie redet oder nicht.

»Ich weiß nicht«, wiederholte ich und dachte mir, dass wenigstens das der Wahrheit entsprach. Ich weiß wirklich nicht viel. Viel zu oft passiert es mir, dass ich gar nichts weiß.

Wir aßen dann gemeinsam zu Abend und setzten uns danach noch einmal zusammen, bis meine Mutter scheinbar zum ersten Mal das Blatt mit den Rumi-Gedichten darauf wahrzunehmen schien. Sie nahm es in die Hand und faltete es akkurat in der Mitte, dann noch einmal, beide Male mit solcher Sorgfalt, als wolle sie ein zartes kleines Kunstwerk daraus erschaffen, eine Schneeflocke aus Papier etwa oder einen Origami-Kranich. Nachdem sie so lange damit fortgefahren war, bis das Papier sich beim besten Willen nicht noch einmal in der Mitte knicken ließ, faltete sie das Blatt auseinander und zerriss es bedächtig entlang der gefalzten Linien.

Ich sah verblüfft zu, wie sie meine Abschrift in aller Ruhe und mit viel Sorgfalt in viele, viele kleine, ebenmäßige Papierstückchen zerlegte. Mindestens fünfzig solcher kleiner Schnipsel waren daraus entstanden, dachte ich, bis mir einfiel, dass ihre Zahl ja durch vier teilbar sein musste, weil sie jedes neu entstandene Rechteck wieder in der Mitte geknickt hatte und so fort. Also insgesamt vierundsechzig Papierfetzen, schätzte ich, ein Haufen Konfetti in ihrem Schoß, den sie wie einen Picknickkorb mit ihrer geblümten, blauen Stoffserviette bedeckte und dann ihre beiden Hände darauf legte, sodass nichts mehr davon zu sehen war. Dann warf sie mir einen flüchtigen und doch herausfordernden Blick zu. Für wen hielt sie mich jetzt? Ich hatte keine Ahnung. Wer war sie jetzt für mich?

Als Nächstes öffnete sie den Verschluss der runden Perlmuttbrosche, die ich ihr einmal aus Florida mitgebracht hatte, nahm sie ab und stopfte sie sich in den Ausschnitt ihrer Bluse, direkt an die Haut ihres Halses. Ich sah ihr kommentarlos dabei zu, bemühte mich, während der ganzen Zeit eine wohlmeinende, freundliche Miene zu bewahren, leise und gleichmäßig zu atmen, aber in mir spürte ich einen rasend schnellen Pulsschlag. Wo steckst du, Thich Nhat Hanh? Und was soll ich jetzt tun? Tief einatmen und ein Fels sein? Ausatmen und eine Blume? Ich kann immer noch atmen oder zumindest glaube ich, dass ich es kann, aber ich habe ganz und gar vergessen, wie ich zu sein habe.

Dann wandte sich meine Mutter plötzlich und vollkommen von mir ab, als hätte ich sie angeschrien. Ihre Bewegungen wurden verstohlen, ihr Körper schien sich zusammenzukrümmen, von mir wegzuwollen, ihr Mund bewegte sich in einem fort, ohne dass ein Ton daraus hervorkam. Ich versuchte, etwas zu hören, dann versuchte ich, von ihren Lippen zu lesen, falls sie mir doch etwas sagen wollte. Ich glaube zwar nicht, dass sie das wollte, aber nachdem ich eine Weile den Bewegungen ihres Mundes zugesehen hatte, war ich überzeugt davon, dass das Geräusch, das diese Bewegungen begleiten müsste, ein rhythmisches Summen sein müsste, etwa wie: »Mum-mumm mum-mumm mum-mumm mum-mumm.«

Mehr fiel mir nicht ein, obwohl ich sie sehr genau beobachtete. Ich beobachte immer sehr genau, obwohl ich, bisher jedenfalls, nicht viel dadurch in Erfahrung gebracht habe.

Trotzdem gibt es etwas, dass mich die Hoffnung nicht aufgeben lässt, solange ich mit meiner Mutter zusammen bin. Meine Hoffnung schwindet eher, wenn ich *nicht* bei ihr sein kann. Betrachte ich mein eigenes Leben in diesen Herbsttagen, habe ich bestenfalls das Gefühl, vollkommen in der Luft zu hängen. Oft bin ich traurig. Oft plagen mich Ängste, Depressionen, Ungeduld. Immer wieder komme ich mir wie gelähmt vor. Aber wenn ich bei ihr bin, neben ihr sitze und sie ansehe, ihr etwas vorlese, eine Mahlzeit mit ihr zusammen einnehme oder auch nur in ihrer Gegenwart atme, dann fasse ich neue Hoffnung.

Worauf? Worauf könnte ich hoffen? Ich kann diese Empfindung nicht erklären, aber ich denke, sie rührt von der einfachen Intimität des Zusammenseins her. Es tut mir gut, einfach nur neben meiner Mutter zu sitzen, die ich schon so lange kenne und liebe. Es tut mir gut zu sehen, dass ihr kleiner Körper immer noch einen Raum in meinem Leben und in der Welt ausfüllt. Auf eine ganz tief greifende Art und Weise beruhigt mich ihre körperliche Gegenwart, auch wenn sie in manch anderer Hinsicht gleichzeitig abwesend ist: geistig abwesend, seelisch abwesend, abwesend, wenn sie nicht mehr weiß, dass ich ihre Tochter bin, wenn *ich* weiß, dass ihre Abwesenheit von den Lebenden bevorsteht. Wegen all dieser Abwesenheiten mag ich nicht wieder zu ihr zurück, wenn ich erst einmal fort bin. Aber wegen der Intimität unseres Zusammenseins möchte ich auch nicht wieder fortgehen, wenn ich erst einmal bei ihr bin.

Ein französisches Sprichwort, das meine Mutter immer gerne zitiert hat, lautet: »Partir, c'est mourir un peu.« (»Fortgehen ist ein bisschen wie sterben.«) Dieser Satz ruft in mir die Vorstellung von Liebenden im alten Europa hervor, die sich in Schwarzweißfilmen mit Untertiteln in Trenchcoats und unter Tränen voneinander verabschieden, von Dampfzügen und Bahnsteigen und anmutigen weißen Armen, die ein letztes Mal aus dem Fenster des abfahrenden Zuges winken. Sooft ihm dieser Satz zu Ohren kam, pflegte mein französischer Schwager grinsend hinzuzufügen: *»Et mourir, c'est partir tout a fait…«* (»Und sterben ist wie für immer fortgehen.«)

Sterbefälle und Abschiede beginnen nun aufeinander zu reflektieren und einander zu repräsentieren, sodass ich, wenn ich am späten Abend den Hügel zu meinem Haus hinuntergehe, in dem mein Sohn sich noch über seine Schularbeiten beugt, mein Mann vor dem Fernseher sitzt und unser kleiner Hund neben ihm auf dem Sofa schläft, mich in der Finsternis des Abends frage, eine Finsternis, die mir so geheimnisvoll und unendlich, so riesig und so allumfassend vorkommt, die Leben und Tod und die Sterne und die Kälte der Nacht zu umschließen scheint: »War dies der letzte Abend?«

Aber es ist nie der letzte Abend. Es gibt immer wieder einen neuen Morgen, an dem meine Mutter aufwacht und an dem ich mich frage, ob sie denn noch weiß, wer sie ist. Schläft sie abends mit der vertrauten Identität ein und weiß am Morgen mit ihrer neuen nichts anzufangen? Manchmal ist sie beim Aufwachen schlechter Laune. Manchmal ist sie traurig, manchmal vollkommen verwirrt und desorientiert, manchmal klagt sie über Schmerzen. An anderen Tagen wiederum ist sie guter Dinge und bleibt lange im Bett liegen, um mit sich selbst zu sprechen oder sich selber etwas vorzusingen, so wie es meine Kinder taten, als sie noch klein waren und außer ihnen am frühen Morgen alles im Haus noch schlief. Wenn meine Mutter ihren musikalischen Tag hat, dirigiert sie bisweilen mit rhythmischen Bewegungen ihrer Arme ein nur für sie sichtbares Orchester von ihrem Sessel im Wohnzimmer aus. Und dann gibt es die Tage, an denen sie lächelt, wenn sie sich, immer tiefer über ihren Gehwagen gebeugt, das Gesicht beinahe parallel zum Boden, ganz, ganz langsam durch das Zimmer bewegt.

In jüngster Zeit fiel es ihr zunehmend schwerer, überhaupt aufzustehen, und als ich eines Vormittags zu ihr ins Zimmer kam, um nach ihr zu schauen, sah sie so grauenhaft aus, dass ich glaubte, ihr Tod stünde unmittelbar bevor, dass sie diesen Tag unter keinen Umständen überleben würde. Ihre Augen steckten in tiefen Höhlen, sie wirkte ganz ausgetrocknet, und ihre Haut spannte sich so über ihr Skelett, als sei alle Flüssigkeit aus ihr gewichen und nichts wäre mehr zwischen Haut und Knochen. Nur ihre Wangen waren weiß und aufgedunsen wie der Bauch eines Kugelfisches. Aus halb geöffneten Augen starrte sie mich an, aber ich hatte nicht das Gefühl, dass sie etwas wahrnahm. Sie schien überhaupt nichts mehr zu empfinden, bloß noch vor sich hin zu atmen. Wie konnte sie in einem solchen Zustand eine weitere Stunde überleben, geschweige denn einen ganzen Tag? Und doch ist sie an diesem Tag aufgestanden, hat gefrühstückt, sich wie üblich mithilfe ihrer Pfleger angezogen und hat sogar mehrfach das Zimmer durchquert. Als ich sie am späten Nachmittag besuchte, trank meine Mutter gerade Tee.

»Möchtest du Zucker?«, fragte sie mich.

Einige Tage darauf baten wir einen Pfleger der örtlichen Altenhilfe, einmal in der Woche bei meiner Mutter vorbeizuschauen, weil ihre eigenen Pfleger der Meinung waren, die gesundheitliche Entwicklung meiner Mutter sollte über die regelmäßigen Besuche ihres Hausarztes hinaus in kürzeren Abständen beobachtet werden. Die Pfleger glauben, dass für meine Mutter nun das eigentliche Sterben beginnt.

Ich fragte Ann Cason, die Leiterin des Pflegeteams, woher sie das wusste.

»Es passiert zu viel auf einmal«, antwortete sie. »Ich schätze, sie hat noch ungefähr sechs Monate, wenn nichts Unvorhergesehenes eintritt, wie ein Aneurysma beispielsweise.«

»Sechs Monate?«

Ich sah Ann an, sie mich, und wir mussten beide kichern. Ann Casons Pflegeteam, ja die ganze Organisation, die sie aufgebaut hat, sind weithin als *Helfender Kreis* bekannt. Ann kann auf jahrzehntelange Arbeit als Krankenpflegerin, sowohl in den Vereinigten Staaten wie auch in Kanada, zurückblicken. Ihre Arbeit beruht auf buddhistischen Prinzipien, die sie mit ihren eigenen Erfahrungen und ihrem Wissen ergänzt.

Aber wir mussten trotzdem kichern. Wie oft war in den vergangenen sechs oder sieben Jahren einer von uns der festen Überzeugung gewesen, dass für meine Mutter das »letzte Jahr ihres Lebens angebrochen war«, sie »nächstes Jahr wohl nicht mehr bei uns sein« dürfte, dass es »mir ihr zu Ende ging«. Aber es hatte sich nie bewahrheitet. All ihren langjährigen Erfahrungen zum Trotz hatte Ann im letzten Jahr verkündet, sie würde sich auf keine weiteren Prognosen einlassen, und ich konnte ihr nur beipflichten. Ich begann über den Gesundheitszustand meiner Mutter anders zu denken und vertraute diese Gedanken, in der Hoffnung, dass uns damit geholfen würde, auch Ann und meinen Brüdern an. Unsere Mutter stünde nun seit so vielen Jahren an der Schwelle des Todes, meinte ich, aber das sei vielleicht eine Art *örtlicher* und nicht unbedingt zeitlicher Nähe. Sie geht an einer Grenze entlang, ganz dicht an der Demarkationslinie, aber wir können nicht wissen, wann sie – aus eigener Entscheidung oder wenn ihre Stunde gekommen ist – diese Linie überschreitet. Bis dahin können wir uns sämtliche Prophezeiungen sparen. Wir können keine Pläne für sie machen, sondern müssen selber ein solches Leben im Grenzbereich führen und zu beiden Seiten gewisse Zugeständnisse machen – ein bisschen Leben hier, ein wenig Tod dort. Wir müssen noch einmal ihr Testament durchsehen und eine Liste all ihrer wichtigen Besitztümer anfertigen, um zu wissen, was da ist und was sie noch getan haben will. Aber selbstverständlich dürfen wir nichts davon antasten, denn diese Dinge sind immer noch ihr persönlicher Besitz. Wir sollten uns bereits einen Beerdigungsunternehmer aussuchen, uns nach Notizen umschauen, die sie zum Thema Beerdigung gemacht haben könnte. An welchem Ort möchte sie bestattet werden? Welche Bibelstellen sollen zitiert, welche Lieder gesungen werden? Aber wir dürfen noch nichts festlegen, denn noch lebt sie ja. Stattdessen sollten wir uns mit den täglichen Dingen befassen: ihren Essensplan zusammenstellen, vielleicht eine kleine Feier für sie ausrichten, den Besuch einer Freundin aus früheren Tagen arrangieren. (Und zwar alles recht bald – aber keine Prophezeiungen!)

Aber wir stellen doch Prophezeiungen an. Sechs Monate, meint Ann. Bis Weihnachten, habe ich gestern gedacht. Noch bevor ich euch Ende Januar besuchen komme, hat mein Bruder Land heute Morgen zu mir gesagt. Ist es nur Wunschdenken, wie es Land neulich abends genannt hat? Möchten wir, dass dieses lange Sterben ein Ende hat? Wir spüren, dass es bald ein Ende haben wird, wir spüren, dass es an der Zeit ist, dass es ein Ende hat, und dann … ist es doch noch nicht vorüber, immer, immer und immer noch nicht. Und das erschöpft uns.

Ahnt meine Mutter etwas davon? Spürt sie, dass die Menschen um sie herum, die Menschen, die sie lieben, ihren Tod herbeisehnen? Weiß sie, dass wir glauben, auch sie müsste ihn sich herbeiwünschen? Ich kenne die Antwort darauf nicht. Ich bin mir auch nicht sicher, ob das, was ich mir wünsche, wirklich der

Tod meiner Mutter ist, aber ganz bestimmt möchte ich, dass diese Tortur für sie ein Ende hat – und auch für mich. Das wünsche ich mir, aber ich weiß, dass ich, wenn es soweit ist, nicht unbedingt Erleichterung oder Befreiung empfinden werde, oder vielleicht nur für eine kurze Zeit. Ich weiß, dass mir am Ende dieser Qual Trauer bevorsteht, und auch, dass Trauer lange währt und alles andere als leicht zu ertragen ist. Ich kenne mich mit Trauer aus, und ich fürchte mich vor ihr, aber andererseits sehe ich ihr auch schon hoffnungsvoll entgegen. Sie wird zumindest eine Veränderung bringen.

Arthur, der neue Pfleger, hat meine Mutter neulich zum ersten Mal untersucht. Er hat eine freundliche, unaufdringliche Art und kann sich einer soliden Professionalität rühmen, ebenso wie eines gepflegten rötlichen Bartes. Ich habe gleich gemerkt, dass er meiner Mutter sympathisch war. Häufig streckte sie ihm die geöffnete Hand entgegen, als wollte sie, dass er sie nähme, und schließlich hat er es für einen kurzen Moment auch getan. Während der Untersuchung saß ich den beiden auf der anderen Seite des Raumes gegenüber und sah zu, wie er meiner Mutter Fragen stellte, auf die sie mit einem Kopfnicken oder -schütteln antwortete.

Ob sie Schmerzen hätte?

Ein verneinendes Kopfschütteln.

Würde es ihr etwas ausmachen, wenn er ihr den Puls fühlte?

Wieder ein Kopfschütteln, diesmal noch energischer.

Dürfte er ihre Füße auf Schwellungen oder Hautblasen untersuchen?

Ein bejahendes Nicken, mit großem Nachdruck; auf und nieder und auf und nieder und auf und nieder.

Als Arthur sich verabschiedete, winkte ich meiner Mutter vom anderen Ende des Zimmers und warf ihr einen Kuss zu. Sie wischte sich mit der Hand über den Mund und winkte dann mit einem Arm zurück. Schließlich hob sie auch den anderen in die Höhe, um damit zu winken, zunächst von rechts nach links, wie Königin Elizabeth es hinter der Scheibe ihrer Limousine tut.

Dann wurden kleine, winkende Bewegungen der einzelnen Finger daraus, Bewegungen wie kräuselnde Wellen, die mich an die Fingerspiele erinnerten, die ich vor vielen Jahren meinen Schützlingen im Kindergarten beigebracht habe: zunächst einzelne Finger, dann ein paar zusammen, schließlich einer nach dem anderen in rascher Folge wie beim Spiel der Tonleiter auf dem Klavier.

Ich ahmte ihre Bewegungen mit meinen eigenen Fingern nach, als wäre ich ihr Spiegelbild, dann nahm ich auch die Arme dazu und dirigierte in gemäßigtem Tempo das unsichtbare Orchester; sie tat es mir nach. Meine Bewegungen wurden immer ausladender, und ich begleitete sie mit tiefen Atemzügen. Auch sie gestikulierte immer heftiger, aber bei ihr wirkte es mühsamer, flatteriger, wie bei einem flügellahmen Vogel.

»Das ist gut für die Atmung, Mutter«, rief ich ihr zu. (Warum, oh warum nur muss ich immer alles kommentieren?)

Wir machten dann noch eine Weile so weiter, bis ich die Arme sinken ließ und sie in meinen Schoß legte. Sie tat dasselbe. Es war ein Tanz der Hände über ihr Zimmer hinweg gewesen, doch dieser Tanz war nun vorüber.

Es herrschte tiefe Stille, als ich an diesem Abend das Haus meiner Mutter verließ, um zu meinem eigenen zurückzugehen. Die Luft roch nach Schnee.

4 *Dezember 1999–Januar 2000*

Ich versuche mich an den Horizont hinter dem Meer zu erinnern. Das scheint kein so schwieriges Unterfangen zu sein, aber ich vermag in meiner Erinnerung nie mehr dieses grenzenlose Gefühl dessen, was sich hinter der Kante befindet, heraufzubeschwören.

ANNE MORROW, »Ferne schafft Verzauberung«, in*: The Wheel,* Miss Chapin's School, März 1924

Wir haben fünfzehn Zentimeter Neuschnee. Weihnachten ist gekommen und vorbeigegangen, und meine Mutter ist nach wie vor sehr wohl am Leben. Es ist jetzt Mitte Januar und sehr kalt; in der Nacht fällt das Thermometer manchmal bis auf zwanzig Grad unter null. Meine Mutter schläft und isst und sitzt in ihrem Sessel. Bisweilen spricht sie, dann wieder nicht. Ich kann mir nicht vorstellen, dass sie noch so viel Freude am Lesen hat wie vor zwei Monaten. Es gibt zwar Augenblicke, in denen sie sich in ein Buch vertieft, aber ebenso oft blickt sie nur im Raum umher und starrt das Kaminfeuer an. Ich habe das Gefühl, dass sie auf genau dieselbe Art auf diese Stelle starren würde, wenn es gar kein Feuer und auch gar keinen Kamin gäbe – wie eine Frau, die aus dem Fenster oder aufs Meer hinausschaut und deren Blick auf einen bestimmten Punkt am Horizont fixiert ist.

Während der letzten Wochen hat sie auch ihr Interesse an den näher liegenden Dingen entdeckt. Sie beschäftigt sich eingehend mit den Sachen auf dem Tisch vor ihr, den Sachen in ihrer Reichweite. Sie verbringt lange Zeit damit, die Steine und Muscheln und kleinen Tiere auf neue Weise zu arrangieren, und scheint vollkommen in dieser Beschäftigung aufzugehen.

In der Zeit vor den Feiertagen behielt ich das im Auge. Ich wollte meiner Mutter ein fingergerechtes Weihnachtsgeschenk kaufen, etwas, das sie immer wieder berühren konnte – so wie ihre Steine und Muscheln, das Plüschrotkehlchen oder das flache, hellgelb und schwarz gestreifte Samtkissen, von den Farben einer Biene, aber in der Form eines Fisches – ein Geschenk von Sue Gilman, einer ihrer Pflegerinnen.

Sue stammt aus Atlanta, Georgia. Wie alle anderen Mitglieder des Pflegeteams hat auch sie durch eine Kombination von Intuition, praktischer Erfahrung und Probieren ihre eigene Art und Weise gefunden, mit meiner Mutter umzugehen. Als meine Mutter eines Abends im Dezember besonders unruhig und missvergnügt wirkte, aber nicht mit der Sprache herausrücken wollte, was sie bedrückte, trug Sue sämtliche Bände mit Gedichten von Rilke zusammen, die sie im Haus finden konnte, und las sie gemeinsam mit meiner Mutter bis nach Mitternacht. Ein Gedicht ums andere, voll tiefer Einsicht und geheimnisvoller Romantik, lasen die beiden sich gegenseitig vor, während sich draußen die Winternacht über das Haus legte.

»Ich habe geglaubt, dass wir so dem Anlass für ihr Unbehagen auf den Grund gehen würden«, sagte Sue später zu mir. »Ich wollte einfach wissen, was los ist.« Es schien zu wirken, obwohl auch sein kann, dass die beiden so lange lasen, bis ihnen vor Müdigkeit die Augen zufielen. Auf jeden Fall fand meine Mutter endlich Schlaf.

So wenig man im Voraus sagen kann, welcher Ansatz von Erfolg gekrönt sein wird, wenig ist vorhersehbar, was meiner Mutter vom einen auf den anderen Tag wichtig sein könnte. In letzter Zeit hat das samtige Fischkissen besondere Bedeutung erlangt. Die Pflegerinnen und Pfleger nennen es ihren »Summfisch«. Zu bestimmten Zeitpunkten des Tages nehmen sie ihn vom Tisch und drücken ihn ihr in die Hand; während der Vorbereitung zum Essen beispielsweise, wenn die anderen alle Hände voll zu tun haben und meine Mutter bei der Betrachtung des Kaminfeuers sich selber überlassen ist.

»Hier ist Ihr Summfisch, Mrs. Lindbergh. Wollen Sie ihn nehmen?«

Dann streckt sie die Hand aus und hält sich den Fisch an die Brust und liebkost ihn, schmiegt ihn an sich, als wäre er ein kleines Kätzchen, streichelt ihn in einer endlosen, gleichmäßigen Bewegung immer und immer wieder von der Rückenflosse bis über die runde schwarz-weiße Bauchunterseite.

So etwas in dieser Art wollte ich ihr schenken, etwas Weiches, Kuscheliges, etwas, das sie immer wieder mit ihren Fingern würde berühren wollen. Und jedes Mal, wenn sie mein fingergerechtes Geschenk berührt, dachte ich, während ich in den Tagen vor Weihnachten in den Geschäften nach etwas Passendem suchte, wird sie auf eine gewisse Weise auch mich berühren, ob sie es nun ahnt oder nicht. Mir gefiel dieser Gedanke, und ich ließ mir verschiedene Möglichkeiten durch den Kopf gehen: Noch ein Plüschtier? Ein kleines Schächtelchen aus lackiertem Holz? Eine Halskette aus durchscheinenden Perlen?

Schließlich entdeckte ich an der Kasse unserer Stammbuchhandlung einen kleinen Korb, der auf den ersten Blick rundgeschliffene Steine zu enthalten schien, die sich als kleine Glaskügelchen von ungefähr zweieinhalb Zentimeter Durchmesser herausstellten. Sie erinnerten mich an die kleinen, von der Brandung glatt geschliffenen Glasscherben, die Anne und ich früher in Maine manchmal bei unseren Spaziergängen am Meer entdeckten.

Die Murmeln in dem Buchladen waren von Hand gearbeitet und hatten unterschiedliche Farben: Indigoblau, Flaschengrün, Violett oder farblos klar wie Wassertropfen. In jede war ein Wort geritzt, und zwar in einer Schrift, wie ich sie von alten Grabsteinen in Vermont oder von zeitgenössischen Büchern mit Titeln wie »Keltische Weisheit« kenne.

»Erlösung« las ich auf einer der Glaskugeln, »Einsicht« auf einer weiteren. Im Hinblick auf das lange Sterben meiner Mutter machten mich diese Worte nachdenklich, und als ich die beiden Kugeln in die Hand nahm, war ich beinahe schon überzeugt davon, das Richtige gefunden zu haben. Möglicherweise würde ich ihr auf diese Weise eine diskrete Hilfe in die Hand geben, die es ihr leichter machte, mit ihrem Leben abzuschließen, eine Botschaft, die sie durch ihre tastenden Fingerspitzen aufnehmen konnte und die dann in ihr Unterbewusstsein drang: Lasse dich erlösen, sieh ein, dass es an der Zeit ist, Abschied zu nehmen.

Nein, sagte ich mir, das konnte ich nicht tun. Was für ein Weihnachtsgeschenk von einer Tochter an ihre Mutter würde das denn darstellen? Das war ja, als würde ich ihr einen Schubs geben, einen Stoß in die Rippen, um sie näher an den Abgrund zu schieben, an dessen Rand sie schon das kleinste Lüftchen, der geringste Atemhauch in die Tiefe stürzen lassen konnte.

»Erlösung, Mutter.« *(Verstehst du, was ich damit sagen will?)* »Einsicht.« *(Falls du weißt, was ich meine.)*

Nein, besser nicht. Nicht zu Weihnachten.

Ich suchte in dem Körbchen nach Glaskugeln mit anderen Inschriften und wählte schließlich sieben mit weniger an den Tod erinnernden Begriffen aus: »Tapferkeit«, »Mut«, »Anmut«, »Harmonie«, »Einfühlung«, »Toleranz« und »Vertrauen«. Diese Worte, glaubte ich, würden meiner Mutter Kraft und Inspiration für ihr jetziges Leben geben, anstatt sie auf den Tod vorzubereiten. Dies schien mir eine passendere Botschaft für die Festtage.

Neben mir am Tresen stand mein Sohn Ben. Er war neugierig geworden und begann ebenfalls in dem Körbchen zu wühlen, um sich die Kugeln herauszusuchen, deren Botschaften ihm interessant erschienen. »Geld«, suchte er sich aus, dann »Macht«, »Ausdauer«. Ihm ging es nicht um Harmonie und tröstende Worte. Die Begriffe Erlösung, Einsicht und Tod gab es noch nicht in seinem Lexikon.

So viel ich aber auch in diesen Tagen über ihren Tod nachdenken mag – ich bezweifle, dass meine Mutter selber einen Gedanken daran verschwendet, ebenso wenig wie Ben. Sie spricht nicht mehr über den Tod, wie sie es noch vor sechs Jahren getan hat, nachdem Anne gestorben war. Aber sie hat auch damals nicht über Annes Tod gesprochen, sondern über ihren eigenen. Stundenlang lief sie im Zimmer auf und ab und redete davon, dass sie starb und wir den Arzt rufen sollten. Überall im Haus hinterließ sie Zettel mit den Worten »Ich sterbe…« und ihrer Unterschrift darunter: »Anne Morrow Lindbergh«.

Diese Hilferufe entdeckte ich nach und nach auf abgerissenen Einkaufslisten, auf Notizblöcken, auf der Rückseite alter Briefumschläge. Einer dieser Texte berührte mich ganz besonders: »Ich sterbe, aber in Frieden – sagt es meinen Kindern. Anne Morrow Lindbergh.« Ich habe das damals nicht geglaubt – weder, dass sie bald sterben, noch, dass sie es in Frieden tun würde, aber ich habe diesen Umschlag dennoch aufbewahrt. Er erinnerte mich daran, dass sie zumindest noch wusste, dass sie Kinder hatte.

Als Anne im Sterben lag, schien es Augenblicke zu geben, in denen unsere Mutter begriff, was vor sich ging. Einmal weinten wir gemeinsam in Annes letzter Lebenswoche, und sie nahm mich in den Arm und gab mir mit wenigen Worten echten Trost: »Du hast nichts verkehrt gemacht, Reeve.« Diese Worte in diesem Augenblick waren eine Labsal für mich. Ich habe sie in mein Tagebuch geschrieben, und später habe ich den Satz in dem Buch verwendet, das ich über unsere Familie schrieb.

Was sie allerdings am Tag von Annes Tod zu mir gesagt hat, habe ich nicht festgehalten. Es hatte mich eine ganze Zeit gekostet, bis ich den Mut aufbrachte, ihr zu sagen, dass Anne nun wirklich von uns gegangen war. Als ich es schließlich aussprach, sah sie mich nur abschätzig von Kopf bis Fuß an und sagte mit vorwurfsvoller Stimme: »Willst du *das* etwa zur Beerdigung anziehen?«

Heutzutage wäre eine solche Äußerung ihrerseits zwar immer

noch unangebracht, aber nicht mehr ungewöhnlich. Damals aber waren ihre Worte wie ein Stich in mein Herz. Ich konnte sie vor niemandem wiederholen, wollte nicht einmal vor mir selber eingestehen, sie jemals gehört zu haben. Zu jener Zeit glaubte ich noch, jedes ihrer Worte müsste zumindest einen Funken Wahrheit enthalten.

Heute aber bin ich der Meinung, dass sie oft nur ausspricht, was ihr gerade in den Sinn kommt. Dass ihre Worte von irgendetwas um sie herum ausgelöst werden. War ich an dem Tag, als Anne starb, etwa schlampig angezogen? Trug ich vielleicht Jeans und einen weiten Pullover? War mein Haar in Unordnung? Sah ich abgekämpft aus, weil ich so wenig geschlafen hatte? Oder hat sie dabei von sich selber gesprochen? War sie noch im Nachthemd, als ich ihr von Annes Tod berichtete? Hat sie an sich hinuntergesehen und einen Flanellärmel mit Rosenblüten und einem Spitzenbesatz am Handgelenk entdeckt?

Ich bin mir sicher, dass sie verstand, dass jemandem etwas ganz Schreckliches widerfahren war und dass von jemand anderem eine förmliche Geste dazu erwartet wurde. Alles Übrige war ihr wahrscheinlich vollkommen schleierhaft. Und möglicherweise war sie wie auch ich schockiert und wie vor den Kopf gestoßen.

Sie lebt in einer Art Schwebezustand, als befände sie sich im Mutterleib des Bewusstseins, in dem alle Gefühlsregungen und äußeren Gegebenheiten austauschbar sind: Identität und Anstand, Mode und Schicklichkeit, Tag und Nacht, Leben und Tod.

Jetzt allerdings spricht sie nicht mehr vom Tod, vom Sterben und von Ärzten. Von Zeit zu Zeit redet sie davon, dass sie zu heiraten gedenke. Vor einem Jahr erklärte sie, ihr größter Wunsch für das neue Jahr bestünde darin, wieder eine Ehe einzugehen. Und auch in diesem Jahr kam kurz vor Weihnachten dasselbe Thema zur Sprache. Mein Bruder Jon und seine Frau waren zu Besuch gekommen und schmückten gerade die kleine Tanne, die wir im Zimmer meiner Mutter aufgestellt hatten. Sie hängten kleine weiße Lichterketten und ihren skandinavischen Christbaumschmuck aus Holz, der schon so manches andere Heim gesehen hatte, an die Zweige, auf die meine Mutter wies. Eine Weile beobachtete meine Mutter Jon und seine Frau schweigend bei der Arbeit, aber dann fragte sie Jon, ob er sie liebte. Er versicherte ihr, dass er das täte. Als Nächstes fragte sie ihn, ob er sie denn heiraten wolle. Eine Pflegerin erklärte ihr behutsam, dass es sich um ihren eigenen Sohn handelte und dass dieser Sohn bereits verheiratet wäre. Soweit es mir bekannt ist, hat sie ihn nicht noch einmal gefragt. Aber sie hat mit ihren beiden anderen Söhnen auf dieselbe Weise gesprochen und mehr als einmal geglaubt, mit einem von ihnen verheiratet zu sein – so, wie sie bisweilen davon ausgeht, dass ich ihre Schwester oder ihre Mutter bin. Wenn sie dann aus ihrem verwirrten Zustand erwacht, manifestieren sich die individuellen Identitäten innerhalb unserer Familie wieder – oder lösen sich ganz und gar in Wohlgefallen auf.

»Muss ich denn jetzt noch meine Hausaufgaben machen?«, hat sie mich eines Abends in der vergangenen Woche gefragt, während wir zusammen beim Abendessen saßen. »Nein«, habe ich geantwortet, »heute Abend hast du keine Hausaufgaben auf.« »Gut«, hat sie gesagt. Mehr hatte sie nicht von mir hören wollen, wer immer ich für sie auch sein mochte.

Anstatt sie ihre Hausaufgaben machen zu lassen, las ich meiner Mutter einen kurzen Text vor, den mir meine Tochter per E-Mail aus dem College geschickt hatte. Er lautete:

Der Lehrer bat die Schüler, aus ein paar vorgegebenen Wörtern eine Definition des Begriffs *Frau* zu bilden.

Die männlichen Schüler ordneten die Wörter sämtlich auf eine Weise, ihre Klassenkameradinnen ausnahmslos auf eine andere.

Die Vorgabe lautete: *ein, eine, einen, Frau, gar, ist, Mann, nichts, ohne, sie.*

Die männliche Variante: *Eine Frau – ohne einen Mann ist sie gar nichts.*

Die weibliche Variante: *Eine Frau – ohne sie ist ein Mann gar nichts.*

Amüsiert las ich ihr den Text vor und reichte meiner Mutter dann den Zettel.

»Nun, was sagst du dazu?«, wollte ich wissen. »Welche Variante gefällt dir besser?«

Eine oder zwei Wochen lang hatte meine Mutter nicht mehr mit Worten mit mir kommuniziert; stattdessen hatte sie mit dem Finger gedeutet, genickt, den Kopf geschüttelt. Nun hob sie ohne Zögern einen Finger und tippte mit Nachdruck und ohne zu zögern auf die »männliche« Variante: Eine Frau – ohne einen Mann ist sie gar nichts.

Mist. Das war nicht die Reaktion, die ich mir gewünscht hatte. Auf eine törichte Art und Weise war ich von ihr enttäuscht und wollte es nicht wahrhaben. Obwohl ich wusste, dass es keinen Sinn hatte, wollte ich sie mit ihrer Entscheidung konfrontieren, sie dafür schelten, sie wieder in die Bahnen ihres früheren Selbst lenken. Ich wollte sie an ihren schmalen, gebeugten Schultern packen und sie schütteln, sie aufwecken, damit sie wieder wusste, wer sie war.

Du weißt doch, dass das Unsinn ist, Mutter! Eine Frau ohne ihren Mann ist vielleicht einsam; das weiß ich, weil du es mir gesagt hast. Natürlich bist du einsam gewesen, ja, du musst wohl auch wütend gewesen sein, nicht wahr? Ich wäre es jedenfalls gewesen! Dein Mann muss dir so frei wie ein Vogel vorgekommen sein, weil er immer weiter und weiter in jener Welt herumreisen konnte, die ihr doch beide zusammen auf Flügeln entdeckt hattet, als ihr noch Abenteurer, Verliebte, Partner wart… nur, um dann später, als eure Kinder geboren wurden, ans Haus gefesselt zu sein, um sie großzuziehen – was zunächst eine leidvolle Aufgabe war, weil du um dein Erstgeborenes trauern musstest und ganz allein gelassen wurdest mit den anderen, die nach ihm kamen. Wer würde sich da nicht einsam fühlen? Wer wäre nicht wütend? Wie hast du das geschafft? All die Zeit ganz auf dich allein gestellt! Aber du hast es geschafft. Du hast es getan. Du warst bewundernswert!

Wie kommst du also auf dieses *gar nichts? »Eine Frau ohne*

einen Mann ist gar nichts«? Blödsinn, Mutter! Das kannst du doch nicht wirklich glauben! Du warst während langer Zeiträume in eurer Ehe ohne deinen Mann, und ja, du warst einsam, aber du hast dir aus dieser Einsamkeit eine Lebenseinstellung geschaffen: Du warst unabhängig, geistig aktiv, kreativ. Du hast aus deiner Einsamkeit heraus ein Geschenk geschaffen, das du Millionen von Frauen machen konntest, indem du *Muscheln in meiner Hand* schriebst, Mutter. »Eine Frau ohne einen Mann ist gar nichts.« Das kannst du doch nicht wirklich meinen. Was ist denn nur los mit dir? Hör auf damit!

Hör auf damit. Hör auf damit, deine Prinzipien über Bord zu werfen, sei nicht anders, als du wirklich bist. Sei dir nicht fremd. Sei nicht schwach. Vergiss nicht, wer du bist. Gib nicht auf, wehre dich, stirb nicht, stirb nicht, stirb nicht... nach alledem. Vergib mir, Mutter, ich habe es nicht so gemeint... stirb bitte nicht!

»Wer genau ist eigentlich Anne Morrow Lindbergh?«, fragte mich Ben, als er von der Schule nach Hause kam und die Umschläge der Bücher betrachtete, die auf dem Küchentisch lagen.

»Deine Großmutter!«, antwortete ich überrascht. Ich war ebenso überrascht wie vor Jahren, als mich eine meiner Töchter fragte, was eigentlich die Berliner Mauer wäre. Ich erschrecke immer wieder darüber, dass diese bedeutsamen Elemente meines eigenen Lebens, diese Eckpunkte der Zeit, die ich miterlebt habe, für meine Kinder so wenig bedeuten.

Ben machte rasch einen Rückzieher, als er mein Gesicht sah. »Na ja, ich hab ja gewusst, dass es entweder sie oder Ansy ist.«

»Ansy war Anne *Spencer* Lindbergh«, erklärte ich so ruhig wie möglich. Ben nickte nur und latschte davon.

Er akzeptiert die Berühmtheit seiner Großeltern, aber er interessiert sich nicht sonderlich dafür. Wenn ich auf Reisen bin und gebeten werde, über meine Familie zu sprechen, erzähle ich oft die Geschichte meines ersten Besuches mit Ben im Luft- und Raumfahrtmuseum von Washington, D. C. Das war 1997. Er war damals zehn Jahre alt und erblickte zum ersten Mal das

Flugzeug seines Großvaters, die Spirit of St. Louis. Uns war gestattet worden, das Museum schon frühmorgens vor der Öffnung für das allgemeine Publikum zu betreten. Man lud uns ein, im Fahrkorb einer Kirschpflückvorrichtung Platz zu nehmen, die dazu verwendet wurde, das an Seilen von der hohen Decke hängende Flugzeug zu warten und sauber zu halten. So wurden wir also in die Höhe getragen, Ben und ich und der Mann, der den Apparat bediente, bis wir uns unmittelbar neben der Spirit of St. Louis befanden. Zum ersten Mal in meinem Leben konnte ich den Arm ausstrecken und das Flugzeug berühren.

Als ich die Hand auf den Griff der Cockpittür legte, musste ich daran denken, dass mein Vater dies hunderte von Malen getan haben dürfte, als er fünfundzwanzig Jahre alt war. So jung war er damals gewesen, und es war so unendlich lange her, siebzig Jahre vor dem ersten Besuch seines Enkelsohnes in Washington. Ich musste an meine Töchter denken, die beide in den Zwanzigern waren. Lizzy, die Ältere, war in diesem Jahr selber fünfundzwanzig geworden. Sie ist das einzige meiner Kinder, das seinen Großvater überhaupt gekannt hat. Bei seinem Tod war sie zweieinhalb Jahre alt.

Ich hatte Tränen in den Augen, als ich mich meinem Sohn neben mir zuwandte, im Fahrkorb hoch unter der Decke des Luft- und Raumfahrtmuseums von Washington, so nahe bei der Spirit of St. Louis, deren Pilot sein Großvater gewesen war, den er nie kennen gelernt hatte.

»Oh, Ben«, sagte ich fast im Flüsterton, »ist das nicht phantastisch?«

»Klar!«, antwortete er voller Enthusiasmus und kindlicher Begeisterung. »Ich bin noch nie in dem Korb von so einem Kirschpflücker gewesen!«

Und bis heute glaube ich, dass nichts, was Ben an diesem Tag hätte sagen können, seinen Großvater so gefreut hätte wie diese Worte.

Ich beneide Ben um seinen unverkrampften Umgang mit unserer Familiengeschichte. Für meine Generation war es sehr schwierig, sich mit dem »Lindbergh« in unserem Leben einzurichten. Wenn ich versuche, einen Sinn in die private und öffentliche Vergangenheit zu bringen, die mit diesem Namen verbunden ist, diese beiden Geschichten in Einklang zu bringen, will mir das durchaus nicht immer gelingen. Wir fünf, die erste Generation Lindbergh-Kinder, sind mit unseren Eltern als ganz normale Familie in unserem eigenen Heim aufgewachsen, nicht als Gestalten des öffentlichen Lebens. Achtundzwanzig Jahre meines Lebens habe ich in Charles Lindberghs unmittelbarer Nähe verbracht, und doch weiß ich über viele Dinge, die ihn betreffen, nicht Bescheid. Ich kann mich an den Gang meines Vaters erinnern, an sein Lachen, an die Art und Weise, wie er eine Tür aufmachte, sein Haar kämmte, sein Frühstück aß, aber wenn mich jemand um eine bestimmte Information aus der Zeit bittet, bevor ich ihn kannte, aus der Zeit seiner Berühmtheit, dann muss ich diese Information irgendwo nachschlagen.

Obwohl mein Vater 1974 gestorben ist, als viele seiner Enkelkinder noch gar nicht geboren waren, mache ich mir Sorgen darüber, wie die folgenden Generationen damit zurechtkommen, wenn sie das Alter erreichen, in dem sie sich mit seiner Geschichte auseinander setzen müssen. Der Name Lindbergh bedeutet jedem etwas anderes. Die Reaktionen auf diesen Namen können bisweilen heftig und widersprüchlich sein. Viele Menschen feiern meinen Vater heute noch als Helden. Diejenigen, die sich in erster Linie an seinen Flug von New York nach Paris im Jahre 1927 erinnern, gehen auf ein Mitglied unserer Familie zu und sagen: »Lindbergh! Er war der größte amerikanische Held aller Zeiten.« Diejenigen aber, die an die politischen Aktivitäten meines Vaters vor dem Zweiten Weltkrieg denken, äußern sich möglicherweise ganz anders: »Lindbergh? Der war überhaupt kein Held. Er war doch für die Nazis, oder etwa nicht?«, oder auch: »Er war doch Antisemit.« Häufig trifft man auch auf unverhohlene Neugier: »Sie sind eine Lindbergh? Wie ist das so? Wie fühlt man sich da?« Bisweilen schlägt einem auch pures Mitleid entgegen: »Lindbergh… diese Entführung damals… Gott, war das schrecklich! Ihre Familie hat so viel durchmachen müssen. Wie kann man bloß mit so einem Schicksal leben?«

Diese letzte Reaktion hat mich immer sehr berührt, aber auch überrascht. Es freut mich, dass man meiner Familie immer noch Mitgefühl entgegenbringt, aber trotzdem möchte ich die Frage am liebsten mit einer Gegenfrage beantworten: »Wer kann überhaupt mit seinem Schicksal leben?«

Ich habe eine lange Liste, eine Art innere Litanei, von Gedanken über die Geschichte meiner Familie, besonders, was meinen Vater betrifft. Ich glaube, dass er nicht nur auf Grund seines Transatlantikfluges berühmt geworden ist, sondern weil er damals, und nicht nur damals, sondern vielmehr auch während seines gesamten Lebens, viel von dem repräsentierte, was das Amerika des zwanzigsten Jahrhunderts ausmacht. Ich denke, dass die Kombination von Abenteuerlust, Forscherdrang und technischem Fortschritt für meinen Vater mit seiner Abstammung von schwedischen Pionieren und seiner Liebe zu Maschinen eine unwiderstehliche Mixtur gewesen sein muss.

Ich glaube, dass die Entführung und der Tod meines Bruders im Jahre 1932 zu einer Zeit eintrat, als die Sensationsberichterstattung in den Medien auf ihrem Höhepunkt angelangt war und dass dieser Sensationsjournalismus den tragischen Verlauf dieser Geschichte vom Anfang bis zum bitteren Ende mitbestimmt hat.

Ich weiß, dass mein Vater sich vor dem Zweiten Weltkrieg mit seiner Einstellung, Amerika möge sich aus allem heraushalten, keineswegs als Freund der Nazis oder Antisemit gefühlt hat. Ich glaube nicht, dass er jemals etwas für die Nazis übrig hatte, ich habe ihn nie als einen Antisemiten erlebt (zumindest hat er auf keinen Fall seinen Kindern ein solches Gedankengut mit auf den Weg gegeben), und ich bin auch überzeugt davon, dass er sich dessen, was ich in seinen Schriften aus der Zeit vor dem Krieg als impliziten Antisemitismus empfinde, nicht bewusst gewesen ist, und zwar ebenso wenig, wie er das rassistische Gedankengut in den Äußerungen anderer zu erkennen vermocht hat.

Auch damit ist er ein unfreiwilliger Repräsentant seiner Generation und seiner Ära, so wie ich, ohne es bewusst darauf anzulegen, die meine repräsentiere, und so wie meine Kinder die ihre repräsentieren werden. Blickt man auf die Geschichte seiner Familie zurück, ist es sehr wahrscheinlich, dass man dabei auf politische und moralische Ansichten stößt, die nach heutigen Gesichtspunkten peinlich und überholt sind. Und sind wir wirklich bessere Menschen als unsere Vorfahren, weil wir den Vorteil haben, die Dinge aus einer anderen Perspektive betrachten zu können? Ich frage mich manchmal, was zukünftige Generationen wohl über die unsere denken werden.

In diesen Tagen denke ich oft daran, dass meine Mutter sich jetzt frei von ihrem eigenen Ruhm fühlen muss, ebenso, wie sie frei ist von quälenden Einzelheiten der Erinnerung und der Bürde einer persönlichen Beziehung, der Bürde, für etwas persönlich Rede und Antwort stehen zu müssen. Hier und dort schwirrt ihr noch ein Bruchstück aus der Vergangenheit durch den Kopf, eine verschwommene Erinnerung, ein schemenhaftes Gefühl des Verlustes. In diesem Winter lag sie ihren Pflegern einige Tage lang mit der ängstlichen Frage nach einem Kind in den Ohren, von dem sie glaubte, es müsse sich in ihrem Haus befinden. Ob sie das Kind sehen könnten? Ging es ihm gut? Hatte es Hunger?

Als ich davon erfuhr, dachte ich voller Kummer daran, dass sie dabei an ihr eigenes verlorenes Kind denken musste, das nun schon seit 1932 tot war – meinen Bruder Charles. Ich konnte mir meiner Vermutung nicht sicher sein, und es gab auch keinen Grund, sie mit Fragen noch weiter zu beanspruchen, denn die Phase ging vorbei und das Kind war wieder verschwunden.

»Ich glaube, wir nehmen nur einen Bruchteil dessen wahr, was in ihr vorgeht«, hat mein Bruder Land heute am Telefon zu mir gesagt. »Das meiste entwickelt sich irgendwo tief in ihrem Inneren. Aber dort entwickelt sich ja sowieso alles.«

Ich sagte ihm, dass sich meiner Ansicht nach gar nichts entwickelt, dass sie sich in einer Art Stillstand befindet, weder leidet noch sich mit Sorgen plagt, jedenfalls nicht in einer spezifischen Hinsicht. Sie isst, sie schläft und lässt ansonsten friedvoll die Zeit an sich vorüberziehen. Veränderungen in ihrem Gesundheitszustand und ihrer körperlichen Verfassung sind so gut wie nicht feststellbar. Mir zumindest fallen keine auf, bis ich über eine Zeitspanne von einigen Monaten zurückblicke und mir aufgeht, dass sie nicht mehr ganz so aktiv, nicht mehr ganz so gesprächig, körperlich nicht mehr ganz so präsent ist.

In diesem Monat bin ich lieber als sonst mit ihr zusammen; ich brauche mir weniger Sorgen um sie zu machen, weil sie nach außen hin einen so zufriedenen Eindruck erweckt. Sie wird nicht wütend, sie wirft mir nicht an den Kopf, dass ich sie hasse, sie wünscht sich nicht »nach Hause«. Meine Abende mit ihr verlaufen zum überwiegenden Teil angenehm. Die größte Herausforderung für mich besteht darin, mich an das sich verändernde Tempo anzupassen.

In meinen eigenen vier Wänden bin ich die ganze Zeit vollauf beschäftigt. Mal sitze ich schreibend am Küchentisch, mal sitze ich in meinem Arbeitszimmer am Computer, mal erledige ich Telefongespräche, mache die Wäsche oder habe in der Küche zu tun. Was immer ich auch tue, ich bin ständig in Bewegung. Beim Schreiben verliere ich leicht die Geduld oder lasse mich ablenken. Es mangelt mir an Selbstdisziplin, weswegen ich oft von der Arbeit aufstehe, nach unten gehe und mir ein Glas Wasser hole, auf der Suche nach einem bestimmten Buch die Zimmer durchstreife, die Hunde durch die Küchentür in den Hof hinauslasse und wieder hereinrufe. Wenn mich wirklich nichts mehr am Schreibtisch hält, gehe ich in die Scheune, um die Hühner zu füttern oder setze mich ins Auto und fahre in die Stadt, wo ich Einkäufe mache und andere Besorgungen erledige, aufs Postamt gehe oder Ben von der Schule abhole.

Am Ende des Tages aber, wenn ich meine Mutter besuche, hört alle Bewegung auf, sowie ich ihre Türschwelle überschritten habe. Hier ist niemand auf dem Weg irgendwohin. Ich setze mich, ich trinke Tee, ich lese, ich unterhalte mich mit den Pflegern, ich beobachte das Kaminfeuer. Ich sauge die Stille in mich auf und habe das Gefühl, nach und nach verrückt zu werden.

Nichts geschieht, denke ich dann. Nichts wird je geschehen. Sie wird ewig leben, und ihr Leben wird immer so bleiben wie jetzt, still und gemächlich, in winzig kleinen Schritten, die sich um den Zeitpunkt der Mahlzeiten und den Gang zur Toilette und die kleinen Dinge auf ihrem Tisch drehen, die Tabletten, die Steine und Rilkes Gedichte – den Summfisch nicht zu vergessen.

Gestern Abend war der Fisch an einigen Stellen klebrig. Es sah aus, als wäre getrocknetes Eigelb daran. Ich hatte mich gerade zu meiner Mutter gesetzt, als sie ihn auch schon in die Hand nahm. Sue Gilman verzog ein wenig das Gesicht. »Wir müssen ihn wirklich mal waschen«, sagte sie.

Nach einer Weile beginne ich, mich an die Umgebung zu gewöhnen und Gefallen daran zu finden. Nach einer Weile möchte ich gar nicht mehr in mein eigenes Zuhause zurückkehren. Ich möchte nicht in dem Haus sein, wo alles in Bewegung ist. Ich möchte lieber hier bleiben, in dem Haus, in dem alles stillsteht und nichts sich verändert.

Während ich gestern Abend darüber nachdachte, fiel mir plötzlich ein, dass meine Mutter schon seit mehreren Tagen nicht mehr mit mir gesprochen hatte. Diesen Umstand erklärte ich mir damit, dass sie nicht die Energie aufbringt, Konversation zu machen, selbst wenn diese Konversation nur aus einem oder zwei Wörtern besteht. Und ich musste auch daran denken, dass sie seit Wochen nicht mehr aus dem Haus gekommen war, nicht mehr seit einem Arztbesuch vor den Festtagen. Es ist sehr kalt draußen, sie ist ziemlich schwach und sie äußerte auch kein Verlangen danach, das Haus zu verlassen. Ihre Pfleger bemühen sich, ihr innerhalb des Hauses so viel Bewegung zu verschaffen, wie sie verkraften kann. Das ständige Sitzen hat nämlich begonnen, ihren Körper anzugreifen. Ihre Füße schwellen manchmal an, und sie hat ein paar rote Stellen auf der Haut. Sie beginnt sich wund zu liegen, weil sie im Schlaf zu lange in einer unveränderten Stellung verharrt.

Ein oder zwei Male während meines Besuches steht meine Mutter von ihrem Sessel auf und geht ins Bad oder in ihr Schlafzimmer, wobei sie sich mühsam aus dem Sessel erhebt und sich mit Unterstützung ihrer Gehhilfe und eines ihrer Pfleger, der ihr den Ellenbogen hält, ebenso mühsam den Weg durchs Zimmer bahnt. Dann kommt sie zurück und setzt sich wieder hin.

Ich verfolge diesen Vorgang und helfe, wo ich kann. Es kostet meine Mutter sichtbare Anstrengung, sich zu erheben und sich zu bewegen – selbst wenn es nur ein kleines Stück ist. Aber wenn ich sie dabei beobachte, erstaunt es mich zu sehen, wie viel Kraft in ihren Bemühungen steckt. Obwohl sie so schwach ist, wie ich sie noch nie gesehen habe, sehe ich vor allem anderen ihre Stärke.

Als ich gestern Abend bei ihr war, kam Arthur, um ihre Füße zu begutachten. Er zog ihr vorsichtig die Schuhe und die Socken aus und stellte sie an die Seite. Dann legte er ihre Füße nebeneinander auf ein Handtuch, das ihm jemand aus dem Bad gebracht hatte, Ferse an Ferse und großen Zeh an großen Zeh. Gründlich und mit Bedacht nahm er sich danach jeden ihrer beiden Füße vor. Das Ganze ging mit solcher Ruhe und Bedächtigkeit vor sich, dass es mich an eine Zeitlupenaufnahme aus einem alten Film erinnerte. Er strich behutsam über die geröteten Stellen, cremte sie ein und massierte die Zehen. Dann legte er einen weichen Verband um eine der Druckstellen an ihrem Fußgelenk.

»Geht's jetzt besser?«

Sie nickte und sah ihn mit gleichgültigem Gesichtsausdruck an.

Mit einem Stethoskop horchte er ihre Lunge ab, wozu er den metallenen Aufsatz an ihrem Rücken unter den Pullover schob und lauschte. Sie hatte schon den ganzen Tag lang leise gehüstelt, und als er das Stethoskop wieder herauszog, erklärte er, dass sich scheinbar etwas Flüssigkeit im unteren linken Lungenflügel angesammelt hätte. Dieser linke Lungenflügel war im Juni entzündet gewesen, also sprachen wir darüber, ob wir sie lieber noch einmal zum Arzt fahren sollten oder ob es ausreichen würde, ihre Lasix-Dosis zu erhöhen. Das Mittel sollte den Wasserhaushalt regulieren und laut Verschreibung »nach Bedarf« gegeben werden. Ich unterhielt mich leise mit Arthur und Ann Cason darüber, wobei wir meine Mutter in die Unterredung mit einbezogen, indem wir Fragen oder Vorschläge an sie richteten – egal, ob sie darauf einging oder nicht. Sie tat es nicht.

Arthur sagte, es wäre gut, ihre Temperatur zu messen.

»Darf ich Fieber bei Ihnen messen, Mrs. Lindbergh? Das ist ein Digitalthermometer, das ich nur unter Ihren Arm zu stecken brauche. Ist das in Ordnung?!«

»Ja.« Ihre Stimme klang heiser, aber immerhin bedachte sie ihn zusätzlich zu ihrem Kopfnicken mit einem gesprochenen Wort. Sie mag Arthur.

Sie hatte kein Fieber. Wir beschlossen, es mit dem Lasix zu versuchen, aber den Arzt anzurufen, wenn sich nach zwei Tagen immer noch Flüssigkeit in der Lunge befand. Dann verließ uns Arthur, um nach Hause zu fahren, und Ann Cason und ich setzten uns zusammen, um noch ein wenig miteinander zu reden, während Sue Gilman damit anfing, das Abendessen vorzubereiten.

Meine Mutter sprach kein Wort, bewegte sich nicht, nahm keines ihrer Bücher in die Hand und berührte auch nicht die Steine und Muscheln, die vor ihr ausgebreitet lagen. Ich musste mich bald verabschieden und nach Hause zurückkehren. Ich beugte mich über meine Mutter und gab ihr einen Kuss auf die Stirn, und als ich mich wieder aufrichtete, sah ich, dass sich ihre Füße in derselben Position befanden, in der Arthur sie aufgestellt hatte – Ferse an Ferse und großer Zeh an großem Zeh. Aber sie trug inzwischen wieder ihre Socken und Schuhe, und die Schnürsenkel waren zu ordentlichen Schleifen gebunden.

Als ich sie an diesem Abend verließ, hielt sie ihren Summfisch ganz eng an sich geschmiegt in den Armen und blickte stur geradeaus mitten in das Kaminfeuer.

5 *März 2000*

Erst dann nur, wenn die innere Welt ist gleich
Dem kahlen Grund, entblättertem Gezweig,
Allein erst dann, o Menschenherz, versteh
Die Saat der Hoffnung schlummernd unterm Schnee.
Der bußbereite Geist nur spürt die Kraft
Verborgnen Glaubens, pulsend noch im Saft.

Geduld'gem Winterharren wird gewährt
Der Frühling, lang erwartet, lang begehrt.

ANNE MORROW LINDBERGH, »Es reift keine Ernte«,
aus: *Trage mich über die Flut und andere Gedichte*

Wenn in Vermont der Frühling Einzug hält, scheint alles gleichzeitig zu tauen, zu schmelzen, sich aufzulösen und matschig zu werden. Nichts ist mehr fest. Nach einigen Wochen einer unangenehmen Zwischenjahreszeit, in der Schnee und Eisregen einander abwechseln, bleibt vom Winter nur noch Nässe. Der Schnee weicht dem Regen, die Erde wird zu Matsch, aus den Ahornbäumen trieft der Sirup. Und wie draußen in der Natur verändert sich die Stimmung auch im Haus. Die Erwartung von etwas Neuem, etwas Besserem zeichnet alles in einem weicheren Licht.

Nur im Haus meiner Mutter verändert sich wenig; die Stille

wirkt noch tiefer und beständiger. Meine Mutter ist noch nicht gestorben, und soweit ich es beurteilen kann, wird sie es in allernächster Zukunft auch nicht tun. Aber sie ist langsamer geworden, noch langsamer, obwohl ich nicht geglaubt hätte, dass das möglich wäre.

Sie symbolisiert für mich ein Rätsel, das ich vor langer Zeit in der Schule gehört habe und über dessen Lösung ich seitdem grüble – so, wie ich über die Behauptung nachgrüble, dass jemand, der jeden Tag ein Kalb hochhebt, eines Tages in der Lage sein würde, eine ganze Kuh hochzustemmen. (Ist das nun ein Witz oder stimmt es wirklich? Hat jemand das je probiert?)

Aber nun zu dem Rätsel:

Wenn jemand einen Schritt auf eine Tür zu macht und dann einen weiteren Schritt tut, der aber nur halb so lang ist wie der erste, und dann einen dritten, der wiederum nur halb so lang ist wie der davor, und schließlich einen vierten, der nur halb so lang ist wie der dritte, kommt er jemals bei der Tür an?

Ich denke, die Antwort hängt davon ab, wie weit entfernt sich die betreffende Person am Anfang von der Tür befindet. Ist sie nur einen Schritt von der Tür entfernt, läuft sie schon bei der ersten Bewegung in sie hinein. Aber nehmen wir mal an, die Person muss das Zimmer durchqueren, um zur Tür zu gelangen. Was ist dann? So jedenfalls denke ich über die Bewegungen meiner Mutter, ob sie sich nun auf das Badezimmer zu bewegt oder auf ihren Tod. Es geschieht alles so langsam, dass ich das Gefühl habe, es geschieht überhaupt nicht.

Sitzt sie den ganzen Tag lang in ihrem Sessel, was sie für gewöhnlich dann tut, wenn sie nicht lieber im Bett bleibt, kommt alle paar Stunden jemand zu ihr und schlägt ihr vor, doch einmal aufzustehen und einen Spaziergang zu machen. Mit Unterstützung desjenigen erhebt sie sich dann, nimmt die Handgriffe ihrer Gehhilfe und bereitet sich darauf vor, sich zu bewegen. Jeder einzelne Schritt dieses Vorgangs scheint sie enorme Anstrengung zu kosten, und jeden Augenblick droht das gesamte Vorhaben zu scheitern.

Wird sie es auf die Füße schaffen, oder wird sie zurück in ihren Sessel sinken? Wenn sie schließlich auf beiden Beinen steht, wird sie dann auch lange genug in dieser Position verharren können, um im wahrsten Sinne des Wortes Fuß zu fassen? Und wenn sie dann auf sicheren Füßen steht – bleibt ihr dann nach der Anstrengung genug Kraft, um einen Schritt voran zu tun? Wenn sie einen Fuß vor den anderen setzt, ist sie dann auch stark genug, den zweiten nachzuziehen?

Das ganze Unterfangen scheint unmöglich, und doch beobachte ich mit Spannung, wie es ihr gelingt. Tief im Inneren des zerbrechlichen Körpers meiner Mutter ist das, was zählt, nämlich ihr Herz und ihre Willenskraft, so stark und unbeugsam wie ihre Arme und Beine schwach und nachgiebig sind. Und so hält sie durch, wie sie es immer getan hat.

Sie steht. Dann kommt eine lange Pause. Sie hält sich auf den Beinen. Eine noch längere Pause. Sie bewegt sich in ihrem unendlich langsamen Schneckentempo.

Wenn ich zuschaue, wie sie, die Pflegerin an ihrer Seite, durch das Zimmer schlurft, kommt es mir vor, als würde ich das Voranschreiten der Ebbe an den langen, steinigen Stränden von North Haven in Maine beobachten, wo sowohl meine Mutter als auch ich die Sommer unserer Kindheit verbracht haben. Ich kann zwar erkennen, dass sich etwas tut, doch nur anhand der Dinge, die von dieser Bewegung betroffen sind: ein Klumpen Seegras, ein Felsbrocken, ein zurückgelassener Krebskorb, ausgeblichen und mit Muscheln überwachsen – diese Gegenstände verraten mir, wie weit das Wasser schon zurückgewichen ist.

In ihrer eigenen wie Ebbe und Flut schleichenden Bewegung hat meine Mutter gerade die Lehne ihres Sessels passiert. Nun ist sie am Rand des Teppichs angelangt. Nun höre ich das Geräusch der Räder ihres Gehwagens auf dem Parkettfußboden, sie befindet sich in sicherem Fahrwasser, macht gute Fahrt voraus, rollt langsam, aber beständig dahin, wird irgendwann auch das Badezimmer erreicht haben.

Noch immer scheint die Zeit im Hause meiner Mutter stehen

geblieben zu sein, doch der Kreis schließt sich langsam. So manche Kreise schließen sich: der Kreis ihrer Bewegungen, der Kreis ihres Gehtempos und meiner Meinung nach auch der Kreis ihrer Interessen. Sie sitzt da und starrt vor sich hin, scheint in sich zu ruhen, bis jemand ihr eine Alternative anbietet: »Hier habe ich ein Buch, das Ihnen vielleicht gefallen könnte, Mrs. Lindbergh.« »Es war ein Brief für dich im Postkasten, Mutter.« »Hier ist dein Abendessen.« »Hier sind die Tabletten, die Sie vor dem Zubettgehen nehmen müssen.« »Hier haben Sie eine Tasse heißen Tee.«

Ich vermute, sie akzeptiert diese Angebote aus einer tief verwurzelten Höflichkeit heraus, obwohl sie auch vollkommen zufrieden damit wäre, einfach dazusitzen, vor sich hin zu starren und gar nichts zu tun. Wir möchten, dass sie etwas tut, über etwas nachdenkt, etwas liest, auf irgendeine Weise, die wir begreifen können, am Leben teilnimmt. Also geben wir ihr Bücher zu lesen, Mahlzeiten zu essen, Blumen zu arrangieren (»Wo möchten Sie diese Rosen haben, Mrs. Lindbergh? Hier? Da haben Sie aber einen schönen Platz ausgesucht. Soll ich die Stängel etwas abschneiden? Ja?«), Wäsche zusammenzulegen (»Willst du nicht die Waschlappen übernehmen, Mutter?«). Wenn man sie dazu auffordert, nimmt sie an der Vielzahl der täglichen Handgriffe im Haus teil, aber ich glaube, sie tut es nur, um uns einen Gefallen zu tun – nicht um ihrer selbst willen.

Gestern Abend saß ich neben ihr und las; auch sie hatte ein Buch in der Hand, eines von denen, die man ihr angeboten hatte. (»Hier sind ein paar Bücher, die Sie interessieren könnten, Mrs. Lindbergh. Welches möchten Sie?«) Sie hat natürlich das gewählt, das ihr am nächsten lag. Sie hat eine gute Erziehung genossen.

Sie schien ganz und gar in ihr Buch vertieft zu sein, während ich das meine las und die Pfleger ihrer Arbeit nachgingen: das Essen vorbereiten, die Laken waschen, den Hund füttern. Es war eine friedvolle Stunde für uns alle; jeder beschäftigte sich mit seinen Dingen. Ich blieb eine ganze Stunde lang neben meiner Mutter sitzen, bis ich mein Buch ausgelesen hatte. Während des Lesens aber warf ich von Zeit zu Zeit einen verstohlenen Blick zu ihr hinüber und sah, dass sie ihr eigenes Buch zwar so hielt, dass es den Anschein machte, als würde sie darin lesen, und auch, dass sie mit den Augen über die Zeilen wanderte, doch die Seite umgeschlagen hatte sie während dieser ganzen Stunde nicht.

Der Kreis schließt sich. Komischerweise empfinde ich das nicht als Verlust, sondern als größere Nähe. Ich betrachte meine Mutter eingehender, genauer, mit mehr Wohlwollen. Ich lasse meinen Blick auf den Konturen der Falten in ihrem Gesicht verweilen und nehme diese tiefen, welken, weichen Furchen in mir auf wie das Aroma eines süßen Duftes. Ja, meine Mutter kommt mir vor wie eine welkende Rose: immer noch hellrosa und blütenzart, welkend, doch immer noch ihren Duft verströmend.

Ich beschäftige mich eingehend mit allem, was ich an ihr entdecke: Ich entdecke, dass die Haut auf ihrem Handrücken von blasser Elfenbeinfarbe ist und brüchig wie die Seide eines uralten Hochzeitskleides. Ich entdecke, dass Janet White, die mit unserem Briefträger verheiratete Kosmetikerin mit der angenehm ruhigen Stimme, die jede Woche ins Haus kommt, um ihr die Maniküre zu machen und das Haar zu richten, ihre Fingernägel sorgfältig geschnitten und lackiert hat. Ich sehe gerne zu, wenn Janet an meiner Mutter arbeitet, der es nun auf für sie ganz uncharakteristische Weise überhaupt nichts mehr ausmacht, sich von anderen Menschen berühren zu lassen. Ihr Kopf wird in eine Hand gebettet, während ihr das Haar gebürstet wird, ihre Hände werden gehalten, während ihr die Nägel geschnitten und lackiert werden und während ihre Handflächen eingecremt werden. Meine Mutter, die sich früher so gegen physische Liebesbekundungen gewehrt hat, dass es mir als Kind wie eine Zumutung für sie vorkam, wenn ich ihr einen Gutenachtkuss geben wollte, lässt sich nun umsorgen und verhätscheln wie nie zuvor. Ihre frühere Unnahbarkeit ist wie dahingeschmolzen, wenn sie sich den ganzen Tag von pflegenden, zärtlichen Händen berühren lässt. Händen, die sie aus ihrem Bett und wieder hinein heben, Händen, die sie ankleiden und sie füttern, Händen, die sie waschen und putzen: die Zähne, das Haar, die Fingernägel, die Brüste und den Bauch, auch die intimeren Körperteile. Sie lässt sich endlich gehen, überlässt sich ohne Protest der Obhut anderer, schwebt leicht wie eine Feder und leise wie Schnee in unsere wartenden Hände.

Die Hände meiner Mutter liegen jetzt gefaltet in ihrem Schoß. Es sind die Hände eines artigen Kindes ihrer Generation; muschelähnliche Ovale an den Spitzen der in Regungslosigkeit verharrenden Finger.

»Die betenden Hände«, sagt Laurie Crosby, der mein Blick aufgefallen ist. Sie lächelt mir und meiner Mutter zu. Laurie ist keine Buddhistin. Sie entstammt einer Quäkerfamilie aus Neuengland und ist auf Cape Cod aufgewachsen. Sie ist groß, schlank und hat einen geschmeidigen Körper (»gertenschlank« wäre wohl der Ausdruck, der einem bei ihr einfällt) und kann sich auf atemberaubende Weise in andere Menschen hineinversetzen. Auch in diesem Augenblick weiß sie genau, was ich gerade denke. Sie teilt viele meiner Gedanken und Gefühle. Noch einmal blicke ich auf die Hände meiner Mutter und frage mich plötzlich, ob sie sie bewusst so gefaltet hat, als würde sie beten. Ist ihr Schweigen eine Art Gebet?

Es ist so still im Haus, dass meine Aufmerksamkeit von meiner Mutter zu den Gegenständen im Zimmer schweift. Ich folge ihrem Blick und versuche, wie meine Mutter zu starren, weil ich wissen möchte, was für ein Gefühl das ist. Ich stelle fest, dass eine der beiden Kerzen auf dem Kaminsims langsamer herunterbrennt als ihr Gegenstück auf der anderen Seite. Ich vertiefe mich in den Anblick der Glaskugeln, die ich meiner Mutter zu Weihnachten geschenkt habe, und entdecke, dass sie in ihrer Tonschale Gesellschaft von zwei Ostereiern aus Stein bekommen haben, einem weiteren Geschenk, das ihr jemand in Hinblick auf das kommende Frühjahr mitgebracht hat. Ich betrachte die drei Stoffvögel auf ihrem Tisch: das Rotkehlchen, ein

Rabe und eine Ente, die mit ausgerichteten Schnäbeln dastehen und meinen starren Blick mit ihren Knopfaugen erwidern. Der Summfisch ist verschwunden, und an seine Stelle sind zwei andere, austauschbare Plüschtiere getreten: eine grüne Schildkröte von der Größe einer Wärmflasche und ein kleinerer Marienkäfer, beides Geschenke von ihrem Sohn Land. Meine Mutter drückt sie sich abwechselnd – immer mit dem Kopf nach unten – an die Brust und streichelt sie in rhythmischen Bewegungen wie früher den Summfisch.

Arthur kommt jetzt zweimal die Woche, um die wunde Stelle an ihrem Fußknöchel zu untersuchen. Wir erneuern nach wie vor den Verband, weil sich nichts daran verändert. Sie will nicht heilen, aber sie wird auch nicht schlimmer. Sie bleibt, wie sie ist.

Meine Mutter sieht gut aus; sie hat nicht viel Farbe im Gesicht, aber ihr Teint ist nicht grau oder kränklich. Ihre Wangen sind etwas rosiger und ihre Augen strahlen blau wie eh und je. Sie hat einen festen Blick, aber ich weiß nicht, was sie eigentlich sieht. (Was schaust du dir an, Mutter? Was siehst du?) Man muss sie daran erinnern, dass sie etwas zu sich nimmt oder ihr die ersten Löffel voll einer Mahlzeit in den Mund schieben, damit sie zu essen anfängt, aber sobald sie einmal dabei ist, isst sie auch weiter.

Sie ist stets elegant gekleidet, für gewöhnlich in einem Hosenanzug oder in einem rosa, hellblauen oder fliederfarbenen Pullover, zu dem sie eine Hose trägt. Um den Hals hat sie ein gemustertes Seidentuch in einer zum Pullover passenden Farbe, das ihr eine ihrer Pflegerinnen sorgfältig umgebunden hat. Meine Mutter protestiert nicht, wenn die wohlmeinenden Hände Fremder ihr Seidentücher um den Hals drapieren und diese Fremden dann einen Schritt zurücktreten und den Kopf auf die Seite neigen, um ihr Werk zu begutachten.

Sie sieht bezaubernd aus. Ihre Hände, ihr Haar, ihre Fingernägel, die Pullover und die Tücher. Aus ihr ist ein Blumenarrangement geworden, ein Ikebanagesteck. Es ist ihr gleichgültig. Und wenn sie sich doch etwas dabei denkt, behält sie es für sich.

Als Land uns das letzte Mal besuchen kam, erzählte er mir, dass er meine Mutter während seines dreitägigen Aufenthalts »nicht mehr als zwei Dutzend Wörter« hatte sprechen hören. Ich konnte ihn nur beneiden. Vierundzwanzig Wörter! Ich bin jeden Tag bei ihr, und an manchen Tagen hat sie nicht ein einziges Wort für mich übrig. Warte ich geduldig eine Stunde oder mehr, höre ich vielleicht, wie sie zu den Pflegern etwas sagt oder einfach in den Raum hinein. Manchmal erzählen mir die Pfleger, was sie während meiner Abwesenheit gesagt hat, und das gibt mir das Gefühl, dass sie in dem Moment, in dem ich das Haus verlasse, zu ungeahnter Geschwätzigkeit erwacht.

»Wir haben Ihre Mutter gefragt, ob ihr das Abendessen geschmeckt hat«, berichtete Laurie mir eines Abends unter Lachen, »und sie hat geantwortet: ›Könnte sein, wenn ich nur wüsste, was es gewesen sein soll.‹« Sämtliche Mahlzeiten meiner Mutter müssen mittlerweile klein geschnitten oder püriert werden, weil sie Schwierigkeiten beim Schlucken größerer Bissen hat. »Ja«, fügte Laurie noch hinzu, »sie hält uns schon auf Zack, aber auf ihre humorvolle Art.«

Tatsächlich?

An einem anderen Nachmittag las meine Mutter für sich in einem Buch, das ich ihr mitgebracht hatte, einer neu erschienenen Anthologie von Gedichten und Gebeten für Kinder.

Mehrere Jahre lang hatte ich an der Zusammenstellung dieses Buches gearbeitet, die verschiedenen Gedichte und Gebete aus aller Welt, die mir zugeschickt wurden, gesichtet und gesammelt und den Ergebnissen meiner eigenen Lektüre hinzugefügt. Das Buch enthält hebräische Gebete und keltische Gedichte, afrikanische Lieder und die Weisheiten von Heiligen, Päpsten oder Gelehrten und außerdem einen Auszug aus dem Tagebuch von Anne Frank und eine von Richard Wilbur angefertigte Übersetzung eines Gedichts von Francis Jammes über Gott und die Esel. Dieses Buch ist eines meiner liebsten Projekte gewesen.

Das erste Belegexemplar war gerade mit der Post gekommen, und ich brachte es noch am selben Tag meiner Mutter. Sie hat stets das erste Exemplar eines jeden Buches bekommen, das ich veröffentlicht habe, denn sie war mein Leben lang meine Mentorin und die Quelle meiner Inspiration und bis vor einigen Jahren auch meine dankbarste Leserin.

Sowie ich ihr das Buch zeigte, vertiefte sie sich darin, was mich sehr befriedigte. Gleichzeitig jedoch ertappte ich mich dabei, wie ich im Stillen hoffte, sie würde nicht überall auf dem Buch klebrige Flecken hinterlassen. Meine Mutter pflegt nämlich nach Möglichkeit auch beim Essen zu lesen, und dabei gehen das Buch und der Inhalt ihres Tellers unweigerlich eine Verbindung miteinander ein, obwohl sich die Pfleger durchaus bemühen, das zu verhindern.

Wenn ich mich zu ihr setze und in einem der Bücher lesen möchte, die auf ihrem Tisch liegen, muss ich oft die Seiten einzeln voneinander lösen und stelle fest, dass zwischen ihnen Kleckse getrockneter Marmelade und Eigelb kleben.

»Dürfte ich Ihr Buch haben, Mrs. Lindbergh? Wir können es solange hier auf die Seite legen«, sagte Catherine Clark, als sie uns ein Tablett mit Tee und einem kleinen Imbiss brachte.

Catherine Clark schafft es für gewöhnlich, meine Mutter zu vernünftigem Handeln zu überreden. Wenn ich Catherine sehe, muss ich immer an Greta Garbo denken. Sie hat dunkelbraune Augen, eine tiefe Stimme und rot-braune Haare, die ihr Gesicht auf eine Weise umrahmen, wie man sie von Filmdivas der Dreißigerjahre kennt. Catherine stellte also das Tablett ab und streckte den Arm nach dem Buch aus, während sie mit der anderen Hand auf einen kleinen Tisch neben dem Sessel zeigte.

Es gibt Tage, an denen meine Mutter ihren Lesestoff der Pflegerin freiwillig aushändigt; an anderen hält sie das Buch fest an sich gedrückt und will es nicht loslassen.

Auch diesmal hielt sie das Buch fest, flüsterte aber ein krächzendes »Ja«. Ich hörte es deutlich, obwohl ich mich dazu vorbeugen musste. Einen Augenblick später schaute sie, das Buch immer noch in den Händen, zum Fenster und bemerkte mit derselben kratzigen Stimme: »Keine Sterne.«

Ich folgte ihrem Blick und versuchte, sie zu verstehen. Am vorangegangenen Tag hatte nach einer verregneten Woche erstmals die Sonne geschienen. Es war ungefähr drei Uhr nachmittags. Der Himmel war blau, hoch in der Luft hingen vereinzelte Wolken. Heller Sonnenschein, kein Regen und natürlich auch keine Sterne.

»In dem Buch kommen keine Sterne vor, meinen Sie?«, fragte Catherine und warf dabei zunächst einen Blick zum Fenster und dann auf die Anthologie im Schoß meiner Mutter. Catherine stand immer noch vor meiner Mutter, fest entschlossen, ihr das Buch abzunehmen, bevor ihm etwas zustieß. Ich war gespannt, ob sie damit durchkommen würde. Meine Mutter sah Catherine bloß an und sagte kein Wort. Sie ließ auch nicht das Buch los. Das Spiel schien unentschieden auszugehen.

Ich enthielt mich jeder Äußerung, denn wann immer in letzter Zeit ich mit meiner Mutter zu kommunizieren versuche, antwortet sie mir nicht und tut so, als hätte sie mich nicht gehört. Es ist ganz so, als wäre ich überhaupt nicht da. Ich existiere einfach nicht.

Ich nehme das viel zu ernst. Ich ziehe voreilige Schlüsse, und diese Schlüsse sind kindisch und irrational: dass sie nicht mehr mit mir redet, weil sie mich nicht mehr liebt. Ich weiß, dass das weder stimmt noch eine Rolle spielen sollte – sie hat nicht mehr das Bedürfnis, zu lieben; vielmehr ist sie es, die *meiner* Liebe bedarf –, aber der Gedanke drängt sich in mein Bewusstsein, und ehe ich ihn vertreiben kann, entwickelt er sich schon weiter: Sie spricht nicht mit mir, weil ich es nicht wert bin, dass man mit mir redet. Dann denke ich, dass sie nicht mit mir redet, weil sie mich nicht mehr liebt und ich es nicht wert bin und sie außerdem hintergangen habe – ich weiß selbst nicht genau, was ich damit meine, aber ich hege diesen Verdacht, seit ich vor zehn Jahren damit angefangen habe, sie zu pflegen. Sie wollte nicht umsorgt werden, und mein Beharren darauf kam mir immer wie ein Verrat vor.

Diese negativen Überlegungen lassen mich dann nicht mehr

los, so sehr ich mich auch gegen sie wehre. Ich stelle mir vor, dass meine Mutter aus all den altbekannten Gründen, hinter die ich gekommen bin, als ich dreizehn Jahre alt war, nicht mit mir reden will – die Dinge, die jeder weiß, die mir aber niemand ins Gesicht sagen möchte: dass ich schlecht rieche, hässlich bin und dumm.

Da haben wir es. Jetzt bin ich am Tiefpunkt angelangt. Es wird Zeit, mich zu verabschieden. Ich erhebe mich, küsse meine Mutter auf die Stirn und gehe nach Hause.

Ann Cason sagt, dass uns das Schweigen alter Menschen zur Verzweiflung treibt, weil wir alle einer »Bestätigung« bedürfen, und dieses Schweigen, das mit der nachlassenden Gesundheit, Energie und Kommunikationsfreudigkeit im Alter einhergeht, für uns den absoluten Entzug dieser Bestätigung darstellt. Es ist der schwierigste Teil der Altenpflege, der Hauptgrund, warum viele Menschen, die Alte pflegen, nach einiger Zeit so ausgebrannt sind.

Wenn ich etwas zu meiner Mutter sage und sie mir nicht antwortet, glaube ich zunächst, dass mit ihr etwas gesundheitlich nicht stimmt. (Ist sie taub geworden? Ist sie etwa tot?) Dann aber beginne ich bald, das Problem bei *mir* zu suchen. Ich kann versuchen, dagegen anzugehen, aber es bleibt doch bestehen, will nicht weichen.

Einen Zuhörer verlieren, der einem so viel bedeutet, ist, als würde man keinen Schatten mehr werfen. Existiert ein Mensch ohne Schatten unter der Sonne wirklich? Hat ein Mensch überhaupt eine Stimme, wenn ihm niemand zuhört? Das Schweigen kann so viele Gründe haben. Manche davon sind unerträglich.

Etwas Sonderbares vollzieht sich, wenn das Schweigen meiner Mutter mich zu sehr aufwühlt: Eine Zeit lang bin ich, auch nachdem ich das Haus meiner Mutter verlassen habe, überreizt. Weil sie keine Worte für mich übrig hat, beginne ich die Bedeutung von Worten allgemein in Frage zu stellen und ihnen zu misstrauen. Sie hat das Schweigen gewählt, also ist Schweigen allem anderen womöglich überlegen. Wenn sie es vorzieht, zu schweigen, warum tue ich das nicht auch? Aber weil ich, wie meine Mutter vor mir, meinen Lebensunterhalt mit Worten verdiene, bringen mich diese Überlegungen auch beruflich auf unsicheres Terrain. Und genau auf solchem Terrain befinde ich mich in diesen Tagen allzu oft.

Wenn ich in einer Schule oder anderswo eine Ansprache halten soll, gerate ich bisweilen mitten in der Rede in Panik, werde von der Furcht übermannt, meine Worte ergäben keinen Sinn und seien völlig belangloses Blabla. In solchen Fällen greife ich rasch zu der Taschenbuchausgabe meines zuletzt erschienenen Buchs und lese ein paar Auszüge daraus vor. Das gedruckte Wort – alleine die Tatsache, dass meine Worte in gedruckter Form vorliegen – flößt mir neues Selbstvertrauen ein. Schon deshalb müssen sie für irgendjemanden eine gewisse Bedeutung haben. Wenigstens habe ich früher einmal mit Worten umzugehen gewusst, sage ich mir dann. Sobald es mir besser geht, lege ich das Buch beiseite und nehme meinen Faden wieder auf.

Auf ähnliche Weise fühle ich mich von meinem eigenen Vokabular abgestoßen, wenn ich eine Buchbesprechung oder einen kurzen Artikel für eine Zeitschrift schreibe. Benutze ich das Adjektiv »außergewöhnlich«, wenn ich das Talent eines jungen Autors hervorheben will, blicke ich auf das Wort hinunter und ziehe dir Stirn in Falten. Außergewöhnlich? Was bedeutet das eigentlich? Über das Gewöhnliche hinausgehend. Was für ein abgenutzter, dummer, langweiliger Ausdruck. Ich versuche es stattdessen mit »feinsinnig«. Das klingt dünn und dünkelhaft. Ich streiche das Wort wieder durch. »Intuitionsbegabt«. Das wirkt oberflächlich und gleichzeitig bombastisch. Ich hasse das Wort »Intuition« ohnehin. Ja, eigentlich hängen mir sämtliche Wörter, die ich kenne, zum Hals heraus. Ich habe von Wörtern die Nase voll. Basta. Ich wünschte, ich könnte einfach nur schweigen – wie meine Mutter, meine Mentorin.

In diesem Frühling ist der alte Hund gestorben und Lämmer sind zur Welt gekommen. Eines davon hat ein pflichtvergessenes, selber noch junges Schaf zur Mutter, das sein Junges den ersten oder zweiten Tag fütterte und es dann vergaß, oder, was wohl der Wahrheit näher kommt, es danach vernachlässigte, weil ihm sein kräftigerer, aggressiverer Zwillingsbruder mehr zusagte. Schafe wissen es nicht besser. Nat fand das neugeborene Lamm eines Morgens bewusstlos im Stall und trug es in die Küche. Es lebte zwar noch und atmete schwach, war aber ganz kalt und schlaff. Wir machten uns nicht allzu viel Hoffnung, während wir es mit Handtüchern abrubbelten und die Dummheit seiner Spezies verfluchten. Letzteres haben wir in den vergangenen zwanzig Jahren mit schöner Regelmäßigkeit getan. Wie konnte ein Tier mit einem so niedrigen Intelligenzquotienten bloß all die Jahrhunderte überdauern? Hat nicht jemand gesagt, dümmer als ein Schaf sei bloß noch ein Stein? Und wieso gaben wir uns dann noch mit ihnen ab? Oder bemühten uns, einem Lamm, das ohnehin nur für den Kochtopf bestimmt war, das Leben zu retten? An diesem Punkt begannen wir, unsere eigene Intelligenz in Frage zu stellen und verstummten.

Unerwarteterweise kam das Lamm doch wieder zu Kräften, stellte sich in der warmen Küche auf seine wackeligen Beinchen und begann wie verrückt und ohne Unterlass nach Futter zu blöken. Wir verabreichten ihm alle vier Stunden ein in warmem Wasser aufgelöstes Milchersatzpulver aus dem Tierfuttermarkt mithilfe einer Bierflasche, über deren Hals wir einen dicken schwarzen Gummisauger gestülpt hatten. Dieses Fütterungsritual behielten wir – abgesehen von den Nachtstunden, während derer das Lamm, ganz im Gegensatz zu meinen eigenen Kindern in diesem Alter, friedlich durchschlief – sechs Wochen lang bei.

Trotz der anstrengenden Fütterungen und der damit verbundenen Putzerei macht es mir Freude, ein Lamm mit der Flasche großzuziehen. Das liegt vielleicht an der Befriedigung, wenn das Geschrei aufhört, denn Säuglinge sind die reinsten Tyrannen, gleich ob es sich um Menschen oder um Schafe handelt. Dieses Flehen um Beachtung dringt einem durch Mark und Bein und duldet keinen Aufschub:

»He! Ich bin am *Verhungern*! Hilfe! Das ist ein *Notfall*!«

Und wenn sich dann die Brust oder die Flasche nähert, hört das Geschrei auf und das zufriedene, rhythmische und lebenserhaltende Nuckeln beginnt. Wie schwach das Baby auch sein mag – in diesem Augenblick kehrt das Leben zurück.

Komischerweise fällt mir dabei auf, dass ich an diesem Vorgang immer am meisten geschätzt habe, dass er so wortlos verläuft, und ich liebe ihn jetzt mehr als je zuvor. Wenn ich das Lamm fütterte, füttere ich einfach nur das Lamm. Ich muss nicht darüber nachdenken. Ich bin losgelöst vom Schweigen meiner Mutter und von meinem eigenen Ringen nach Worten. Ich widme mich einer Aufgabe, die erledigt sein will, und ich bin glücklich.

6 *Juni 2000*

Still sann sie nach über die Welt, Gefühle, die ihr kamen,
Jedwede Stunde kannt sie lange schon und war doch wunderbar;
Der Einsamkeit Zeichen; wer wollt sie alle zählen?
Den Perlenglanz der Fliederblüten, nach einem Regen gar;
Das feine, seidenweiche Innre der Kastanienfrucht,
Der Rinde nach dem Regen geschmeidig samtne Pracht;
Geflügelte Samen des Ahorns, taumelnd fortgeweht im Wind,
Stille Magnolienblüten, leuchtend wie der Mond zur Nacht.
Über diese Dinge sann sie nach, wie Liebende es tun,
Und fand all schöne Anmut zitternd eingewoben
In einer kleinen Geste nur, doch wert unschätzbar viel,
Ein Nicken nur, die Braue, die gedankenvoll gehoben;
Die Art, das Haar aus dem Gesicht zu lösen,
So ganz geschwind die Schläfe zu entblößen.

ANNE MORROW, »An…«
in: *The Smith College Monthly,* Mai 1927

Unser regnerischer Frühling hat sich binnen weniger Wochen zu einem Sommer gemausert, und mit einem Male steht die Landschaft, die sich so lange jeder Veränderung verweigert hat, in voller Blüte. Flieder und Rosen tauchen den Garten und die Zufahrt in ihren Duft, im Sumpf blühen wilde Schwertlilien. Im Wäldchen beim Haus meiner Mutter hören wir abends die Amseln singen, und die Seeschwalben zwitschern und kirren des Morgens unter unserem Dachvorsprung. Hier bauen sie jedes Jahr ihre Nester, immer zwei oder drei Pärchen zugleich, errichten sich unmittelbar unter dem Dach neben unserem Schlafzimmerfenster ihre Heimstätten, die ich anfangs zu meinem Erschrecken für Hornissennester hielt, bis ich zu meiner Erleichterung erfuhr, um was es sich wirklich handelte.

Von Nat weiß ich, dass Seeschwalben im Norden von Vermont nur selten vorkommen, obwohl es viele Haus- und Rauchschwalben gibt. Unsere ist eine von drei in der gesamten Gegend bekannten Kolonien. Eine weitere befindet sich in den hohen Sandsteinklippen oberhalb des Connecticut River, die dritte im Naturschutzgebiet von Waterbury. Weil man diese Vögel so selten in der freien Natur zu sehen bekommt, führt ein Biologieprofessor von einer nahe gelegenen Universität jedes Jahr seine Studenten hierher, um das Verhalten der Vögel zu beobachten.

Es überrascht mich nicht, dass wir eine Kolonie einer seltenen Schwalbenart unter unserem Dach beherbergen. Nats Farm ist immer schon ein beliebter Zufluchtsort für alle möglichen Tiere gewesen, von verwaisten Füchslein über verwundete Stachelschweine bis zu besagten Lämmern, die sich Jahr für Jahr mit der Flasche füttern lassen. Unser kleiner Frühlingsbock ist zwar längst der Flasche entwöhnt und draußen auf der Weide mit den übrigen Schafen, doch beim Anblick eines Menschen kommt er immer noch freudig blökend angerannt.

Nat hat die Theorie, dass bestimmte Tiere die Erfahrung machen, bei uns sicher aufgehoben zu sein, wie die Seeschwalben, die von Generation zu Generation die Kunde weitertragen, dass wir keine Katzen halten. Andere Tiere finden durch Zufall ihren Weg zu uns, wie etwa das Stachelschwein, das Nat einmal verletzt auf einer Anhöhe fand, oder der kleine Fuchs, mit dem vor Jahren einer unserer Hunde zu Nat kam. Nat desinfizierte die Wunden des Stachelschweins und fütterte das Tier von Hand mit kleinen Apfelscheibchen, um es vor dem Austrocknen zu bewahren. Schon bald war das Stachelschwein wieder im Stande, seiner Wege zu ziehen. Und auch der kleine Fuchs blieb nur bei uns, bis wir ihn an einen befreundeten Tierarzt weitergeben konnten, der eine staatliche Lizenz zur Behandlung wilder Füchse besitzt.

Ich glaube, es ist Nat ganz persönlich, zu dem sich die Tiere hingezogen fühlen. Er hat von Kindheit an mit Tieren zu tun gehabt: mit Krähen und Stinktieren und einem Flughörnchen namens Alkibiades, das durch sein Zimmerfenster in seinem Elternhaus in einem New Yorker Vorort hereinkam und wieder ging. Nun ist Nat Mitte fünfzig, und sein Ruhm ist im gesamten Tierreich verbreitet. In der nordöstlichen Ecke von Vermont sind vermutlich überall um die Farm herum unsichtbare Tafeln angebracht – wie die Gaunerzinken, die die Wanderarbeiter der Dreißigerjahre im ganzen Land hinterließen. »Diesem Mann könnt ihr vertrauen«, steht auf den Schildern, »er gibt euch Unterkunft für die Nacht, leistet Hilfe in der Not, füttert euch durch und gewährt euch Zuflucht.«

Es könnte natürlich auch sein, dass Nat – wissentlich oder unwissentlich – selbst auf die Suche nach den Tieren geht. Während meines ersten Herbstes auf der Farm waren er und ich und ein paar Freunde gerade auf einer abgelegenen Landstraße in die Stadt unterwegs, als er mit einem Male abrupt den Wagen anhielt.

»Seht mal«, sagte er, »da drüben.« Er zeigte auf die Gabel eines hohen Ahornbaumes neben der Straße. Zuerst erkannte ich gar nichts, aber dann traten plötzlich zwei Köpfe mit spitzen Nasen und dunklen Ringen um die glänzenden Augen in Erscheinung und starrten zu uns herüber. Es waren zwei ungewöhnlich kleine Waschbären, die da im hellen Tageslicht in greifbarer Nähe hockten.

»Mit denen stimmt etwas nicht«, erklärte Nat und stieg aus dem Auto. Er blieb ungefähr drei Meter vor dem Baum stehen, hielt sich die Hand gegen die Sonne über die Augen und sah sich die beiden an.

Was als Nächstes passierte, hätte ich nie geglaubt, wenn ich es nicht mit eigenen Augen miterlebt hätte. Die beiden kleinen Waschbären verließen ihr Versteck, kletterten eilig an dem Baumstamm herunter und kamen zu meinem Mann gelaufen. Sie krabbelten an seiner Hose hoch, zogen sich an seinem Hemd in die Höhe und saßen endlich auf seinen Schultern – jeder auf einer Seite.

Ich und das andere Pärchen im Wagen beobachteten das. Keiner von uns wird es wohl je vergessen. Nat sagte, er hätte schon gehört, dass Waschbären sich sonderbar verhielten, wenn sie in Schwierigkeiten steckten, dass ihm so etwas aber auch noch nie widerfahren sei. Er nahm an, dass die beiden früh ihre Mutter verloren hatten und sich dann vor dem unbekannten Tier, das ihre Mutter getötet hatte, längere Zeit auf dem Baum versteckt hatten. Sie waren ganz abgemagert und schwach, kaum größer als kleine Kätzchen. Nat setzte sich auf den Beifahrersitz, und ich fuhr, während er die beiden Waschbären in seinem Schoß hielt.

Wir nahmen die beiden mit nach Hause, und weil sie unterernährt und dem Verdursten nahe schienen, brachten wir sie ein paar Tage lang in einem großen Hühnergehege in unserer Scheune unter und gaben ihnen Futter und Wasser. Danach ließen wir sie laufen. Wir hatten angenommen, dass sie noch eine Weile lang in der Nähe der Farm bleiben würden, bis sie sich soweit erholt hatten, um in den Wald zurückzukehren.

Das Problem war nur, dass sie nicht daran dachten, wieder zu verschwinden. Monatelang gingen die beiden Waschbären im Haus und im Stall ein und aus, inspizierten alles, was sie zu Gesicht bekamen, fraßen dem Hund sein Futter weg, richteten Schäden an und verlangten, ständig umsorgt zu werden. Dem Hund waren sie nicht ganz geheuer, und Furcht vor Menschen kannten sie gar nicht. Eher war das Gegenteil der Fall. Obwohl es auf dem Gelände der Farm jede Menge zu fressen gab, kamen sie haargenau in dem Augenblick, in dem die Küchentür einen Moment lang unbewacht offen stand, angewetzt und hatten in Sekundenschnelle den Müllsack aufgerissen und seinen Inhalt auf dem ganzen Fußboden verteilt. Besonders gerne sprangen sie uns in den Arm, um unsere Münder auf Essbares zu untersuchen, und versuchten dann, mit ihren feuchten Pfoten Reste von Maiskörnern aus der Zahnspange meiner Tochter herauszuangeln. Es war undenkbar, den Butterteller auf dem Tisch stehen zu lassen. Im Nu hatten diese beiden geölten Blitze sich darüber hergemacht und im ganzen Haus fettige Pfotenabdrücke hinterlassen – auf dem Sofa, auf den Sesseln, auf den Betten, auf unserer Kleidung.

Die Waschbären benahmen sich unmöglich. Wir hatten sie nie als Haustiere haben wollen, doch sie erklärten sich selber zu unseren Haustieren und entwickelten sich zu richtigen Teufelsbraten. Trotzdem gaben wir ihnen die Kosenamen Bonnie und Clyde, und obwohl wir uns jede erdenkliche Mühe gaben, sie aus dem Haus zu halten, genossen wir trotz ihrer Eigenheiten doch ihre Gesellschaft, bis sie im darauf folgenden Frühjahr damit anfingen, die Hühner zu reißen. Da schnappte Nat sich die beiden und fuhr mit ihnen in ein mehrere Meilen weit entferntes Waldstück am Fluss, wo er sie dann mit einer Wochenration Hundefutter und gemischten Gefühlen zurückließ. Er sagt, dass er immer noch von ihnen träumt und nach wie vor die Hoffnung hegt, sie würden eines Tages mitsamt ihren Kindern und Kindeskindern wieder im Hof stehen. Ich nicke verständnisvoll, lächle meinen Mann an und bete innerlich, dass das nicht passiert.

Es kommen auch so unentwegt neue Tiere. Anfang Juni brachte Elsa, unsere inzwischen ausgewachsene Welpe, im Maul einen lebenden kleinen Hasen mit nach Hause. Wir konnten uns nicht erklären, wo sie das Tier aufgegabelt hatte, befürchteten aber, dass es aus einem geplünderten Bau in einem der Felder stammen könnte. Das Hasenjunge wirkte ein wenig benommen, ansonsten aber bis auf eine kleine blutige Stelle am Bauch unverletzt. Ein Freund von Nat, der sich mit Tieren gut auskennt und dem Nat die Wunde beschrieb, meinte, es könne sich um die Stelle handeln, an der die Nabelschnur abgetrennt worden war, weil die Verletzung rasch geheilt und in keiner Weise infiziert zu sein schien. Der Hase selber war etwa so groß wie ein Backenhörnchen und mit weichem, braunem Fell bedeckt. Aus großen Augen sah er uns an.

»Zauberhaft«, hauchte mein Gatte.

Mithilfe eines Augentropfenfläschchens fütterte Nat den Hasen stündlich mit Dosenmilch und ging jeden Morgen los, um die Art Grünzeug zu pflücken, die ein kleiner Hase normalerweise frisst, wie er es schon früher für andere wilde Tiere getan hat. Recht bald wuchs und gedieh unser Hase, der sich übrigens als Häsin erwies. Seit ein paar Wochen lässt sie sich in der Brusttasche von Nats Hemd auf der Farm herumtragen, was ihr gut zu gefallen scheint, vielleicht weil ihr die Wärme und die schaukelnde Bewegung Wohlbehagen verschafft oder weil sie einfach die Nähe eines schlagenden Herzens genießt.

In der ersten Woche nahm Nat die Häsin mit zum Haus meiner Mutter und hielt meiner Mutter in der hohlen Hand das kleine, stille Tier hin, damit sie es berühren konnte. Sowohl meine Mutter als auch der Hase zuckten im ersten Augenblick zurück, aber dann streckte meine Mutter vorsichtig einen Finger aus und streichelte damit ganz zärtlich in rhythmischen Bewegungen immer wieder von vorn nach hinten das seidenweiche Fell zwischen den beiden Hasenohren. Es war wie ein Ritual, als wäre der Hase eine Miniaturausgabe eines ihrer Plüschtiere. Während sie ihn streichelte, zitterte der Hase weder, noch zuckte er, sondern saß ganz still, bis Nat die Hand wieder zurückzog und ihn in seine Hemdentasche steckte.

Ermutigt durch dieses Erlebnis entschloss ich mich im weiteren Verlauf der Woche, meiner Mutter einen Karton mit gerade geschlüpften Küken zu bringen. Es waren zwei Dutzend Bantamküken, die wir von der Hühnerfarm Murray McMurray in Nebraska bestellt hatten. Am Tag ihrer Lieferung ging ich gleich damit zu ihr und stellte den noch ungeöffneten Pappkarton vor ihr auf die Tischplatte, damit sie die Küken piepsen hören konnte, während sie in ihrem Sessel saß.

Sie sah erst den Karton an. Dann mich.

Ich hielt die Schachtel in die Höhe, damit sie durch die runden Luftlöcher an der Seite die winzigen, wuscheligen Bällchen sehen konnte, die sich darin bewegten. »Kleine Küken, Mutter! Gerade mal einen Tag alt! Sie sind eben gekommen.«

Sie reagierte überhaupt nicht, aber ich begann trotzdem, den Deckel anzuheben. Ich wollte meiner Mutter dieses Gewimmel von jungem Leben zeigen, ihr auf diese sehr greifbare Weise den neu erwachten Frühling nahe bringen.

Während ich noch mit der Pappe herumhantierte, sprach sie mich plötzlich unmittelbar an – zum ersten Mal seit zwei Monaten.

»Lass sie nicht heraus«, sagte sie mit scharfer Stimme.

Ich blickte auf und sah den entsetzten Ausdruck auf ihrem Gesicht. Für diesen einen Augenblick war ich diejenige, von der man nicht sagen konnte, was sie im nächsten Moment tun würde, und nicht meine Mutter. Wir hatten die Rollen getauscht. Was für Vorstellungen ihr auch im Kopf herumschwirren mochten – eine davon war offensichtlich, dass ich etwas Dummes mit diesen Vögeln vorhaben könnte. Was glaubte sie denn, was ich tun würde? Sie allesamt in ihren Schoß kippen? Sie über dem Fußboden ausleeren?

Die Versuchung war groß. Wirklich. Ich sah mich schon im Hühnerwahn. Wenn ich wollte, konnte ich diesen Karton voller Küken hoch in die Luft schleudern, dass die Federn nur so flogen und die Küken nur so quietschten. Ich konnte sie wie Konfetti in der Gegend verteilen, sie wie Hühnerfutter auf dem Fußboden verstreuen. Ich konnte die schrullige alte Frau sein und meine Mutter diejenige, die angsterfüllt meinem Treiben zusah. Donnerwetter! Da taten sich ja ungeahnte Möglichkeiten auf!

Andererseits wäre das den Küken wohl nicht gerade zuträglich, und meine Mutter sah auch sehr besorgt drein. Ich wollte meiner Mutter keine Angst einflößen, nicht wirklich jedenfalls. Aber es machte Spaß, es sich auszumalen.

»Ich lasse sie nicht raus. Ganz bestimmt nicht«, versprach ich. Und das tat ich auch nicht. Ich lüftete ganz behutsam den Kartondeckel, und wir beide schauten uns die kleinen Küken an, die in ihrer Kiste herumtrippelten, mit ihren winzigen Flügelchen flatterten, durch die Löcher schielten und daran herumpickten. Keines von ihnen war größer als ein Tischtennisball. Aber jedes Einzelne war schon geschlüpft und hatte seine Kükenform angenommen. Einen Tag alt, erpicht auf das Leben.

Da wären wir wieder, dachte ich. Ein neuer Frühling. Eine neue Ladung Küken, ein neues Jahr. Wieso war dieser Frühling so sehr wie die vorangegangenen, die Fliederblüte, die Lämmer, die Küken – und doch ganz frisch und neu, eine Zeit, in der die ganze Welt gleichzeitig zu neuem Leben erwacht und neu geschaffen wird?

Auch meine Mutter ist mit dem Frühling zu neuem Leben erwacht. Sie ist nicht kräftiger, aber auch nicht hinfälliger geworden, und in jüngster Zeit wirkt sie aufgeweckter, ist nicht mehr so schweigsam. Das überrascht mich ein wenig, und, um ehrlich zu sein, bin ich auch ein bisschen erschrocken darüber. Was wird als Nächstes passieren, frage ich mich.

Im vergangenen Winter war ich so sehr von Sterben und Tod umfangen, dass mein ganzes Leben davon bestimmt war. Ich spürte ständig den Tod um uns, glaubte, meine Mutter läge nun endgültig im Sterben. Ich wusste, dass es ein schleichender Prozess war, aber ich war überzeugt davon, dass es nun ein für alle Mal nur noch bergab mit ihr gehen konnte. Der genaue Zeitpunkt war offen, aber die Richtung schien absolut festzustehen.

Von den sechs Monaten, die Ann Cason meiner Mutter noch gegeben hatte, konnte natürlich längst keine Rede mehr sein, was Ann selber eingestehen muss, denn sieben Monate sind seit ihrer Prognose ins Land gegangen und auch etliche Wochen, seit sie die Arme in die Höhe geworfen und von ihrer Vorhersage Abstand genommen hat.

»Es kommt immer anders, als man denkt«, sagt Ann, und ich kann ihr da nur beipflichten.

Nachdem meine Mutter erst einmal den Winter überstanden hatte, ahnten wir alle, dass sie noch eine Weile bei uns bleiben würde. Doch als sie immer stiller und gleichzeitig gefasster wurde, beging ich den gleichen Fehler wie immer. Ich fing wieder damit an, mir Vorstellungen zu machen. Ich stellte mir vor, dass ihr und mir nun ein langer, schleichender, liebevoller Abschied bevorstünde. Eine Zeit der Zärtlichkeit, die sich über das Frühjahr erstreckte und möglicherweise auch noch den Sommer überdauerte, aber gewiss nicht länger. Es war klar, dass ich mein Denken dieser Situation anpassen musste. Ich musste zum Beispiel auf all die Metaphern vom »Schnee, der in der Luft liegt« verzichten, wenn ich an sie dachte oder über sie schrieb, aber stattdessen konnte ich vielleicht etwas von welkenden Rosen und fallenden Blättern einflechten. Mit jeder Jahreszeit stirbt schließlich etwas. Es gibt immer eine passende Metapher für die Vergänglichkeit in der Natur.

Aber dann, sage ich mir jetzt voller Nervosität, vergeht der Flieder und die Pfingstrosen beginnen zu blühen und der Juni geht in den Juli über. Es kann ja nun wohl nicht mehr lange dauern, wir werden keinen weiteren Herbst mehr erleben und erst recht nicht noch einen Winter, oder etwa doch? Kann es denn sein, dass alles rückwärts läuft? Dass sich alles umkehrt, dass meine Mutter immer jünger wird statt älter? Dass es bergauf mit ihr geht statt bergab? Kommt sie immer mehr zu Kräften, statt dass sie schwächer wird? Was soll ich tun, wenn das geschieht? Was geht hier vor?

Am 22. Juni haben wir mit einer Torte und Kerzen und Nachbarn, Pflegern und Freunden ihren vierundneunzigsten Geburtstag gefeiert. Unter den Gästen befand sich auch Rhoda, die Mutter meiner Freundin Catherine Thomas, die etwa im Alter meiner eigenen Mutter ist und die in einem seidenen Hosenanzug erschien und sich auf einen silberbeschlagenen Gehstock stützte. Rhoda ist zierlich und kultiviert. Sie und ihr Mann waren jahrelang im diplomatischen Dienst tätig und haben in den verschiedensten Städten der Welt gelebt. Rhoda weiß sich tadellos zu benehmen, ist warmherzig und verfügt zum Glück über einen ausgeprägten Sinn für Humor. Während die Geschenke ausgepackt und das Essen serviert wurde, saß sie zur Rechten meiner Mutter, die allerdings von ihrer Anwesenheit keine Notiz nahm, zunächst jedenfalls nicht.

Von Sue Gilman bekam meine Mutter ein zotteliges, grellorangefarbenes Plüschtier, das einen Krebs darstellen sollte. Sie nahm das Tier bei den Scheren und schaukelte es hin und her, während Arthur und ich im Hintergrund im Duett musizierten. Arthur spielte Querflöte, und ich habe früher Altflöte gespielt und möchte das wieder aufnehmen. Wir spielten aus drei schmalen Notenheften mit den deutschen Titeln *Bachfreunde, Händelfreunde* und *Mozartfreunde*, die ich mir von unseren Nachbarn, Laura und David Brody, geliehen hatte. Auch die Brodys waren zu der Feier erschienen. Sie haben eine dreijährige Tochter, Bea, ein Waisenkind aus China, die von ihnen adoptiert worden ist. Laura und David beherrschen verschiedene Instrumente und spielen und singen Musik der unterschiedlichsten Richtungen. Gemeinsam mit Arthur haben sie kürzlich im Haus meiner Mutter einen zwanglosen Hausmusikabend organisiert, bei dem David auf der Gitarre neufundländische Seemannslieder spielte. Laura sang ein hebräisches Wiegenlied. Danach trugen David und Arthur Werke für Flöte und Cello vor, darunter auch eine Komposition von Bach, die sie extra für meine Mutter einstudiert hatten, weil meine Mutter Bach immer sehr gerne mochte.

Auf der Geburtstagsfeier gaben Arthur und ich weniger ein Konzert, als dass wir wie die vagabundierenden Musikanten eines Shakespeare-Festivals am Rande des Geschehens vor uns hin flöteten. Wir spielten, während die Gäste Kuchen und Eiscreme verspeisten und die Geschenke meiner Mutter bewunderten. Unter anderem bekam sie ein paar hübsche Steine für ihre Sammlung, eine Neuübersetzung der Seligpreisungen aus der Bergpredigt mit rot-goldenem Umschlag (»Selig sind die Sanftmütigen« usw.), ein riesengroßes Frühlingsbukett aus Lilien, Rosen und Rittersporn sowie diverse Paare bunt bestickter Socken, mit Schmetterlingen oder Engeln darauf, sowie ein Paar mit den Worten »Harmonie« und »Klarheit«. Dieses Paar Socken hatte sie von mir.

Meine Mutter schaukelte weiterhin ihren Plüschkrebs, bis sie sich plötzlich vorbeugte und ihn heftig gegen Rhodas Schulter stieß. Rhoda zuckte nicht zurück, sondern streichelte das Kuscheltier und lächelte meine Mutter dabei an. »Ja, der ist wirklich niedlich.«

Meine Mutter erwiderte das Lächeln nicht. Stattdessen schubste sie Rhoda immer heftiger mit dem Plüschtier. Als ich das sah, verspielte ich mich um einen Halbton und geriet aus dem Takt, sodass ich einen Augenblick lang aussetzen musste. Mist! *Sei nett, Mutter. Bitte! Sei doch freundlich zu den Gästen…*

»Mrs. Lindbergh?«

Auch Susan Shaw, die Gute, beobachtete die Szene. Sie hatte zur Feier ein rotes Kleid angezogen. Sie hat dunkles Haar und leuchtende Augen, ist lebhaft, fröhlich und außerordentlich geistesgegenwärtig. Meine Mutter sah Susan an und warf das Stofftier hoch in die Luft, über den Tisch und die Köpfe der Gäste hinweg. Susan fing es mitten im Fluge auf.

»Hoppla«, sagte Susan nur. *Mannomann,* dachte ich, das ist ja gerade noch einmal gut gegangen.

So geht es in letzter Zeit im Hause meiner Mutter oft zu. Manchmal schläft sie eine halbe Ewigkeit, bis zu fünfzehn Stunden hintereinander, geht um neun zu Bett und wacht erst um die Mittagszeit des nächsten Tages auf. Aber wenn sie wach ist, ist Spannung in der Luft, und man hat das Gefühl, es könne gleich sonst was passieren.

Als ich einmal in ihr Zimmer kam, schob sie gerade drei Marienkäfer aus Schokolade auf ihrer Serviette hin und her. Sowie ich mich zu ihr setzte, platzierte sie einen Schokoladenkäfer auf jede Ecke der zu einem Dreieck gefalteten Serviette und sah mich an.

Offenbar war ich nun an der Reihe. Ich legte einen kleinen Stein in die Mitte, und zwar in genau gleichem Abstand zu jedem der drei Käfer. Neben dem Stein fand ich eine schneckenhausförmige Muschel. Sie war nicht größer als eine Zehncentmünze, aber von absoluter Vollkommenheit. Ich nahm sie zwischen die Finger und zeigte sie meiner Mutter. Die Muschel war so winzig, so fein ziseliert, ein wahres Geschenk des Meeres.

»Ist sie nicht wunderschön, Mutter?«

Sie sah erst die Muschel an und dann das halb volle Glas Grapefruitsaft, das neben einer Vase aus geschliffenem Glas auf einer Ecke ihres Tisches stand. Auch diese Vase war ein kleines Kunstwerk: Mir der weißen Lilie darin war sie wie ein Stillleben, in dem sich glitzernd der Schein der Nachttischlampe spiegelte.

Sie nahm das Glas mit dem Saft in die Hand. *O nein,* dachte ich. *Jetzt wird sie es nach mir werfen.*

Sie hat das seit ungefähr sechs Jahren nicht mehr getan, aber es gab einmal eine Periode, in der sie alle möglichen Gegenstände kaputtmachte und um sich warf. Ein paar Monate lang flogen ständig irgendwelche Flüssigkeiten durch die Luft. Meistens handelte es sich dabei um Wasser, es war selten etwas darunter, was Flecken hinterließ, wie Gemüsesaft oder Rotwein. Und auch das war schon eine ganze Weile her. Aber drehte sich nun alles rückwärts? Würden sich die vergangenen zehn Jahre noch einmal wiederholen? Sollten wir das alles noch einmal erleben?

Aber sie warf das Glas nicht. Sie schüttete den Saft ganz vorsichtig in die Vase und sah dann zu, wie das Wasser in der Vase milchig wurde. Es sah aus, als wäre etwas von der Farbe der Lilie durch den Stängel hinausgesickert.

Als Nächstes nahm meine Mutter die kleine Muschel, die ich gerade bewundert hatte, hielt sie behutsam zwischen Daumen und Zeigefinger und ließ sie in den Grapefruitsaft fallen – oder vielmehr das, was davon übrig war. Dann sah sie wieder mich an, und es konnte kein Zweifel daran bestehen, dass in diesem Blick eine Herausforderung mitschwang.

Da, du kleine Muschelliebhaberin. Nun los doch. Sieh zu, dass du etwas daraus machst!

Ich brach in Lachen aus. Ich konnte einfach nicht anders. Ich lachte, bis mir die Tränen in die Augen traten, und dann beugte ich mich über meine Mutter, umschloss mit der Hand ihr Kinn und gab ihr einen schmatzenden Kuss auf die Wange.

Meine Mutter wirkte hochzufrieden.

An einem anderen Abend in diesem Monat fragte sie mich spitz: »Wie lange bist *du* eigentlich schon hier?« Ich hatte einige Stunden mit ihr verbracht. In diesem Augenblick sah sie aus, als wäre sie gerade aus einem langen Winterschlaf erwacht. Sie wirkte wacher, als ich sie seit Jahren gesehen hatte, und ich fiel prompt wieder darauf herein und hatte einen plötzlichen Anflug eines ganz irrationalen Glücksgefühls: *Es ist ausgestanden! Sie ist wieder bei sich! Sie ist wieder so, wie sie früher war!*

»Zehn Jahre«, wollte ich antworten. »Seit zehn Jahren bin ich hier und warte auf dich, Mutter. Wo bist du nur gewesen?« Aber dann wurde ihr Blick wieder glasig, und das Glücksgefühl wich von mir.

»Ich bin seit sechs Uhr hier«, sagte ich stattdessen wahrheitsgemäß.

»Dann wird es Zeit, dass wir aufbrechen«, erklärte sie mit Bestimmtheit, geradeso, als wäre ich acht Jahre alt und könnte mich nicht von den Auslagen eines Spielzeugladens trennen. Der Tonfall ihrer Stimme ließ keinen Zweifel aufkommen: Genug ist genug.

Ich wusste nicht, was ich davon halten sollte. »Ich weiß nicht recht«, gab ich zögernd zu bedenken. »Ich glaube, es ist doch besser, hier zu bleiben, Mutter. Es ist schon spät, du hast dein eigenes Bett hier, und ich muss den Hügel hinunter zu Nat und Ben.«

»Also ich kann mich jedenfalls nicht länger hier aufhalten.« Das musste ich doch einsehen, oder? Sie duldete keine Widerrede. Der Laden würde gleich schließen, und es war Zeit, nach Hause zu gehen. Basta.

»Hmmm… Aber hier ist es doch so schön…« Ich hatte vergessen, wie diese Unterhaltung abzulaufen hatte. Das letzte Gespräch dieser Art war im November gewesen. Wie ging das jetzt weiter?

»Ich kann doch mit zu dir kommen?« Ach ja. Das war ihr Einsatz. Und wie lautete der meine?

»Mrs. Lindbergh, hier ist das Apfelmus mit der Nachtmedizin«, unterbrach uns Karen Frazier und kam mit einem Suppenteller und einem Löffel an den Tisch. Karen ist neu im Pflegeteam; sie ist erst kürzlich mit ihren drei Söhnen von South Carolina nach Vermont gezogen. Mich erinnert sie an eine mütterliche Ausgabe von Marilyn Monroe. Karen hat silbrig-blondes Haar, bewegt sich beinahe unbemerkt im Haus und spricht in einem milden Flüsterton. Meine Mutter kann die Medizin, die ihr verschrieben wird, nicht mehr in Tablettenform zu sich nehmen. Sie hat Schwierigkeiten mit dem Schlucken, sobald etwas nicht püriert ist – einschließlich ihrer Mahlzeiten. Ihre Pillen in Apfelmus aufzulösen ist eine jüngst eingeführte Neuerung. Bisher hat sie sich recht gut bewährt.

Meine Mutter wandte sich von mir ab, nahm ihren Löffel in die Hand und entzog mir ihre Aufmerksamkeit. Ich gab ihr einen Kuss aufs Haar, flüsterte einen Gutenachtgruß und sah zu, dass ich wegkam.

An einem anderen Abend sprachen wir überhaupt nicht miteinander, sondern hielten uns nur bei den Händen und hörten uns eine CD mit der Einspielung einer Bachschen Lautensuite mit Andrés Segovia an der Gitarre. Laurie Crosby und Catherine Clark waren auch dabei. Meine Mutter und ich waren beide ziemlich müde; ihr fielen dauernd die Augen zu, sie reagierte kaum auf Ansprache und schien mit den Gedanken ganz woanders zu sein, aber doch war sie es, die meine Hand ergriff, als ich mich neben sie setzte – und nicht umgekehrt wie sonst. Ich verließ das Haus erst gegen acht Uhr, und als ich mich erhob, um zu gehen, sagte Laurie, die lesend in einem Sessel gesessen hatte, dass meine Mutter und ich mindestens einmal zusammen eingedöst wären. Wir hätten beide mit geschlossenen Augen nebeneinander gesessen, die eine im Sessel und die andere auf dem Sofa, die Köpfe zueinander geneigt, das perfekte Bild von Mutter und Tochter.

Ich frage mich, ob wir einander ähnlich sehen.

7 *Juli 2000*

Ich habe geglaubt, mit Erreichen der Volljährigkeit sei man gegen alle Unannehmlichkeiten gefeit. Einem Erwachsenen könnte nichts etwas anhaben. Schließlich schrie meine Mutter nicht und trat auch nicht um sich, wenn sie auf dem Zahnarztstuhl saß, und sie biss auch nicht in die Finger des Arztes, der ihren entzündeten Rachen untersuchte. Es war ein schwerer Schlag für mich, als ich feststellen musste, dass man mit dem Erwachsenensein nur umso mehr Tapferkeit an den Tag legen musste, obwohl der Schmerz nicht weniger schwer zu ertragen war als früher – und gab es wirklich Erwachsene, die weinten? Es erschien mir unvorstellbar, aber es stimmte doch. Das war mir ein weiterer Beweis, dass es nicht schön war, erwachsen zu werden.

ANNE MORROW, »Enttäuschungen der Kindheit«, aus: *The Wheel*, Miss Chapin's School, März 1924

Als Nächstes verabschiedete sich Ichabod, die Eidechse, von uns. Es traf sie an einem Montag, und ich fand sie, weil ich immer unsere toten Tiere finde. Ichabod hat sich allerdings sehr diskret davongemacht. Ich hätte sein Ableben gar nicht bemerkt, wenn ich es mir nicht in diesem Sommer zur Angewohnheit gemacht hätte, durch die große Glastür im Wohnzimmer in den Garten zu gehen, die sich gleich neben seinem Terrarium befindet.

Früher bin ich immer durch die Küchentür hinaus auf die Veranda gegangen, dann die drei Stufen hinunter und den kleinen Pfad entlang, der zur Auffahrt führt, aber ich habe meine Route geändert, weil Nat die Küche den Bedürfnissen unserer Häsin entsprechend mehr oder weniger umgebaut hat. Seit sie zu uns gekommen ist, ist sie auf das Dreifache ihrer ursprünglichen Größe herangewachsen und benötigt demzufolge mehr Raum, um ihrem ebenfalls verdreifachten Bewegungsdrang Genüge zu tun.

Uns ist nicht wohl bei dem Gedanken, das Tier schon bald in die Freiheit auszusetzen. Weil sie noch so klein war, als wir sie bei uns aufnahmen, war sie von Anfang an sehr anlehnungsbedürftig und hätte ohne uns keine Überlebenschance gehabt. Es dürfte ihr schwer fallen, sich an das Leben in freier Wildbahn zu gewöhnen. Jedes Mal, wenn sie gefüttert worden ist, leckt sie Nat das Gesicht ab; manchmal macht sie es sich auf dem Rücken des Hundes gemütlich, oder sie springt mir in den Schoß, um an dem Buch zu knabbern, das ich gerade las. Zurzeit wohnt sie also noch bei uns im Haus, und auf Grund ihrer Größe und ihrem Bedürfnis, sich auszutoben, müssten wir gewisse Vorkehrungen treffen – so hat es mir mein Mann erklärt.

So ist die Tür, die von der Küche auf die Veranda führt, zum Beispiel oft geschlossen, während die Tür von der Küche ins Wohnzimmer inzwischen mit einer Klappe aus Hühnerdraht und Sperrholz versehen ist, die Nat selbst gebastelt hat. Diese Klappe sieht aus wie die Schwingtüren an Hühnerställen und kann mit einem daran befestigten Haken und einer Öse am Türrahmen verriegelt werden, sodass der Hase unbewacht in der Küche umherrennen kann.

Für den Hasen bedeutet diese Konstruktion die Freiheit, nicht in einem Käfig hocken zu müssen, für uns Menschen hingegen – jedenfalls für einen – das Gefühl, selber in einem zu sitzen. Trotz all der Jahre, die ich nun schon auf dem Lande lebe, kann ich mich nicht daran gewöhnen, mein Geschirr hinter einem Hühnergitter abzuwaschen, also halte ich mich so viel wie möglich im Wohnzimmer auf und benutze die Glastür, um nach draußen zu gehen.

Als ich zum Auto gehen wollte, fiel mir auf, dass Ichabod ein wenig zu starr und schon ein wenig zu lange an ein und derselben Stelle in seinem Terrarium lag. Es war allerdings auch sein Lieblingsplätzchen, nahe bei der Glastür, hier pflegte er sich jeden Vormittag auf seinen Ast zu legen und sich von der Sonne wärmen zu lassen.

Ich griff in das Terrarium, um ihn zu berühren, doch anstatt davonzuhuschen, sobald meine Hand über ihm auftauchte, lag er bewegungslos da und zuckte nicht einmal zusammen. Oh, oh.

Es konnte keinen Zweifel geben. Er fühlte sich steif und gummiartig an, obwohl seine Schönheit nicht gelitten hatte. Er war während seiner hellgrünen Phase gestorben, nicht während der stumpfbraunen. Das fand ich bemerkenswert, und ich fragte mich, woran das gelegen haben mochte. Vielleicht lag es nur daran, dass die Sonne auf ihn geschienen hatte; vielleicht hatte es etwas mit Chlorophyll zu tun, vielleicht aber auch nicht. Wenn ich eine Eidechse wäre und es mir aussuchen könnte, würde ich es auch vorziehen, in meinem hellgrünen Schuppenkleid zu sterben. Welchen Sinn hätte es, in einem solchen Moment seine Tarnfärbung anzunehmen? Warum nicht in aller Pracht und Herrlichkeit seinen Abgang machen?

Ben und ich haben die Echse zwischen einem jungen Rosenbusch und einer Gruppe orangefarbener Taglilien bei strahlendem Sonnenschein im Garten begraben. »Ichabod, du bist immer eine gute Eidechse gewesen«, gab ihm Ben mit auf den Weg. Er legt Wert darauf, bei solchen Gelegenheiten ein paar Worte zu sprechen. Auch ich verabschiedete mich im Stillen von Ichabod mit ein paar ähnlichen Worten. Auf Grund der Erfahrungen der letzten Jahre habe ich festgestellt, dass ich unfähig bin, um Reptilien zu trauern. Es besteht zwischen uns keine Beziehung, und wenn sie sterben, fehlt mir nichts weiter als ihr bloßes Vorhandensein – und das ist leicht zu verkraften. Allerdings nehme ich auch Eidechsen ernst und mache es mir zur Regel, sie mit Respekt zu behandeln.

Als wir auf dem Rasen das Terrarium sauber machten und seinen Inhalt ausschütteten, purzelten mit den Kieselsteinen, die den Bodenbelag gebildet hatten, auch dutzende von Grillen auf das sonnenbeschienene Gras. Ihnen war das Schicksal erspart geblieben, als Eidechsenfutter zu enden.

»Na, wenigstens ist er nicht an Hunger gestorben«, bemerkte Ben. Diese Vorstellung hatte uns beiden Sorgen bereitet. Hatten wir uns nicht genug um ihn gekümmert? Hat er immer genug zu fressen und zu trinken gehabt? War er vielleicht krank gewesen? Und wenn, wie hätten wir das feststellen können? »Diese Eidechsen leben nur zwei bis höchstens vier Jahre«, versicherte mir der Besitzer der Zoohandlung, als ich später dort vorbeifuhr, um ihm von Ichabods Ableben zu berichten. »Und wir wissen nicht einmal, wie alt sie sind, wenn wir sie bekommen«, fügte er hinzu.

Die Grillen hatten es eilig, ihrem gläsernen Gefängnis zu entkommen. Sie verteilten sich auf dem feuchten Rasen, krabbelten über unsere nackten Füße und strebten dem prachtvollen, üppigen Sommermorgen entgegen. Ben und ich sahen ihnen dabei zu und freuten uns für sie. Es gab einem ein gutes Gefühl, einen Tod auszugleichen, indem man mehreren anderen Lebewesen die Flucht in die Freiheit ermöglichte. Bald waren alle Grillen in dem satten Grün verschwunden.

Die Sommer in Vermont sind so schön und so kurz, dass ich mich immer bemühe, sie mit Leib und Seele auszukosten, darin schwelge, versuche, soweit wie möglich ein Teil dieses Sommers zu werden. Ich lausche dem Gesang der Vögel morgens, wenn ich noch im Bett liege, dem der Schwalben, abends, wenn ich den Weg zum Haus meiner Mutter hinauf- und wieder hinuntergehe, dem der Amseln. Deren Lied ist silbern und nur wenige Takte lang, so kurz, dass es schon verklungen ist, ehe ich mir sicher bin, was ich gehört habe. Doch dann wiederholt es sich, und ich kann es identifizieren und bin zufrieden. Ihre Verwandten, die weit entfernt in den Wäldern lebenden Singdrosseln, haben einen ganz anderen, länger anhaltenden Gesang. Er hebt mit süßlichem Trillern an, schwingt sich in die Höhe und senkt sich dann wieder in einer sanft fließenden Woge, wie eine Pikkoloflöte, die einen Wasserfall imitieren möchte.

In der Dämmerstunde halte ich an den Rändern der Weiden nach Rehen Ausschau, während ich die Wäsche von der Leine nehme, und wenn ich welche zu Gesicht bekomme, werden mir von ihrem Anblick die Augen feucht. Ich kann mir das auch nicht erklären. An den Nachmittagen ackere ich in meinen Blumenbeeten mit einem Eifer, der an Besessenheit grenzt. All dieses Graben und Pflanzen und Jäten und Pflegen folgt irgendeinem Urinstinkt, sodass ich mir oft mehr wie ein Schwein vorkomme, das nach Trüffeln sucht, als wie eine Frau, die ihren Rittersporn hochbindet, Straußgras ausrupft oder ihren Phlox von einer schattigen an eine sonnenbeschienene Stelle umbettet. Und doch ist auch etwas Mütterliches an dieser Tätigkeit. Voller Liebe und stiller Freude streue ich klein geriebene Zedernrinde über die zarten Wurzeln meiner jungen Funkien, grabe mit den Fingern Furchen in die Erde, bette meine Pflänzchen.

Ich liebe es, im Garten jede Bewegung meines Körpers zu spüren, so gering sie auch sein mag. Ich liebe den Geruch von Erde, Baumrinde, Schweiß und von Blüten. Die Freude, die mir aus meinem Garten erwächst, ist so unmittelbar, so intensiv, dass sie mir fast wie etwas Verbotenes vorkommt – oder zumindest etwas, das dick macht.

Ich identifiziere mich mit Generationen von Frauen auf der ganzen Welt, die in ihren Blumengärten gearbeitet haben. Ich habe nur eine vage Vorstellung davon, was diese anstrengende körperliche Beschäftigung, die keinem anderen Zwecke als der Schönheit dient, Frauen in früheren, härteren Zeiten bedeutet haben muss. Es ist das Zuarbeiten auf eine Ernte, die kein Gemüse hervorbringt, jenseits von aller Sorge um Nahrung, Unterkunft und Kleidung, jenseits aller Plackerei ums bloße Überleben. Hier bot sich ihnen ein ganzes Universum von Farben und Formen dar, voller Anmut und Duft, unmittelbar aus der schmutzigen Erde ihres kleinen Gartens. Eine wahrhaft sinnliche Erfahrung!

Ich weiß, dass sowohl meine Mutter als auch meine Großmutter sich mit Gartenarbeit beschäftigt haben, jede auf ihre ganz eigene Art und Weise. Meine Großmutter Morrow, die im mexikanischen Cuernavaca, in Englewood, New Jersey, und in North Haven, Maine, gelebt hat, war eine Frau mit beachtlichen Mitteln und großzügiger Veranlagung. Wo immer sie lebte, nahm sie Gartenpersonal in ihre Dienste, deren Arbeit sie mit gutem Geschmack und festem Willen dirigierte. Jedes Jahr brachte sie aus ihrem Winterquartier in New Jersey ihre Gartennotizen auf die Insel in der Penobscot Bay mit, auf der sie die Sommermonate verbrachte, und ganz ihrem Naturell als gartenbauliche Oberbefehlshaberin entsprechend entwarf sie generalstabsmäßig ihre Pläne für die Verteilung und Aufstellung von Bataillonen von Blumen und Pflanzen überall um sie herum.

Vor mir sehe ich noch das vielfarbige, genau abgestimmte Arrangement blühender Pflanzen auf beiden Seiten des Weges, der von dem weiß gestrichenen Holzzaun zur Tür ihres Hauses in Maine führte, und ich erinnere mich an die immergrünen Beete, die den Pfad hinunter zu dem felsigen Strand, an dem wir schwimmen gingen, säumten. Wenn ich die Augen schließe, sehe ich ihr Löwenmaul, ihre Nelken und ihren Fingerhut vor mir, und ich glaube, mich an Rittersporn zu erinnern. Malven kann ich nicht ausmachen, und ich bezweifele auch, dass es in ihrem Garten Malven gegeben hat, obwohl ich sie in meinem eigenen Garten nicht missen möchte. Vor meiner Tür stehen mehr als ein halbes Dutzend Malvenzweige in voller Blüte, und jeder Einzelne von ihnen wächst mir buchstäblich über den Kopf. Ihre pinkfarbenen, weißen, gelben und tiefroten Blüten sind so groß wie Teetassen. Mir gefallen die Malven an dieser Stelle. Malven sind Farmblumen, dazu bestimmt, sich wie Küken vor einer Küchentür in Vermont zu versammeln. Dies sind keine Blumen, wie sie die Witwe eines Botschafters in ihren adrett zurechtgestutzten Blumenbeeten sehen möchte. Rittersporn allerdings, blauen Rittersporn wie den meinen, hatte meine Großmutter bestimmt in ihrem Garten. Ist das nicht der Grund, warum ich ihn so liebe und jeden Sommer auf sein Erblühen warte? Für mich ist Rittersporn die Blume meiner Großmutter.

Meine Mutter hingegen mochte Bäume oder zarte Ziersträucher lieber. Ich erinnere mich an die japanischen Ahornbäume, die blühenden Forsythien, die pralle rosa Blütenpracht des Knöterich, die Spindelbäume mit ihren kalten, kunstvoll gewundenen Ästen, von denen meine Mutter immer einige abschnitt und in eine hohe Vase ins Fenster stellte. Sie hatte auch ein paar Blumenbeete, darunter vereinzelte Stiefmütterchen entlang der Hauswand und ein Grüppchen Maiglöckchen am Rande der Rasenfläche. In einem kleinen Steingarten neben dem Kiespfad zum Haus war sogar eine drollige Kaktuskolonie entstanden, die vermutlich schon vom Vorbesitzer des Grundstücks angepflanzt worden sein musste, denn ich kann mir nicht vorstellen, dass meine Mutter sich von sich aus mit der Kakteenzucht abgegeben hätte. Das hätte nicht zu ihr gepasst.

Sie war keine Gärtnerin aus Leidenschaft, so wie meine Großmutter es war und wie ich es sein möchte. Aber sie brachte die Dinge um sie herum zum Wachsen, und zwar ohne fremde Hilfe. Auf der Anhöhe, auf der ihre Schreibhütte stand, gegenüber von unserer Auffahrt und ein gutes Stück von unserem Haus entfernt, gab es einen weiteren, wie ein Geheimnis verborgenen Garten. Dieser Garten war voller kräftig duftender Rosen mit gewaltigen Knospen und Dornen, die so spitz waren, dass ich mir den Finger daran stach und dunkelrotes Blut vergoss wie die Prinzessin im Märchen.

Am Haus meiner Mutter in Vermont findet in diesem Jahr ein Gartenprojekt statt. Marco Alonso und Ruth Taylor sind zwei junge Künstler aus der Gegend, die Gärten gestalten. Marco hat schulterlanges, silbergraues Haar, das er sich am Hinterkopf wie ein Samurai zu einem strengen, aber dekorativen Knoten gebunden hat. Ruth ist wunderschön. Sie hat ein offenes, rundliches Gesicht und honigfarbene Löckchen, die ihr um die Schultern spielen, was sie aussehen lässt wie die Frauen oder Engel in den Gemälden von Botticelli.

Marco und Ruth legen hinter dem Haus meiner Mutter ein Beet an – die erste ernsthafte Bemühung um den Garten, seit das Haus erbaut wurde. Sie wollen auch die von struppigem Buschwerk bewachsene Anhöhe hinter dem Haus in ein Blumenmeer verwandeln. Sie graben die Erde mit der Hand um und reichern den Boden mit kleinen Häufchen von »Teichschlamm« an, den Nat ihnen in dem Kübelbehälter seines Traktors bringt. Dann pflanzen sie die Blumen ein: Lilien, Ringelblumen, Dahlien, Lupinen, Feuernelken und Sonnenblumen. Sie kommen mehrere Male die Woche, und am Ende des Tages pflücken sie ein paar der Blumen und bringen sie ins Haus meiner Mutter, die dort in Vasen aufgestellt werden.

Bei meinem Besuch gestern Abend war das Haus voller Blumensträuße, und in ihrer Mitte saß meine Mutter und hielt eine adrett gekleidete Stoffmaus zwischen Daumen und Zeigefinger. Die etwa fünf Zentimeter große Maus trug einen Strohhut und ein Spitzenkleidchen und war ein Geburtstagsgeschenk von Kristina Lindbergh, ihrer ältesten Enkelin. Kristina, die Tochter meines Bruders Jon, nannte erstmals meine Mutter »Mäuseomi« und gab ihr damit den Kosenamen, mit dem sie von allen Kindern dieser Generation gerufen wird.

Ich begutachtete zunächst die Maus und setzte mich dann neben meine Mutter, um wie gewöhnlich zu lesen. Es war ein arbeitsreicher Tag gewesen, und ich war froh, an seinem Ende ein wenig bei ihr ausspannen zu können. Ich hatte an diesem Tag viel Zeit darauf verwendet, mit Leuten zu korrespondieren, für die meine Mutter noch immer eine Art Heldin war, vor allem Luftfahrthistorikern, die ihre Errungenschaften als Segelfliegerin in den Dreißigerjahren erforschten. Sie war die erste Frau in Amerika, die eine Segelfluglizenz erwarb und war eine der wenigen qualifizierten Funkerinnen und Navigatorinnen jener Zeit. Diese Fertigkeiten waren von größter Wichtigkeit bei den Erkundungsflügen, die sie und mein Vater damals über den gesamten Erdball unternahmen und auf denen sie in den Kindertagen der kommerziellen Luftfahrt die ersten transkontinentalen Flugstrecken erprobten.

Meine Mutter hat sich nie für ihre Verdienste um die Luftfahrt feiern lassen, sondern betrachtete sie als unabdingbare Begleiterscheinung des Lebens mit meinem Vater – mehr nicht. Dennoch sind einige Historiker der Überzeugung, Amerikas große Luftfahrtpionierin Amelia Earhart wäre nie über dem Pazifik abgestürzt, wenn sie die Navigationsfähigkeiten und die Funkerfahrung von Anne Morrow Lindbergh besessen hätte.

Da saß ich nun also neben Anne Morrow Lindbergh und las in meinem Buch, während das Pflegepersonal in der Küche und im Schlafzimmer sauber machte und meine Mutter ihre Maus festhielt. Während sie das tat, beobachtete sie mich eine Weile lang aus dem Augenwinkel, legte dann die Maus auf den Tisch und nahm ein Glas Wasser, das sie über meinem Knie ausgoss.

Es ist mir vollkommen gleichgültig, was über den Verlust des Kurzzeitgedächtnisses geschrieben wird. Sie hat das mindestens eine Woche lang im Voraus geplant.

Aber es ist nicht so, dass ich denke, sie würde gegen mich persönlich etwas im Schilde führen. Als ich das Wasser in den Stoff meiner Hose sickern spürte, ging mir zu meiner Überraschung auf, dass ich über diese Dinge inzwischen anders denke als früher. Noch vor wenigen Monaten wäre ich völlig außer mir gewesen und in Tränen ausgebrochen und hätte ihr Tun als eine zornige Attacke gegen mich gewertet. Ich hätte es als bewusste Strafmaßnahme gedeutet, weil ich in meinem Buch las und mich nicht mit ihr unterhielt, wie es eine gute Tochter tun würde.

Jetzt aber glaube ich, dass es kaum etwas mit mir zu tun hatte, dass ich einfach nur zufällig in der Nähe war, als sie das Wasserglas in die Hand bekam und den Wunsch verspürte, es auszuschütten. Vielleicht war sie ungeduldig und gereizt; das hatte ich ihr angemerkt. Aber andererseits wandern ihre Gedanken in diesen Tagen auf unergründlichen Wegen, bis sie sich plötzlich auf etwas ganz Bestimmtes in ihr selber oder in ihrer Umgebung richten und dort einen Augenblick lang verweilen wie ein Schmetterling auf einer Blüte. Sie konzentriert sich dann plötzlich auf das Kaminfeuer, auf ihre Erinnerungen oder auf etwas, das sie vor dem Fenster gesehen hat, oder eben auch nur auf das Wasser in einem Glas. Aber es ist nicht so, als lande sie wirklich auf der Erde, sie berührt sie nur kurz.

Meine Theorie also, da ich für alles eine Theorie entwickeln muss, lautet folgendermaßen: Sie hat sich gestern Abend in die Betrachtung der Flüssigkeit vertieft – möglicherweise hatte sie das auch schon in der vorangegangenen Woche getan, als das mit dem Grapefruitsaft und der Lilie passierte – und dann das getan, was ihr bei der Betrachtung in den Sinn kam: gießen. Flüssigkeiten sind dazu da, ausgegossen zu werden. Also tat sie es.

Dennoch bin ich natürlich aufgesprungen, als der erste Platscher auf meiner Jeans landete. Aber dann hielt ich sogleich meine Hand unter den Wasserstrom und fing so viel davon auf, wie ich konnte. Es war nicht viel, vielleicht ein halbes Glas voll. *Stille Wasser sind tief* – genau diese Redensart fiel mir idiotischerweise in diesem Augenblick ein.

Und rasch war der Strom versickert. Meine Hand triefte, mein Knie war nass. Ich sah meine Mutter an. Sie sah mich an. Ich zuckte die Achseln, holte ein Tuch und wischte die Flecken auf.

Es ist schwer, in die Denkstrukturen eines anderen Menschen einzudringen, aber ich entdecke bisweilen einen Anflug von Scharfsinnigkeit an meiner Mutter, der mich auf eine sonderbare Weise an ihr früheres, von der Intuition geleitetes Ich erinnert.

Catherine Clark, eine der Pflegerinnen, ist nach eigenem Bekunden eine äußerst unabhängige Frau, die ungern allzu viel von sich für eine Beziehung mit einem Mann aufgibt. An einem angenehm warmen Abend, als sich auch einige Gäste im Haus befanden, bat sie meine Mutter um Rat, wie sie einem Mann, auf den sie ein Auge geworfen hatte, wohl am besten gegenübertreten sollte. Ich weiß nicht, ob Catherine eine Antwort erwartet hatte, aber sie bekam sie.

»Nun, zunächst machst du dich für ihn hübsch«, empfahl ihr meine Mutter. Catherine wollte wissen, ob es noch etwas gäbe, auf das sie achten müsse.

»Du musst dich ihm beugen«, erklärte meine Mutter ganz ernsthaft.

Etwas später fügte sie gedankenverloren hinzu: »Ich denke, du solltest ihn küssen.«

Manchmal ist das, was sie sagt, ganz und gar einleuchtend, treffend und einfühlsam. Aber dann entgleitet ihr der Sinn, und ihre Botschaft verwandelt sich in etwas anderes, das schwer zu entschlüsseln ist. Dabei mag es sich um eine neurologische Verwirrung handeln, vielleicht aber spielt sie auch nur ein wenig Theater. Manchmal spricht Mutter in einer mysteriösen, fremden Sprache, die sich anhört wie eine Mischung aus Holländisch und Französisch, die aber niemand verstehen kann. Und manchmal, glaube ich, vermischen sich ihre Träume und ihre Ängste so sehr mit ihrem Alltag, dass sie darauf reagiert wie auf tatsächliche Erlebnisse.

Eines Tages, so erzählte mir Sue Gilman, hätte meine Mutter wie immer in ihrem Sessel gesessen, hätte dabei aber derart bekümmert dreingeschaut, dass Sue sich schließlich zu ihr gesetzt hatte, um sie zu fragen, was sie denn so sehr bedrückte.

»Ist etwas nicht in Ordnung, Mrs. Lindbergh?«, fragte sie. »Kann ich Ihnen irgendwie helfen?«

»Ich habe einen Mann erschossen«, gestand meine Mutter mit von Schuldgefühlen und Entsetzen über die eigene Tat erstickter Stimme. Sue und Karen Frazier waren anschließend gute anderthalb Stunden damit beschäftigt, meine Mutter davon zu überzeugen, dass das beim besten Willen nicht möglich war. Sie hätte doch gar keine Schusswaffe, und Karen und Sue wären die ganze Zeit bei ihr gewesen, an jedem Tag der Woche. Es war ausgeschlossen, dass sie so etwas getan hatte. Trotzdem fiel es meiner Mutter nicht leicht, sich den Gedanken ausreden zu lassen.

»Vielleicht hätten sie ihr einfach sagen sollen, dass der Kerl es verdient hatte«, schlug mein Bruder Jon vor, als er anrief und ich ihm die Geschichte erzählte. Ja, vielleicht. Vielleicht das nächste Mal.

Als ich gestern Abend das Haus verließ, nachdem ich das verschüttete Wasser aufgewischt hatte, blieb Sue Gilman noch eine ganze Weile mit meiner Mutter zusammen auf. Gegen Ende meines Besuches war meine Mutter drauf und dran gewesen, in ihrem Sessel einzuschlafen, also hatte Sue ihr beim Zubettgehen geholfen. Aber meine Mutter wollte gleich wieder aufstehen. Sie war zwar erschöpft, fand aber keine Ruhe, also zog Sue sie wieder an und führte sie zurück ins Wohnzimmer, wo die beiden sich zusammen hinsetzten und lasen. Sie betrachteten einen Bildband: »Die schönsten Plätze der Erde«. Sue kommentierte die Fotos, die man für den Band ausgewählt hätte: den Tadsch Mahal, den Gipfel des Kilimandscharo, den Haleakalakrater von Maui, ein Ort, zu dem meine Mutter und ich vor über zwanzig Jahren einmal gemeinsam mit Land, seiner Frau und ein paar alten Freunden gewandert waren.

Als sie sich lange genug die Fotos angeschaut hatten, fragte Sue meine Mutter, ob sie jetzt müde genug wäre, um wieder ins Bett zu gehen. Meine Mutter sah Sue an und sagte klar und deutlich: »Meine Zeit ist bald gekommen. Dies hier bedeutet mir so viel.«

Anschließend ließ sie sich ohne Murren zurück ins Schlafzimmer geleiten, und während Sue ihr ins Bett half, sagte meine Mutter höflich: »Ich weiß gar nicht, wie ich Ihnen danken soll.«

Dann sagte sie es noch einmal: »Ich weiß gar nicht, wie ich Ihnen danken soll.« Und dann noch einmal.

Nachdem Sue ihr eine gute Nacht gewünscht hatte und auf Zehenspitzen aus dem Zimmer geschlichen war, hörte sie, wie meine Mutter immer wieder diesen Satz vor sich hinsprach, als übte sie für eine Rolle, der sie sich nicht recht gewappnet fühlte: »Ich weiß gar nicht, wie ich Ihnen danken soll… Ich weiß gar nicht, wie ich Ihnen danken soll… Ich weiß gar nicht, wie ich Ihnen danken soll.«

8 *August 2000*

Es war nicht schön von dir, vor mir zu protzen
Mit deinem scharlachroten, flatterhaften Tun
Bunte spottende Wimpel mich zum Hohne peitschen lassen
Stunden voll Farbe, wie du erwähntest – ich weiß es nun
Warum sagtest du »Es scheint mir wie April –
sieh die Kastanienbäume nur« – Du sagtest: »Fänd ich nur die Zeit
ging ich zum Fluss, den Antiquaren dort und suchte
nach alten, gilben Seiten voll Poesie und Herzeleid.«
Warum sagtest du: »Gestern trug ich meinen Schal –
Mandarinorange – denk dir den Anblick, den ich bot!
Und als ich tanzte, fing sich das Licht im Seidenstoff
Ein Fremder blieb stehen, murmelte nur: ›Chinarot!‹«
Oh, achte auf deine Worte bloß, das Feuer bringt den Tod
»Sieh die Kastanienbäume nur« – »Ein Fremder« – »Chinarot!«

ANNE MORROW, »Brief mit einer fremden Marke«,
in: *The Smith College Monthly,* März 1927

Es ist sonnig und heiß in Vermont, und meine Mutter trägt jeden Tag einen lila Hut. Eigentlich ist er gar nicht lila, sondern lavendelfarben. Ich habe ihr den Hut im Juni zum Geburtstag geschenkt, einen lavendelfarbenen Strohhut mit einer sich leicht nach oben wölbenden Krempe.

Dieses Modell ist jetzt sehr in Mode, vermutlich, weil es sowohl unverwüstlich als auch elegant ist. Wie der traditionelle Panamahut kann auch der Hut meiner Mutter zusammengerollt oder gefaltet werden, damit er in einen Koffer passt, ja, man kann ihn sogar ganz lässig in die Tasche seines Regenmantels stopfen und ihn später wieder hervorziehen, ohne dass er Schaden nimmt. Man kann ein luftiges Chiffontuch darum binden, was den Hut festlich wirken lässt und zum Beispiel bei einer Hochzeitsfeier im Grünen angemessen wäre. Man kann ihn auch je nach Anlass mit Schleifen, Broschen oder Blumen schmücken.

In diesem Sommer sehe ich überall diese Hüte. In allen möglichen Farben entdecke ich sie in Schaufenstern, in Katalogen und auf den Köpfen von Frauen, die mir auf der Straße begegnen. Ich habe auch für mich und meine jüngere Tochter Suzannah je einen gekauft, beide in Weiß. Suzannah ist fünfundzwanzig und recht häufig zu Hochzeiten eingeladen. Elizabeth, meine ältere Tochter, hat einen beigefarbenen bekommen. Lizzy ist Lehrerin und näht in ihrer Freizeit Quiltdecken, für die sie Naturfarben bevorzugt. Ihre Kusine Connie, Annes Tochter, lebt als Künstlerin in Brooklyn und sollte eigentlich einen knallroten bekommen, aber ich habe noch keinen auftreiben können. Wenn Anne noch am Leben wäre, würde ich ihr einen Hut in jenem dunklen Blauton kaufen, der mich an wild wachsende Blaubeeren und an die Farbe des Meeres vor der Küste von Maine an kühlen Tagen erinnert. Für meine Mutter aber, die ihr ganzes Leben lang diese Farbe getragen hat, kam nur ein lavendelfarbener Hut in Frage.

An dem Nachmittag, an dem wir den Geburtstag meiner Mutter feierten, haben wir einen Kranz aus künstlichen Blumen an der Krempe befestigt. Sie sahen aus wie Gänseblümchen, stammten aber aus Hawaii und waren ein Geschenk zu ihrem vorigen Geburtstag, als auch mein Bruder Land mit seiner Tochter Erin und ihrer Freundin Kristi Hager zu unserer Familienzusammenkunft angereist waren. Erin und Kristi zeigten uns einen hawaiischen Hulatanz; sie hatten Leis aus buntem Tuch und Seidenblumen im Gepäck, mit denen sie diejenigen, die mittanzen wollten, ausstaffierten. Und sie hatten auch den kleinen Blumenkranz dabei, den meine Mutter auf dem Kopf tragen konnte, während sie zusah, wie sich ihre Familie mehr oder weniger graziös zur Tonbandaufnahme hawaiischer Klänge wiegte.

Die Blumen sind jetzt auf ihrem Hut, und sie sehen so echt aus, dass ich glaube, sie riechen zu können. Die Blüten, denen der Kranz nachempfunden ist, wachsen auf Hawaii an Bäumen und verströmen einen außerordentlich betörenden Duft; mein Vater und meine Mutter haben diesen Duft geliebt, und heute steht ein solcher Baum nicht weit von dem Grab meines Vaters. Meine Mutter hat ihn dort pflanzen lassen.

Der Baum selber ist bloß ein gedrungenes Gewächs mit unförmigen, dicken Ästen, die an den Enden ganz stumpf sind, als wären sie ein Irrtum der Natur oder von einer Krankheit befallen. Als ich zum ersten Mal vor einem solchen Baum stand, musste ich an einen Leprakranken denken. Wenn er nicht in Blüte steht, erfüllt der Baum alle Kriterien kindlicher Albträume von Leprakrankheit, so hässlich ist er. Abgefault bis auf die Stümpfe. Kommt aber die Blütezeit, ist alle Hässlichkeit angesichts der cremig weißen Pracht und ihres himmlischen Duftes vergessen.

Meine Mutter hat es sich zur Gewohnheit gemacht, ihren Hut aufzusetzen, sobald sie am Morgen angezogen ist. Sie trägt ihn im Haus und auf Autofahrten, und sie nahm ihn auch nicht ab, als sie ins Sprechzimmer des Arztes gerufen wurde, zu dem Ann Cason und ich sie eines Nachmittags fuhren

Mühsam kämpfte sie sich die Treppe zur Hitchcock-Klinik in Lyndonville hinauf, wobei sie sich am Handlauf festhielt, während Ann und ich sie an den Armen stützten. Nur der lavendelfarbene Hut saß fest an seinem Platz. Weil sie beim Treppensteigen den Kopf nach unten gesenkt hielt und ich auf sie hinunterblickte, wirkte sie beinahe grotesk, wie ein Blumenarrangement auf Beinen, das Ann und ich in dem alten Backsteingebäude ablieferten.

Wir waren zum Arzt gefahren, damit er sich ihre Füße ansah. Arthur machte sich zunehmend Sorgen, weil in jüngster Zeit immer mehr wunde Stellen und Schwellungen an ihnen auftraten; außerdem war einer ihrer Zehennägel eingewachsen, was einen Besuch bei einem Spezialisten und eine ambulante Operation erforderlich machte. Ich hatte an der Spitze eines ihrer großen Zehen eine Verfärbung entdeckt; er war an dieser Stelle ganz lila geworden, allerdings nicht das anmutige, damenhafte Lavendellila ihres Hutes, sondern eine dunkle, bedrohliche Farbe, und der Zeh sieht aus, als müsse er ihr Schmerzen bereiten.

Tim Thompson, der Arzt, kam zu uns in den Behandlungsraum und schenkte uns ein Lächeln, das Anne und ich erwiderten, während meine Mutter ihn unter ihrer Hutkrempe hervor hoheitsvoll musterte. Tim setzte sich auf einen niedrigen Stuhl, so dass seine Knie und die meiner Mutter auf gleicher Höhe waren, und untersuchte ihre Zehen, wobei er äußerst behutsam vorging. Dann legte er seine Hand in der Mitte zwischen ihrem Knie und ihrem Fußknöchel auf ihr Schienbein.

»Sie hat Blutgerinnsel«, sagte er an mich gewandt und sah dabei mit ernstem Gesichtsausdruck zu mir auf. »Dieses Gerinnsel hemmt die Blutzirkulation im unteren Teil ihres Fußes. Fühlen Sie doch mal ihr Bein, hier gleich unter dem Knie. Merken Sie, wie kalt die Stelle ist?«

Ich bückte mich, fühlte und stellte fest, dass er Recht hatte. Die Haut unterhalb ihres Knies war viel kälter als das Knie selber. Sie fühlte sich an wie die Hand eines Kindes, das den ganzen Vormittag draußen im Schnee gespielt und sich gerade die Fäustlinge ausgezogen hat. Ich verspürte den Wunsch, die Haut meiner Mutter kräftig abzurubbeln und ihr eine Tasse heiße Schokolade zu machen.

Tim erklärte uns, dass sein Befund keinen Anlass zu besonderer Besorgnis gäbe, wir aber unbedingt auf weitere solcher Gerinnsel achten und ihren gesamten Blutkreislauf im Auge behalten müssten. Weitere Gerinnsel könnten lebensbedrohlich werden. Vor allem dürfe meine Mutter keine zu engen Schuhe tragen, da dies das Entstehen weiterer Knoten begünstige. Um uns zu beruhigen, fügte er hinzu, dass wir neue Gerinnsel höchstwahrscheinlich sofort bemerken würden

»Sobald sich ein ernst zu nehmender Knoten bildet, wird sie Schmerzen verspüren und Ihnen das sagen«, erklärte er. Aber würde meine Mutter das auch wirklich tun? Ich sah sie an. Sie sah mich an. Und sagte kein Wort.

Tim wandte sich ihr zu und sprach sie zum ersten Mal unmittelbar an. »Haben Sie jetzt Schmerzen in den Füßen?«

Von unter dem Lavendelhut kam keine Antwort. Auch keine Regung, keine Veränderung in ihrem Gesichtsausdruck.

»Tun sie vielleicht *ein bisschen* weh?«, fragte Tim noch einmal und beugte sich lächelnd zu meiner Mutter vor.

Keine Reaktion.

»Schwer zu sagen, nicht?«, sagte Tim mit einem Augenzwinkern zu meiner Mutter.

Ich musste lachen. Tim war so scharfsinnig und gleichzeitig so taktvoll. »Schwer zu sagen«, traf es genau. »Schwer zu sagen« – so ist unser Leben.

Auf der Rückfahrt hielten wir bei Carmen's, einer Eisdiele in Lyndonville, an, wo ich meiner Mutter ein Stückchen Erdbeertorte mit Vanilleeis kaufte. Ich bat den Verkäufer, eine extragroße Portion Schlagsahne darauf zu tun. Schließlich lag gerade ein Arztbesuch hinter uns.

Ich kaufte auch für mich eine Portion und hätte auch Ann zu einer eingeladen, aber sie lehnte ab. Ann lebt nach einer strikten Proteindiät, und außerdem saß sie am Steuer. Mit dem Erdbeertörtchen konnte man eine ziemliche Schweinerei anrichten – und so kam es denn auch.

Meine Mutter und ich hielten beide einen Plastikteller und

einen Plastiklöffel in der Hand. Auf dem Teller türmten sich die Erdbeeren, das Vanilleeis und die Schlagsahne. Der goldbraune Mürbeteig darunter war bald mit Erdbeersaft voll gesogen, während das schmelzende Eis zum Tellerrand und schließlich über meine Finger lief. Sowohl meine Mutter als auch ich waren mit einer Ladung Papierservietten ausgestattet, aber die halfen uns wenig.

Wir machten uns beide mit Heißhunger über das Eis her und ließen es uns schmecken. Von der Rückbank aus konnte ich im rechten Außenspiegel das Gesicht meiner Mutter sehen, umrahmt von ihrem lavendelfarbenen Hut. Sie machte ein ernstes, konzentriertes Gesicht, der Blumenschmuck an ihrem Hut vibrierte mit dem Schaukeln des Wagens, und während der gesamten Fahrt klebte ein Klecks Vanilleeis auf ihrem Kinn.

An diesem Nachmittag begann ich über den Hut meiner Mutter, über Eiscreme und Erdbeeren und schließlich über ihre Zehen nachzudenken. Sie waren von Arthur gepflegt und gehätschelt, von der Fußpflegerin professionell behandelt und vom Arzt sorgfältig untersucht worden und sahen immer noch furchtbar aus. Es erschien mir unpassend, dass der Kopf meiner Mutter mit fröhlichen bunten Blumen geschmückt war, während ihre Zehen so wund waren, sich in einem so beklagenswerten Zustand befanden. Zwar kümmerte man sich vorbildlich um sie, aber sie hatten mehr als das verdient. Auch sie sollten so feierlich geschmückt werden wie der Kopf meiner Mutter, fand ich. Und dann kam mir ein Gedanke. Warum eigentlich nicht?

Später am Nachmittag ging ich mit einem Fläschchen rosa Nagellack zum Haus meiner Mutter. Ich hatte ihn zur Feier der Geburt von Rose, der Tochter meiner Nichte Wendy Lindbergh, gekauft. Das war am zwanzigsten August gewesen. Zu Ehren von Rose hatte ich mir die Fußnägel rosa lackiert. Nun wollte ich dasselbe mit denen meiner Mutter tun.

Während der Sommermonate lackieren meine Töchter und ich uns meist die Fußnägel, einerseits, weil wir viel barfuß oder in Sandalen herumlaufen, andererseits, weil Suzannah behauptet, man könne unmöglich depressiv sein, wenn man seine Zehennägel anmalt, vor allem nicht, wenn man es mit knallrotem Nagellack tat. Ich habe diese Theorie geprüft und für wahr befunden. Ich war mir aber gleichzeitig ziemlich sicher, dass meine Mutter sich weigern würde, sich die Fußnägel knallrot lackieren zu lassen. Sie würde sich lasziv damit vorkommen, was für die meisten Frauen ja auch der Grund ist, sich die Fußnägel rot zu lackieren – aber nicht für Frauen, die der Generation meiner Mutter angehören.

Ich brachte ein Handtuch, ein paar Q-Tips und ein wenig Nagellackentferner mit, denn ich würde es bestimmt nicht gleich beim ersten Versuch hinbekommen. Zunächst wollte ich die Füße meiner Mutter mit Fußcreme einreiben, was auch Arthur und ihre Pflegerinnen in letzter Zeit regelmäßig taten, und wozu mir auch Tim, der Arzt, geraten hatte, weil es den Gerinnseln entgegenwirkte.

Meine Mutter saß in ihrem Sessel und trug immer noch ihren Hut, dazu eine weiche rosa Velourshose und ein passendes Oberteil. Ihre nackten Füße hatte sie auf einen Schaffellteppich von der Größe einer Bademattte gelegt. Der Teppich erinnerte mich an die Flokatiteppiche, die in den Siebzigerjahren alle Mütter für ihre Babys bestellten, damit diese darauf schlafen konnten.

Als ich mich vor ihren Tisch setzte und ihre Füße berührte, sah sie mich voller Neugier an, erhob aber keine Einwände. Ich hielt einen ihrer nackten Füße in der Hand und dachte, wie schlank und zart und geschmeidig er doch wirkte – wie eine Muschel vom Strand, so blass, dass sie beinahe durchsichtig war, und von liebkosenden Händen ganz glatt gerieben. Wie ihre Hände waren auch die Füße meiner Mutter sehr gepflegt. Ihre Angehörigen, ihre Freunde und ihre Pfleger hielten sie in ihren Händen, ständig kümmerte man sich um sie, nie wurden sie sich selbst überlassen oder mit Missachtung gestraft. In einer vollkommenen Welt würden die Hände und die Füße aller alten Menschen jeden Tag mit solcher Hingabe gepflegt und mit solcher Zärtlichkeit berührt.

Die Fußnägel meiner Mutter aber sahen verheerend aus. Sie waren gelblich verfärbt, krustig, mit einem Wort: bemitleidenswert. Armselige, verhornte Zehennägel, für die sich nur die Fußpflege und die Medizin interessierten. Welch ein Schicksal! Was für eine Schande! Welche Freude wurde diesen Zehennägeln jemals zuteil? Ihr Anblick machte mich traurig, und ich ging unverzüglich ans Werk.

Pinselstrich für Pinselstrich trug ich den rosafarbenen Nagellack auf die Fußnägel meiner Mutter auf. Ich arbeitete konzentriert, um nicht dasselbe Geschmiere zu erzeugen, das ich bei meinen eigenen immer anrichte. Meine Mutter verfolgte meine Bemühungen mit sichtlichem Erstaunen.

Zuerst war sie so erschrocken über das Gefühl des kleinen feuchten Pinsels auf dem Nagel ihres großen Zehs – was machte ich da unten bloß? –, dass sie ihren Fuß jäh zurückzog und mich über die Tischplatte hinweg mit gerunzelter Stirn musterte. Aber als ich mein Gesicht zu einem dämlichen, hoffnungsvollen Grinsen verzog und die kleine Flasche mit Nagelpolitur in die Höhe hielt, entspannte sie sich und legte den Fuß wieder an die ursprüngliche Stelle zurück. Sie beugte sich vor, während ich ganz langsam den Nagellack auftrug, und zog den Fuß nicht noch einmal von mir weg.

Sorgfältig, aber entschlossen überdeckte ich die schlimmen Stellen, bis die gelbliche Verfärbung verschwunden war. Warum sollten ihre Zehen ihr Schande machen? Wenn sie ihr Haupt in Lavendelblau kleidete, warum sollten ihre Zehen dann nicht rosa sein? Nagel für Nagel trug ich die Farbe auf, erst auf den einen, dann auf den zweiten, dann auf den dritten. Dann waren es fünf, dann zehn kleine rosa Zehennägel. Wundervoll! Als ich mein Werk vollbracht hatte, war ich auf eine kindliche Weise mit mir zufrieden.

»Da!«, sagte ich. »So ist es besser!« Und ich gab ihr einen Kuss.

Meine Mutter gab keinen Kommentar von sich und ließ sich auch nicht anmerken, ob sie zufrieden mit ihren Zehen war. Sie hatte mittlerweile wieder ein Buch vor der Nase, und nichts wies darauf hin, dass sie die Veränderung an ihren Füßen überhaupt bemerkt hatte. Auch auf den Kuss reagierte sie nicht. Doch als ich am nächsten Abend zu Besuch kam, trug sie offene Sandalen, und während wir zusammen lasen, ertappte ich sie dreimal dabei, wie sie einen verstohlenen Blick auf ihre Füße warf.

In letzter Zeit hat sie einen freundlichen Gesichtsausdruck, wirkt interessiert, nicht so abweisend, in ihren Zügen liegt eine gewisse Offenheit, die angenehm und einladend ist. Eine Anspannung in ihr scheint sich gelöst zu haben, und manchmal habe ich das Gefühl, als würde sie sich über etwas amüsieren, aber natürlich wird sie mir nicht verraten, was das sein könnte.

Ich habe auch beobachtet, dass sie sich neuerdings wieder an Gesprächen beteiligt, weit mehr jedenfalls, als es noch vor einem Jahr der Fall gewesen ist. Die Menschen um sie herum haben sich immer bemüht, sich mit ihr zu unterhalten, haben ihr Fragen gestellt oder höfliche Bemerkungen ihr gegenüber gemacht. Sie hat jedoch fast nie darauf reagiert. Jetzt aber tut sie das wieder, und gar nicht einmal so selten.

Neulich zum Beispiel äußerte sich Arthur über Bill Moyers' Fernsehserie zum Thema Tod und Sterben, die in diesem Sommer ausgestrahlt wurde, und über ein ähnliches Programm im Buddhistischen Meditationszentrum. In diesem Programm ginge es darum, wie man seinen eigenen Tod zu akzeptieren lernt, erzählte er. Dann fragte er meine Mutter, ob sie je über solche Dinge nachdachte Beschäftigte sie sich mit ihrem eigenen Tod?

»Oh, ich werde noch lange nicht sterben«, erklärte sie ganz ruhig und voller Überzeugung.

Langsam glaube ich sogar, dass sie damit Recht hat, und ich wundere mich, wie wenig mir das ausmacht. Ich hätte nie gedacht, dass es einmal soweit kommen würde, aber ich gewöhne mich immer mehr daran, dass sie am Leben ist, auch wenn es nicht mehr das Leben ist, das sie früher einmal gelebt hat. Langsam beginnt mir unser jetziges Zusammensein zu gefallen. Ich begreife es zwar nicht, aber vorerst macht es mich froh und glücklich.

Inzwischen redet außer meiner Mutter und mir alles um uns herum vom Tod und vom Sterben. Auch Ann Cason hat die Fernsehserie verfolgt. Sie fand sie faszinierend. »Er berücksichtigt wirklich alles, beleuchtet die Frage der Pflegebedürftigkeit und des Sterbens unter allen Gesichtspunkten«, erzählte sie.

Im Haus meiner Mutter sprachen wir über das Geborenwerden, den Tod und Pflegebedürftigkeit, während meine Mutter ganz für sich in einer von David Schiller zusammengestellten Anthologie von Gebeten las. Immer wieder schüttelte meine Mutter das Buch, weil sich Fliegen daraufgesetzt hatten. An diesem Tag schwirrten in ihrem Haus hunderte von Fliegen herum.

Ann berichtete, was Bill Moyers über die Erregbarkeit und das bisweilen aggressive Verhalten Sterbender gesagt hatte. Dieses Verhalten sei entweder eine Folgeerscheinung des Versagens der Leberfunktionen oder eine Nebenwirkung bestimmter Schmerzmittel. Außerdem, sagte sie, wäre jetzt eine so genannte »terminale Sedierung« viel im Gespräch, die den Patienten kurz vor seinem Lebensende in ein durch Drogen künstlich hervorgerufenes Koma versetze. Wenn ich diese Prozedur richtig verstanden habe, wird dabei der erregte Patient in einen Halbschlaf versetzt, in dem er oder sie dann in den Tod hinüberdämmert.

Ich wusste nicht, was ich davon halten sollte. Worin bestand der Unterschied zur Euthanasie oder einem tödlichen Cocktail, den einem ein Dr. Kevorkian verabreicht? Ich war mir nicht so sicher, ob ich diese Methode für richtig hielt.

Immer noch fuchtelte meine Mutter mit ihrem Buch herum. Diese Fliegen waren wirklich eine Plage. Ich sah mich im Zimmer um. »Gibt es hier irgendwo eine Fliegenklatsche?«

Ich sah – oder zumindest glaubte ich, es gesehen zu haben –, wie Ann Cason und Karen Frazier einander besorgte Blicke zuwarfen. Plötzlich fiel es mir wie Schuppen von den Augen: »Oh, Mannomann. Ihr seid ja Buddhisten«, entschuldigte ich mich.

Buddhisten respektieren alle Lebewesen und verabscheuen das Töten, obwohl längst nicht alle das so dogmatisch sehen. So sind zum Beispiel durchaus nicht alle Buddhisten Vegetarier. Die meisten Buddhisten, die ich kenne, schrecken jedoch soweit als möglich davor zurück, Tiere zu töten.

»Also nichts mit Fliegenklatschen?«, fragte ich.

Ann kicherte bloß. Das half mir nicht weiter. Ich grinste sie an und erinnerte mich an Susan Drommond, eine unserer ersten buddhistischen Pflegerinnen vor vielen Jahren. Susan war groß, schön und herzensgut und hatte langes, kastanienfarbenes Lockenhaar. Eines Tages stand sie in Connecticut mit drohender Geste wie ein Racheengel in der Tür des Hauses meiner Mutter und verwehrte dem Kammerjäger den Zutritt.

Der arme Mann wollte nur seine Arbeit tun. Er kam jedes Jahr einmal, um das Haus meiner Mutter von Milben, Fliegen und Mücken sowie von den Motten zu befreien, die sich während der feuchtschwülen Sommer im südlichen Connecticut in Cornflakespackungen und Mehlbüchsen einnisten. Susan aber wollte nichts davon hören und schickte ihn ganz einfach wieder fort.

»Was sollen wir jetzt machen?«, wollte mein Bruder Land hinterher am Telefon von mir wissen. Ich hatte keine Ahnung. Wir sahen beide eine Invasion von Ungeziefer auf uns zukommen, Bataillone von Zecken, die Hirnhautentzündung verbreiteten, Schwärme von Stechmücken, die über den Long Island Sound gestoben kamen wie Washington bei der Überquerung des Delaware. Es würde ein unangenehmer Sommer werden. Ohne Susan allerdings wäre er unvorstellbar.

»Unternehmen wir gar nichts«, schlug ich vor. »Jedenfalls zunächst nicht.« Das ist mein üblicher Lösungsvorschlag für eine Menge von Problemen innerhalb unserer Familie, und oft genug führt er überraschend zum Erfolg. Wir verzichteten in jenem Jahr auf den Kammerjäger, und das Haus steht immer noch. Meine Mutter isst ohnehin keine Cornflakes, und Land und ich brachten zu unseren Besuchen eben unsere eigenen mit.

Meine Mutter kämpfte indessen weiterhin gegen den Ansturm von Fliegen an, der auf sie niederging. Ich musste dem ein Ende bereiten.

»Also schön«, sagte ich zu Ann und Karen. »Ihr seid Buddhisten. Aber ich bin eine Christin, und uns liegt das Töten im Blut!«

Mit vor Mordlust funkelnden Augen erhob ich mich, aber auch Ann sprang von ihrem Stuhl auf. Ihr war noch eine andere Möglichkeit eingefallen. »Wenn wir sie nun alle einfangen und draußen wieder freilassen?«, schlug sie vor und griff sich zwei blaue Plastiktassen vom Küchentresen. Dann ging sie im Zimmer umher und schlug die beiden Tassen wie zwei Becken gegeneinander.

»Machst du Witze?«, sagte ich. »Hast du keinen Biologieunterricht gehabt? Die haben zig Millionen winzige Augen! Sie sehen dich doch kommen! Auf die Weise fängst du nicht eine einzige!«

»Wie wäre es mit dem Staubsauger?«, meldete sich Karen Frazier zu Wort. Sie hatte ihn bereits aus dem Besenschrank geholt. Ann und ich warfen einen Blick darauf.

»Na ja, umbringen wird er sie wohl nicht«, sagte ich.

»Wenn wir nachher den Beutel aufmachen«, sagte Karen, »können wir sie draußen wieder fliegen lassen.«

»Ja, und sonst betrachten wir es eben als *Terminale Sedierung*«, sagte ich.

Ann ignorierte mich, steckte den Stecker in die Steckdose und schaltete den Staubsauger ein.

Langsam, aber sicher führte sie die Düse an jede einzelne Fliege heran. Ich hörte das leise »Schwupp«, mit dem jede Fliege aufgesaugt wurde und ihrem Schicksal entgegensauste. Ich konnte meine Mutter nicht sehen, aber ich wusste, dass sie uns zuschaute. Und ich hörte, wie Ann Cason, meine buddhistische Freundin, mit heiserer Arnold-Schwarzenegger-Stimme »Terminator« raunte, während sie die Staubsaugerdüse im Wohnzimmer kreisen ließ. Es war ein unvergesslicher Abend.

9 *November 2000*

»Ich wär' gern eine Tänzerin,
Eine schlanke verführerische Tänzerin,
Eine rot gewandete spanische Tänzerin,
Bitte schön!«
Doch hieß es leider, als ich frug,
»Wir haben im Moment genug
Von diesen Carmens – ja, genug –
Es ist nichts für Sie frei.«

»Ich schätze mal, Sie tanzen Tango«
– Er seufzte – »Oder auch Fandango
Zigarettenrauch und Tango –
Rote Lippen, roter Tango –
In hundert Jahren oder hundertvieren
Können wir Sie vielleicht engagieren
Nichts Bessres kann ich avisieren
Es ist im Augenblick nichts frei.

»Ja, wären Sie ein Quäkermädel,
Ein braunhaariges Quäkermädel,
Ein blauäugiges Quäkermädel,
Für die wär' Platz.«
So werd ich mich verwandeln dann

In das, was Gott sich nie für mich ersann
Und werd euch zeigen, was ich kann
Als Quäkerin!

Wenn schließlich die Musik verklingt
Das rote Kleid noch weiter schwingt
Und mein Herz noch rebellisch singt
– Was keiner hört:
»Denn ich wär' gern eine Tänzerin
Eine schlanke verführerische Tänzerin,
Eine rot gewandete spanische Tänzerin,
Bitte schön!«

ANNE MORROW, »Capriccio« (Burleskes Gedicht; geschrieben nach einer Begegnung mit Raquel Meller) in: *The Smith College Monthly, Oktober 1926*

Es ist wieder Herbst, und meine Mutter und ich sind beide nach wie vor zusammen und am Leben. Ich kann es fast nicht glauben.

Das habe ich nicht erwartet. Letztes Jahr um diese Zeit war ich überzeugt davon, dass zumindest sie tot sein würde. Ein paar Monate später war ich mir dessen schon nicht mehr so sicher. Zu dieser Zeit ging ich davon aus, dass es mich in den Wahnsinn treiben würde, wenn sie noch länger lebte. Es erschien mir unausweichlich. Ich wusste: Wenn alles so weiterging wie bisher, würde ich entweder durchdrehen, etwas Unbeherrschtes tun oder in eine schwere Depression versinken und mich von der Welt abwenden. So oder so hätte ich nach spätestens einem Jahr den Verstand verloren und säße in einer Zwangsjacke oder in einer Gummizelle. Ich hätte meinen Besitz darauf verwettet. Ein Glück für mich, dass ich es nicht getan habe.

Jetzt kommt mir alles anders vor. Wir beide haben uns verändert, und ich kann nicht sagen, wer mehr und wer weniger. Ich denke, ich bin diejenige, die sich stärker verändert hat, denn im Augenblick kann ich keine große Veränderung an meiner Mutter feststellen. Möglicherweise liegt das daran, dass ich über die Tage und Wochen und Monate, die wir gemeinsam verbracht haben, den Blick dafür verloren habe.

Vor einem Jahr noch habe ich geglaubt, dass jeder unsichere Schritt und jede zuckende Handbewegung meiner Mutter ein Anzeichen für ihren unmittelbar bevorstehenden Tod wären. Wenn ihr Gesicht am Morgen blass und aufgedunsen war, würde sie den Abend nicht mehr erleben. Bei jedem Speicheltropfen an ihrem Mundwinkel und jedem Röcheln in ihrer Lunge sah ich die Hand des Todes sich um ihre Kehle legen. Wenn sie die ganze Nacht und den folgenden Tag durchschlief und gegen Abend nur mit Mühe wachgerüttelt werden konnte, war das für mich kein Schlaf, sondern schon das Koma.

In letzter Zeit kommt sie mir, Tag um Tag, immer gleich vor. Und manchmal, wenn ich sie besuche, scheint es ihr sogar besser zu gehen. Das meine ich ernst. Oft ist sie bei besserer Gesundheit und Laune als in den vergangenen Monaten: Sie ist präsenter, gesprächiger, nicht mehr so unkonzentriert.

»Ist das dein Hund?«, hat sie mich neulich ganz freundlich gefragt und dabei auf Fergus gezeigt, der sich zu ihren Füßen auf dem Teppich zusammengerollt hatte.

Ich erschrak beinahe über die Stimme meiner Mutter. Sie klang so energisch, so fordernd, als wolle sie tatsächlich ein richtiges Gespräch mit mir beginnen. Diese Stimme war mir zwar vertraut, erschien mir in diesem Augenblick aber aus dem Zusammenhang gerissen und erinnerte mich auf geradezu unheimliche Weise daran, wie sie früher einmal gewesen war, vor fünfzehn oder zwanzig Jahren.

Also nahm ich mich zusammen und antwortete mit der besänftigenden Stimme, die ich mir zu Eigen gemacht habe, seit meine Mutter zu uns nach Vermont gezogen ist: »Das ist *dein* Hund, Mutter. Er heißt Fergus, und er mag dich sehr.«

Sie sah mich mit vollkommen klarem, skeptischem Blick an, als wollte sie mir sagen: *Das weiß ich doch, du Dummerchen. Danach habe ich dich doch nicht gefragt.*

Ich frage mich, was mir während des letzten Jahres alles entgangen ist.

Jeder Mensch, der eine Weile lang mit meiner Mutter zusammen ist, entwickelt ein ganz eigenes, besonderes Verhältnis zu ihr. Daran ist nichts Neues. Sie hat sich im Umgang mit anderen Menschen immer schon sehr auf ihr Gegenüber eingestellt. Aber es ist interessant, das nicht nur bei Freunden und Angehörigen, sondern auch beim Pflegepersonal zu beobachten. Ihre häusliche Betreuung verläuft nach einem festgelegten, genau strukturiertem Schema, aber es entwickeln sich doch individuelle Verhaltensmuster, die davon abhängen, welcher Pfleger oder welche Pflegerin gerade bei ihr ist. Der eine unternimmt vielleicht eine längere Autofahrt aufs Land und geht mit ihr in einem Lokal einen Tee trinken; der Nächste bleibt zu Hause und liest ihr Gedichte vor; ein Dritter legt besonderen Wert auf Musik oder auf die gesundheitliche Fürsorge oder bezieht Fergus mit ein. Susan Shaw zum Beispiel backt eigens für ihn Hundekuchen, die so herrlich duften, wenn sie sie aus dem Ofen holt, dass man in Versuchung geraten könnte, hinzugehen und einen zu probieren.

Laurie Crosby denkt sich Wortspiele für meine Mutter aus, und daran haben die beiden ganz offensichtlich Freude. Ein praktischer Aspekt dieser Spiele besteht darin, dass sie keine Konversation verlangen, sondern nur Bleistift und Papier und ein paar einfache Hilfsmittel erforderlich sind. Laurie bringt Magnettafeln mit Worten und einzelnen Buchstaben mit oder Bücher mit simplen Kreuzworträtseln, die die beiden Seite an Seite gemeinsam lösen.

Als ich das letzte Mal gleichzeitig mit Laurie bei meiner Mutter war, wollte sie mir unbedingt zeigen, womit sie und meine Mutter sich den Tag über beschäftigt hatten. Es handelte sich um ein Buch im Format der Malhefte für Kinder, die ich früher auf längeren Autofahrten für meine beiden kleinen Töchter dabeihatte.

Auf einer Seite war ein Bild von einem großen, runden Kürbis, der nur noch angemalt werden musste. Ich sah die kleinen, eifrigen Finger vor mir, die sich um den orangefarbenen Buntstift klammerten und ihn fest auf das Papier drückten. Neben dem Bild waren einzelne, durch Auslassungsstriche miteinander verbundene Buchstaben. Wenn man die Leerstellen ausfüllte, ergab sich der Begriff für das Bild auf der gegenüberliegenden Seite, also zum Beispiel:

K__B_S.

»Was meinen Sie, welche Buchstaben auf diese Striche gehören, Mrs. Lindbergh?«, fragte Laurie und lächelte dabei erst meiner Mutter und dann mir zu. Laurie ist einer der umgänglichsten Menschen, die ich kenne. Sie hat einen unaufdringlichen Sinn für Humor und verfügt über unendlich viel Geduld. Da stand sie also vor dem Sessel meiner Mutter und hielt uns das aufgeschlagene Buch hin, sodass meine Mutter es sehen konnte und ich von meinem Platz auf dem Sofa ebenfalls.

Meine Mutter sah Laurie fragend an.

»Was ist mit dem ersten Buchstaben? Der ist ja schon da«, wies Laurie meine Mutter hin. »Den kennen wir doch, oder?«

»K«, las meine Mutter nach einer längeren Pause mit krächzender Stimme vor.

»Welche Buchstaben könnten in die freien Stellen gehören? Was meinen Sie?«

Schweigen.

»Sehen Sie sich das Bild an.« Mit der einen Hand hielt Laurie das aufgeschlagene Buch, mit der anderen zeigte sie auf den Kürbis. Sie stand so da, wie ich es tue, wenn ich den Kindern im Kindergarten etwas vorlese, mit dem Buch zum Publikum. Wenn man das häufig genug tut, wird man zur Expertin darin, Texte auf dem Kopf zu lesen.

»Was, meinen Sie, ist das? Wie lautet das Wort, das zu diesem Bild gehört?«

Meine Mutter sagte noch immer nichts, aber ich sah ihr an, dass sie zumindest bis zu einem gewissen Grad bei der Sache war. Sie sah Laurie an, dann wieder den Kürbis, obwohl ihr Blick dabei ab und zu ins Leere schweifte. Ich konnte mich des Eindrucks nicht erwehren, dass ihr im Augenblick nicht der Sinn nach diesem Spiel stand. Vielleicht wollte sie es auch nur nicht in meiner Gegenwart spielen. Es war ein eher intimes Spiel, eines, mit dem sich eine Person alleine oder zwei Personen in trautem Zusammensein beschäftigten. Im Beisein einer dritten aber wurde es irgendwie gezwungen, wirkte peinlich, möglicherweise auch kindisch.

Laurie, die wie alle Pflegerinnen und Pfleger meiner Mutter sehr gut auf ihre Stimmungen einzugehen weiß, begann nachzugeben und wollte das Rätselheft für den Augenblick unauffällig beiseite legen.

»Kastanie!«, stieß meine Mutter plötzlich hervor, als hätte sie die ganze Zeit die Luft angehalten. Laurie und ich sahen einander an, und Laurie sperrte die Augen weit auf. Sie holte tief Luft.

»Kastanie, Mrs. Lindbergh?«

»Jawohl«, sagte meine Mutter, ebenso laut und mit ebensolchem Nachdruck wie zuvor: *»Kastanie!«*

Ich bin schon längst zu der Überzeugung gekommen, dass meine Mutter vergessen hat, wie man lächelt, aber ich denke doch, dass sie uns dann und wann alle auslacht.

Der Mensch, der sich im Verlauf der zurückliegenden zwölf Monate am spürbarsten verändert hat, ist mein Sohn Ben. Er ist größer und kräftiger geworden, sein vierzehnter Geburtstag rückt näher, aber vor allem bewegt er sich auf eine ganz neue Weise: Seine Schulterhaltung wirkt nicht mehr so wichtigtuerisch; dafür tritt er mit den Füßen umso fester auf. Und nicht nur das: Er hört sich auch anders an, wenn er geht. Wenn einer der Männer im Haus die Treppe hinauf- oder hinuntergeht, kann ich am Geräusch nicht mehr erkennen, ob es sich um meinen

Mann oder meinen Sohn handelt. Auf der Oberlippe hat Ben auch die ersten Anzeichen eines Schnurrbartes, und wenn er spricht oder lacht, hört man, dass er bald in den Stimmbruch kommt.

Nat sagt, dass Ben sich im Augenblick anhört wie die jungen Hähne in der Scheune. In diesem Herbst sind sie groß genug geworden, um zu krähen, aber sie haben noch nicht gelernt, wie man das macht. Jedes »Kikeriki« fängt ganz zuversichtlich an, bricht dann aber mittendrin ab und klingt wie das heisere Krächzen eines kleinen Piepmatzes aus. Es sind viel zu viele Hähne. Und von den kleinen Hennen, die im Frühjahr mit ihnen in dem Karton hier eingetroffen sind, hat noch keine einzige ein Ei gelegt. Bis jetzt hat Nat mit seinem Hühnerzuchtprojekt nur Enttäuschungen erlebt, obwohl er den Mut nicht aufgibt und weiterhin optimistisch ist. Ich will kein Spielverderber sein, aber mir erscheint der Blick in die Zukunft wahrlich nicht allzu verheißungsvoll. Wir nähern uns wieder dem Winter, haben zehn Tage lang keine Sonne gesehen, und ohne Licht legen Hühner keine Eier, auch wenn mir der Grund dafür nicht einleuchten will, denn was gibt es sonst um diese Jahreszeit zu tun?

Vor ein paar Tagen kochte ich ein Ei, als im Fernsehen die jüngsten Resultate der immer noch unentschiedenen Präsidentschaftswahl aus Florida durchgegeben wurden. Nat warf einen Blick auf den blubbernden Topf auf dem Herd.

»Das sieht beinahe aus wie das Ei eines Bantamhuhns«, bemerkte Nat hoffnungsvoll.

»Nur stammt es leider aus einem Karton aus dem Supermarkt«, antwortete ich und zerschlug damit ein weiteres Mal seine Hoffnung, demnächst eine eigene Eierproduktion aufzuziehen. Ich habe diese Hoffnung schon vor einigen Wochen aufgegeben und bin stattdessen lieber in den Supermarkt gefahren.

Nat seufzte und wandte sich den Nachrichten zu.

»Ich wäre der glücklichste Mensch der Welt mit einem Bantamei und einem demokratischen Präsidenten«, sagte er.

Freu dich nicht zu früh, dachte ich. In diesem Jahr brachte ich weder unserem Federvieh noch unseren Politikern allzu viel Vertrauen entgegen. Sie können nicht aus ihrer Haut, mehr war meiner Meinung nach nicht dazu zu sagen.

Ben hingegen genießt die nationale Krise, vor allem wegen der Kommentare der Nachrichtensprecher, die ihm abwechselnd wie Hohlköpfe oder wie die reinsten Lachnummern vorkommen. Auf der Fahrt zur Schule zitierte er neulich drei Formulierungen von Dan Rather aus dessen Berichterstattung über die Stimmenauszählung auf CBS:

»Das Rennen ist so knapp, dass man nicht einmal einen Streifen Zigarettenpapier zwischen die beiden Kandidaten schieben könnte.«

»Hier herrscht eine solche Spannung, dass man sie nicht einmal mit einer Säge zerschneiden könnte; dazu bräuchte es schon einen Schneidbrenner.«

»Bushs Führung ist unstabiler als ein Wackelpudding.« (Diese Letzte gefällt mir am besten.)

Mein Bruder Land war sich in diesem Jahr sogar unsicher, ob er überhaupt wählen sollte, so abgestoßen fühlte er sich von den Politikern und ihren Machenschaften. Er sagte, George Bush könne in Montana auf einen mächtigen Vorsprung hoffen, also würde seine Stimme ohnehin keinen Ausschlag geben, und außerdem glaubte er nicht, dass er es über sich bringen könne, für einen der beiden Kandidaten, George Bush oder Al Gore, zu stimmen, von Ralph Nader und Pat Buchanan ganz zu schweigen. Land meinte, er würde notfalls einfach einen leeren Stimmzettel abgeben.

Seit seinem Besuch Mitte Oktober habe ich mit ihm nicht mehr über die Wahl gesprochen, also weiß ich nicht, wie er sich schließlich entschieden hat. Land war drei Tage lang hier, um unsere Mutter zu besuchen; vorher hatte er bei ihrem Haus in Connecticut Halt gemacht und nach dem Rechten gesehen. Wie so oft brachte er uns von dort ein paar Familienandenken und kleine Schätze mit: unsere alte Bibel, eine schmale, gebundene und handsignierte Ausgabe eines Essays von Virginia Woolf aus dem Schlafzimmer unserer Mutter oder jüngst eine Hand voll Knöpfe von einem Mantel, der unserem Vater gehört hatte. Land hatte den Mantel zerknittert und achtlos beiseite geworfen in einem unbenutzten Zimmer des Hauses unter einem Stapel anderer Kleidungsstücke entdeckt, die für die Wohlfahrt oder die Mülltonne bestimmt waren.

Einen dieser Knöpfe habe ich in meine Hosentasche gesteckt. An den Mantel kann ich mich noch sehr gut erinnern. Er war marineblau und warm gefüttert, ein richtiger Gebrauchsmantel mit tiefen Taschen, den man bei der Arbeit im Freien tragen konnte, schwerer, kürzer und schlichter als Vaters langer Stadtmantel aus Tweed oder sein gepflegter Uniformpaletot. Ich sehe meinen Vater vor mir, wie er ihn an frostkalten Vormittagen in Connecticut trägt, dazu seine blaue Schirmmütze mit den Ohrenklappen und seine schweren Arbeitshandschuhe, die zu jener Zeit dreimal so groß wie meine Hände waren. Ich sehe ihn vor mir, wie er in dem Wäldchen auf unserem Grundstück herabgefallene Äste einsammelt und sie zu dem Haufen schleppt, den er hinter dem Werkzeugschuppen dicht am schlammigen Ufer des Long Island Sound für ein Feuer aufgestapelt hat.

Heute würde ein solches Feuer gegen sämtliche nachbar- und umweltrechtlichen Bestimmungen verstoßen, aber in den Fünfzigerjahren ging es in den Vorstädten noch beschaulicher zu. Man konnte verbrennen, was man wollte: Herbstlaub, Hausmüll und Gestrüpp. Mein Vater verbrachte ganze Tage damit, ein Gewirr von Ästen aufzutürmen, er häufte Zweig auf Zweig, bis das Gebilde groß genug war, um ein Dutzend ausgewachsene Pampashasen darin zu verstecken, höher als jede Biberburg, die ich je zu Gesicht bekommen habe. Wenn es dann dunkel wurde, rief er uns alle nach draußen, und wir schauten zu, wie er Benzin über den Scheiterhaufen schüttete und ein brennendes Streichholz hineinwarf. Wir wussten genau, was als Nächstes passieren würde, also traten wir gehorsam einen Schritt zurück und dann ging das ganze Ding mit einem Male lodernd in Flammen auf, wurde zu einer riesigen, Angst einflößenden Feuersbrunst, die heißer brannte als ein Höllenofen und alles in taghelles Licht tauchte. Ich weiß noch, wie die Flammen in den leuchtenden Gesichtern meiner Familie flackerten, und die Hitze, die so stark und unerbittlich war wie der Arm meines Vaters, uns zwang, noch weiter von dem Feuer zurückzuweichen.

Ich glaube, es war ihm wichtig, uns in die verwirrende Natur der Gegensätzlichkeiten einzuweisen, die dünne Linie zwischen Freiheit und Gefahr, zwischen Sicherheit und Risiko. Man konnte sich mit einem Flugzeug in die Lüfte erheben, aber am Boden hielt man sich nach Möglichkeit von seinem Propeller fern; man konnte getrost in einem Volkswagen zum entlegensten Ende der Welt aufbrechen, musste aber daran denken, nach dem Ölstand und dem Reifendruck zu schauen und immer auf der Hut vor den anderen Autofahrern – oder, wie mein Vater sich auszudrücken pflegte, den anderen Vollidioten am Steuer – zu sein.

In den Augen meines Vaters war ein Feuer gleichzeitig etwas Wunderschönes und Furchtbares. Kommt hinaus in das Abenddunkel und werdet Zeugen der Erhabenheit der Natur, schien er uns sagen zu wollen. Tretet näher heran, schaut genau hin und begreift das Element Feuer. Doch gleichzeitig seid achtsam! Tretet zurück! Passt auf! Vorsicht! Lernt, euch nicht von den Flammen verschlingen zu lassen.

Meine Mutter legte den Knopf vom Mantel ihres Mannes neben die kleinen Steine auf ihrem Tisch. Dort sah ich ihn liegen, als ich eines Nachmittags ein paar Stunden früher als gewöhnlich zu ihr kam, weil ich am Abend etwas anderes vorhatte.

Arthur war bei ihr und kümmerte sich um ihre Zehen. Der Nagellack, den ich im Sommer aufgetragen hatte, war weitgehend abgeblättert, und einige ihrer Nägel waren ziemlich lang geworden. Um Arthur bei seiner Arbeit nicht zu stören, setzte ich mich still aufs Sofa und nahm einen Reisekatalog zur Hand.

Er sagte meiner Mutter, dass er ihre Füße eine Weile lang in warmem Wasser einweichen lassen und dann ihre Zehennägel schneiden würde. Sie sah ihn mit versteinertem Gesicht an, wehrte sich aber nicht gegen das Fußbad, solange es dabei blieb. Das Schneiden ihrer Nägel aber ging nicht so leicht vonstatten.

Arthur hatte die Schüssel weggeräumt, behutsam ihre Füße abgetrocknet und sich dann im Schneidersitz vor meine Mutter gesetzt. Er schob den Tisch ein Stück beiseite und begann sein Werk, indem er einen ihrer Füße in die Hand nahm. Sie zog ihn augenblicklich wieder zurück, als hätte Arthur sie gekitzelt.

»Es ist schon gut, Mrs. Lindbergh«, sagte Arthur geduldig und sah freundlich zu ihr hoch, wobei ihm eine Haarlocke ins Gesicht fiel. »Ich schneide nur Ihre Fußnägel.«

»Der große Zeh sieht aus, als hätte er eine scharfe Kante«, warf ich ein, um Arthur zu helfen. »Du möchtest dich doch nicht nachts im Schlaf damit kratzen, oder? Das würdest du bestimmt nicht mögen. Mir passiert das nämlich manchmal, und das tut richtig weh.« Ich legte den Katalog weg und beugte mich vor, um auch an dem Vorgang teilzuhaben. Meine Mutter nahm von meiner Anwesenheit keine Notiz. Arthur sah sie immer noch lächelnd an.

»Das haben wir doch früher auch schon gemacht, Mrs. Lindbergh. Erinnern Sie sich? Es ist schon in Ordnung.« Er nahm wieder ihren Fuß. Diesmal zog sie ihn noch schneller weg – ja, sie zog beide Füße von ihm weg und ließ sie so weit wie möglich unter ihrem Sessel verschwinden.

»Ooooch«, sagte Arthur mit enttäuschter Stimme, wie ein kleiner Junge, dem man etwas verboten hat. »Oooch, Mrs. Lindbergh, seien Sie doch nicht so… es dauert höchstens ein paar Minuten…« Er streckte die Hand nach der Sofalehne aus und griff sich den Katalog, den ich dort hingelegt hatte. »Manchmal hilft das«, sagte er zu mir und drückte den Katalog meiner Mutter in die Hand. Sie rollte ihn zusammen und gab Arthur einen Klaps auf den Kopf.

»He!« Ich wollte dazwischengehen, aber Arthur gab mir ein Zeichen, mich zurückzuhalten.

»Lassen Sie nur. Es ist schon recht. Das macht es leichter für sie, und mich stört es wirklich nicht«, erklärte er.

Und so lief es dann ab. Arthur schnitt meiner Mutter die Fußnägel, während sie ihm auf dem Kopf herumklopfte. Sie schlug nicht allzu hart zu, und sie schlug ihn auch nicht ununterbrochen, bloß, wenn er einen besonders harten oder widerspenstigen Nagel zu fassen hatte. Die Szene hatte beinahe etwas Königliches. *Ich schlage Euch zum Ritter, Sir Arthur, zum Ritter der unfreiwilligen Pediküre.* Er schnipste, sie patschte, ich sah zu.

»Es ist wie eine Art Segnung«, sagte er mit einem gutmütigen Lächeln zu mir, als alles getan war und er seine Sachen zusammenräumte. Ich konnte nur den Kopf schütteln. Diese Buddhisten!

»Sie erstaunen mich immer wieder«, sagte ich.

Wieder lächelte er. »Tja«, sagte er, »ich weiß nicht. Ihre Mutter ist heute meine dritte Patientin, und eine der beiden anderen will mich partout nicht ihre Füße berühren lassen.« Dann blickte er auf die Füße meiner Mutter, die nun friedlich auf dem Schaffell unter dem Tisch ruhten, und sagte nachdenklich: »Das war heute mein dreißigster Zehennagel.«

Im Allgemeinen finde ich den Widerstand meiner Mutter amüsant. Er kommt manchmal ganz unerwartet und ist einfach drollig. Catherine Clark erzählte mir gestern, dass meine Mutter, als Catherine versuchte, sie nach einer durchschlafenen Nacht und einem halben Vormittag im Bett endlich zum Aufstehen zu bewegen, gefragt hätte, warum das denn nötig sei.

»Wieso muss ich aufstehen?«, hatte sie wissen wollen, und Catherine war diese Frage durchaus plausibel vorgekommen. Sie erklärte meiner Mutter, dass es nicht gut für ihren Kreislauf wäre, längere Zeit in der gleichen Lage zu verharren, dass sie um ihrer eigenen Gesundheit willen aufstehen und sich ein wenig bewegen müsse.

»Aber ich möchte den Tanz nicht unterbrechen!«, protestierte meine Mutter. Das erinnerte mich an etwas, das Ben immer über seine Kusine aus Brasilien gesagt hatte, die fröhlich auf Portugiesisch vor sich hin plapperte, wenn sie und er miteinander spielten: »Ich verstehe zwar nicht, was sie sagt, aber ich weiß, was sie meint.«

Die Sprache gibt uns nur begrenzte Ausdrucksmöglichkeiten. Was wirklich auf dieser Welt vorgeht, kann man nicht in Worte fassen, und die Wahrheit, worin sie auch bestehen mag, wird uns zu dem von ihr gewählten Zeitpunkt auf mysteriöse Weise zuteil.

Gestern Abend hat der Oberste Gerichtshof von Florida einstimmig entschieden, dass der Staatssekretär nicht, oder noch nicht, das Auszählungsergebnis bestätigen könne, durch das ein Republikaner im Weißen Haus Einzug halten würde. Und als ich heute Morgen in den Stall ging, um die Hühner zu füttern, fand ich ein frisch gelegtes Ei vor.

10 *Dezember 2000*

Ich entfache die Glut in meinem Herzen
Und öffne weit das Tor
»Bist du es, den ›Erfolg‹ man heißt?
Sahen wir uns nicht zuvor?«

»Mir scheint's … und doch … vergaß ich denn
Die Schönheit, die ich so begehr?
Komm, nimm vom Brot und nimm vom Wein
Du reist von ferne her.«

»Ich war bei dir an jedem Tag.
Doch du nahmst mich nicht wahr
Riefst nur ›Versagen‹, sahst du mich
Und riefst es unter Tränen gar.«

ANNE MORROW, »Erfolg«
in: *The Wheel,* Miss Chapin's School, März 1924

Na schön. Wie ich schon zu meinem Mann gesagt habe – man kann nicht alles haben. Nach einem Auszählungsprozess, den ich, ehrlich gesagt, viel aufregender fand als die beiden Kontrahenten zusammen, bekommen wir also einen Republiker als Präsidenten. Aber die Bantamhühner gedeihen weiter, und das tut auch meine Mutter.

Ich sehe sie in diesem Winter in einem neuen Licht. Ich sehe sie so, wie sie gerade ist. Ich glaube, ich habe meine gewohnte Sichtweise, die Sichtweise der gekränkten Tochter, die alles, was meine Mutter tut und lässt, interpretiert, fallen gelassen. Und ich glaube, ich habe das beinahe unbewusst getan. Mit einem Male genügt es mir, sie von einem Tag zum anderen zu begleiten, und es kommt mir nicht mehr so bedeutsam vor, darüber nachzusinnen, was ich in ihr sehe oder was mir an ihr auffällt. Ich bin mir nicht einmal mehr sicher, dass ich überhaupt noch irgendetwas zu analysieren im Stande bin, was meine Mutter betrifft. Durch diese neue Sichtweise, die nur die nackten Tatsachen gelten lässt und auf den üblichen inneren Kommentar verzichtet, hat sich etwas, das zwischen uns gestanden hat, in Luft aufgelöst. Es ist, als wären die im Zimmer verstreuten Möbelstücke meiner innersten Gedanken wieder ordentlich entlang der Wände unserer Beziehung aufgereiht. Mit einem Male hat man wieder Bewegungsfreiheit. Es ist vielleicht sogar genug Raum für eine Tanzfläche da.

Es überraschte mich, als Land mir anvertraute, bei seinem letzten Besuch wäre ihm die Hautfarbe unserer Mutter verändert vorgekommen. Ihr Gesicht, sagte er, wäre verändert, die Haut wäre ganz »wächsern und durchsichtig«, und er frage sich, was das zu bedeuten hätte. Ich konnte es ihm nicht sagen. Ich erkenne keine der Veränderungen, die er mir beschrieben hat. Ich sehe nur ihr Gesicht, glatt wie ein Blütenblatt und blass wie Pergamentpapier. Ich erkenne keinen »Verfall«, auch keinen »Fortschritt«, keine »Anzeichen« für dieses oder jenes, obwohl ich diese Dinge früher durchaus gesehen habe – und noch vieles andere mehr. Jetzt aber nehme ich keine Veränderungen mehr wahr, und mir fallen auch keine langwierigen Beschreibungen ein. Ich sehe nur ihr Gesicht.

Andererseits habe ich damit angefangen, sie mir zu verschiedenen Zeiten ihres Lebens vorzustellen. Ich stelle mir gerne vor, wie sie mit siebzehn gewesen ist, mit fünfundzwanzig, mit einundvierzig oder in meinem jetzigen Alter, mit fünfundfünfzig.

Ich blicke über die gesamte Bandbreite ihrer Schriften zurück, ihre Essays und Tagebücher, selbst über ihre frühesten Veröffentlichungen, die Gedichte, die in den Schüler- und Collegezeitungen abgedruckt wurden. Ich bin froh darüber, dass sie auf diese Weise erhalten geblieben sind, und es amüsiert mich, wenn ich ihre an den Rand gekritzelten ärgerlichen Kommentare zu ihren eigenen Worten entdecke, schriftstellerische Selbstkritik wie »Das hält doch kein Mensch aus!« oder »Plump!«. Auch ich bin mit mir selber so ins Gericht gegangen, und ich muss bei dem Gedanken lächeln, dass dies etwas ist, das uns beide verbindet.

Über der Farm liegt eine Schneedecke, viel dichter als um diese Zeit im letzten Jahr. Wohin ich auch schaue, alles erhebt sich vor einem weißen Hintergrund. Es gibt so wenig Unterschied zwischen Himmel und Erde, dass ich, wenn ich mich auf Langlaufskiern über die Weide bewege und innehalte, um die Landschaft auf mich wirken zu lassen, oft nicht sagen kann, wo das eine aufhört und das andere anfängt. Ich sehe unser Haus und die Scheune, blicke dann weiter die Straße hinauf zum kleineren Haus meiner Mutter, das um diese Jahreszeit mehr denn je wie ein Schweizer Chalet aussieht. Sie dürfte in ihrem Sessel am Kamin sitzen. Rauch kräuselt sich aus dem Schornstein empor.

Ich kann in der verschneiten Landschaft nur wenige Einzelheiten ausmachen. Aus dieser Entfernung sind die Schafe im Hof bloß deshalb zu erkennen, weil sie schwarze Gesichter und schwarze Füße haben. Sobald ich wieder zu ihnen hinabgestiegen bin, werden sie mir als wollige Meute auf meinem Weg den Zaun entlang folgen, wie in Zeitlupe an dem Drahtgeflecht entlangtraben, das ihre Weide umgrenzt, während ich auf Skiern an ihnen vorbeifahre. Sie werden mich so lange im Auge behalten, bis ich den Pfad verlasse, der um die Scheune herumführt, und den Weg zum Haus einschlage. Warum tun sie das? Glauben sie, ich hätte in der Tasche meines Parkas ein paar Körner für sie – die skilaufende Schäferin? Da könnt ihr lange warten, ihr Schafsköpfe.

Wir haben jetzt weniger Schafe als noch vor einem Monat, denn Nat und ich haben fünf davon auf der Ladefläche seines neuen roten Pick-ups nach Ascutney gebracht und an einen Mann namens Bill Yates verkauft. Zunächst hatte ich mich verhört und geglaubt, Nat hätte »Bill Gates« gesagt, und mir einen kurzen Moment vorgestellt, dass der Computermilliardär sich nun als Schafzüchter in Vermont versuchen wollte – gewiss keine besonders clevere Geschäftsidee –, um dann zu erfahren, dass es sich um Bill Yates handelte, einen Farmer in unserem Alter, der mit einem Freund von uns aus East Burke, ebenfalls einem Schafzüchter, schon seit längerem Geschäfte machte und uns dementsprechend empfohlen worden war.

Nat war an diesem Tag früh aufgewacht, hatte aus dem Fenster neben unserem Bett geschaut und geflucht. (»Sch…wind, Sch…schafe.«) Er befürchtete für den Tag schlechtes Wetter und schlechtes Benehmen seitens der Schafe. Es war kalt und windig, also würden die Tiere unruhig sein, was es nicht gerade einfacher machte, sie auf die Ladefläche des Pick-ups zu bugsieren. Ihm graute schon jetzt davor.

Als es soweit war, gaben sich die Tiere ganz brav, aber Nat stellte fest, dass er die Heckklappe des Wagens würde entfernen müssen, um rückwärts an die Scheune heranfahren zu können. Die Heckklappe würde nämlich das Gewicht der Schafe nicht aushalten, und wir besaßen keine Laderampe. (»Sch…kiste.«) Dann müsste er die Tiere einladen und die Heckklappe ganz schnell wieder anschrauben, damit die Schafe nicht versuchten, vom Wagen herunterzuspringen.

Als die Heckklappe entfernt war, lockte mein Mann die Schafe mit einem kleinen Eimer Getreide aus ihrem Stall, während ich im Dunkeln unauffällig mit einem mit Spinnweben verklebten Fensterladen wartete. Der Fensterladen stammte von einem Stapel im hintersten Teil der Scheune, seit sie irgendein Vorbesitzer unserer Farm – vermutlich in der Absicht, das Haus zu streichen – von den Fenstern entfernt hatte. Niemand hatte die Läden je wieder an den Fenstern angebracht, aber sie eigneten sich gut zu diversen anderen Zwecken. So stand ich also mit meinem Fensterladen Wache, hielt ihn quer vor meiner Brust, um den Schafen von hinten leichten Druck zu machen, falls sie sich weigern sollten, auf den Laster zu steigen und sich stattdessen blökend und stolpernd in der Scheune verstreuten, ohne Sinn und Verstand in ihrer üblichen nervtötenden Art.

Aber zu unserem Glück verließen sie die Box als geschlossene Herde – wie Schafe es bisweilen tun –, eilten durch die Gänge des Stalls, schoben sich drängelnd an einem nicht mehr benutzten Kaninchenstall vorbei und warfen einen alten Westernsattel um. Als sie in ein im Weg stehendes Fass hineinrannten, entstand kurzzeitige Verwirrung, aber dann formierten sie sich wieder, um Nat mit dem Eimer voller Futter zu folgen. Ich glaube, sie wären mit ihm eine Klippe hinabgestürzt, wenn er sie dorthin geführt hätte. Schließlich hatten wir sie alle auf der Ladefläche des Pick-ups. Ich eilte mit meinem Fensterrahmen hinterher und drückte ihn mit aller Kraft gegen das Heck des Wagens – für den Fall, dass die Schafe es sich anders überlegen sollten, während Nat die Heckklappe wieder anmontierte.

Es war kein leichtes Unterfangen gewesen, und uns zitterten noch die Hände, als wir über die unbefestigte Nebenstraße zur Route 5 fuhren, die uns am Connecticut River und der Eisenbahnstrecke entlang nach Süden führen sollte. Der Highway 91, der parallel zu der von uns gewählten Strecke verläuft, hätte uns viel rascher ans Ziel gebracht, aber Nat wollte den mehrspurigen Highway lieber meiden, weil uns mulmig bei dem Gedanken war, was die Schafe auf der Autobahn anstellen könnten. Es war das erste Mal, dass wir mit dem neuen Laster, den wir erst im zurückliegenden Sommer gekauft hatten, Tiere transportierten. Als wir den Hügel hinunterrollten, der an der Route 5 endete, brachte unsere blökende Ladung den Wagen zum Schaukeln, und Nat stieß einen leisen Fluch nach dem anderen aus.

Die Route 5 allerdings ist eine unserer Lieblingsstrecken. Sie führt durch malerische Kleinstädte und an Farmweiden vorbei und berührt an einigen besonders schönen Stellen den sich gemächlich dahinwindenden Fluss, dessen glänzendes Wasser an den Ufern mit einer Eisschicht überzogen war, über die die Trauerweiden ihre tiefen Zweige hängen ließen. Wo der Wald unmittelbar an das Flussufer grenzte, konnte man gelegentlich einen Habicht hoch oben in einem Baum auf der Lauer sitzen sehen, und Schwärme von Küstenvögeln, Enten und über das Land hinwegziehende Gänse legten eine Rast auf den Sandbänken in der Mitte des Stromes ein. Als wir ohne Zwischenfälle nacheinander Passumpsic, East Barnet, dann Barnet und McIndoes Falls hinter uns gelassen hatten, hob sich unsere Stimmung immer mehr. Als wir Wells River erreichten, hatten sich die Schafe beruhigt und auch Nat wirkte nicht mehr so angespannt.

»Ist es nicht herrlich, dass diese Schienen mal wieder ein bisschen poliert werden?«, bemerkte er mit einem Seitenblick auf die neben unserer Straße verlaufende Eisenbahnstrecke. Ich gab mich kurz der albernen Vorstellung hin von Hausmädchen, die mit Staubwedeln die Schienen putzen, aber Nat spielte natürlich auf die Tatsache an, dass auf dieser Linie nun wieder verstärkter Eisenbahnverkehr herrschte. Die Regierung von Vermont setzt sich sehr dafür ein, mehr Güter- und Personentransport auf die Schienen zu verlagern. Neben der vernünftigen, umweltschonenden Nutzung des Flusses als Transportweg ist dies ein Projekt, das Nat besonders am Herzen liegt. Er ist seit Jahren Mitglied des von den Bundesstaaten New Hampshire und Vermont gemeinsam ins Leben gerufenen Rats zur Erhaltung des Connecticut River und seiner Umgebung und hat derzeit sogar dessen Vorsitz inne, obwohl er keinerlei Einfluss auf die tatsächliche Nutzung der Eisenbahnstrecke hat.

Dennoch ist er über alles auf dem Laufenden und durfte dem Senat von Vermont sogar ein Gutachten vorlegen, als die Regierung sich mit dem Plan befasste, Timothy Mellon die Boston-Maine-Eisenbahngesellschaft abzukaufen. Timothy Mellon war ein vermögender junger Mann, unternahm nach Meinung derjenigen, die sich damit auskannten, jedoch nicht genug, um die Strecke zu erhalten. Weil die Familie Mellon seit Generationen wohlhabend und zudem seit langer Zeit mit der Familie meiner Mutter, den Morrows, bekannt war, dachte ich immer wieder daran, dass die einfachste Lösung des Problems ein höflicher Brief meiner Mutter an seine Mutter wäre, in dem sie sie bat, ihren Sohn zu ermahnen, sich besser um seine Züge zu kümmern. Auf mich hat natürlich keiner gehört. Trotzdem bleibt es eine Tatsache, dass eine Mutter seit jeher viel mehr Einfluss ausüben kann als jeder Politiker.

Nichts macht Nat glücklicher, als sich über Eisenbahnen auszulassen, und ich liebe es, ihm dabei zuzuhören, nicht nur wegen seines ansteckenden Enthusiasmus, sondern auch, weil ich gerne die Namen der alten Eisenbahnzüge höre. Ich weiß noch, wie mein Bruder Land früher Volkslieder zur Gitarre sang, in denen diese Züge verherrlicht wurden, besonders das Lied vom »Wabash Cannonball«, ein Lied, das einem wie kein anderes unter die Haut geht. Ich habe auch immer die vielfältigen Eisenbahnballaden aus dem *Fireside Book of Folk Songs* gemocht.

Ich besitze dieses kostbare Erinnerungsstück an meine Kinderzeit noch heute und bewahre es neben dem Klavier in unserem Haus in Vermont auf. Es ist zwar ziemlich abgegriffen, aber es fehlt keine einzige Seite. Hinten in dem Buch steckt ein zusammengefalteter Zettel, »Scott's Cove, 25. Dezember 1959« betitelt. Es handelt sich um einen mit Maschine getippten Durchschlag sämtlicher Strophen, an die sich mein Vater von einem Lied, das er als »Abdul Abulbul Amir« kannte, noch erinnerte. Meine Lieblingsstrophe in dieser gruseligen Ballade von zwei Widersachern, die sich an Zerstörungswut um nichts nachstanden, handelte von Abduls Rivalen, Ivan Skavinsky Skavar. Der Version meines Vaters zufolge konnte jener Ivan angeblich Poker, Billard und spanische Gitarre spielen wie kein Zweiter und ganz trefflich Irving imitieren, und ich stellte ihn mir als schneidigen Draufgänger vor, obwohl ich keine Ahnung hatte, wer oder was Irving war.

Alles in allem war es eine angenehme Fahrt. Wir kamen heil

in Ascutney an und luden die Schafe dank der Hilfe von Bill und seiner reizenden, dunkelhaarigen Tochter ohne weitere Missgeschicke bei seiner Farm ab. Bills Tochter war ungefähr in dem Alter, in dem die Kinder aufs College kommen. Sie hatte ein Exemplar von Mary Karrs *Club der Lügner* aufgeschlagen auf dem Küchentisch liegen lassen, als sie nach draußen kam, um uns mit den Tieren zu helfen. Sie erzählte mir, dass sie auf dem Heuboden ein junges Kätzchen hätten, und als ich später in der Küche stand, fiel mir beim Blick durchs Fenster ein Esel auf, der auf der Weide mit den Kühen zusammen graste. In der Küchenspüle entdeckte ich ein paar leere Milchflaschen mit Saugern für kleine Kälber. Für einen Sonntagnachmittag war hier allerhand los.

Auf der Heimfahrt zeigte mir Nat den Scheck, den er von Bill Yates für die Schafe bekommen hatte. Er war auf 360 Dollar ausgestellt. Anschließend hielt er mir einen längeren, etwas vergeistigten Vortrag über die Freuden des Landlebens, wie wir sie nun seit dreißig Jahren, seit unserem Umzug nach Vermont in den späten Sechzigerjahren, genossen.

Ich hörte nur mit halbem Ohr zu und summte leise den Refrain von »The Wabash Cannonball« vor mich hin: *She's long and tall and handsome / And loved by one and all / She's a modern combination / Called the Wabash Cannonball.*

Für mich beginnt im Dezember immer eine besinnlichere Zeit, die den größten Teil der drei kältesten Monate des Jahres anhält. Ich bin dann froh, mir ein bisschen Ruhe gönnen zu dürfen. Ich war in diesem Jahr sehr häufig auf Reisen, habe in Zusammenhang mit meiner Arbeit Schulen, Buchhandlungen, Seminare und Bibliotheken besucht und war nebenher noch für die Belange meiner Familie und in anderen Angelegenheiten unterwegs. Ich habe dutzende von Terminen in Dutzenden von Bundesstaaten im ganzen Land wahrgenommen und einige mehr unmittelbar vor unserer Haustür. Meistens werde ich eingeladen, in Schulen oder Bibliotheken zu sprechen, aber bisweilen finde ich mich auch auf einer Luftwaffenbasis oder in einem Gemeindezentrum wieder, wo man von mir etwas über die Familiengeschichte hören möchte.

Mein letzter Termin in diesem Jahr führte mich an einem Samstagabend Mitte Dezember in den Versammlungssaal der Kriegsveteranen von Lyndonville, Vermont.

Eingeladen hatte mich Oberstleutnant Madeleine Batten, die erste weibliche Befehlshaberin der Nationalgarde von Vermont. Es handelte sich um eine Weihnachtsfeier und eine Preisverleihung für eine Gruppe junger Leute, die sich um ein ziviles Luftaufklärungsprogramm verdient gemacht hatten, und ihre Familien. Frau Oberstleutnant Batten, der ich bisher noch nicht persönlich begegnet war, hatte mich gebeten, an der Verleihung eines Lindbergh-Preises für besondere Eigeninitiative teilzunehmen.

Alle Anwesenden im Versammlungssaal waren entweder in Uniform erschienen oder in Jeans und Pullover, was der Veranstaltung einen zugleich festlichen wie formlosen Charakter gab. Kleine Mädchen mit Zöpfchen und rosa Turnschuhen rannten zwischen den Tischen umher, während die Mitglieder des Luftaufklärungsgeschwaders, dem sowohl Männer als auch Frauen angehörten, ehrfurchtsvoll und schweigend neben der Flagge von Vermont und der der Vereinigten Staaten von Amerika Aufstellung genommen hatten. So präsentierten sie ihre Fahnen, erhielten ihre Auszeichnungen, marschierten und salutierten mit Würde und präzisen Gesten, während das aus ihren Geschwistern, Eltern und Großeltern bestehende Publikum begeistert applaudierte.

Es fiel mir zunächst nicht ganz leicht, mir einen Reim auf die Veranstaltung zu machen. Sie erschien mir wie eine Mischung aus kirchlichem Abendmahl, Gemeindeversammlung und Schulabschlussfeier. Man hatte die Familienmitglieder eingeladen, damit sie Beifall spenden konnten, aber sie waren eben nur als Zuschauer da, weswegen auch nicht von ihnen erwartet wurde, dass sie sich für den Anlass besonders festlich kleideten. Die Jugendlichen hingegen, zumindest die in dem Luftaufklärungsprojekt engagierten, waren feierlich herausgeputzt in Uniform und bewahrten Haltung. Ich wurde von einem gut aussehenden, etwa siebzehn Jahre alten Kadetten an meinem Platz geleitet. Er gehörte zu der Gruppe junger Leute, zu deren Ehren wir uns versammelt hatten, die zwischen elf und einundzwanzig Jahre alt waren. Es handelte sich bei meinem jungen Begleiter um ebenjenen Sergeant Chris Westover, dem ich später die Lindbergh-Auszeichnung verleihen sollte.

Ich saß mit den Würdenträgern an einem langen, mit einem weißen Tuch bedeckten Tisch zwischen Oberstleutnant Batten zu meiner Rechten und einem weiteren uniformierten Offizier, dessen Namenskärtchen auf »Col. James D. Rowell« lautete, zu meiner Linken. Unmittelbar hinter uns befand sich eine Bühne, auf der ein Diskjockey über eine aufwändige Anlage CDs mit Weihnachtsliedern spielte. Die Musik erfüllte den Saal, und als ich mich setzte, hörte ich Colonel Rowell mit tiefer Stimme mitsingen: *Sleigh bells ring, are you listening…*

Frau Oberstleutnant Batten stellte sich als eine kleine, stämmige und fröhliche weißhaarige Dame heraus. In ihrer Begleitung befand sich ihr dünner, sehniger und ebenfalls weißhaariger Gatte. Er hatte einen buschigen Schnurrbart und ein breites Grinsen und war ebenfalls Oberstleutnant. Der männliche Oberstleutnant Batten stellte mich der anwesenden Prominenz vor: Leutnant Catherine Wood, die Seelsorgerin des Geschwaders, würde uns durch den Abend führen. Vor dem Essen saß sie still an ihrem Platz und war mit Nadel und Faden damit beschäftigt, rosa Kreuze auf kleine weiße Taschen zu sticken, die aussahen wie dekorative Schlüsselanhänger. Dann sprach sie die einführenden Worte, und im Laufe des Abends hielt sie einen kurzen Vortrag über ihre Zeit in China.

Leutnant Wood war als Tochter eines Missionars mit ihren Eltern und ihrem Bruder in Fernost aufgewachsen, wo sie, wie sie uns berichtete, »den Kommunisten Jesus nahe gebracht« hätten. Ihre missionarische Arbeit setze sie auch heute noch fort, erzählte sie, und zwar als Seelsorgerin für die Häftlinge in der örtlichen Vollzugsanstalt, die – und hier senkte sie ehrfurchtsvoll die Stimme – »Jesus nie gekannt hätten«. Ob wir uns so etwas vorstellen könnten? Wie Frau Oberstleutnant Batten hatte auch Leutnant Wood silbergraues Haar, war aber weitaus rundlicher gebaut, sodass sie mich an einen weiblichen Weihnachtsmann erinnerte, und ihr Glaube war von einer schlichten, selbstverständlichen Ergebenheit geprägt.

Es war mir sogleich klar, dass ihr Jesus auch der meiner Kindheit war. Mit blauen Augen und umringt von Kindern und Lämmern brachte er seine Botschaft, die nichts anderes enthielt als Liebe und Vergebung. Leutnant Wood sprach auch über ihre Sorge um den gewaltigen Jangtsekiang, an dem es nun so viele Dämme gäbe, und verweilte einige Zeit bei Reminiszenzen an die verheerenden Fluten, die China während der Jahre, die sie dort verbrachte, heimgesucht hätten.

Dabei musste ich an meine damals noch jungen Eltern denken, die mit der *Tingmissartoq*, einem Wasserflugzeug vom Typ Lockheed Sirius, in den Dreißigerjahren Flüge nach China unternommen hatten, auf denen sie den Flutopfern in den Katastrophengebieten des tosenden Jangtsekiang Hilfsmittel brachten. Meine Mutter war zu dieser Zeit nicht ganz dreißig Jahre alt und wog gerade mal fünfzig Kilo. Jahre später erzählte sie uns Kindern, dass einige der Menschen, zu deren Hilfe sie und mein Vater gekommen waren, so verzweifelt gewesen wären, dass sie versucht hätten, an Bord des Wasserflugzeuges zu gelangen, wobei sie mit ihrem Gewicht die Sirius um ein Haar in den trüben, rauschenden Fluten ihrer untergehenden Heimat versenkt hätten. Einmal, berichtete sie, hätte mein Vater eine Gruppe Flüchtlinge sogar mit geladener Pistole von dem Flugzeug fern halten müssen. Ich wusste, was für ein hervorragender Schütze mein Vater war, und die Erzählung meiner Mutter beschwor in mir die unerquickliche Vorstellung herauf, wie er mit zielsicherer Hand die Waffe auf ein verzweifeltes, desolates Gewimmel von Menschen richtet, während er mit der anderen die Hilfsgüter ablädt, die das Leben dieser Menschen retten sollen.

Madeleine, wie ich Oberstleutnant Batten im Geiste nannte, während wir uns beim Essen näher bekannt machten, vertraute mir an, dass sie am Abend zuvor lange aufgeblieben war, um hundertdreiundzwanzig winzige, einmotorige Hochdecker zu basteln, die sie an jedem Platz im Saal aufgestellt hatte. Diese Flugzeuge erinnerten mich sehr an die Spirit of St. Louis meines Vaters. Allerdings bestanden diese Nachbildungen aus Kaugummi (für die Flügel), Pfefferminzkringelchen (für die Räder), Zahnstochern (für die Propeller) und Smarties (für den kompakten, zylinderförmigen Rumpf, der sich wie eine Rolle Münzen vom Bug bis zum Heck erstreckte).

Mein Modell hatte einen Streifen *Wrigley's Spearmint Gum* als Flügel; das von Colonel Rowell einen von *Big Red*; Madeleines flog mit *Doublemint*. Während einer Pause, in der einige der Teilnehmer den nächsten Programmpunkt vorbereiteten, zog ich einen Stift hervor und schrieb »NX-211«, die Kennnummer der Spirit of St. Louis, auf so viele Kaugummiflügel, wie ich von meinem Platz aus erreichen konnte. Das war, so fand ich, das Mindeste, was ich in Hinblick auf die vorweihnachtliche Jahreszeit für meine Familie und meine Heimatgemeinde tun konnte.

11 *Januar 2001*

Wenn wir bei uns selbst beginnen, entdecken wir etwas Wesentliches, das bis an die Peripherie des Kreises reicht. Wir finden wieder etwas von der Freude am Heute, vom Frieden im Hier, von der Liebe in mir und dir, aus dem das Himmelreich auf Erden erschaffen ist.
Hinter mir dröhnt das Meer. Geduld – Glaube – Bereitsein. Das ist es, was das Meer uns lehrt. Einfachheit – Einsamkeit – Wechsel… Aber es gibt noch andere Gestade zu erforschen. Es gilt, noch mehr Muscheln zu finden. Dies ist nur ein Anfang.

ANNE MORROW LINDBERGH,
aus: *Muscheln in meiner Hand*

Viele unserer Verwandten besuchen uns über die Feiertage auf unserer Farm. Sie kommt mir dann wie ein Ferienlager vor, ein Ort »hinter den sieben Bergen«, an den der Besucher gelangt, indem er um die letzte Biegung am Ende einer langen, mit Schlaglöchern gespickten und von Birken und Ahornbäumen gesäumten Straße fährt, und plötzlich, genau an der Stelle, an der das Haus meiner Mutter auf einer Anhöhe zur Linken der Straße thront, eröffnet sich vor ihm das Tal, in dem unsere Farm steht. Es ist eine Mulde in der Landschaft, eine eigene kleine Welt mit Weiden und Feldern, der großen Scheune und unserem

Wohnhaus in der Talsohle und zwei Bächen, die an beiden Seiten des Hauses vorbeifließen.

Mir gefällt es, wie die Gebäude hier zusammenstehen. Sie scheinen sich über die Landschaft hinweg Sicherheit zu geben und einander widerzuspiegeln. Wir können abends von unserer Talsohle aus die Anhöhe hinaufblicken und das Licht im Schlafzimmerfenster meiner Mutter sehen, während sie tagsüber von ihrem erhöhten Posten zu uns hinunterschauen und sehen kann, was wir und unsere Tiere gerade so treiben. Als wir vor vielen Jahren das Land abschritten, um den Platz zu bestimmen, an dem eines Tages ihr Haus stehen sollte, bemerkte sie, wie geborgen unsere Farm in dieses Tal gebettet wäre, wie von einer schützenden Hand umschlossen.

Nats Mutter und seine zwei älteren Söhne waren über Thanksgiving bei uns, und danach kamen mein Bruder Jon und seine Frau für ein paar Tage. Eine Woche zuvor hatte Jons Tochter Wendy uns mit ihrer kleinen Tochter Rose und Hector McDonnell, Roses Vater, sowie Wendys Sohn aus erster Ehe, Sasha Kleszy, besucht. Sasha ist jetzt sieben und hat schon mehrere Male die Ferien bei uns verbracht. Als er einmal über die Ostertage auf der Farm war, fasste das Lamm, das wir mit der Flasche aufzogen, große Zuneigung zu ihm, weil er ein Lebewesen von ungefähr seiner eigenen Größe war und sich auch in einem ähnlichen Tempo bewegte wie das Lamm. Und wie das Lamm von Mary in dem Kinderlied folgte unser Lamm Sasha getreulich überallhin, so schnell er auch rennen mochte. Die beiden jagten um unsere Scheune herum, über die Weide und oft auch mitten durchs Haus, wobei die winzigen Hufe des Lammes auf dem ausgetretenen Holzfußboden ein klackendes Geräusch machten, wenn es durch die Küche und das Wohnzimmer fegte – wild entschlossen, sich von dem lachenden Kind vor ihm nicht abhängen zu lassen.

Diese Weihnachten kamen meine eigenen beiden Töchter und die Kinder meiner Schwester nach Hause; mit ihnen reiste mein Bruder Scott mit seiner Familie aus Brasilien an. Scotts

Familie ist während der vergangenen zehn Jahre oft in den Ferien bei uns gewesen, doch ihr letzter Besuch lag nun schon anderthalb Jahre zurück. Die Mutter meiner brasilianischen Schwägerin war längere Zeit krank gewesen und in diesem Herbst gestorben. Deswegen wirkte Raquel, so heißt meine Schwägerin, stiller und trauriger als sonst, aber die Familie hat trotzdem etwas aus ihrem Besuch im winterlichen Vermont gemacht. Vor allem Brian und Sarah, die beiden Kinder, sind begeistert von dem Schnee.

Während der schulfreien Tage wurde die Schneedecke beständig dicker, und schließlich lag so viel davon, dass die Kinder jeden Tag im Freien spielten, Schlitten fuhren, Schneeburgen bauten und Skilanglauf machten. Einen Tag packten wir sie alle ins Auto und fuhren mit ihnen zum Burke Mountain, unserem örtlichen Skigebiet, wo sich Scott und seine Kinder mit Ben und ein paar von seinen Freunden auf Snowboards versuchten. Brian und Sarah fanden besonders viel Spaß daran, obwohl sie, wie wir alle, zum ersten Mal auf einem solchen Brett standen. Brian war in Brasilien schon »Sandboard« gefahren, was zwar ähnlich war, sich aber trotzdem nicht so leicht in eine Wintersportart umsetzen ließ. Mein achtundfünfzigjähriger Bruder, an den ich mich aus seiner Jugend als gewandten Skiläufer erinnerte, erlebte einen Tag voller Stürze, Zusammenstöße und blauer Flecken, bis er endlich so geschickt wie seine Kinder mit dem Snowboard umzugehen wusste. Er trug eine blau-weiße Mütze, deren Troddel hinter ihm herwehte, wenn er den Hügel hinuntergesaust kam, und ihm ins Gesicht fiel, wenn er sich auf die Nase legte.

Abends setzten wir uns in einem der drei Häuser zusammen: entweder im Farmhaus, im Häuschen meiner Mutter oder in der zwei Meilen entfernten Hütte, in der meine Schwester früher einmal wohnte und die jetzt Marek und Connie, ihrem Sohn und ihrer Tochter, gehört.

Meine Mutter lebte während der Festtage sichtlich auf, wirkte aufgeweckt und interessiert, wenn jeden Tag neue Leute kamen, um sie zu besuchen. Bei Familienfeiern bezogen wir sie soweit als möglich mit ein, und weil ihr nichts mehr Mühe machte, als sich von einem Haus in das andere zu begeben, versammelten wir uns zum Abendessen fast immer bei ihr. Obwohl ihre Pfleger daran gewöhnt waren, nur für eine oder zwei Personen zu kochen, brachten sie Mahlzeiten für die gesamte Familie auf den Tisch, wobei natürlich jeder von uns mit Hand anlegte, wo es möglich war. Ruth und Marco, unsere Sommergärtner, kamen ein paar Mal, um am Wochenende für uns zu kochen. Marco ist nicht nur ein begabter Künstler und erfahrener Gärtner, sondern auch ein vorzüglicher Koch, und Ruth arbeitet in einem Internetcafé, das jüngst mit drei Computern, ein paar Tischen und einigen von Marcos Bildern an der Wand in St. Johnsbury eröffnet wurde.

Am Heiligabend kamen alle den Hügel hinunter zu unserem Haus, um sich von Nat, dem Chefkoch in unserer Familie, mit einem opulenten Festmahl verwöhnen zu lassen. Anschließend setzten wir uns alle ans Kaminfeuer und sangen gemeinsam Weihnachtslieder. An diesem Abend fühlte meine Mutter sich kräftig genug, um zu Fuß zu uns zu kommen, und am ersten Weihnachtstag bewältigte sie die Strecke noch einmal, um an unserem großen nachmittäglichen Weihnachtsessen teilzuhaben.

An diesem Tag bekam ich einen Briefumschlag, der in ihrer Handschrift an mich adressiert war. Darin steckte eine Weihnachtskarte, auf die sie in ihrer kritzeligen, aber unverwechselbaren Schrift etwas für mich geschrieben hatte. »Ich danke dir so sehr für alles, was du mir gegeben hast«, stand darin.

Mir kamen die Tränen. Ich blickte Laurie Crosby an, die über die Weihnachtstage bei meiner Mutter Dienst hatte. Laurie nickte nur.

»Sie hat das wirklich selber geschrieben. Niemand hat sich den Text für sie ausgedacht«, versicherte sie mir.

Auch Nat machte die Karte auf, die er von meiner Mutter bekommen hatte, und zeigte sie mir. Er war zutiefst gerührt. In derselben Handschrift stand auf seiner Karte: »Ich danke dir so sehr für alles, was du für mich tust.«

Ich bekam das Gefühl, dass meine Mutter, sowie sie erst einmal die passenden Worte gewählt hatte, so richtig in Fahrt gekommen war.

In Bens Karte stand: »Ich danke dir so sehr dafür, dass es dich gibt«, und es war Geld darin.

»Dank dir, Mäuseomi«, sagte er, »und frohe Weihnachten.« Dabei warf er ihr einen scheuen Blick zu, den sie erwiderte. Das war der gesamte Austausch, der zwischen meiner Mutter und meinem Sohn an diesem Weihnachtstag stattfand. Aber es war genug. Ich bin so froh, dass die beiden ein wenig Zeit miteinander verbringen, dass sie sich aneinander gewöhnt haben. Mir ist aufgegangen, dass das an sich schon eine Form von Zuneigung ist.

Über die Feiertage gab es so viele Mahlzeiten mit so vielen Leuten, dass ich mich fragte, ob es meiner Mutter nicht zu viel wurde, ob sie diese Empfindung nun zum Ausdruck bringen konnte oder nicht. Lärmende Scharen von Kindern und Hunden und schneebedeckten Stiefeln gingen die ganzen Tage über ständig bei ihr ein und aus. An einem Abend bereiteten Scott und Raquel ein großes Fondue mit Salat und Nachtisch für uns alle. Raquel hatte vorgehabt, eine spezielle Pâté dazu zu reichen, aber trotz aller Mühe hatten wir Probleme, die nötigen Zutaten dafür aufzutreiben.

»Habt ihr Cognac?«, fragte sie. Ihr portugiesischer Akzent und ihr Tonfall klingen sehr musikalisch; sie hat eine leise, aber tiefe Stimme. Wenn sie spricht, scheinen ihre Worte von Frieden zu künden, scheint die Welt in Ordnung zu sein. *Aber garantiert haben wir irgendwo Cognac,* dachte ich.

Doch wir hatten keinen. Allerdings meinte jemand, im Haus von Marek und Connie eine Flasche gesehen zu haben, also fuhr Scott dorthin und kam schon bald mit einer Erfolgsmeldung zurück. Er hätte sowohl den Cognac für die Pâté als auch den Kirschlikör für das Fondue gefunden, sagte er.

Das machte mich stutzig. Ich hatte ganz vergessen, dass Kirschlikör Zutat für ein Fondue war, ein Gericht, das ich bisher nur in der Schweiz gegessen hatte. Es schien mir eher zu den Franzosen zu passen, Kirschlikör in eine heiße Käsesauce zu gießen, als zu den Schweizern. Scott hingegen beharrte darauf, dass Kirschlikör ein klassisches Element des Schweizer Fondues sei und bei diesem Essen unentbehrlich.

Ich erhob keine Einwände. Scott hat seit seinem siebzehnten Lebensjahr im Ausland gewohnt. Erst in der Schweiz, dann in England, danach in Frankreich, schließlich in Brasilien, und er spricht fließend drei oder vier Fremdsprachen obwohl ich ihn gerne daran erinnere, dass Englisch nicht zu diesen zählen sollte. Er spricht zwar immer noch seine Muttersprache, aber, wie ein Freund bemerkte, so, als wäre es eine Fremdsprache. Er verfügt über ein umfangreiches Vokabular und weiß sich gut auszudrücken, aber ihm sind viele Redewendungen nicht mehr geläufig, und auch mit der Aussprache hapert es gelegentlich. So passiert ihm zum Beispiel, dass er sagt, eine Sache »hätte vier Ecken«, wenn er von einer »runden Sache« spricht. Gespräche mit Scott haben mich über die Jahre gelehrt, wie wundersam und rätselhaft Sprachen sein können.

Jedenfalls wollte ich mich nicht beschweren. Er kochte, er fuhr, und es war ein schneereicher Abend. Einer von Nats »Jahrhundertstürmen« braute sich zusammen, einer jener Blizzards, bei deren Herannahen Nat ruhelos von einem Zimmer in das andere läuft, ständig die Einfahrt freiräumt und die Speisekammer bis zum Dach voll stopft, damit wir nicht verhungern, falls wir bis März eingeschneit bleiben. Trotzdem schaffte Scott es in seinem Mietwagen noch ein zweites Mal bis zur Hütte und zurück, damit wir nach und nach alle nötigen Ingredienzen für unser Abendessen zusammenbekamen.

Beim fehlenden Cognac sollte es jedoch nicht bleiben.

»Hast du Stärkemehl?«

Selbstverständlich hatte ich Stärkemehl, jede Menge sogar, weil meine Tochter Suzannah Apfelkuchen in Serie herstellt.

Drei davon hatte sie alleine über die Feiertage gebacken, einen als Weihnachtsgeschenk für ihren Vater, einen als Weihnachtsgeschenk für ihren Onkel Ned Perrin und schließlich einen für ihren Onkel Scott, der, als der zweite Kuchen aus dem Ofen geholt und mit all seinem herrlichen Duft an ihm vorbeigetragen und einem anderen Gast überreicht wurde, voller Wehmut bemerkt hatte, auch er wäre ein Onkel von Suzannah.

Ich ging zu unserem Haus hinunter und kehrte mit der Speisestärke für Raquel zurück. Doch während ich fort war, ereilte den Mixer meiner Mutter ein schlimmes Schicksal: Er hatte zu mixen aufgehört, wurde mir bei meiner Rückkehr berichtet, und stattdessen zu rauchen angefangen. Die Zutaten für die Pâté schienen ihm ungeachtet des Cognacs nicht bekommen zu sein. Arme Raquel!

»Hast du eine Küchenmaschine?«, fragte meine Schwägerin. Sie wollte die Hoffnung nicht aufgeben.

Hatte ich nicht, aber Scott war eine im Haus von Marek und Connie aufgefallen, als er nach dem Cognac suchte, also begab er sich noch einmal hinaus in den Schneesturm, um sie zu holen.

Während sich die Vorbereitungen für unser Abendessen so hinzogen und ständiges Kommen und Gehen herrschte, saß meine Mutter in ihrem Sessel, starrte ins Feuer und machte etwas Sonderbares mit den Händen. Immer wieder hielt sie sie weit vor sich ausgestreckt, als wolle sie ein herannahendes Feuerzeug zum Anhalten bringen. *Halt, nicht weiter. Nicht näher heranfahren!* Dann ließ sie die Hände sinken, um sie einen Augenblick später wieder hochzuhalten. Diese Bewegung wiederholte sie mehrere Male.

Während wir alle mitten in den Essensvorbereitungen steckten, machte ich den anderen gegenüber deswegen eine Bemerkung. Ich stand in der Küche und schnitt Gruyère- und Cheddarkäse klein; gleichzeitig beobachtete ich meine Mutter. Vor mir türmte sich bereits ein ansehnlicher Haufen Käsewürfel. (Scott behauptet zwar, für ein richtig gutes Fondue bräuchte man auch Emmentaler, aber keiner von uns hatte in den Läden der Umgebung welchen auftreiben können.)

Laurie folgte meinem Blick und meinte, meine Mutter mache vielleicht eine der Übungen, die ihr der Krankengymnast bei seinem letzten Besuch beigebracht hatte. Scott faszinierte die Geste, denn man fand sie bei verschiedenen Stammeskulturen als Zeichen für den Empfang spiritueller Nachrichten.

Laurie ging zu meiner Mutter, um sich mit ihr zu unterhalten, während wir anderen das Fondue zubereiteten, schwatzten und lachten, die Kinder durch die Tür herein- und hinausrannten, die Hunde an den Türen kratzten, weil sie hinaus- oder wieder hereingelassen werden wollten, und rings ums Haus der Schnee wirbelte. Inmitten dieser Geschäftigkeit saß meine Mutter ganz still und leise da, lauschte auf das, was Laurie ihr zu sagen hatte, machte aber weiterhin diese Bewegung mit den Händen. Ich beobachtete sie längere Zeit aus dem Augenwinkel und bin bis heute davon überzeugt, dass sie einen Lastwagen zum Anhalten bringen wollte.

Der Widerwille meiner Mutter gegen Umstände, an denen sie nichts zu ändern vermochte, hat sich immer auf eine ganz eigene stille Art und Weise geäußert. Vor langer Zeit hat mein Vater einmal gesagt: »Eure Mutter vernichtet durch Schweigen«, und das trifft heute vielleicht sogar noch mehr auf sie zu als damals, weil sie jetzt oft viel länger in Schweigen verharrt als früher. Aber es hat auch damals schon gestimmt, und ich kann mich noch erinnern, was für eine wirksame Waffe ihr Schweigen gegen seine jähen Wutanfälle und Schimpfkanonaden war. Ich weiß noch, wie er wie ein Wirbelwind durch das Haus stürmte und jegliche Stille und Beschaulichkeit zerstörte. Und er war nicht einmal unbedingt schlechter Laune, er war einfach so viel größer, so viel tatkräftiger, so viel rast- und ruheloser als jeder andere, den wir kannten.

Wenn er nervös durchs Haus rannte und seine Tiraden von sich gab, sog er allen Raum um sich herum auf wie ein Wirbelsturm, und dieser Wirbelsturm konnte mal recht harmlos sein und mal

Böses verheißen. Wenn er richtig wütend auf seine Kinder war, weil sie etwas getan hatten – oder, was häufiger vorkam, weil sie vergessen hatten, etwas zu tun – war die Atmosphäre im Haus so geladen, dass es unter dem »rasenden Zorn Gottes« zu erzittern schien – so jedenfalls pflegte meine Schwester es zu beschreiben.

Wenn es uns gelang, verstreuten wir Kinder uns rasch in alle Winde wie trockenes Laub vor einem Hurrikan. Unsere Mutter jedoch verharrte schweigend an Ort und Stelle und ließ sich aus diesem Schweigen auch nicht aufstören, bis unser Vater schließlich reuevoll lachte, wie um zu zeigen, dass er sich geschlagen gab und sie wieder einmal gewonnen hatte.

Wie oft während meiner Kindheit habe ich ihn diesen Satz murmeln hören: »Eure Mutter vernichtet durch Schweigen.« Ich glaube, er hatte Recht damit, das konnte sie wirklich, und ich denke, anfangs überraschte es ihn. Doch später musste er wohl der Wahrheit ins Auge schauen, jener starke Mann, der mein Vater war. Er erkannte, dass seine Frau, die so klein und zart war, die so scheu und unterwürfig wirkte, die sich immer stumm im Windschatten hielt, wenn sich seine maskuline Kraft und Herrlichkeit entlud, in Wirklichkeit die weitaus stärkere der beiden war.

Sue Gilman hat mir vor ein paar Tagen gesagt, dass meine Mutter der Medizin, die sie ständig einnehmen muss, scheinbar ziemlich überdrüssig ist, und dass sie, Sue, ihr das auch nicht verdenken kann. Weil es ihr schwer fällt, Kapseln zu schlucken, bekommt sie ihre Dosis jeweils in Apfelmus aufgelöst, und das mehrere Male am Tag. »Mal ehrlich, wer möchte schon dauernd Apfelmus essen, ob nun mit oder ohne Medizin?«, gab Sue zu bedenken, und ich konnte ihr da nur beipflichten. Aber eigentlich wollte Sue etwas anderes loswerden, einen Satz meiner Mutter, als sie einen besonders unappetitlichen Löffel voll herunterschlucken musste.

Sie hatte das Gesicht zu einer Grimasse verzogen und dann laut und deutlich erklärt: »Mein Mann hätte so etwas in seinem Hause nie geduldet.«

Wie sehr es ihn gefreut hätte, zu erfahren, dass sie sich an ihn und seine Kraft erinnerte, um sich selber gegen etwas zur Wehr zu setzen – einmal wenigstens, am Ende ihres Lebens. Ich glaube, er hätte den Kopf in den Nacken geworfen und zufrieden aufgelacht.

Wenn ich mit Scott oder einem anderen meiner Brüder zusammen bin, verfallen wir regelmäßig in etwas, was ich »über die Lindberghs reden« nenne. Es wird nie allzu viel Zeit darauf verschwendet, aber es geschieht doch mindestens ein- oder zweimal im Verlauf eines Besuchs. »Über die Lindberghs reden« bedeutet, dass wir uns so an unseren Vater und unsere Mutter erinnern, wie wir sie gekannt haben, und über alle neuen Ereignisse diskutieren, die die öffentliche, die »berühmte« Seite ihres Lebens betreffen. Es kommen dauernd neue Bücher über das Leben unserer Eltern auf den Markt, es wird im Fernsehen etwas über sie gesendet, oder uns erreichen Anfragen um die Genehmigung, ein Zitat aus ihren Schriften abzudrucken oder ein Gebäude oder einen Flugplatz nach ihnen zu benennen. Und dann melden sich Jahr für Jahr die »Thronfolger«, die zahllosen Leute nämlich, die immer noch glauben, sie wären unser Bruder Charles – der seit 1932 tot ist.

Gerade während der Feiertage kommen Nachrichten von den Thronfolgern; das liegt wohl daran, dass sich zu jener Zeit im Jahr die Menschen gedanklich besonders mit ihrer Familie beschäftigen, unabhängig davon, ob diese Familie nun real oder nur eingebildet ist. Uns erreichen Karten und Briefe, maschinengeschriebene Gesuche um Aufnahme in unseren Familienkreis, anmaßende Traktate irgendwelcher Winkeladvokaten und Anfragen bezüglich eines DNA-Testes. Rhoda Weyr, meine Freundin und Literaturagentin, erzählte mir, sie hätte einmal einen winzigen Plastikbeutel mit einer Probe getrockneten Blutes erhalten – nebst der Bitte, diesen an mich weiterzuleiten, damit ich ihn in einem Labor untersuchen lassen könne.

Meine Brüder werden angesichts solcher Post bisweilen furchtbar wütend – hat unsere Mutter nicht schon genug durchgemacht? – und ich kann ihre Gefühle verstehen, obwohl ich glaube, dass meine Mutter stets Mitleid für diese Thronfolger empfunden hat und inzwischen ohnehin über den Punkt hinweg ist, an dem ihr solche Annäherungsversuche noch etwas anhaben könnten. Aber auch ich habe ein Kind verloren, das etwa in dem Alter meines toten Bruders war, und wenn Jahre später dutzende von Unbekannten mit der Behauptung, sie wären Jonathan, an mich herantreten, würde mich das sicher nicht unberührt lassen.

Mittlerweile aber regt mich am meisten daran auf, dass sich diese Männer ausnützen lassen, entweder durch ihre eigenen Rechtsbeistände oder auch durch Presse und Fernsehen. Wenn diese Leute wirklich glauben, sie wären mein Bruder, müssen sie jetzt ungefähr Mitte siebzig sein, und es entsetzt mich, dass jemand seine verbleibende Lebensspanne und seine finanziellen Ressourcen auf eine fixe Idee verschwendet, anstatt sie seinem eigenen Leben und seiner Familie zu widmen.

Freunde haben uns gefragt, warum wir die Angelegenheit nicht ein für alle Mal hinter uns bringen, indem wir selber eine DNA-Analyse durchführen lassen, doch leider ist das leichter gesagt als getan. Es fängt damit an, dass wir uns unmöglich mit sämtlichen »Thronfolgern« in Verbindung setzen können. Dafür sind es viel zu viele; über die Jahre müssen einige hundert zusammengekommen sein. Wo sollen wir anfangen? Wo aufhören? Es würde endlos weitergehen, und außerdem ist längst nicht sicher, ob ein solcher Test sie alle überzeugen würde. Die Thronfolger stehen einer wissenschaftlichen Überprüfung ihrer Behauptung in der Regel ablehnend gegenüber. Einer von ihnen allerdings, der sich erst kürzlich bei uns gemeldet hatte, hat seine Anwartschaft im letzten Jahr wieder zurückgezogen, nachdem er eine Probe seines Erbmaterials mit dem seiner Nichte verglichen und eine Übereinstimmung festgestellt hatte.

Am entsetzlichsten allerdings finde ich die Wahrheit, und die lautet: Unser Bruder Charles ist einzig aus dem Grund, dass er das Kind berühmter Eltern war, einer verpfuschten Lösegelderpressung zum Opfer gefallen, als er noch nicht einmal zwei Jahre alt war. Sein toter Körper ist später gefunden und von Angehörigen, Ärzten und Gerichtsmedizinern identifiziert worden, deren Ergebnisse in den Jahren nach seinem Tod noch wiederholte Male wissenschaftlich untermauert wurden.

Es gibt kein Geheimnis zu lüften, keinen verloren geglaubten Sohn und Erben, keine romantische Verklärung. Es handelt sich nicht um eine spannende Geschichte, sondern um eine Tatsache, und wenn ich anfange, darüber nachzudenken, wird diese Tatsache unerträglich. Ein sechzehn Monate altes Kind aus meiner Familie musste aus dem einen und einzigen Grund sterben, dass jemand Geld von seinen Eltern erpressen wollte. Dieser Umstand alleine ist schon mehr als entsetzlich. Und eine solche entsetzliche Tatsache zu einer sich über die Jahrzehnte dahinschleppenden Farce zu verzerren ist der reinste Hohn. Ich kann es manchmal gar nicht recht fassen, dass meine Familie fast das ganze Jahrhundert über so unmittelbar und hautnah mit den besten und gleichzeitig den schlimmsten Aspekten der amerikanischen Gesellschaft und der Natur des Menschen in Berührung gekommen ist.

Die nach meinem Dafürhalten originellste Lösung für den Umgang mit den Menschen, die von sich behaupten, das erstgeborene Kind von Charles und Anne Lindbergh zu sein, stammt von meiner Kusine Faith Morrow Williams. »Warum lasst ihr nicht einfach einen Haufen T-Shirts drucken«, hat sie einmal zu mir gesagt, »und schickt jedem von ihnen eines, als Trostpreis sozusagen. Auf den T-Shirts könnte so etwas stehen wie: ›Ich war das Lindbergh-Baby, und alles, was mir davon blieb, ist dieses lausige T-Shirt.‹« Wieso ist mir das nicht eingefallen?

Nachdem sie drei Wochen mit uns verbracht hatten, kehrten Scott und seine Familie nach Brasilien zurück. Nun pilgerte ich also wieder alleine jeden Abend zum Haus meiner Mutter. Da ich mich in letzter Zeit mit ihren Gedichten und ihren anderen Schriften beschäftigt habe, ist mir der Gedanke gekommen, dass es ihr vielleicht gefallen würde, sich aus ihrem eigenen Werk vorlesen zu lassen. Andererseits könnte es ihr natürlich auch unangenehm sein, also habe ich sie gefragt. »Wie lange ist es her, dass du in *Muscheln in meiner Hand* gelesen hast, Mutter?«

Sie antwortete nicht, also schlug ich vor, ihr daraus vorzulesen.

Wieder antwortete sie nicht, zeigte nicht die geringste Reaktion, auch nicht, als ich mich zu ihr beugte, ihr einen Kuss gab und sagte: »Du brauchst nicht zuzuhören, wenn du nicht möchtest, Mutter.«

Ich wertete ihr Schweigen als Zustimmung und begann zu lesen:

Ursprünglich schrieb ich diese Seiten nur für mich selbst. Ich wollte meinen eigensten Lebensstil, meinen persönlichen Lebensrhythmus zwischen meiner Arbeit und meinen menschlichen Beziehungen überdenken. Und da ich am leichtesten mit dem Bleistift in der Hand denke, ergab sich das Schreiben von selbst …

Ich sah meine Mutter an und fragte sie, ob ich aufhören oder noch ein wenig weiter lesen sollte. Man hatte gerade das Abendessen vor ihr auf den Tisch gestellt. Es war ein Gemisch aus püriertem Gemüse, Kartoffelpüree und Krebsfleischfrikadellen, ebenfalls püriert. Aber sie würdigte das Essen keines Blickes, sondern schaute nur mich und das Buch an.

»Weiter«, sagte sie mit heiserer Flüsterstimme, also las ich ihr noch ein wenig mehr vor. Als ich am Ende des Vorworts angelangt war, merkte ich, dass sie noch nicht einmal ihre Gabel in die Hand genommen hatte und ihr Abendessen unangerührt vor ihr stand. Also las ich die letzten Worte auf der Seite: »Leer, offen und passiv wie der Strand sollten wir daliegen – das Geschenk des Meeres erwartend.« Dann nahm ich selber die Gabel in die Hand und schob meiner Mutter vorsichtig eine Portion püriertes Krebsfleisch in den Mund.

Danach las ich weiter und weiter und immer noch ein Stückchen weiter. Ich las ihr achtundfünfzig Seiten vor, aber sie äußerte sich nach wie vor mit keinem Wort dazu. Ab und zu hielt ich inne und fütterte sie mit etwas Gemüse oder Kartoffelpüree, gab ihr einen Schluck Wasser und las dann weiter.

Ich weiß nicht, woran sie dachte, während ich las, doch für mich war jede Seite eine Freude, weil sie mir zuhörte und ganz einfach da war. Sie war nicht anderweitig beschäftigt, sie schwebte nicht in höheren Sphären. Sie war da, bei mir. Ich hatte sogar das Gefühl, als läse sie mir vor, nicht umgekehrt. Aus meiner Stimme hörte ich beinahe die ihre, ihre alte Stimme, heraus. Möglicherweise ahmte ich sie unbewusst nach; ich weiß es nicht. Oder unsere Stimmen sind sich ähnlich genug, um die Worte, ihre Worte und die meinen, verschmelzen zu lassen. Aber ich war es nicht alleine, die da las. Wir lasen zusammen.

Als ich das Buch beiseite gelegt hatte, beugte sie sich zu mir herüber und sagte in fragendem Ton: »Aber fehlen dir deine Freunde nicht?« Ihre Stimme klang gar nicht mehr heiser, war nur sehr leise. Ihr Interesse an mir und dem Buch schien von einer Minute auf die andere nachgelassen zu haben. Ja, antwortete ich, Scott fehlte mir, und seine Familie auch, aber sie würden ja bald wieder bei uns sein. Wir, ihre Kinder, kämen doch immer zurück, oder wüsste sie das nicht?

Ich bin mir nicht sicher, ob ich ihre Frage richtig verstanden habe. Sie hatte einen nach innen gerichteten, abwesenden Blick, und sie schien meine Antwort auch nicht wahrzunehmen. Ich bin bald darauf gegangen. Am nächsten Tag berichtete Catherine Clark, meine Mutter wäre sehr still geworden und hätte ständig die Worte »Mir fehlen meine Kinder« wiederholt. Wie auch ich versuchte Catherine sie zu trösten, versicherte ihr, dass es natürlich schwer sei, von Scott Abschied zu nehmen, dass er aber bald wiederkäme.

Ich frage mich jedoch, ob ihre Traurigkeit nicht aus einer anderen Zeit und von einem anderen Ort herrührte. Ich frage mich, ob nicht das Buch vielleicht etwas damit zu tun hatte. Schließlich hatte ich ihr ihre eigenen Worte vorgelesen, Worte, die sie geschrieben hatte, als sie weit von uns entfernt für ein paar Wochen ganz allein auf der Insel Captiva war und über die Einsamkeit nachdachte. Fühlte sie sich durch mein Vorlesen dorthin zurückversetzt, und lebte sie in diesem Augenblick in ihrer Vergangenheit?

Das ist durchaus möglich, wenn man bedenkt, wie sehr sie in Zeit und Raum schwebt. Ich vermute, dass sie beim Zuhören an jenen Strand und in jenen Winter zurückgekehrt ist. Sie hörte nicht die Worte aus ihrem Buch, die ich ihr sechsundvierzig Jahre nach dessen Veröffentlichung vorlas. Sie schlüpfte vielmehr in die Rolle der Verfasserin dieser Worte, einer Frau mittleren Alters an einem Strand, die sowohl ungeheuer kreativ als auch zutiefst einsam war.

Am Tag darauf versuchte ich Ben zu erklären, wie es gewesen war, seiner Großmutter das Buch, das sie selber geschrieben hatte, vorzulesen. Ich könne es nicht so recht in Worte fassen, sagte ich ihm, aber ihre Gedanken aus einer Zeit zu lesen, als sie sich noch so gut auszudrücken gewusst hatte, und sie dabei gleich neben mir sitzen zu haben…

»Es war eine richtige Unterhaltung«, unterbrach er mich. »Ich verstehe schon, was du meinst.« Er hörte sich vernünftig, erwachsen an. Es überraschte mich, wie verständnisvoll er war – nicht zum ersten Mal in letzter Zeit.

Am Freitagabend fuhr ich ihn noch einmal zu seiner Schule, eine Strecke von acht Meilen. Es fand dort an diesem Abend eine Tanzveranstaltung statt, aber Ben war sich noch nicht sicher, ob er daran teilnehmen wollte. Er sagte, er wolle sich nicht festlegen, weil er nicht wusste, ob auch ein paar seiner Freunde da sein würden. Ich fragte ihn nicht, warum er sich nicht schon früher danach erkundigt hätte, wer kommen würde, denn möglicherweise dachte er dabei an Mädchen, was er aber nie zugegeben hätte.

Also erklärte ich mich einverstanden, es darauf ankommen zu lassen und ihn zur Schule zu fahren. Als wir dort ankamen, verschwand Ben zunächst für eine Weile in dem Gebäude, kam dann aber wieder zum Auto zurück. Er hätte sich entschlossen, den Tanzabend sausen zu lassen, erklärte er, weil einzig und allein sein Freund Patrick da sei und »ein Haufen aus den unteren Klassen«.

»Jungs oder Mädchen?«, fragte ich, als wir vom Parkplatz der Schule herunterfuhren, und machte mir dabei Gedanken, wie es Patrick an diesem Abend wohl ergehen würde.

»Ich weiß es nicht, Mom. Die sind doch aus den unteren Klassen!«, gab er zur Antwort. Ich dachte über diese Erklärung nach, kam aber zu keinem Ergebnis.

Wir hatten schon ein paar Meilen auf unserem Heimweg zurückgelegt, als Ben plötzlich sagte, er würde vielleicht doch lieber zu dem Tanz gehen, weil es dort vermutlich interessanter sei, als den ganzen Abend zu Hause herumzusitzen. Mittlerweile war es halb acht, und ich wusste, dass ich ihn um neun wieder an der Schule würde abholen müssen, also versuchte ich, es ihm auszureden, erinnerte ihn daran, dass ich ihn bereits am Abend zuvor wegen eines Ausflugs spät von der Schule hatte abholen müssen und dass er sich heute Abend schon einmal umentschlossen hätte und es damit genug sei, so Leid es mir auch täte.

Nein, sagte er, *ihm* täte es Leid. »Ich bin in letzter Zeit wohl ziemlich anstrengend«, fügte er hinzu, und dass es vollkommen in Ordnung wäre, wenn er nicht zu dem Tanz ginge.

Ich kam mir fürchterlich egoistisch vor, aber zu diesem Zeitpunkt waren wir schon halb zu Hause, also wendete ich nicht, sondern erzählte Ben, wie seine Großmutter immer versuchte, uns zum Umkehren zu bewegen, wenn meine Schwester Anne und ich sie von Connecticut nach Vermont oder von Vermont nach Connecticut fuhren.

»Fahrt mich nach Vermont!«, bat sie in West Hartford, als wir auf der Interstate in südlicher Richtung unterwegs waren. »Ich möchte zurück nach Connecticut!«, bettelte sie, wenn wir gerade White River Junction passiert hatten und es nur noch ein kurzes Stück bis nach Vermont war. Hin und her, her und hin. Das waren vielleicht Zeiten!

»Aber jetzt ist sie nicht mehr so schwierig, findest du nicht?«, fragte ich Ben.

»Wohl nicht«, antwortete er. »Aber irgendwie ist sie wie ein dahinvegetierendes Gemüse, oder?« Er spürte meinen Unmut und rang nach Worten, um es besser zu erklären: »Wie ein denkendes, lesendes, vielleicht sogar intelligentes Gemüse, verstehst du?«

»Eher wie eine Pflanze!«, warf ich ein.

»Ja…«, sagte er, »wie eine… rosa Pflanze.«

Ich musste lachen. »Sie ist wirklich wie eine rosa Pflanze. Ich denke oft, dass sie ist wie eine Rose – manchmal lässt sie vollkommen den Kopf hängen, wirkt welk und verschlossen, und wenn man ihr dann Wasser gibt, blüht sie mit einem Male wieder auf!«

»Sie braucht eine Menge Wasser«, sagte Ben nachdenklich.

Ich musste wieder lachen. »Da hast du Recht.«

Aber Ben erwärmte sich gerade erst für das Thema: »Einen wahren Monsunregen braucht sie, und das alles nur für eine kleine Rose!«

Schon gut, schon gut, dachte ich, konnte aber ein Kichern nicht unterdrücken.

Als wir aus dem Wagen stiegen, grinste Ben mich übers Dach hinweg an.

»Ich will nach Connecticut«, sagte er.

Dann rannte er vor mir her durch den Schnee und die Dunkelheit den ganzen Weg bis zu unserem Haus.

12 *Februar 2001*

Welch eine Kraft, versteckt im Winterbaum
Gibt dem gefangenen Geiste freien Raum,
Dass er im Stamm sich biegt, im Ast sich schwingt,
In der Fontäne seines Wipfels Lieder singt?
Dass er sich in das Lachen des Geästes flicht,
Sich mächtig dehnt ins grenzenlose Licht?

ANNE MORROW LINDBERGH, »Baum im Winter«,
aus: *Trage mich über die Flut und andere Gedichte*

MONTAG, 5. FEBRUAR

Gestern, es wäre der neunundneunzigste Geburtstag meines Vaters gewesen, bin ich am Abend den Hügel hinaufgegangen, um meine Mutter zu besuchen. Ich hatte eine kleine Fotografie von meinem Vater als jungen Piloten in seiner Fliegerkluft bei mir, die Megan Humphrey, eine Freundin aus Burlington, in eine edelsteinbesetzte Brosche eingearbeitet hat.

Megan kommt in ihrem Beruf mit sehr alten wie auch sehr jungen Menschen zusammen und stellt Schmuck aus Knöpfen, Perlen, Kieselsteinen, Bändern und kleinen Engelsfiguren her, die aus der Zeit um 1910 stammen. Ich wollte ihr jüngstes Werk unbedingt meiner Mutter zeigen. Zu einer früheren Zeit in ihrem Leben hätte sie sich bestimmt darüber gefreut.

Ich erschrak, als ich das Haus betrat. Schon in der Tür konnte ich sehen, dass sie an einem anderen Platz und in einem anderen Stuhl saß. Ihr üblicher Sessel beim Kamin war leer. Sie saß in dem Rollstuhl, den die Pfleger nur benutzen, wenn sie zu schwach zum Gehen ist. Sie schien eine Art Zusammenbruch erlitten zu haben. Sie sah aus, als hätte sie sich gänzlich in sich zurückgezogen, als wäre jeder Lebensmut von ihr gewichen. Ihr Kopf war nach vorne gesackt und ruhte auf dem Tisch vor ihr. Es sah aus, als hinge er lose von ihrem Hals herunter wie eine verwelkte Blüte.

Aber sie schlief nicht. Sie war nur vollkommen kraftlos und ohne jede Muskelspannung. Von einer »rosa Pflanze« konnte nicht die Rede sein, und auch nicht davon, dass sie müde und erschöpft wäre. Es war, als hätte sie sich aufgegeben. Sie wirkte so schlaff und weich wie eine Stoffpuppe, die man achtlos in die Ecke geworfen hatte.

Ich trat an den Rollstuhl heran und ging neben ihr in die Knie. Ich wollte ihr die Brosche mit der Fotografie darin zeigen und hielt sie zu diesem Zweck ganz dicht vor ihre Augen. Ich musste den Kopf schräg halten, um ihre Augen zu sehen.

»Sieh doch nur, Mutter! Das ist zwar ein albernes Ding, aber ich mag es sehr. Gefällt es dir nicht auch? Eine Freundin von mir hat es gemacht und uns geschickt, weil heute doch Vaters Geburtstag ist. Stell dir vor, neunundneunzig wäre er geworden!«

Außer ihrem flachen Atmen gab sie kein Lebenszeichen von sich. Ich kam mir ziemlich hilflos vor. Ihre Augen waren halb geöffnet, aber der Blick darin blieb starr. Ich lehnte die Brosche gegen das Plüschrotkehlchen, das sie vor sich auf dem Tablett stehen hatte, und setzte mich zu ihr. Aber es war ein ungewohnter Stuhl, und er stand an der falschen Stelle. Alles kam mir so verändert vor.

Ich konnte mich nicht an den Anblick ihres schlaffen Körpers gewöhnen. Er wirkte so unbewohnt, so lieblos in den Rollstuhl geworfen.

Auf den Notizblock neben dem Telefon, auf dem die Pfleger

einander Mitteilungen über Mutters Zustand und die Medikamente, die sie am jeweiligen Tag eingenommen hatte, hinterließen, hatte jemand geschrieben: »Mrs. L. will nichts essen. Sie kann nicht schlucken!! Was soll ich machen?«

»Sie kommt mir vor wie jemand, der im Bus eingeschlafen ist«, bemerkte Arthur, der gegen sieben Uhr kam, um Catherine Clark zu helfen, meine Mutter ins Bett zu bringen. Catherine hatte es nicht geschafft, meine Mutter in ihrem Zustand aus dem Rollstuhl zu wuchten und in ihr Bett zu legen. Vor ihr hatte es Sue Gilman bereits vergeblich versucht. Meine Mutter konnte nicht aufstehen. Trotz ihrer Gehhilfe trugen ihre Beine das Gewicht ihres Körpers nicht mehr. Sie konnte auch die Arme nicht mehr heben, um sich auf die Stuhllehne zu stützen. Also rollten wir sie in das Schlafzimmer. Der Kopf hing ihr immer noch auf die Brust.

»Bitte, Mrs. Lindbergh«, redete Arthur ihr gut zu, während er sich über sie beugte. »Helfen Sie doch ein bisschen mit. Legen Sie Ihre Arme um meinen Hals, und ich bringe Sie ins Bett.« Er strich ihr übers Haar, redete auf sie ein, hielt sein Gesicht unmittelbar vor das ihre. Vielleicht blinzelte sie in diesem Augenblick, so, wie sie einige Minuten zuvor geblinzelt hatte, als ich Land anrief und ihr den Hörer dicht ans Ohr hielt, damit er etwas zu ihr sagen konnte. Da glaubte ich in ihren Augen eine Reaktion zu sehen. Aber sicher war ich mir nicht.

Als ich einen ihrer Arme hochhob, um ihn um Arthurs Schultern zu legen, rutschte er sofort zurück sowie ich ihn losließ. Schließlich nahm er sie einfach in die Arme und drehte sie ganz vorsichtig herum, bis sie eine Position erreicht hatte, von der aus wir sie aufs Bett heben konnten. An allen nötigen Stellen stopften wir Kissen unter sie, damit sie keine Druckstellen bekäme, und Arthur legte ihr die Knöchelpolster aus Schaffell an. Als wir sie endlich im Bett hatten, stellten wir ein paar ihrer Stofftiere neben ihr auf. Ich strich ihr über die Stirn, küsste sie und ging aus dem Zimmer.

Sie hätte keinen Bissen gegessen, berichteten mir die Pfleger, und könne auch Flüssigkeit nur in winzigen Schlucken zu sich nehmen. Ihre Medizin hätte sie mithilfe einer Augentropfflasche in Wasser aufgelöst bekommen, weil sie kaum schlucken konnte. Als wir ihren Kopf auf das Kissen legten, sah ich, dass an ihrem Mund noch ein Rest von dem Jogurt klebte, mit dem Ann Cason sie mittags zu füttern versucht hatte. Catherine wischte meiner Mutter mit einem warmen Tuch den Mund ab; dann ließen wir sie allein.

Ich hatte nichts von dieser Veränderung mitbekommen, obwohl sie während der letzten Tage sehr schwach gewesen war. Am Nachmittag war ich mit Nat Skilaufen, bevor ich meine Mutter besuchen ging. Er hatte um das Wäldchen hinter unserem Garten eine neue Strecke freigegraben, die an der Weide zwischen unserem Haus und dem meiner Mutter endete.

Heute Morgen schneite es immer noch in dichten weißen Flocken, sodass die Landschaft nur undeutlich und verschwommen wahrzunehmen war. Alles ist strahlend weiß, alles liegt in tiefer Stille, doch als ich heute früher als sonst aufwachte, konnte ich das Licht im Fenster meiner Mutter sehen und wünschte mir, dass es nie verlöschen möge.

DIENSTAG, 6. FEBRUAR

Immer mehr Schnee. Während der Nacht sind stündlich fünf Zentimeter gefallen. Es gibt keinen Strom mehr, die Schulen sind geschlossen, und Nat ist unterwegs, um die Zufahrten freizupflügen, nachdem er das Notstromaggregat im Haus meiner Mutter angeworfen hat.

Ich sitze am Küchentisch. Der alte Glenwood-Ofen knistert und knackt, während er mit dem klein gehackten Holz, das in ihm verbrennt, das Haus aufheizt. Gestern habe ich meine Brüder angerufen und erfahren, dass Jon bereits auf dem Weg von West Virginia nach Vermont ist. Ich weiß nicht, ob er bei diesem Wetter durchkommt.

MITTAGS, ZEHN NACH EINS

Heute Mittag gegen halb zwölf sind Jon und ich hinaufgegangen, um nach Mutter zu sehen. Jon ist nach langer Fahrt heute Morgen gegen halb drei endlich im Comfort Inn angekommen. Ich kann nur staunen, dass er sich bei so vielen unpassierbaren Straßen und all den geschlossenen Flugplätzen überhaupt bis zu uns durchgeschlagen hat. Aber Jon lässt sich eben nicht so leicht unterkriegen.

DONNERSTAG, 8. FEBRUAR

Gestern, am Mittwoch, dem 7. Februar 2001, ist meine Mutter gegen zehn Uhr vormittags gestorben. Sie starb in dem Moment, als Jon und ich zur Tür hereinkamen, um einen weiteren Tag lang an ihrem Bett zu wachen. Just in diesem Augenblick rief auch Land an. Ich habe gehört, dass so etwas manchmal passiert. Möglicherweise stirbt es sich nicht leicht, wenn die eigenen Kinder im Raum sind, also versucht man, sich aus dem Staube zu machen, wenn sie zwar in der Nähe, aber nicht unmittelbar bei einem sind. Vielleicht wirkt es sonst zu dramatisch und lenkt einen von der Sterbearbeit ab. Man macht sich Sorgen, wie die Kinder das Sterben ihrer Mutter aufnehmen werden. Ob sie es verkraften können. Ach, herrje. Soll ich? Soll ich nicht? Sind sie wirklich schon bereit dafür? Gibt es noch etwas, was ich ihnen hatte sagen wollen? Habe ich auch allen ihre Fäustlinge und das Geld für das Pausenbrot mitgegeben?

Ja, meine Mutter ist ohne uns gestorben, doch augenscheinlich ohne besondere Schmerzen oder Qual. Sie ist in Würde verschieden, denke ich. Als Jon und ich am Dienstag noch bei ihr waren, hatte sie manchmal die Augen geöffnet, dann schlief sie wieder fest. Wenn sie wach war, hob sich oft ihr rechter Arm und bewegte sich in der Luft, als wolle er jemandem zur Begrüßung oder zum Abschied winken. Aber vielleicht hat meine

Mutter auch nur wieder ihr unsichtbares Orchester dirigiert, wie sie es während der vergangenen Monate in den Morgenstunden von ihrem Bett aus getan hat.

Als ich bei ihr war, ließ sie den Arm an der Metallstrebe des Krankenbettes entlanggleiten und streichelte die Bettdecke oder eines ihrer Plüschtiere: die Schildkröte, den Marienkäfer oder ihren gelben Summfisch. All diese Tiere sind weich und flach, sodass man leicht mit der Hand über sie hinwegstreichen kann.

Wenn sie ihren Arm ausstreckte, erinnerten mich ihr Arm und ihre Hand an den langen Hals eines Schwanes, der sich in eleganten Bewegungen hin- und herneigt, um die Umgebung zu erforschen. Meine Mutter winkte mit ihrem Arm, streckte ihn aus, berührte etwas, zog ihn wieder zurück, und manchmal strich sie auch über meine Hand oder die von Jon oder desjenigen, der gerade bei ihr war – und es waren viele bei ihr, wir wechselten uns damit ab, neben ihrem Bett zu sitzen und ihre Hand zu halten.

Nur haben wir nicht wirklich ihre Hand gehalten. Es war vielmehr so, dass wir ihre Hand die unsere halten, berühren oder sie mit unserer Hand spielen ließen, wenn sie es wollte. Ihre Berührung war so federleicht, so verspielt, eine Hand auf der anderen, ein Tanz zweier Hände. Und dann sank ihre Hand wieder langsam zu ihrem Hals zurück, rollte sich unter ihrem Kinn zusammen und verweilte dort. So hielt sie die Hand, als sie starb.

»Sie hat noch einmal tief ausgeatmet«, sagte Ann Cason uns später, »und dann war sie tot.«

Ja, sie war tot. Ich beugte mich über sie, um ihre Stirn zu küssen, und sie war noch warm. Aber meine Mutter atmete nicht mehr. Sie war nicht mehr da.

Hinter ihrem Kopf, jenseits des Fensters und der schneeweißen, sonnenbeschienenen Winterlandschaft steht ein Baum mit kahlen Ästen. Gestern früh setzte ich mich zusammen mit meinem Bruder an ihr Totenbett; auch ihre drei buddhistischen Pflegerinnen waren zugegen, weil sie instinktiv gespürt hatten, dass die Zeit gekommen war. Ich blickte an der hellen, glatten Stirn und den Wangenknochen meiner Mutter vorbei, an dem stillen, fein ziselierten Oval ihres geschlossenen Auges, und sah draußen den Baum stehen.

Und mit einem Male waren Vögel in ihm. Ich konnte zusehen, wie sie von allen Seiten angeflogen kamen und sich auf seine Zweige setzten. Zwei Meisen kamen, flatterten in der Luft, ließen sich nieder und flogen wieder davon. Dann taten es ihnen zwei Schneefinken nach, hüpften fröhlich von Ast zu Ast, schienen einander zu jagen, tauschten die Plätze, hopsten im Baum auf und ab. Zuletzt erschien ein Eichelhäher, der sich gewichtig auf einen der dickeren, tiefer gelegenen Zweige sinken ließ und dort sitzen blieb. Sein Gewicht löste einen Klumpen Schnee, der im Fall in glitzernde Kristalle zerstob.

Vögel kamen, flogen davon, kamen, blieben im Baum sitzen, verschwanden wieder, flatterten in den Zweigen umher, und das alles direkt vor dem Fenster meiner Mutter, unmittelbar nach ihrem Tod.

Am Tag davor war kein einziger Vogel zu sehen gewesen. Ich weiß das, weil ich exakt an demselben Platz neben dem Bett meiner Mutter gesessen hatte und es exakt dieselbe Zeit des Tages war. Ich hätte sie sehen müssen. Doch am Mittwochmorgen, im Augenblick ihres Todes, kamen die Vögel und versammelten sich auf den Zweigen vor ihrem Fenster.

Ich bin froh, dass die Vögel gekommen sind. Ehrlich gesagt glaube ich, dass ich fest mit ihnen gerechnet hatte.

Epilog

Februar 2001

Als es keinen Zweifel mehr daran gab, dass Mutter tot war, blieben wir noch für eine Weile bei ihr, saßen einfach nur in ihrem Zimmer an ihrem Bett. Jon und ich waren bei ihr, und nacheinander kamen ihre Pfleger, um während des Tages und der Nacht Totenwache zu halten. Vierundzwanzig Stunden lang bewegten wir ihren Körper nicht von der Stelle, obwohl wir ihren Tod natürlich sofort gemeldet hatten. Tim Thompson, ihr Arzt, kam, um den Totenschein auszustellen. Wir fragten ihn, ob es in Ordnung sei, wenn wir ihre Leiche erst am nächsten Morgen zur Einäscherung abholen ließen – sie hatte sich ausdrücklich eine Feuerbestattung gewünscht –, und der Aufschub wurde uns gewährt.

Während dieser vierundzwanzig Stunden war ständig jemand im Zimmer, und es brannte auch ununterbrochen eine Kerze auf dem Nachttisch neben ihrem Bett. Manchmal war man ganz alleine mit ihr im Zimmer, manchmal waren wir zu zweit oder zu dritt. In manchen Augenblicken herrschte im gesamten Haus tiefe Stille; in anderen hörte man jemanden laut lesen, singen oder ein Gebet sprechen.

Ich entsinne mich, dass ich den 121. Psalm rezitierte, den meine Mutter immer als »das Gebet der Morrows« bezeichnet hatte, wohl, weil er bei jeder Beerdigung eines unserer Angehörigen verlesen wurde und uns an die Camden Hills in Maine erinnerte, die man von dem Sommerhaus meiner Großmutter auf der Insel North Haven in der Penobscot Bay sehen konnte.

»Ich hebe meine Augen auf zu den Bergen«, zitierte ich aus dem Gedächtnis, und als ich am Ende des Psalms angekommen war, begann ich noch einmal von vorne, weil ich mir ziemlich sicher war, einige der Verse beim ersten Mal durcheinander gebracht zu haben.

Danach, oder vielleicht auch davor – bei Geburt und Tod bleibt für mich die Zeit stehen und ich verliere die Orientierung –, las ich ein Gebet des heiligen Augustinus vor. Dieses Gebet hatte meine Mutter per Hand auf einen Zettel geschrieben, ihn zusammengefaltet und unter den Schutzumschlag des Gebetbuches gesteckt, das immer auf ihrem Nachttisch lag. Auf diesem Zettel hatte sie eine fein säuberliche Bleistiftnotiz hinterlassen: »Bei Anne Morrow Lindberghs Tod zu verlesen.«

Es stand dort nicht »Bei meiner Beerdigung zu verlesen«, obwohl dieses Gedicht beim Trauergottesdienst zehn Tage später ein weiteres Mal gelesen wurde. Zu dieser Trauerfeier reiste ihre gesamte Familie aus allen Ecken der Welt an, und wir versammelten uns in der Gemeindekirche von Peacham, Vermont, »zum Gedenken an Anne Morrow Lindbergh und ihr Leben«. In diese Kirche war meine Mutter über die Jahre häufig zum Gottesdienst gegangen.

Bei dem Gottesdienst zu ihren Ehren erschienen alle Angehörigen, Freunde und Nachbarn von nah und fern, die es an diesem verschneiten Februarmorgen zur Kirche schafften. Während der Feier sangen wir ihre liebsten Choräle, sprachen ihre liebsten Gebete, und der ein oder andere aus der Gemeinde, der meine Mutter gekannt und geschätzt hatte, trug ein besonderes Lied oder ein paar spezielle Verse zu ihrem Gedenken vor. Darunter befand sich sogar ein Gedicht von Rilke, »Der Schwan«, das von dem in Vermont ansässigen Dichter Galway Kinnell vorgetragen wurde. Er selber hatte dieses Gedicht erst kürzlich zusammen mit Hannah Liebmann übersetzt und mit anderen Gedichten von Rilke in Buchform herausgegeben.

Doch an diesem Tag, als unsere Mutter starb, fiel mir wieder ein, dass Land mir am Telefon gesagt hatte, ich solle in ihrem

Gebetbuch nach Hinweisen schauen, was sie sich für die Stunden nach ihrem Tode wünschte. Als ich das tat, fand ich dieses Gebet, und mir schien, sie wollte, dass wir es noch im selben Augenblick läsen, also las ich:

O Gott du Allmächtiger, der du deine Hände schützend über jeden Menschen hältst, als wäre er
der Einzige, den du beschütztest; und über alle Menschen, als wären alle Menschen einer; Gesegnet ist
der Mensch, der dich liebt, und damit auch sein Freund wie auch sein ärgster Feind.
Denn er allein wird keinen verlieren, den er liebt, denn sie alle sind geliebt in Dem, der
nicht verloren sein kann. Und wer ist das, wenn nicht unser Gott, unser Gott, der den Himmel
und die Erde schuf und sie erfüllte und indem er sie erfüllte, schuf er sie. Und
dein Wort ist die Wahrhaftigkeit, und die Wahrhaftigkeit ist in dir. Ich sehe Dinge vergehen
und andere sie ersetzen, doch du wirst nie vergehen, O Gott,
mein Vater von unendlicher Güte, von herrlichster aller Herrlichkeit. Dir will ich
zurückgeben, was immer ich von dir erhielt und so wird es mir an nichts
fehlen. Du hast mich nach deinem Abbild erschaffen, und mein Herz wird ruhen nicht, bis es
ruhet in dir.

Eine Weile später kam Nat herauf und setzte sich zu uns. Ich fragte ihn, ob auch er etwas vorlesen wolle, und er wählte eines der Gedichte meiner Mutter, »Testament«.

»Testament« gehört nicht zu den Gedichten, die ich oft für mich gelesen habe, ganz besonders nicht während der letzten Jahre mit meiner Mutter, weil es mich leicht zum Weinen bringt.

Wenn ich dieses Gedicht lese, bricht aus mir ein wahrer Sturzbach der Tränen hervor, und zwar auch dann, wenn ich glaube, meine Gefühle im Griff zu haben und gegen einen Tränenausbruch gefreit zu sein, vielleicht weil ich nicht alleine bin oder zu viel anderes los ist. Mich überkommt plötzliche, heftige Trauer, und diese Trauer tritt so unerwartet ein wie der Augenblick, in dem meine Mutter tatsächlich für immer die Augen schloss, etwas, von dem ich nicht wirklich geglaubt hatte, dass es passiert, bis es soweit war.

Aber Nat hat immer schon instinktiv die richtige Entscheidung zu treffen gewusst. Er wusste, dass dieses Gedicht uns an jenem hellen Wintermorgen allen aus dem Herzen sprach.

TESTAMENT
Doch wie soll ich ohne dich leben?, rief sie aus.

Als ich starb, hinterließ ich die ganze Welt dir:
Die Schönheit der Erde, des Himmels, der See;
Die Schwalbe im Fluge und im Walde das Reh;
Den Kuss des Regens und des Windes Hauch;
Die Macht des Sturmes und des Herbstes Rauch;
Das Erfühlen der Feder, der Blume, des Steins;
Das Ahnen um das Geheimnis des Seins;
Das Zelt aus Sternen, die Karawane der Nacht;
Das Lied der Grille, die Stimme, die lacht –
All dies schrieb ich dir in mein Testament
Will es dir schenken – weil uns das Schicksal nun trennt.

Doch wie soll ich sie ohne deine Augen sehen,
Erfühlen ohne deine Hand?
Wie soll ich ohne deine Ohren hören
All das, was ich in deinem Herzen fand?

Auch das, auch das,
vermach ich dir!

Danksagung

Ich möchte mich bei allen bedanken, die es ermöglicht haben, dass meine Mutter ihre letzten Lebensmonate in Würde verbringen konnte. Es war eine Zeit der Sorge, des Tröstens, aber auch des Lachens und der Freude, selbst angesichts aller Rückschläge und der ständigen Angst um ihren Gesundheitszustand. Mein Dank geht zunächst an meine Brüder Jon, Land und Scott Lindbergh sowie an ihre Familien: Ich danke euch für eure unerschöpfliche Geduld, euer Verständnis, euren weisen Rat und dafür, dass ihr uns so oft besucht habt, trotz der großen Entfernungen und der schlimmsten Launen des Wetters, um in diesem Jahr immer wieder bei unserer Mutter sein zu können.

Ich bedanke mich auch bei Nat Tripp, meinem geliebten Ehemann, bei Ben, unserem Sohn, bei Nats Söhnen Eli und Sam Tripp, bei seiner Mutter Alice W. Tripp, bei meinen Töchtern Elizabeth und Suzannah Brown, und bei unserer Nichte und unserem Neffen Connie Feydy und Marek Sapieyevski, die es viele Jahre lang gerne und ohne Murren auf sich genommen haben, sich um die Pflege und das Wohlergehen meiner Mutter zu kümmern und dies zu einem Teil ihres eigenen Lebens zu machen.

Mein Dank gilt all unseren Nachbarn, Verwandten und Freunden in Vermont, Connecticut und auf der ganzen Welt für ihre Loyalität, Zuneigung und ihre Hilfsbereitschaft während des zurückliegenden Jahrzehnts. Danke auch an die Ärzte, unsere finanziellen und juristischen Berater, an alle Pflegekräfte und die

Organisationen, die uns unermüdlich in unserem Bestreben unterstützten, trotz ihrer zunehmenden Gebrechlichkeit eine Versorgung meiner Mutter in ihren eigenen vier Wänden zu ermöglichen.

Mein besonderer Dank gilt Ann Cason und dem »Helfenden Kreis«, den sie während der letzten Monate meiner Mutter hier in Vermont um uns scharte. Die nachfolgend Aufgeführten stellten sich meiner Familie selbstlos zur Verfügung und machten ihr damit ein einmaliges und gleichzeitig dauerhaftes Geschenk. Ob sie für die tägliche Krankenpflege zuständig waren oder gelegentliche musikalische Zusammenkünfte organisiert haben, ob es der Gerontologe oder der Zahnarzt war, der nach einem anstrengenden Tag in der Praxis noch einmal bei meiner Mutter vorbeisah, ob es die Kosmetikerin, die einmal in der Woche über die steinige Zufahrt kam, um meiner Mutter das Haar oder die Nägel zu schneiden, oder eine Frau im Alter meiner Mutter war, die sich von ihrer Tochter zum Nachmittagstee zu uns fahren ließ, oder auch der dreijährige Sohn eines Nachbarn, der an einem regnerischen Nachmittag auf einen zehnminütigen Besuch zu uns kam – jeder dieser Menschen bereicherte die letzten Tage meiner Mutter unermesslich und damit auch mein eigenes Leben. Ich bin ihnen allen so dankbar:

Ann Cason, Susan Drommond, Alexandra Evans und Phil Sentner, Buncie Shadden, Carla Leftwich, Laurie Crosby, Catherine Clark, Catherine Thomas und Rhoda Thomas, Trudy Meuton, Sue Gilman, Susan Shaw, Karen Frazier, Lilian und Mia Concordia, Jim und Sherri Lowe, Harold Turner und Jane Fuller, Marco Alonso und Ruth Taylor, Ted Soares, Janet und Rick White, Dr. Tim Thompson, Dr. Fred Silloway, Laura, David und Bea Brody, Newcomb und Ditty Greenleaf, Carol und Patton Hyman, Arthur Jennings, Trenny Burgess, Sherlyn Morrisette.

Die Auszüge aus Lyrik und Prosa, die ich in diesem Buch zitiert habe, entstammen den folgenden Quellen: *Muscheln in meiner Hand* und *Trage mich über die Flut und andere Ge-*

dichte von Anne Morrow Lindbergh, »Enttäuschungen der Kindheit«, »Ferne schafft Verzauberung« und »Erfolg« aus *The Wheel,* Ausgabe März 1924; »Capriccio«, »Brief mit einer fremden Marke« und »An ---« aus *The Smile College Monthly,* Ausgaben Oktober 1926, Februar 1927 und Mai 1927; *Local Vertical* von Anne Spencer Lindbergh; *Stationen meines Lebens* von Charles A. Lindbergh und *Vier Quartette* von T. S. Eliot.

Ferner habe ich ein paar Auszüge aus unveröffentlichten Texten meiner Mutter verwendet und habe mich, obwohl nicht unbedingt wörtlich zitierend, beim Schreiben dieses Tagebuches einiger Bücher bedient, darunter *The Illuminated Rumi* in der Übersetzung von Coleman Barks; *The Little Book of Prayers,* herausgegeben von David Schiller; *Lebendiger Buddha, lebendiger Christus* von Thich Nhat Hanh; *The Essential Rilke,* ausgewählt und übersetzt von Galway Kinnell und Hannah Liebmann, *In Every Tiny Grain of Sand, A Child's Book of Prayers and Praise,* gesammelt von Reeve Lindbergh.

Der Textauszug aus den Erinnerungen von Charles Lindbergh stammt aus: Charles A. Lindbergh, »Stationen meines Lebens«, *erschienen 1980 im Verlag Fritz Molden, Wien – München – Zürich – New York.*

Der Auszug aus T. S. Eliot, »Die Dry Salvages« *stammt aus:* T. S. Eliot, »Gesammelte Gedichte«, *deutsche Übersetzung © Suhrkamp Verlag, Frankfurt am Main 1972/1988.*
Der Abdruck des Gedichts von T.S. Eliot erfolgt mit freundlicher Genehmigung des Suhrkamp Verlags, Frankfurt a. M.

Die Auszüge aus: »Ein Blatt, eine Blume, ein Stein«, »Letzter Ruf«, »Es reift keine Ernte« *stammen aus* Anne Morrow Lindbergh, »Trage mich über die Flut«, Gedichte, *übersetzt von Annemarie von Puttkammer. © Piper Verlag GmbH, München 1955*

Zwei Textauszüge stammen aus Anne Morrow Lindbergh, »Muscheln in meiner Hand«, *übersetzt von Maria Wolff. © Piper Verlag GmbH, München 1957*
Der Abdruck der Texte von Anne Morrow Lindbergh erfoglt mit freundlicher Genehmigung des Piper Verlags, München.

Die Texte bzw. Gedichte »Der innere Baum«, »Ein Besuch von Reeve«, »Ferne schafft Verzauberung«, »An ---«, »Enttäuschungen der Kindheit«, »Brief mit einer fremden Marke«, »Capriccio«, »Erfolg« *sowie* »Testament« *sind von mir übersetzt; ebenso das Gebet des heiligen Augustinus.*

Leon Mengden, Hamburg, im Juni 2002